I0575336

Charles Dickens

Clown Grimaldi

Verone

Charles Dickens

Clown Grimaldi

1st Edition | ISBN: 978-9-92500-189-7

Place of Publication: Nikosia, Cyprus

Erscheinungsjahr: 2016

TP Verone Publishing House Ltd.

Reproduktion des Originals in Großdruckschrift.

Charles Dickens

Clown Grimaldi

Erstes Kapitel.

Sein Großvater und Vater. – Seine Geburt und erstes Erscheinen auf den Theatern in Drury-Lane und Sadlers-Wells. – Seines Vaters Strenge. – Der Earl von Derby und die Perücke. – Die Vermögensbüchse und der Guttätigkeit Lohn. – Seines Vaters Scheintod, und sein und seines Bruders Benehmen dabei.

Joseph Grimaldis Großvater väterlicherseits war sowohl dem französischen als italienischen Publikum als ein ausgezeichneter Ballett-Tänzer bekannt. Er war so gewandt und stark, dass man ihm den Beinamen »Eisen-Bein« gab. Dibbin erzählt in seiner Geschichte der Bühne mehrere hierauf bezügliche Anekdoten von ihm, wie denn auch deren viele im Umlaufe sind; die nachstehende ist vollkommen wahr. Eines Abends tat er auf der Bühne einen ungewöhnlich hohen Sprung, vielleicht in einem, durch die Anwesenheit des türkischen Gesandten, der sich mit seinem Gefolge in der Seiten-Loge befand, veranlagten absonderlichen Enthusiasmus. Er zerbrach dabei einen der Kronleuchter, die in jener Zeit über den Bühnen-Türen hingen, wobei dem Gesandten ein Stück vom Glasgehänge in das Auge oder doch das Gesicht flog. Da die Würde des gewichtigen Mannes verletzt war, wurde eine förmliche Klage bei dem französischen Hofe erhoben, der an Eisen-Bein das ernste Gebot ergehen ließ, um Verzeihung zu bitten, was Eisen-

1

Bein auch in seiner gebührenden Form zu seiner eigenen, des Hofes, des Publikums und mit einem Worte, jedermanns großer Belustigung tat. Die große Angelegenheit endigte mit einem Couplet.

Der erste Grimaldi in England war Eisenbein's Sohn und Josephs Vater. Er kam im Jahre 1760 als Dentist der Königin Charlotte nach England. Er war in Genua geboren, war ausgezeichnet als Dentist, wendete sich aber mit noch größerer Vorliebe der Tanzkunst zu, bat die Königin bald nach seiner Ankunft in England, ihn zu entlassen, und fing an Tanz- und Fecht-Unterricht zu geben, wobei er seinen Schülern bisweilen kleine Proben seiner vormaligen Kunst gab. In jenen Tagen der Menuetts in Kotillons waren die Tanzübungen eine weit mühsamere und ernsthaftere Angelegenheit, als sie es jetzt sind, und die jüngeren Zweige des Adels und der Reichen beschäftigten Grimaldi fortwährend. Es wurde gesagt, er habe seine Stelle bei Hofe infolge unfeinen Benehmens und einer Respekt-Widrigkeit gegen den König verloren, welche Beschuldigung sein Sohn sich stets sehr zu Herzen nahm, und deren Grundlosigkeit zur Genüge daraus hervorging, dass sich der König und die Königin bei allen möglichen Gelegenheiten stets als seine huldreichen Beschützer erwiesen.

Grimaldi gelangte auf seiner neuen Laufbahn zu einem bedeutenden Rufe und wurde daher zum Ballett-Meister und ersten Buffon beim alten Drury Lane- und Sadlers Wells-Theater ernannt, in welcher Doppeleigenschaft er ein großer Liebling des Publikums und Ihrer Majestäten wurde, die fast wöchentlich die Aufführung einer Pantomime befahlen, deren Held Grimaldi war. Er stand in dem Rufe großer Rechtschaffenheit und Wohltätigkeit. Auch hatte man ihm – ein Umstand, dessen sein Sohn stets mit gerechtem Stolze erwähnte – niemals trunken gesehen; eine ziemlich seltene Tugend der Bühnenkünstler neuerer Zeit, deren sich zu befleißigen berühmtere als er sehr wohl tun würden.

Er scheint ein äußerst wunderlicher und exzentrischer Mann gewesen zu sein, was man bei den von ihm anzuführenden kleinen Charakter-Zügen nicht übergehen darf. Er kaufte einst einen Garten in Lambeth, nahm in einem ungewöhnlich unfreundlichen Winter Besitz davon, und konnte es schier nicht erwarten, wie sich derselbe in voller Blütenzeit ausnehmen würde, sodass er ihn mit einer ungeheuern Menge künstlicher Blumen schmückte, und die Bäume mit den schönsten grünen Blättern, sowie mit Früchten bis zum Brechen belud, die natürlich gleichfalls künstliche waren.

Zu seinen sonderbaren Charakterzügen gehörte eine unbestimmte und heftige Furcht vor dem vierzehnten Tage jedes Monats. Er war bei dem Herannahen desselben stets reizbar, unruhig und ängstlich; unmittelbar nach ihm aber wieder ein ganz anderer Mann, und rief dann aus: »Ah! Jetzt sein ick wieder sicher auf einen Monat!« Es ist bemerkenswert, dass er wirklich an einem vierzehnten März starb, so wie er auch am vierzehnten dieses Monats geboren und getauft war und sich verheiratet hatte.

Man erzählt ähnliche Anekdoten von Heinrich dem Vierten und anderen; die hier erzählte ist vollkommen verbürgt, und kann dem Verzeichnisse der Ahnungen, oder wie man es nennen will, als ein wahrhaftes Beispiel hinzugefügt werden.

Grimaldi war krankhaft reizbar und trübsinnig im höchsten Grade und hatte eine fast unbeschreibliche Furcht vor dem Tode. Er wanderte oft stundenlang auf Kirchhöfen oder Begräbnisplätzen umher, grübelte über die Krankheiten, an welchen die in den Gräbern um ihn her Liegenden gestorben sein möchten, malte sich ihre Sterbe-Betten vor, und überrechnete, wie viele von ihnen wohl lebendig begraben wären; eine Möglichkeit, an welche zu denken er schauderte, und die ihn sein Leben lang bis an sein Ende mit peinlicher Angst erfüllte. Er verfügte daher in seinem Testamente, dass man ihm, bevor sein Sarg verschlossen würde, den Kopf abschnitte, was auch in Gegenwart mehrerer Personen geschah.

Sonderbar genug wählte er den Tod, der ihm in seinen unbeschäftigten Augenblicken fast unaufhörlich und unter den düstersten und qualvollsten Gedanken und Empfindungen vor Augen schwebte, zum Gegenstande seiner beliebtesten Szenen in den Pantomimen der damaligen Zeit. Unter vielen andern derselben Art erfand er die wohlbekannte Skelett-Szene für den Clown, welche damals äußerst beliebt war und noch jetzt bisweilen dargestellt wird. [1] Die Tatsache ist gleich merkwürdig, gleichviel ob es wahr ist, dass die Hypochondristen am geneigtesten sind, über die Dinge zu lachen, die ihnen insgeheim am meisten Verdruss, oder Bangigkeit erregen, sowie diejenigen, die an Geister-Erscheinungen glauben, sich am ungläubigsten auszusprechen pflegen;

---

1 Wahrscheinlich ist das Harlequin-Gerippe gemeint, dessen in Humphrey Clinker Erwähnung geschieht.

oder ob die erwähnten düsteren Vorstellungen das Gemüt des unglücklichen Mannes so unablässig beunruhigten, dass selbst seine Heiterkeit eine schauerlich düstere Färbung annahm, und seine Laune groteske Gegenstände in den Gräbern und Beinhäusern aussuchte.

Zur Zeit der Lord George Gordon-Aufläufe [2], als die Londoner, um ihre Häuser vor der Wut des Pöbels zu schützen, an die Türen die Worte schrieben: »Kein Papsttum!«, schrieb er, um es mit keiner Partei zu verderben und der Möglichkeit zu begegnen, irgendeinen durch sein Glaubens-Bekenntnis zu beleidigen: »Gar keine Religion!« an die Seinige, und erreichte seinen Zweck; wir wissen indes nicht zu sagen, ob durch den Humor seines Wahlspruchs, oder die Folge davon, dass der aufrührerische Haufen nicht durch die Straße kam, in welcher er wohnte.

Am 18. Dezember 1779, dem Jahre, in welchem Garrick starb, wurde Joseph Grimaldi, »der alte Joe«, in der Stunhope Straße, Clare Market, in welchem Stadtteile damals, wie jetzt, ein großer Teil des Theaterpersonals wegen der Nähe der Schauspielhäuser wohnt, geboren. Sein Vater war damals über siebzig Jahre alt, und fünfundzwanzig Monate später wurde demselben noch ein Sohn geboren – Josephs einziger Bruder.

Das Knäblein blieb nicht eben lange im Zustande der hilflosen und uneinträglichen Kindheit, denn schon in dem Alter von einem Jahre und elf Monaten wurde es von seinem Vater auf dem alten Drury-Lane-Theater

---

2 Sie entstanden auf Veranlassung der im Jahre 1780 vor geschlagenen Toleranz-Bill, gegen welche der Lord Gordon besonders heftig eiferte und daher Anführer des erwähnten gefährlichen Aufruhrs wurde.

produziert, wo es seine erste Verbeugung machte und seinen ersten Purzelbaum schlug. Das Stück, in welchem es sein frühreifes Talent entfaltete, war die wohlbekannte Pantomime Robinson Crusoe, in welcher der Vater die Rolle des schiffbrüchigen Seemanns und der Sohn die des kleinen Clown hatte. Des letzteren Erfolg war vollkommen; er wurde sofort engagiert, und erhielt ein wöchentliches Salär von fünfzehn Schillingen und mit jedem Jahre eine neue und hervorstechende Rolle. Er wurde ein Liebling sowohl, beim Publikum, als hinter den Kulissen, und hieß im Garderobe-Zimmer der »kleine kluge Joe«; Joe wurde er bis an das Ende seiner Tage genannt.

Im Jahre 1782 trat er zuerst in Sadlers Wells in der schwierigen Rolle eines Affen auf, und war glücklich genug, in derselben soviel Beifall zu finden, als er in der eines Clowns in Drury Lane gefunden hatte. Auch in Sadlers Wells wurde er sogleich regelmäßiges Mitglied der Truppe und blieb es (mit Ausnahme einer einzigen Saison) neunundzwanzig Jahre, bis an das Ende seines Künstler-Lebens.

Seine Mühen nahmen jetzt einen ernsten Anfang, da er zwei Engagements hatte, welche ihn verpflichteten, an demselben Abende und fast zu derselben Zeit auf zwei Theatern aufzutreten. Die Aufgabe, schwer genug schon für einen Mann, war es umsomehr für ein Kind, und man wird sehen, wenn zu irgendeiner Periode seines Lebens seine Einnahmen sehr bedeutend waren, auch die Geistes- und Körper-Anstrengungen nicht minder groß genannt werden mussten, durch welche jene errungen wurden. Die schauspiel-närrischen jungen Leute, die unermüdlichen Besucher der öffentlichen und Privattheater, die es so sehnlich verlangt, auf die Bühne zu gehen, weil es »so leicht« sei, Schauspieler zu sein, lassen sich wenig von all den Sorgen, sauren Mühen und Entbehrungen träumen, welche die Summe des Lebens der meisten Schauspieler ausmachen.

Wir bemerkten oben, dass der Vater Grimaldis ein exzentrischer Mann gewesen wäre; er scheint es besonders und etwas unangenehm bei Züchtigung seines Sohnes gewesen zu sein. Der Knabe, der zu Possen aller Art auf dem Theater erzogen wurde, war überall ebenso sehr Clown, Affe, oder was sonst possierlich und lächerlich sein mochte, als auf der Bühne; die Damen und Herren im Garderobezimmer munterten ihn dazu auf, und er trieb seine Späßchen fast ebenso sehr zu ihrer, als zu des Publikums Ergötzlichkeit. Dieses alles wurde jedoch sorgfältig vor dem Vater geheim gehalten, der, wenn etwas davon zu seiner Kunde gelangte, Joe regelmäßig derb dafür abprügelte, ihn dann bei den Haaren aufhob und mit der Warnung, sich ja nicht von der Stelle zu, rühren, in einen Winkel trug. Joe rührte sich jedoch trotzdem von der Stelle. Mit dem Vater verschwanden auch seine Tränen, und mit vielen seiner komischen Gebärden und Mienen, welche später so beliebt wurden, begann er seine Possen von Neuem und mit verdoppelter Lebhaftigkeit, worin ihn nur der Ruf: »Joe, Joe, Dein Vater kommt!«, unterbrechen konnte, worauf er denn in seinen Winkel zurückeilte und wieder zu weinen anfing, als wenn er gar nicht aufgehört hätte.

Dies wurde allmählich eine regelmäßige Belustigung, und man rief: »Joe, Joe, Dein Vater kommt!«, wenn der

Vater auch nicht kam, um das Vergnügen zu haben, Joe in seinen Winkel zurücklaufen zu sehen. Joe merkte dies bald, verwechselte häufig die ernsthafte mit der scherzhaften Warnung, und empfing mehr Schläge als zuvor von seinem, wie er sich in seiner Handschrift ausdrückt, »strengen aber vortrefflichen Vater«.

Einst war er zu seiner Lieblingsrolle des kleinen Clown in Robinson Crusoe angekleidet, und sein Gesicht gerade so wie das seines Vaters bemalt, worauf zum Teil das Komische seiner Rolle beruhte, als ihn der alte Herr in das Garderobenzimmer brachte, ihn in seinen gewöhnlichen Winkel setzte, ihm streng anbefahl, sich kein Haarbreit von der Stelle zu rühren und wieder hinausging. Zufällig trat in demselben Augenblicke, der das Garderobenzimmer zu jener Zeit beständig besuchende Earl von Derby [3] herein, und rief den Knaben gutmütig zu sich, dessen trübselige Mienen mit seinem Anzug so wenig übereinstimmten. Joe schnitt ein höchst merkwürdiges Gesicht, blieb aber wo er war. Der Earl lachte und blickte nach einer Erklärung umher.

»Er darf nicht von der Stelle,« nahm Miss Farren das Wort, welcher Dame der Lord damals sehr den Hof machte und die er später ehelichte. »Sein Vater schlägt ihn sonst.«

---

3 Lord Derby war der Großvater des jetzigen Lord Stanley. Seine erste Frau war die Schwester des berühmten Herzogs von Hamilton und die Halbschwester der jetzigen Lady Charlotte Bury, der Schriftstellerin, die sich durch einige Romane, und neuerdings durch ein Buch über die Königin Caroline berüchtigt gemacht hat.

»Schlägt ihn!« wiederholte der Lord, und Joe schnitt zur Bekräftigung der Aussage Miss Farren's ein noch weit merkwürdigeres Gesicht.

»Ich glaube«, sagte der Lord abermals lachend, »er hat nicht soviel Furcht vor seinem Vater, als Sie glauben. Komm her, Kleiner!«

Bei diesen Worten hielt er ihm eine halbe Krone entgegen, und Joe, dem der Wert des Geldes sehr wohl bekannt war, sprang aus seinem Winkel hervor und bemächtigte sich mit pantomimischer Raschheit des Geldstücks und war im Begriff zurückzueilen, als ihn der Earl am Arme festhielt.

»Schau hier, Joe!«, sagte der Earl. »Nimm Deine Perücke ab, wirf sie in das Feuer, und Du bekommst noch eine halbe Krone.«

Gesagt, getan. Joe schlenderte seine Perücke in das Feuer. Es entstand ein schallendes Gelächter. Der Knabe hüpfte mit einer halben Krone in jeder Hand im Zimmer umher, und der Earl, besorgt wegen der Folgen, war damit beschäftigt, mit Zange und Schüreisen die Perücke den Flammen zu entreißen, als der Vater im vollen schiffbrüchigen Seemanns-Anzug eilig hereintrat. Es war ein Glück für den kleinen Joe, dass Lord Derby kräftige Fürsprache für ihn einlegte, denn sonst hätte es leicht sein können, dass der Kleine lebendig begraben wurde. Vor einer tüchtigen Tracht Schläge war er indes doch nicht zu schützen. Die Tränen liefen ihm über die zolldick bemalten Wangen dermaßen hinab, dass die Farben gänzlich verwischt wurden und dass er fast so wenig einem kleinen Clown als einem menschlichen

Wesen mehr ähnlich sah, mit welchen beiden Charakteren er nur noch die entfernteste Ähnlichkeit hatte. Er wurde fast unmittelbar darauf gerufen, und der heftig Erzürnte bemerkte die mit ihm vergangene Veränderung erst, als Joe auf die Bühne kam und ein allgemeines und schallendes Gelächter entstand. Er wurde noch wütender als vorhin, prügelte ihn sogleich noch tüchtiger ab, und das Kind schrie auf das Fürchterlichste. Die Zuschauer nahmen alles für einen höchst vortrefflichen Spaß, ein Gelächter- und Beifalls-Sturm erschütterte das Haus, und die Blätter erklärten am folgenden Morgen, dass es wahrhaft wunderbar gewesen wäre, wie natürlich das Kind gespielt hätte, was den Lehrgaben seines Vaters die größte Ehre machte.

Der Vorfall wirft ein bedeutsames Streiflicht auf die Schauspieler-Leiden. Scherze auf den Lippen und Tränen in den Augen, fröhliche Mienen und Wehe im Herzen haben hundertmal denselben Gelächter- und Beifallssturm hervorgerufen. Halbverhungerte werden fast ohne Ausnahme auf der Bühne belacht – die Zuschauer haben ihr Mittags- oder Abendessen gehabt. [4]

Die härteste Strafe für den Knaben bestand darin, dass er sich seiner fünf Schillinge beraubt sah, die der vortreffliche Vater in seine eigene Tasche steckte, vielleicht auch, weil er Joes Salär in Empfang nahm, und mit Goldsmith´s Bärenführer meinte, dass »alles hübsch beieinander sein müsste«. [5]

---

4 Man wolle sich erinnern, welch' eine vortreffliche Akquisition Smike im »Nickleby« dem Schauspiel-Direktor deuchte.

5 In dem berühmten Lustspiele She stoops to conquer, in Szene, wo Tony Lumkin sein Lied singt.

Der Earl gab indes Joe eine halbe Krone, so oft er ihn späterhin sah, und Joe hatte große Ursache zum Kummer, als Seine Herrlichkeit Miss Farren heiratete und sich in der Garderobe nicht mehr blicken ließ.

Auf dem Sadlers Wells wurde er fast ebenso schnell beliebt, als im Drury Lane-Theater. Der Schauspieler King, der Haupteigentümer des ersteren und Direktor des letzteren war, hielt nicht wenig von ihm, und schenkte ihm bisweilen eine Guinee, um sich ein Schaukelpferd, einen Wagen oder anderes Spielzeug, das er sich eben wünschte, dafür zu kaufen. Bei einer der Vorstellungen des ersten Stückes, in welchem der kleine Joe in Sadlers Wells auftrat, machte er zum ersten Male ernstlich Effekt, wobei ihn jedoch nur das Glück, das ihn in solchen Fällen stets begleitet zu haben scheint, vor dem Schicksal bewahrte, unfähig zu werden, jemals wieder auftreten zu können. Er stellte einen Affen vor, und musste in dem ganzen Stück um den Clown (seinen Vater) sein. In einer Szene hatte ihn der letztere an der Kette und wirbelte ihn auf Armeslänge mit der größten Schnelligkeit in der Luft herum. Eines Abends zerriss die Kette, und Joe flog weit in das Parterre hinein, jedoch glücklicherweise ohne den mindesten Schaden zu nehmen, da er wie durch ein Wunder einem, mit gespannter Aufmerksamkeit zuschauenden Herrn in die Arme geschleudert wurde.

Zu den vielen Personen, die sich ihm in dieser frühen Periode seiner Laufbahn freundlich geneigt erwiesen, gehörte das berühmte Seiltänzerpaar, Mr. und Mrs. Ridge, zu jener Zeit der kleine Teufel und die schöne Spanierin genannt. Sie gaben ihm häufig eine Guinee, die ihm sein Vater regelmäßig wegnahm, in eine Büchse, auf welche des kleinen Joes Name geschrieben stand, hineinsteckte, und dieselbe sorgfältig verschloss, worauf er dann dem Knaben den Schlüssel gab und zu ihm sagte: »Merk, Joe, das sein Dein Vermögen, wenn ick tot sein.« Joe kam indes um die Büchse wie um sein ganzes Vermögen, wie wir bald sehen werden.

Da er beinahe vier Monate im Jahre Theaterferien hatte, indem die Weihnachtspantomime im Drury Lane selten länger als vier Wochen gegeben wurde, und die Vorstellungen in Sadlers Wells erst Ostern ihren Anfang nahmen, so schickte ihn sein Vater auf die genannte Zeit in eine Kostschule in Putney zu einem Mr. Ford, von dessen Herzensgüte und Zuneigung zu ihm er noch als ein alter Mann mit der gerührtesten Dankbarkeit sprach. Viele seiner damaligen Schulkameraden widmeten sich später auf die eine oder andere Weise gleichfalls dem Theaterfache, – unter ihnen z. B. Mr. Henry Harris [6] vom Covent-Gardentheater – keiner derselben aber der Pantomime, und wir müssen uns, wenn wir der Laune

---

[6] Dem Verfasser scheint es nicht bekannt gewesen zu sein (vielleicht trog auch Grimaldi sein Gedächtnis), dass dieser Mr. Henry Harris nie Schauspieler war. Er war der Sohn eines anderen sehr bekannten Mr. Harris, des Eigentümers des Covent-Gardentheaters Mr. Harris der Jüngere machte sich dadurch berüchtigt, dass er mit einer Schauspielerin, einer Mrs. Johnson lebte, die verheiratet war und mehrere Kinder hatte, und ferner dadurch, dass er derselben, dem Publikum zum Trotz, hervorstehende Rollen verschaffte, was er auch durchzusetzen wusste. – Mrs. Johnson's Lebensgeschichte war sehr merkwürdig. Sie war die Tochter eines Kunstreiters und einer italienischen Dame, wie man sagte, von hohem Range; das Kind wurde dem Vater mit einer Summe Geldes zugeschickt, darauf nach England gebracht, und lernte seine Mutter niemals kennen.

und Lebhaftigkeit Joes gedenken, nur wundern, dass seine Schulkameraden nicht sämtlich Clowns geworden sind.

Weihnachten 1782 trat er in seiner zweiten Rolle in Drury Lane im »Harlequin dem Jüngeren oder dem Zaubergürtel« auf. Er stellte darin einen Dämon vor, der von einem feindlichen Zauberer abgeschickt war, der Macht Harlequins entgegenzuwirken. Er erwarb sich auch diesesmal großen Beifall, und sein Ruf stand von dieser Zeit an fest, nur dass er mit seinen Jahren an Kräften und Fortschritten natürlich zunahm.

Zu Ostern gab er abermals den Affen in Sadlers Wells, doch ohne dass ihm ein ähnliches Unglück, wie das erzählte, widerfahren wäre, und ging wieder nach Putney, als das Stück am Schlusse des Monats zurückgezogen wurde, und während der Saison nichts mehr für ihn zu tun war.

Weihnacht 1783 trat er abermals in Drury Lane in einer Pantomime, dem »Wirrwarr«, auf, und zwar nicht bloß in seiner alten Rolle als Affe, sondern außerdem noch in der einer Katze. In der letzteren betraf ihn ein Unfall, bei dem er so wenig bleibenden Schaden nahm, dass man fast glauben sollte, er hätte sich mit dem Charakter, den er darstellte, so vollkommen identifiziert, dass er ein wahres Katzenleben besessen. Sein Kostüm hatte den bedeutenden Mangel, dass er, wenn er in dasselbe hineingenäht war, nicht sehen konnte. So geschah es, dass er in eine gewöhnlich durch eine Falltür verschlossene Öffnung hineinfiel, welche offen gelassen war, um einen Brunnen vorzustellen. Er stürzte vierzig Fuß tief hinunter, zerbrach sich das Schlüsselbein und trug mehrere

Kontusionen davon. Er wurde sogleich nach Hause geschafft und der Behandlung eines Wundarztes übergeben, war freilich erst nach Beendigung der Saison in Drury Lane wiederhergestellt, spielte aber Ostern in Sadlers Wells wie gewöhnlich. Im Sommer dieses Jahres erhielt er, als einen Beweis hoher und besonderer Gunst, die Erlaubnis, einen Sonntag um den anderen im Hause seines Großvaters von mütterlicher Seite zuzubringen, der, wie er selbst sagt, [7] »in der Newtonstraße, Holborn, wohnte, ein Metzger en gros, und außerdem Inhaber des Schlachthauses in Bloomsbury war, das er bei seinem Tode einige sechzig Jahre innegehabt hatte«. Joe war ein großer Liebling desselben, und da ihm im Hause des Großvaters viel nachgesehen und zu gut getan wurde, so sah er jedem seiner dortigen Besuche mit großer Sehnsucht entgegen. Sein Vater wünschte seinerseits ebenso lebhaft, dass Joe die Ehre seiner Familie bei diesen Gelegenheiten aufrecht erhalten möchte, und nach großer und langer Überlegung und Beratung mit Schneidern, wurde der »kleine Clown« für einen seiner Sonntagsausflüge folgendermaßen kostümiert; er trug einen grünen, mit fast so vielen künstlichen Blumen, als sein Vater in seinem Lambether Garten angebracht hatte, besetzten Leibrock; unter selbigem glänzte ein seidenes,

---

7 Es möchte nämlich nicht ohne Bedeutung für ihn sein. So häufig es in England verhältnismäßig, dass vornehme und reiche Herren Schauspielerinnen ehelichen, so ist es doch selten genug, dass Töchter wohlhabender und angesehener Eltern auf das Theater gehen, oder gar Tänzerinnen werden. Ein Londoner Metzger en gros ist aber schon eine bedeutende Person, Ich entsinne mich, dass die Tochter eines solchen 10 000 Pfund im Vermögen hatte, und sich mit dem jetzigen Lord Montford, einem Sprösslinge einer der ältesten Adelsfamilien des Landes, verheiratete.

blendend weißes Westchen, wozu noch weiter unten grüne tuchene Kniehosen (das Wort existierte zu jener Zeit) mit reichem Besatze und weißseidene Strümpfe und Schuhe mit blanken Schnallen kamen. Ebenso wenig fehlten ein Spitzenhemde, Halstuch und Manschetten, ein dreieckiger Hut, eine kleine Uhr mit Diamanten – mutmaßlich Theaterjuwelen – und ein Spazierrohr, das er so kecklich handhabe, wie es gegenwärtig unsere großen Clowns nur tun mögen.

Der Vater hielt Generalinspektion vor seinem Abmarsche, drückte die vollkommenste Billigung aus, küsste ihn, forderte ihm den Schlüssel zu seiner »Vermögensbüchse ab, gab ihm aus selbiger eine Guinee, sagte: »Sieh – jetzt sein Du ein Gentleman oder noch mehr – hast einen Guinee in der Tasche«, schärfte ihm ein, um acht Uhr wieder zu Hause zu sein, und entließ ihn, ohne zu gestatten, dass ihn jemand begleitete, und zwar weil er ein Gentleman, und demnach vollkommen imstande wäre, für sich selber zu sorgen.

Die Erscheinung Joes in den Straßen erregte ein beträchtliches Aufsehen, zumal da er ein öffentlicher Charakter war. Ein Gassenbube rief: »Hussa, da ist der kleine Joe!« ein zweiter: »Geht doch, 's ist der Affe!« Ein dritter meinte, es wäre »der Bär, angekleidet zum Tanze«, und ein vierter behauptete, »es möchte die Katze sein, die in Gesellschaft ginge«; während größere und gesetztere Begegnende nicht umhin konnten, herzlich zu lachen und zu bemerken, dass es doch gar zu lächerlich wäre, ein Kind in einem solchen Anzuge allein durch die Straßen gehen zu lassen. Joe schritt indes unter jeweiligen verwunderlichen Grimassen unbekümmert weiter, bis ihm eine auf dem Straßenpflaster liegende Frau auf-fiel, deren elendes Aussehen bereits die Veranlassung gewesen war, dass sich ein Haufen gesammelt hatte. Der Knabe stand gleich anderen still, und wurde, als er die Leidensgeschichte der Verlassenen hörte, so gerührt, dass er in die Tasche griff, und ihr die Guinee, sein ein-ziges Stück Geld, in die Hand drückte, worauf er sich noch mit feierlichen Schritten entfernte. Nunmehr sam-melte sich ein Haufen um ihn und schrie und starrte ihn unendlich verwundert an, wodurch er sich jedoch nicht im Mindesten aus der Fassung bringen ließ, sondern kecklich an der Spitze eines zwei Straßen langen Gefol-ges weiter schritt, bis ein Freund seines Vaters daher-kam, ihn trotz seines Sträubens aufhob und auf den Ar-men nach des Großvaters Hause trug, wo er den Tag zu seiner und jedermanns Befriedigung hinbrachte.

Als er abends wieder anlangte, sah der Vater auf die Uhr, küsste und belobte ihn wegen seiner Pünktlichkeit, untersuchte seinen Anzug, war erfreut, keine Beschädi-gung daran zu finden, und forderte ihm zuletzt den Schlüssel zur »Vermögensbüchse« und die Guinee wie-der ab. Der Knabe dachte zuerst an den Vorfall des Morgens nicht, durchsuchte seine Taschen, entsann sich endlich dessen, was er getan, fiel auf die Knie nieder, bekannte alles und flehte um Vergebung.

Der Vater wusste anfangs nicht, was er tun oder sagen sollte, da er selbst soviel Geld aus Guttätigkeit weg-schenkte. Er blickte den Knaben ein paar Augenblicke ungewiss an, sagte darauf bloß: »Du bekommst eine Tracht Schläge«, und schickte ihn zu Bett.

Zu den Eigenheiten des alten Sonderlings – es war allerdings nicht die liebenswürdigste – gehörte die, dass er stets hielt, was er versprach, und wenn auch vielleicht in Fällen, wie diesem, Monate vergingen, bevor es geschah, wodurch denn die Strafe verdoppelt, verdrei- oder vervierfacht wurde, indem die verlängerte Furcht vor ihr, bei der Gewissheit, dass sie nicht ausbleiben würde, hinzukam. Es waren vier oder fünf Monate vergangen, und der Knabe hatte keine Veranlassung zum Unwillen gegeben, als ihn sein Vater eines Tages sehr unerwartet rief, und ihm ankündigte, dass er ihn sofort abzupeitschen dächte. Der Knabe fing an erbärmlich zu weinen, und stammelte die Frage hervor: »O Vater, wofür denn?« – »Denk an die Guinee!« sagte der alte Herr und prügelte ihn dermaßen, dass Joe sein Leben lang daran dachte.

Die Hausgenossenschaft bestand zu dieser Zeit aus den beiden Eltern, Joe, dessen einzigem Bruder John Baptist, drei oder vier weiblichen Domestiken, und einem Neger, der als Bedienter fungierte und durch die Benennung des »schwarzen Sam« honoriert wurde.

Der Vater war äußerst gastlich und sah ausnehmend gern Freunde bei sich. Er aß selten allein und gab an gewissen Gala-Tagen und namentlich auch am Christabend, große Gesellschaften, bei welchen Gelegenheiten sein wirklich glänzendes Silberservice nebst verschiedenen Bijouterieartikeln zur Bewunderung der Gäste zur Schau gestellt wurde. An einem Christabend, als das Speisezimmer so glänzend als möglich geschmückt und ausgestattet war, stahlen sich die beiden Knaben in des schwarzen Sam Begleitung hinein, und drückten einander ihre Bewunderung all des Glanzes aus.

»Ah«, sagte Sam, »wenn alt Massa sterben, gehören allen die schönen Sachen Euch.«

Sams Bemerkung erregte in hohem Maße die Aufmerksamkeit der beiden Knaben, besonders aber Johns, des jüngeren, der noch sehr jung, wahrscheinlich weit weniger grauenvoll an den Tod dachte, als sein Vater und daher ohne den mindesten Rückhalt oder eine Spur von Zartgefühl ausrief, dass er außerordentlich froh sein würde, wenn ihm alle die schönen Sachen zufielen.

Es wurde nicht weiter darüber gesprochen. Der schwarze Sam ging an seine Geschäfte, die Knaben fingen an zu spielen, und niemand dachte mehr an den Vorfall, den Vater selbst ausgenommen, der zufällig ein unsichtbarer Hörer gewesen war. Er überlegte einige Tage und fasste endlich, um die Sinnesart seiner beiden Knaben zu erforschen, den sonderbaren, doch bei dem ihn stets vornehmlich beschäftigenden Gedanken natürlichen Beschluss, sich tot zu stellen. Er ließ sich im verdunkelten Besuch-Zimmer als Leiche ankleiden, die Dienstboten erhielten ihre Verhaltungsmaßregeln, und den Kindern wurde vorsichtig angekündigt, dass ihr Vater plötzlich verstorben wäre, worauf man sie in das angebliche Totengemach führte. [8]

Joe war anfangs verwirrt, gewann aber bald die feste Überzeugung, dass sein Vater nicht tot wäre. Er hatte ihn noch vor Kurzem vollkommen gesund gesehen, der

---

8 Auf der Bühne ist häufig eine ähnliche Szene dargestellt wurden, woher dem alten Grimaldi wahrscheinlich sein Einfall gekommen war.

schwarze Sam ließ es an heimlichen Winken und Andeutungen nicht fehlen, und als er genau hinsah, bemerkte er, dass der Verstorbene atmete. Er gewahrte sogleich, was er zu tun hatte, begann auf das Trübseligste zu ächzen und zu schluchzen, warf sich zu Boden und wälzte sich wie im schrecklichen Kummer umher.

John, der vom öffentlichen Leben noch nicht soviel gesehen hatte, als sein Bruder, war nicht so verschlagen, sah in des Vaters Absterben nur eine Befreiung von Schlägen und Büchern (vor welchen beiden er einen gleich großen Widerwillen hegte), freute sich des so bald erlangten Besitzes der schönen Silbersachen, sprang im Zimmer umher, sang und schlug Schnippchen, und erklärte, dass er froh wäre, den Vater tot zu sehen.

»O Du abscheulicher Junge«, sagte Joe unter einer Tränenflut. »Hast Du denn gar keine Liebe zu Deinem guten Vater? Ach, was würde ich darum geben, wenn ich ihn wieder lebendig sähe!«

»Papperlappapp!«, sagte John; »sei doch nicht so ein Narr, zu weinen; jetzt gehört uns die Kuckucks-Uhr ganz allein.«

Dies war mehr, als der Abgeschiedene zu ertragen vermochte. Er sprang von seiner Totenbahre, öffnete die Fensterläden und bläuete den jüngeren Sohn unbarmherzig ab; während Joe, über sein eigenes Schicksal zweifelhaft, hinauslief und sich im Kohlenkeller versteckte, wo ihn der schwarze Sam ein paar Stunden darauf fest eingeschlafen fand, und ihn zu seinem Vater trug, der ihn ängstlich gesucht hatte und ihn als den

zärtlich und wahrhaft liebenden Sohn auf das Liebe-
vollste empfing.

Joe war von dieser Zeit an bis zum Jahre 1788 für dieselben Saläre engagiert, die er von Anfang an sowohl in
Drury Lane, als Sadlers Wells erhalten hatte.

Zweites Kapitel.

1788 bis 1795

**Des Vaters wirklicher Tod. – Sein Testament und des
Testamentsvollstreckers Bankerott. – Edelmütiges Benehmen des Lehrers Grimaldi's und des Schauspielers
Wrougthon. – Sheridan's Wohlwollen. – Grimaldis
Mühen und Erholungen. – Insekten-Fangen. – Ex-
kursion nach den »Dartford-Bläulingen.« – Mrs. Jordan. – Abenteuer aus Clapham Common; der blecher-
ne Sixpence. – Grimaldis erste Liebe.**

Nach verschiedenen öffentlichen Angaben starb Grimaldis Vater im Jahre 1787; aus mehreren Stellen der
von dem Sohne diktierten Memoiren geht aber hervor,
dass er am 14. März 1788 an der Wassersucht im sie-
benundachtzigsten Lebensjahre gestorben und auf dem
Begräbnisplatze der Exmouthstraßen-Kapelle begraben
ist, wo er – wenn der Platz zu jener Zeit nicht etwa größer als jetzt gewesen – bei seiner Lebzeit sehr wenig
Raum zum grübelnden Umherwandeln gehabt hat. Er
hinterließ ein Testament und verordnete darin, dass seine sämtlichen Effekten und Juwelen in öffentlicher Ver-
steigerung verkauft werden sollten; die daraus zu lö-
sende Summe habe man seinem baren Vermögen, das
sich auf mehr als 15 000 Pfund belief, hinzuzufügen, und

das ganze zwischen den beiden Brüdern gleich zu verteilen, sobald sie zur Mündigkeit gelangten. Er hatte den schon genannten Mr. King zum Mit-Testamentsvollstrecker neben einem gewissen Mr. Joseph Hopwood ernannt, einen Spitzenfabrikanten in Long Acre, der in dem Rufe stand, nicht bloß Inhaber eins großen Geschäfts, sondern auch Besitzer eines beträchtlichen unabhängigen Vermögens zu sein. Mr. King lehnte die Mitwirkung ab, Mr. Hopwood legte das ganze Kapital der Brüder in seinem Geschäfte an, machte binnen Jahresfrist Bankerott, entfloh aus dem Lande, und man hat niemals wieder etwas von ihm gehört. So verloren die Brüder ihr Vermögen und waren wegen ihres Unterhalts auf ihre eigenen Hilfsquellen und Anstrengungen verwiesen.

Es ehrt sowohl die Freunde der Witwe und ihre Söhne, als es für den Charakter und das Benehmen der Familie Grimaldi zeugt, dass ihr sogleich von allen Seiten Beistand zuteilwurde. Mr. Ford, Grimaldis Lehrer, erbot sich, Joseph in seine Pensions-Anstalt aufzunehmen und ihn zu adoptieren. Die Mutter wies dieses Anerbieten zurück, und nun erhöhte Sheridan, der damals Eigentümer des Drury Lane Theaters war, des Knaben Gehalt aus freien Stücken auf ein Pfund wöchentlich und erlaubte der Mutter, die bei demselben Theater von Kindheit an Tänzerin gewesen war und noch war, ein ähnliches Engagement in Sadlers Wells anzunehmen, was der Tat nach einem doppelten Saläre gleichkam, da beide Schauspielhäuser während eines beträchtlichen Teils des Jahres zugleich geöffnet waren.

21

In Sadlers Wells, wo Joseph im Jahre 1788 kurz nach seines Vaters Tode wie gewöhnlich auftrat, war man weniger großmütig. Sein Gehalt wurde ohne alle Umstände von fünfzehn Schillingen wöchentlich auf drei heruntergesetzt, und der Mutter auf ihre Gegenvorstellungen erwidert, wenn die Änderung ihren Beifall nicht habe, so stehe es ihrem Sohne vollkommen frei, seine schätzbaren Dienste jedem beliebigen anderen Hause zu widmen. So gering indes das angebotene Gehalt war, sie konnte es nicht entbehren, und Joe blieb daher beim Sadlers Wellstheater drei Jahre lang für drei Schillinge wöchentlich, beaufsichtigte das Requisitenzimmer, leistete bald dem Zimmermanne, bald dem Maler Beistand und half, mit einem Worte, wo oder wie es gerade erforderlich war.

Als die Familie ihr Vermögen verloren hatte, musste sie eine bescheidene Wohnung suchen, und fand sie im Hause eines Bekannten, Mr. Bailey's in der Great-Wildstraße, wo sie mehrere Jahre wohnte. John war nicht zu bewegen, ein regelmäßiges Engagement anzunehmen, denn alle seine Gedanken und Träume drehten sich um den Plan, zur See zu gehen, und obenein hegte er den ausgemachtesten Widerwillen gegen die Bühne. Man ließ ihn bisweilen holen, wenn man in Drury Lane bei einer Vorstellung Knaben bedurfte, er erschien und erhielt einen Schilling für den Abend; allein seine Unlust und Abneigung war so offenbar, dass der Schauspieler Wroughton, der um diese Zeit nach Mr. King durch Kauf Eigentümer des Sadlers Wells-Theaters wurde, zu seinen Gunsten einschritt, und ihm eine Stelle an Bord eines Ostindien-Fahrers verschaffte, der soeben absegeln sollte.

John war fast außer sich vor Freude, die jedoch durch die Entdeckung getrübt wurde, dass eine Equipierung notwendig sei und über 13 Pfund kosten würde, eine Summe, welche die Mutter herbeizuschaffen außerstande war. Doch derselbe gutherzige Herr entfernte das Hindernis, gab mit einer Bereitwilligkeit, welche den Wert der Wohltat hundertfach erhöhte, ohne Sicherheit oder Handschrift die ganze erforderliche Summe her, und sagte nur: »Hör', John, wenn Du Kapitän wirst, musst Du mir das Geld zurückzahlen.«

Nach zwei Tagen nahm John von den Seinigen Abschied und wurde an Bord gebracht, wo er, nachdem er gehört, dass das Schiff erst in acht bis zehn Tagen absegeln würde, ungeduldig und seine ganze Ausstattung zurücklassend, nach einem in der Nähe liegenden königlichen Flottenschiffe schwamm, das im Begriff war, die Anker zu lichten, sich unter einem angenommenen, den Seinigen nie bekannt gewordenen Namen als Matrose oder Kajütenjunge einschreiben ließ, verschwand, und vierzehn Jahre lang nichts von sich weder sehen noch hören ließ.

Joe war zu dieser Zeit weit entfernt, müßig zu sein. Er musste jeden Morgen von Drury Lane nach Sadlers Wells wandern, um den Proben beizuwohnen, welche damals um zehn Uhr ihren Anfang nahmen; um zwei Uhr zum Mittagessen wieder in Drury Lane sein, wenn er nicht gar verhungern wollte; durfte abends sechs Uhr den Anfang der Vorstellungen in Sadlers Wells nicht versäumen, und war dann bis elf Uhr oder noch später so unablässig beschäftigt, dass er sich wohl zwanzigmal umzukleiden hatte.

So vergingen ihm einige Jahre im gewöhnlichen Gleise, nur dass er immer größere Fortschritte in seinem Fache und der Gunst beim Publikum machte, was denn auch Einfluss auf seine Einnahme hatte. Im Jahre 1794 wurde sein Gehalt in Drury Lane verdreifacht, während er in Sadlers Wells von drei Schillingen wöchentlich bis zu vier Pfunden gestiegen war. Er wohnte während dieser ganzen Zeit mit seiner Mutter in der Great-Wildstraße. Der Hauswirt war gestorben, und die Tochter der Witwe desselben hatte, indem sie Mrs. Grimaldi häufig nach Sadlers Wells begleitet, Mr. Robert Fairbrother, der sowohl dort als in Drury Lane engagiert war, kennengelernt und geheiratet, worauf ihn Mrs. Bailey in ihr Kürschnergeschäft mit aufnahm, das er mit außerordentlichem Glück betrieb.

Grimaldi verdiente sich manche Guinee von Mr. Fairbrother, indem er demselben in seinen Mußestunden beim Rauchhandelgeschäft half und sich nebenher belehren ließ, ebenso wie er häufig, wenn in jenem nichts zu tun war, nach der Newtonstraße ging, und seinen Verwandten beim Schlachtgeschäfte umsonst Hilfe leistete: So groß war sein Widerwillen gegen das Müßig-Sein. Er sagt uns nicht, ob es praktischer Geschäftskenntnis bedurft, um jenes Geschick und die Gewandtheit zu zeigen, womit er späterhin in seiner Glanzperiode die Braten seiner Kunden als Bäcker verkürzte, oder das Gewicht des Fleisches als Fleischer künstlich vergrößerte, hoffen aber zur Ehre des Bäcker- und Metzger-

Geschäfts, dass seine Moral in dieser Beziehung lediglich eine imaginäre gewesen ist. [9]

So stand es mit seinen Beschäftigungen, wobei es indes auch an Vergnügungen nicht fehlte. Er hatte Tauben, sammelte Insekten und brachte eine Sammlung von 4000 Fliegen zusammen, die ihn, wie er sagt, »viel Zeit, Geld und Mühe gekostet«, wofür ihn jedoch der Entomologist hinreichend belohnt erachten wird. Er erinnerte sich noch in seinem Alter mit Lust dieser Bestrebungen und rief sich gern eine Gegend in Surrey und eine andere in Kent zurück, wo sich zwei berühmte Fliegen fanden. Eine derselben hieß »die Schönheit von Camberwell« (sie war äußerst hässlich, wie er sagt) und die andere »Datford-Bläuling«, wovon er einen großen Vorrat sammelte und deren Fang er sich, als sie sich zeigten, im Juni nämlich, große Anstrengungen kosten ließ.

Da er jeden Abend in Sadlers Wells spielen musste, war er genötigt, sich zu gedulden, bis seine Geschäfte auf dem Theater beendet waren. Er begab sich darauf nach Hause, aß zu Abend und machte sich um Mitternacht nach dem fünfzehn Meilen von London entfernten Dartford auf den Weg, wo er um fünf Uhr morgens bei einem Freunde, namens Brooks, anlangte, ausruhte und frühstückte, um dann auf den Feldern umherzustreifen. Er war nicht eben glücklich, denn er hatte nach einigen Stunden nur einen einzigen Dartford Bläuling gefunden,

---

9 In den Pantomimen treten Harlequin und der Clown bisweilen zuerst als Handwerker oder Geschäftsleute irgendeiner Art auf, z. B. als Bäcker und Bäckergesell. In dieser Rolle war Grimaldi äußerst komisch, wenn die Pasteten und Puddinge zum Backen gebracht wurden, und er dann von allen ein wenig stibitzte, wie es den Bäckern nachgesagt wird.

mit welchem er jedoch, vorläufig vollkommen befriedigt, zu dem Freunde zurückkehrte. Um ein Uhr nahm er von dem letzteren Abschied, langte in London um fünf an, kleidete sich um, trank seinen Tee und eilte nach Sadlers Wells. Es war keine Zeit zu verlieren (denn die Erscheinung der Dartford Bläulinge stand fest), wenn er noch mehr Exemplare erlangen wollte; sobald daher Pantomime und Abendessen beendet waren, marschierte er abermals nach Dartford ab, fing diesesmal vier Dutzend Bläulinge, spießte sie kunstgerecht auf, war um vier Uhr nachmittags wieder zu Hause und zur gehörigen Zeit auf dem Theater. Allein die notwendige Anzahl Bläulinge war noch nicht gefangen; er freute sich zu hören, dass die Pantomime zuerst gespielt werden sollte, konnte daher London schon um neun verlassen, erreichte Dartford um ein Uhr, aß, und legte sich ermüdet zu Bett. Der folgende Tag war ein Sonntag, er brauchte daher nicht nach der Stadt zurückzukehren, fing im Laufe des Morgens mehr Bläulinge, als er bedurfte, und brachte den Mittag und Nachmittag vergnüglich bei dem Freunde zu. Am Montag-Morgen stand er früh auf und hatte um Mittag seine Rolle, nachdem er der Probe beigewohnt, vollkommen inne.

Wir können annehmen, dass Grimaldi durch diese und ähnliche Bestrebungen, bei Mäßigkeit und Nüchternheit, einen großen Teil jener Körperkraft und Gewandtheit erlangte, ohne welche er es in seiner Kunst nicht so weit gebracht haben würde. Indes war seine Liebe zur Entomologie nicht der einzige Beweggrund bei seinen Ausflügen nach Dartford; ein anderer, stark wirkender war der, dass er »einer der liebenswürdigsten Frauen ihrer

Zeit« – der unglücklichen Mrs. Jordan, [10] welche damals beim Drury Lane-Theater engagiert war, eine kleine Insekten-Sammlung versprochen hatte.

Einst trug er während einer Vormittags-Probe eine Schachtel mit Insekten unter dem Arme. Mrs. Jordan neugierig zu wissen, was darin wäre, verlor sie nicht aus den Augen, fragte endlich, was sie Artiges enthielte, und seine Antwort bestand darin, dass er die Schachtel öffnete und ihr die Insekten zeigte. Er sagte nicht, ob es Dartford-Bläulinge gewesen, wohl aber, dass er große Geschicklichkeit, sie wohl zu erhalten und zu ordnen, besessen, und dass er die ganze Mühe aus ehrerbietiger Galanterie gegen die einnehmendste Dame ihrer Zeit übernommen und derselben, nach zuvor erhaltener Erlaubnis, am ersten Tage der neuen Saison, und nachdem sie die Probe der Rosalinde in »Wie es Euch gefällt« beendigt, zwei Rahmen mit Insekten überreicht habe; dass Mrs. Jordan (und er selbst wenigstens ebenso sehr) entzückt gewesen, die Rahmen in ihrem Wagen mit nach Hause genommen und sein Herz durch die Mitteilung erfreut habe, dass seine Königliche Hoheit, der Herzog von Clarence, die Insekten so schön, wo nicht schöner

---

gefunden, als irgendetwas der Art, das er jemals gesehen.

Sein einziger Begleiter, außer dem Dartforder Freunde, bei diesen Ausflügen war Nobert Gomery, oder »Freund Bob«, wie er von seinen näheren Bekannten genannt wurde, zu jener Zeit Schauspieler beim Sadlers Wells-Theater, und später während vieler Jahre ein Liebling des Publikums in den kleineren Theatern der Hauptstadt. Er lebt oder lebte wenigstens bis vor Kurzem von seinem Gelde in Bath. Grimaldi hatte ein kleines Abenteuer mit ihm, das er mit großem Vergnügen zu erzählen pflegte.

Er war eines Tages mit Freund Bob vom frühen Morgen bis an den Abend auf der Insektenjagd gewesen, und sie hatten an nichts anderes gedacht.

»Bob«, sagte Grimaldi endlich, »ich bin sehr hungrig.«

»Ich auch«, erwiderte Bob.

»Da ist ein Wirtshaus,« bemerkte Grimaldi.

»Kommt uns gerade recht«, sagte Nobert Gomery.

Grimaldi war dessen minder gewiss. Es war ein sehr gutes Gasthaus, allein er hatte kein Geld und zweifelte auch stark, ob sein Freund damit versehen wäre.

»Lass uns hineingehen«, fuhr Bob fort. »Es wird spät – Du bezahlst.«

»Nein, nein; Du!«

»Ich würde es gern tun, habe aber kein Geld bei mir.«

Grimaldi griff mit einem seiner lächerlichsten Gesichter erst in die rechte, dann in die linke, dann in die Rock-

und die Westen-Taschen, nahm zuletzt den Hut ab und schaute hinein, allein nirgend wollte sich Geld finden.

Sie näherten sich inzwischen dem Gasthause und berieten äußerst niedergeschlagen mit sich selbst, als Grimaldi plötzlich unter einem Baume ein Geldstück erspähte, es aufhob und unter vielen pantomimischen Freuden-Bezeugungen ausrief: »Ein Sixpence, ein Sixpence!«

Die Mienen des hungrigen Freundes erheiterten sich, nahmen jedoch bald wieder ihren trübseligen Ausdruck an. »Es ist ein Stück Blech«, sagte er.

Grimaldi rieb und beschaute den Fund um und um, und behauptete das Gegenteil. Der Freund drückte kopfschüttelnd fortwährend Zweifel aus.

»Ich will Dir etwas sagen,« entgegnete Grimaldi, »wir wollen hineingehen und den Wirt fragen. Diese Leute wissen dergleichen am besten.«

Bob stimmte bei; sie eilten weiter, und hörten nicht auf zu streiten, ob der Fund ein Stück Geld, oder ein Stück Blech wäre. Das Geld war zu jener Zeit so abgegriffen, dass über eine Frage dieser Art allerdings Zweifel obwalten konnten.

Der Wirt, ein munterer beleibter Mann, stand vor der Tür und sprach mit jemand. Das Haus sah so einladend aus, dass sich Gomery, als sie bis auf wenige Schritte herangekommen waren, nicht enthalten konnte, Grimaldi zuzuflüstern, es möchte das Beste sein, dass sie sich vor allen Dingen Brot und Käse geben ließen und dann erst die große Frage an den Wirt richteten.

Grimaldi nickte ihm Billigung zu, sie gingen hinein und forderten Brot, Käse und einen Trunk Bier. Sobald sie die ungestümsten Forderungen ihres Hungers befriedigt hatten, bedienten sie sich eines Hellers, den Grimaldi noch in einer seiner Taschen entdeckt, um nach »Schrift oder Bild« entscheiden zu lassen, wer den Sixpence vorzeigen sollte. Das Los traf Grimaldi; er trat gravitätisch zu dem Wirte, legte die zweifelhafte Münze mit seiner ganzen eigentümlichen Würde vor ihm auf den Tisch und forderte ihn auf, sich davon bezahlt zu machen.

»Ganz recht, Sir«, sagte der Wirt, nach der wunderbaren Miene, die Grimaldi angenommen, statt nach dem Sixpence zu sehen.

»Ist es auch recht, Sir?«, fragte Grimaldi.

»Allerdings, ich danke Ihnen, meine Herren«, erwiderte der Wirt und steckte die Münze, oder was es sonst war, in die Tasche.

Gomery sah Grimaldi an, und Grimaldi ging mit einer Miene und einem schlechterdings unbeschreiblichen Wesen, gefolgt von seinem Freunde, aus dem Hause hinaus.

»Solch ein Glück ist mir noch niemals begegnet«, sagte er. »Der Sixpence war eine wahrhaftige Gottesgabe.«

»Das Blechstück willst Du sagen«, bemerkte Gomery.

Ob der Fund das eine oder andere war, ist ungewiss, allein Grimaldi besuchte dasselbe Gasthaus späterhin noch öfter, und da der Sache nicht wieder erwähnt wurde, so hielt er sich vollkommen überzeugt, dass es ein guter wirklicher Sixpence gewesen sei.

Anfangs 1794 bezog er mit seiner Mutter ein sechs Zimmer enthaltendes Haus in Penton Place, Pentonville, mit einem Garten. Sie überließen einige der Zimmer einem Mr. Lewis und dessen Frau, welche in Sadlers Wells engagiert waren, lebten so drei Jahre. Da Grimaldis Gehalt eine Steigerung erfahren hatte, so fing er an, sich als vollkommen unabhängig zu betrachten. Zu Ostern nahmen die Vorstellungen in Sadlers Wells wie gewöhnlich ihren Anfang. Er machte Furore in einer neuen Rolle, und sein Ruf nahm rasch bedeutend zu. Er knüpfte zu dieser Zeit eine neue Bekanntschaft an, die für viele Jahre einen wesentlichen Einfluss auf sein Lebensglück gewann. Es ging damit folgendermaßen zu.

Wenn Probe in Sadlers Wells war, pflegte seine, bei dem dortigen Theater gleich ihm selbst engagierte Mutter den ganzen Tag im Schauspielhause zuzubringen, im Ankleidezimmer zu essen und sich mit Nähtereien zu beschäftigen. Sie hatte dies angefangen, weil die Great-Wildstraße von Sadlers Wells sehr weit entfernt war, und als sie in Penton Place dem Schauspielhause so viel näher wohnte, setzte sie es fort, weil sie sich einmal daran gewöhnt hatte. Mr. Hughes, der zu dieser Zeit Haupteigentümer des Theaters geworden war und ein anstoßendes Haus bewohnte, hatte mehrere Kinder. Das älteste derselben war eine Tochter. Miss Maria Hughes war eine ausgezeichnete junge Dame. Sie hatte immer sehr viel von Grimaldis Mutter gehalten und benutzte jede Gelegenheit, in ihrer Gesellschaft zu sein; sie pflegte bei ihr von drei oder vier bis sechs Uhr, mit einer weiblichen Arbeit beschäftigt, im Ankleidezimmer zu verweilen, und ging, wenn die anderen beim Theater engagierten Frauenzimmer sich einstellten. Grimaldi pflegte sich zwischen vier und fünf Uhr einzufinden, trank zur letztgenannten Stunde den Tee mit seiner Mutter und blieb ebenso lange wie sie. So entstand zwischen ihm und Miss Hughes eine genauere Bekanntschaft, die allmählich wärmere Gefühle erweckte.

Den folgenden Tag, nachdem er in seiner neuen Rolle so großen Beifall geerntet, begab er sich wie gewöhnlich in das Ankleidezimmer, wo ihn seine Hausbewohnerin, Mrs. Lewis, die Garderobemeisterin, die zufällig anwesend war, mit Lobsprüchen überhäufte. Miss Hughes war gleichfalls zugegen, sagte aber lange Zeit nichts, und Grimaldi hörte so ungeduldig, als er konnte, Mrs. Lewis zu. Er hätte Miss Hughes lieber eine Minute, als die letztere eine Stunde reden hören. Endlich schwieg sie, um Atem zu schöpfen, wie die besten Redner von Zeit zu Zeit nicht umhin können, und nun blickte Miss Hughes auf und sagte mit einigem Stocken, Mr. Grimaldi hätte ihrer Meinung nach die Rolle außerordentlich gut gespielt, so gut, dass es ihm sicher niemand gleich tun könnte.

Grimaldi hatte auf dem Wege nach Sadlers Wells die Sache überlegt und beschlossen, wenn Miss Hughes sein Spiel loben würde, mit einer feinen und wohlgesetzten Schmeichelei zu erwidern, die eine Andeutung auf den Zustand seiner Gefühle enthielte. Er hatte mehrere ausgesonnen, vermochte aber, sobald ihm Miss Hughes ihr Lob ausgesprochen, kein Wort hervorzubringen, errötete stark, nahm eine sehr spaßhafte Miene an, fühlte sich äußerst verlegen, machte endlich eine ungeschickte Verbeugung und ging nach der Tür, um sich zu entfernen.

Es war sechs Uhr, und die Damen traten eben herein. Er war stets eine Art Liebling derselben gewesen, und ein paar der lebhaftesten und mutwilligsten – deren einige es in fast allen Schauspielerinnen – wie anderen Gesellschaften gibt – lobten zuerst sein Spiel und zogen ihn sodann mit einem anderen Gegenstande auf.

»Joe ist so unendlich beliebt geworden«, sagte die eine, »dass er sich nach einem Liebchen umsehen sollte.«

Hier blickte Joe nach Miss Hughes und errötete noch weit stärker. »Sehr wahr,« fiel die zweite ein. »Was sagen Sie zu einer von uns, Joe?«

Joe wurde so betreten, dass sein Aussehen ein allgemeines Gelächter erregte.

»Wenn ich nicht sehr irre, meine Damen,« nahm Mrs. Lewis das Wort, »so hat Joe bereits ein Liebchen.«

Eine andere Dame sagte, sie wisse bestimmt, dass er deren zwei, noch eine andere, dass er deren drei hätte, und so fort. Er stand unterdessen mit gesenkten Blicken fast außer sich vor Unruhe und Verdruss da, zu denken, dass Miss Hughes diese Anklagen hörte und ihnen vielleicht gar Glauben schenkte.

Er eilte endlich hinaus, überlegte noch reiflicher, und gelangte bald zu dem Schlusse, dass Mr. Hughes' schöne Tochter einen unauslöschlichen Eindruck auf sein Herz gemacht habe und dass er gar nicht heiraten möchte, wenn sie ihn nicht erhörte, in welchem Falle er für immer unglücklich sein würde; anderer ähnlichen Folgerungen nicht zu gedenken, wie sie von jungen Leuten aus gleichen Vorsätzen gezogen zu werden pflegen. Mehrfache Sorgen und Befürchtungen begleiteten jedoch die Entdeckung. Der gewünschten Verbindung schien sich in seinen und der Dame so verschiedenen Verhältnissen ein fast unüberwindliches Hindernis entgegenzustellen; er hatte keinen Grund zu glauben, dass Miss Hughes andere Gefühle für ihn hege, als solche, die sie gegen den Sohn einer Freundin, welche sie schon lange gekannt hatte, zu unterhalten geneigt sein möchte. Diese Betrachtungen machten ihn so unglücklich, als der leidenschaftliche Liebhaber zu sein wünschen konnte. Er aß wenig, trank wenig, schlief noch weniger, verlor seine heitere Laune und ließ mit einem Worte eine große Menge von Krankheitsanzeichen blicken, dergleichen unter allen Umständen bedenklich gewesen sein würden, es aber besonders bei einem Patienten waren, bei welchem die Erfüllung seiner schwachen Hoffnungen hauptsächlich davon abhing, dass er sich seine humoristische heitere Laune bewahrte.

Drittes Kapitel.

Glückliche Liebeswerbung. – Ein Unfall und die »Grimaldi-Tinktur«. – Wachsende Gunst des Publikums. – Einbruch durch eine Diebesbande. –

Dass eine mit dem lustigen Bühnensohne so jäh erfolgte gründliche Wandlung seiner Umgebung und vor allem seiner ihn zärtlich liebenden Mutter nicht verborgen bleiben konnte, lässt sich wohl annehmen, besonders wenn er immer unter ihren Augen lebt. Natürlicherweise suchte man hinter den Sachverhalt zu kommen, konnte aber die Wahrheit nicht aus ihm herausbringen. Seine näheren Bekannten erfuhren weiter nichts, als dass er sich nicht recht auf dem Posten be-

fände, dass ihn die Rollen, die er zu spielen hätte, stark in Anspruch nähmen, und was dergleichen Ausflüchte mehr waren.

Was der Mutter am meisten auffiel und wofür sie gar keine Erklärung finden konnte, war, dass er sich gar nicht mehr in der Garderobe sehen ließ, während er doch seither dort noch tagtäglich erschienen war, und dass er sein Glas Tee entweder gar nicht mehr vorm Auftreten, oder schon zuhause trank.

Dies hatte indessen keinen andern Grund, als dass es ihm widerstrebte, im Beisein von Miss Hughes von den anderen Damen gehänselt zu werden, und gerade von diesen selbst darüber, dass er sich ärgere. Ihm war das so ärgerlich, dass er lieber ihrer Gesellschaft aus dem Wege ging.

So ging es ein paar Wochen hindurch, bis er einmal abends während der Vorstellung, um einen nötigen Gegenstand zu holen, doch wieder in der Garderobe erschien, und sich dort, statt seiner alten Freundin, Frau Lewis, Miss Hughes gegenüber sah.

Zeigt in solchem Falle die Dame ein bisschen Interesse, so fasst der Herr leicht Mut, aber Miss Hughes ließ von Interesse nichts verspüren, sondern sagte nur:

»Ei, Joe, ich habe Sie ja volle vierzehn Tage nicht gesehen, wo blieben Sie denn seither? Und warum sieht man Sie auch beim Tee nicht mehr?«

Ihr freundlicher Ton flößte dem Liebenden doch einigen Mut ein, unter einigen Anstrengungen erwiderte er:

»Mir ist nicht recht wohl.«

»Nicht recht wohl!« wiederholte die junge Dame, und zwar mit solcher Teilnahme, dass der arme Joe wieder all seinen Empfindungen unterlag, und da er tatsächlich unwohl und angegriffen war, gab er sich vergeblich alle Mühe, ein vergnügtes Gesicht zu zeigen, sodass er in helle Tränen ausbrach.

Die junge Dame blickte ihn eine Weile lang erschüttert an, dann sagte sie im Tone des innigsten Mitleids:

»Ihnen ist, wie ich sehe, wirklich nicht Wohl, Sie haben sich recht verändert, was ist Ihnen denn? ... Sagen Sie es mir doch, bitte!«

Der junge Mensch, der die Erregbarkeit seines Vaters, ohne die schlimme Seite derselben geerbt haben mochte, warf sich auf einen Stuhl, weinte wie ein Kind und machte vergebliche Versuche, ein paar Worte zu stammeln, die aber völlig unverständlich waren. Miss Hughes bemühte sich nun in aller Liebenswürdigkeit, ihn zu beruhigen. In demselben Augenblicke trat Mrs. Lewis ein, sie überraschte das junge Paar in seiner sentimentalen Situation. Grimaldi glaubte sich recht lächerlich gemacht zu haben, sprang auf und eilte hinaus.

Mrs. Lewis, an Jahren und Erfahrung in solchen Dingen reicher als die jungen Leutchen, schwieg zunächst, überlegte, was sie gesehen hatte, und sprach am folgenden Morgen Grimaldi, der nach einer schlaflosen Nacht sich durch allerlei trübe Gedanken verwirrt erschien, und ratlos, all seiner süßen Hoffnungen beraubt, im Garten umherirrte.

»Du lieber Gott, Joe! Wie verzagt Sie aussehen! Was fehlt Ihnen denn?« fragte ihn die alte Dame.

Zuerst gab er ausweichende Antworten. Da er aber in ihre Klugheit und wohlmeinende Gesinnung großes Vertrauen setzte, legte er ihr, nachdem er ihr das Versprechen abgenommen, kein Sterbenswort zu sagen, Generalbeichte ab. Mrs. Lewis erklärte sich auf der Stelle bereit, seine Herzallerliebste auszuforschen. In erster Linie gab sie ihm den Rat, einen Brief abzufassen und in Bereitschaft zu halten, worin er ihr all seine Gefühle offenbarte. Verliefe ihre Unterredung mit ihr günstig, dann solle der Brief am andern Morgen abgegeben werden.

Grimaldi folgte diesem Rate und verwandte nun all sein Können auf ein solches Schreiben. Endlich hatte er das schwere Stück Arbeit fertiggebracht, aber mit dem Resultat derselben war er just nicht zufrieden, bald gefiel ihm ein Satz nicht, bald hatte er an dem und dem Worte auszusetzen. Schließlich ließ er es aber so, wie es war, ging nach Sadlers Wells, hütete sich aber, einen Fuß in die Garderobe zu setzen, und spielte seine Abendrolle mit einem Feuer und einer Verve, wie kaum je zuvor.

Sobald er sich umgekleidet hatte, ging er wieder zu Mrs. Lewis, die ihm ohne alles Zögern mitteilte, was sich seit dem Vormittage zugetragen hatte, sie sagte ihm ihre Meinung darüber, verschwieg aber das, was sie für ungünstig und zweifelhaft hielt.

Mrs. Lewis hatte der jungen Dame zuerst ihr Erstaunen darüber ausgedrückt, dass Joseph seit einiger Zeit gar so schlecht aussähe. Darauf hatte die junge Dame geäußert, das sei freilich wohl der Fall, wobei es Mrs. Lewis schien, als ob es der jungen Dame recht lieb gewesen wäre, wenn dieses Thema weiter gesponnen würde, als ob sie aber nicht recht wisse, wie sie es anstellen solle, es weiter zu führen.

»Was mag ihm denn nun fehlen?«, hatte sie gefragt.

»Nun, ich weiß es, meine Liebe. Joseph ist verliebt.«

»Verliebt? Ei, was!« hatte sie darauf geantwortet.

»Jawohl, und zwar bis über die Ohren. In solchem Zustande habe ich einen jungen braven Menschen noch nie gesehen.«

»Und in wen mag er sich denn verguckt haben?«, hatte Miss Hughes gefragt und dabei anscheinend gleichgültig den Blick auf einen vor ihr liegenden Gegenstand gerichtet.

»Das ist noch ein Geheimnis. Ich kenne wohl ihren Namen, aber sie – das Mädchen – weiß noch nichts davon, dass er sie liebt. Nun soll ich ihr deshalb morgen Abend einen Brief überreichen, worin er sich offen über alles ausspricht.«

»Ich möchte den Namen gar zu gern wissen.«

»Ich kann ihn aber nicht nennen, denn ich habe Joe das Versprechen gegeben, vorerst noch reinen Mund darüber zu halten. Wenn Ihnen aber gar soviel daran liegt, ihn zu erfahren, dann lässt sich schließlich eins tun: Ich kann Ihnen die Aufschrift des Briefes zeigen. Auf diese Weise kann ich Sie schließlich einweihen, ohne mein Wort zu brechen.«

Miss Hughes war darüber vor Freude schier aus dem Häuschen geraten, hatte auf der Stelle Zeit und Stunde mit Mrs. Lewis verabredet, worauf dann sich diese verabschiedete von Miss Hughes.

Grimaldi war nicht so hoffnungsfreudig wie Mrs. Lewis; er wandte sich seinem Heim zu und suchte bald die Ruhe auf, konnte aber kein Auge zutun, und als Mrs. Lewis am andern Morgen mit seinem Schreiben nach Sadlers Wells hinüber gegangen war, hatte er den Tag in einem Zustande verbracht, dass er selbst nicht recht wusste, wie er so rasch dahingegangen war.

Um fünf Uhr begab er sich nach dem Theater, um Näheres über das Schicksal seines Briefes zu hören.

»Ich habe ihn noch immer nicht abgeben können«, erklärte Mrs. Lewis, »gehen Sie aber in die Garderobe, dort werden Sie Miss Hughes finden, und werden wohl auch nicht lange im unklaren darüber sein, ob Sie ihr Interesse abgewinnen oder nicht, wenn Sie sie eine Weile lang beobachten.«

Er ging in die Garderobe. Sie war dort, sah aber sehr blass aus und hatte augenscheinlich geweint. Die Stunde, die ihnen blieb, verflog geschwind. Die junge Dame eilte zu ihrer Vertrauten, um sie nach dem Briefe zu fragen, den Joseph ihr anvertraut hatte.

Mrs. Lewis antwortete schelmisch, freilich, den Brief hätte sie.

»So lassen Sie ihn mich sehen! Ich möchte doch gar zu gern wissen, wer das Mädchen ist, mit dem Joseph glücklich zu werden hofft.«

»Ohne Josephs Erlaubnis kann ich es Ihnen wahrhaftig nicht sagen, liebes Kind«, hatte Mrs. Lewis darauf geantwortet. »Ach, wüssten Sie bloß, was ich seit gestern Abend ausgestanden habe!«, rief Miss Hughes, war dann ein Weilchen still, rief aber dann erregt, sie fürchte, noch um ihren Verstand zu kommen, wenn sie noch länger in Ungewissheit gelassen würde!«

»Aber wie können Sie bloß so etwas reden, mein liebes Mariechen! Den Verstand verlieren! Sie selbst werden doch kaum so töricht gewesen sein, sich in Joseph zu verlieben? Aber da Ihnen so sehr viel daran liegt, den Brief zu sehen, will ich ihn Ihnen nicht länger vorenthalten; nur müssen Sie mir versprechen, bei der Dame, an die er gerichtet ist, für den armen Joe ein gutes Wort einzulegen.«

Dazu schien sich Miss Hughes gar nicht recht verstehen zu wollen, erwiderte aber endlich stockend, sie wolle versuchen, ob es ihr möglich sein werde. Darauf gab ihr nun Mrs. Lewis den Brief, aber kaum hatte sie die Aufschrift gelesen, so fiel ihr der Brief aus der Hand, und sie sank ihrer Freundin in die Arme ...

Grimaldi war unterdessen auf der Bühne, eifrig bemüht, das Beste aus seiner Rolle zu machen, weil er sich sagte, dass er nur Aussicht haben könnte, seine Hoffnungen erfüllt zu sehen, wenn er mit seiner Rolle »durchdrückte«. Da sah er kurz vor dem ersten Aktschlusse jemand in die Loge des Mr. Hughes treten ... und wen? Die Dame, um die sich all sein Denken drehte!

Zitternd dachte er bei sich: Den Brief muss sie bekommen haben ... sie muss sich nun klar darüber geworden sein, wie sie sich verhalten will, mir gegenüber! Und er hätte alles in der Welt dafür hingegeben, zu wissen; wie die Dinge ständen ... Seine Rolle verlangte, dass er dicht ans Orchester trat, also ganz in ihre Nähe ... und sie – sie nickte ihm lächelnd zu! O, es war nicht das erste Mal, dass sie ihm zugenickt, ihm lächelnd zugenickt hatte. Diesmal aber geriet er in solche Aufregung und Verwirrung darüber, dass er von all dem, was um ihn her vorging, nicht das Geringste mehr sah oder hörte.

Kein Mensch sagte ihm, dass er seine Rolle nicht zu Ende gespielt habe, und so meinte er, sie bis zu Ende gespielt zu haben. Von dem Wie aber hatte er weder einen Begriff, noch auch nur die leiseste Erinnerung.

Glück und Unglück waren in Grimaldis ganzem, an Wechselfällen überreichem Leben immer eigentümlich verknüpft, sodass er wohl nie eine wirklich große Freude hatte, ohne dass sich gleich darauf etwas ereignete, was sie ihm versalzte. Er spricht hiervon wiederholt, ohne indessen besonderes Gewicht auf diese »Ironie des Schicksals,« wie er sich ausdrückt, zu legen.

An demselben Abend nun, an welchem sich all diese Dinge abspielten, brach ein schweres Gerüst zusammen, auf dem ein Dutzend Männer standen und von dem Grimaldi ein Balken an der Schulter traf. Er wurde verwundet, und zwar so schwer, dass man ihn auf der Stelle nach Hause bringen musste. Ohne Zeit zu verlieren, wurden alle erdenklichen Mittel angewandt, ihn von den unangenehmen Schmerzen zu befreien, die sich infolge der erhaltenen Wunden einstellten; aber helfen konnte ihm eigentlich nur eine Salbe, über dessen Bereitung ihm sein Vater ein Rezept hinterlassen hatte, und die er für Unglücksfälle bereitzuhalten pflegte.

Er hatte schon recht viel Menschen mit diesem Heilmittel geholfen und überantwortete zuletzt das Rezept einem Clerkenwaller Wundarzte, namens Chamberlain, der die Salbe auf seinen Namen taufte und jahrelang mit großem Erfolge weiter benützte. Grimaldi hatte, ehe er aus dem Theater getragen wurde, die Geistesgegenwart gehabt, Mrs. Lewis zu sich bitten lassen, und sie ersucht, Miss Hughes, die vor seinem Unfalle ihre Loge verlassen hatte, schonend davon in Kenntnis zu setzen. Eilen wir indessen nun dem Ende zu, so gern auch der alte Herr bei der Erinnerung an die schöne Zeit verweilt, wo er zuerst all die Vorzüge derjenigen Dame kennenlernte, der er mit Innigkeit zugetan war, deren Liebe ihm immer eine heilige Erinnerung blieb, mit der er nie leichtfertig spielte.

Am andern Tage musste Grimaldi mit dem Arm in der Binde auf dem Sofa liegen. Seine Herzensallerliebste besuchte ihn, gab ihrem lebhaften Wunsche, ihn recht bald wiederhergestellt zu sehen, den eifrigsten Ausdruck und gestand ihm unverhohlen ihre Gegenliebe. Das machte ihn natürlicherweise zum glücklichsten Manne oder vielmehr Jungen auf der Welt, denn er war ja doch erst knapp sechzehn Jahre alt ...

Nur ein Umstand setzte seiner Wonne einen Dämpfer auf: Das war die feste Weigerung des Mädchens, ohne Vorwissen der Eltern die geringste Beziehung, schriftlich oder persönlich, mit ihm zu unterhalten. Dass Grimaldi sich hierüber seine ernsten Gedanken machte, wird insofern nicht verwundern, als ja doch Mr. Hughes für einen sehr wohlhabenden Mann galt und Grimaldi weiter nichts besaß als sein Talent.

Er scheute keine Mühe, die Geliebte zu einer Wandlung ihres Entschlusses zu bringen, erreichte aber weiter nichts von ihr, als dass sie ihm zugestand, vorderhand bloß mit ihrer Mutter zu sprechen, auf deren Güte und Verschwiegenheit sie sich verlassen zu dürfen meinte.

Das geschah, und da die Mutter einsah, dass von ihr das Glück und die Zukunft ihres Kindes abhänge, zeigte sie sich nicht widerwillig, bemerkte jedoch, dass beide Teile doch noch viel zu jung seien, um schon ans Heiraten denken zu können.

Der Papa, Mr. Hughes, wurde in das süße Geheimnis erst nach ganzen drei Jahren eingeweiht.

Diese Zeit war nun die glücklichste von Grimaldis ganzem Leben. Jeden Abend sah er seine Marie in Gesellschaft ihrer Mama im Theater, und jeden Sonntag verlebte er in ihrer Gesellschaft unter Aufsicht der Mama. Sein Künstlerruf festigte sich in einem fort, und wohl jede Rolle, in der er auftrat, verschaffte ihm neue Gunst des Publikums. So verlief ihm das Leben in ungetrübtem Frohsinn, und noch nie hatte er sich zufriedener gefühlt als jetzt.

Grimaldi bewohnte damals mit seiner Mutter und dem Ehepaare Lewis das Haus am Penton Place ganz allein, sogar ohne Dienstboten. Wohl hatten sie ein Dienstmädchen, das aber, ohne dass für die Zeit ihrer Abwesenheit Ersatz genommen worden, ein paar Wochen aufs Land beurlaubt worden war.

Um Mitte August herum war einmal im Sadlers-Wells-Theater eine Nachtprobe angesetzt worden, wie ihrer zuweilen ja nach Vorstellungen anberaumt werden. Mr. Lewis verließ das Haus zuletzt, schloss es ab, brachte den Schlüssel mit und übergab ihn Grimaldi.

Als die Vorstellung aber zu Ende war, teilte der Direktor den anwesenden Damen und Herren mit, dass die Nachtprobe nicht notwendig sei, da er seinen Entschluss hinsichtlich des neuen Stückes geändert und dessen Aufführung auf Montag über acht Tage verschoben habe. Die Leute gingen daraufhin schnell auseinander. Da Grimaldi noch etwa zehn Minuten im Theater zu tun hatte, ging seine Mutter mit Mrs. Lewis voraus, er folgte ihnen aber bald darauf mit Mr. Lewis und noch zwei anderen Frauen vom Theater nach. Kaum waren die Damen vorm Hause angelangt, als sie zu ihrer nicht geringen Verwunderung das Gartentor offen fanden. Mrs. Grimaldi sagte, es sei doch recht unvorsichtig vonseiten des Herrn Lewis, das Haus nicht sicher zu verschließen, Pentonville war damals noch Vorort und wurde um diese Zeit herum gerade durch eine berüchtigte Diebsbande unsicher gemacht. Es waren schon mehrere Spitzbuben, die zu ihr gehörten, durch den Galgen vom Leben zum Tode gebracht, andere auch in Straf-Kolonien verschickt worden; trotzdem war es in Pentonville noch immer nicht geheuer, man hatte im Gegenteil bis in die jüngste Zeit noch weit verwegenere Einbrüche als früher erlebt.

Als die Damen nun aber auch die Haustür unverschlossen fanden und, als sie sie leise aufklinkten, auf der Hausflur Licht schimmern sahen, bekamen sie natürlich eine Heidenangst und schrien nach Hilfe. Der Zufall führte einen beim Sadlers-Wells-Theater angestellten Mann des Weges vorbei, der ihnen sofort seinen Beistand antrug.

Mrs. Grimaldi bat ihn, bei Mrs. Lewis zu bleiben. »Ich will ins Haus hinein gehen. Folgen Sie mir erst, wenn ich schreien sollte.«

Beherzt ging sie über die Hausflur, die Treppe hinunter und in die Küche, machte geschwind Licht und sah nun, dass Diebe aufs Schlimmste gehaust hatten, denn dort war fast alles schon ausgeräumt und weggeschafft worden. Eben trat sie wieder zu Mrs. Lewis, als ihr Sohn mit einigen Freunden ankam. Es wurde natürlich sogleich eine genaue Hausdurchsuchung vorgenommen, denn da die Räuber bei frischer Tat ertappt worden waren, konnte es leicht der Fall sein, dass sich einer von ihnen noch im Hause versteckt hielt.

Es fanden sich auch ein paar Nachtwächter ein, – nach damaliger Sitte alte Leutchen, die solchen Platz als Versorgung für ihre letzten Jahre zugewiesen bekamen – und unter Schreien und Weinen der Damen und Wettern und Fluchen der Männer drang die »Phalanx« vor.

Im Hause war alles durcheinander geworfen, aber von einem Diebe war keine Spur mehr zu sehen. Schränke und Schiebladen waren erbrochen und geleert, und bis auf einen Schal, den Miss Hughes für ihre künftige Schwiegermutter angefangen, war kein Stück mehr vorhanden.

Grimaldi bewaffnete sich mit einem Prügel, Mr. King, ein guter Freund von ihm, mit einem Säbel und suchten den Garten hinter dem Hause ab, während die Frauen unter lautem Gejammer über den großen Verlust, der sie betroffen, bei den übrigen Männern zurückblieben.

Der Garten war durch eine drei bis vier Fuß hohe Mauer in zwei Hälften, einen Blumen- und einen Gemüsegarten, geteilt und durch eine noch um ein paar Fuß höhere Mauer von einem großen Stück Weideland geschieden.

Es war eine rabenfinstre Nacht. Eine Zeit lang tappten sie umher, ohne jemand zu finden. Grimaldi sprang auf die höhere Mauer, guckte über die niedrigere hinüber und sah einen Menschen im Begriffe, von der Mauer des anstoßenden Gartens hinüberzuspringen. Der Dieb – denn ein solcher war es ohne Zweifel – hielt Grimaldi für einen Kameraden, denn die Gegenwart einer andern Person mochte ihm nicht für wahrscheinlich gelten – rief leise: »Pst, pst! Bist du es?«

»Ja«, antwortete Grimaldi, näherte sich und versetzte ihm, als er sah, dass er über die Wand springen wollte, weil er die Stimme als eine fremde erkannt hatte, einen derben Hieb mit dem Säbel. Dem Diebe schien der Buckel gewaltig zu schmerzen, wenigstens schrie er ganz erbärmlich, brach auch zusammen, hatte sich aber doch wieder aufgerafft und war im Dunkel der Nacht verschwunden, als Grimaldi sich über die Mauer hinüber begeben hatte.

Grimaldi rief nun seinem Freunde zu, ihm durch die Hintertür zu folgen, und eilte dann mit diesem über das Stück Weideland hinweg dem flüchtigen Spitzbuben nach, stolperte aber schon nach wenigen Schritten über eine auf der Erde liegende Kuh und hätte sich bei diesem unfreiwilligen pantomimischen Coup vielleicht mit seiner eigenen Waffe schwer verwundet, wenn er nicht durch seine Fechtübungen auf der Bühne sich daran gewöhnt hätte, ein Gewehr mit Vorsicht zu tragen.

Alles fernere Suchen war vergebliche Mühe. Grimaldi ging mit seinem Freunde wieder ins Haus. Dort sahen sie, dass an dem Säbel Blut klebte.

Unterdessen war ein Polizist erschienen, der mit den beiden Nachtwächtern ausziehen wollte, die Missetäter lebendig oder tot zu fangen. Das Letztere wäre ihnen das liebere gewesen. Beides aber war dadurch einigermaßen zweifelhaft gemacht worden, dass die beiden Nachtwächter, als große Vorsichtskommissarien, hell leuchtende Laternen mitbrachten, den Spitzbuben zum Zeichen, dass sie ihnen auf den Leib rücken wollten!

Grimaldi ließ es an Trostworten nicht fehlen. Er versicherte den Damen wiederholt, dass es gelingen werde, das gestohlene Gut wieder herbeizuschaffen. Was die Räuber noch in den Räumen zurückgelassen, bemühte er sich, wieder an Ort und Stelle zurückzuschaffen. Der erste Gegenstand, auf den seine Augen fielen, war der Schal, den Miss Hughes für seine Mutter in Arbeit hatte.

Aufs Höchste erfreut hob er ihn auf, und polternd fiel eine Arzneischachtel daraus auf die Erde. Seine Mutter schlug ganz außer sich die Hände überm Kopfe zusammen, um nun noch lauter als bei der Entdeckung, dass das Haus ausgeplündert worden, zu schreien: »Ach Gott, mein Geld! Mein Geld! Mein Geld!«

»Geschehene Dinge lassen sich nun einmal nicht ändern,« hieß es von allen Seiten. »Denken Sie an die arme Mrs. Lewis, der es ebenso schlimm ergangen ist.«

Es verhielt sich aber ganz anders, als die Leute meinten. In der Schachtel waren siebenunddreißig Guineen, Frau Grimaldis Spargroschen. Unter dem Schal waren die Diebe nicht auf die Schachtel gekommen, und so war wenigstens das bare Geld gerettet. –

Beim Abendbrote war Frau Grimaldi zufolgedessen wieder bei ganz guter Laune und neckte sogar ihre alte Freundin, die sich aber, da ihr kein Guineenfund beschert gewesen war, gar nicht recht zu trösten wusste.

Als sich die Bekannten verabschiedet hatten, trafen die Zurückbleibenden ihre Vorkehrungen für die Nacht, die aber wunderlich genug ausfielen, sodass niemand Schlaf finden konnte. Schließlich wurde der Ausweg gefunden, dass alle zusammen in einem und demselben Zimmer übernachten sollten. Eine Matratze wurde nun in das größte Wohnzimmer getragen: Die beiden Damen streckten sich in Kleidern darauf hin. Lewis setzte sich in einen Sessel, und Grimaldi postierte sich als »sauve-Garde« an der Tür, nachdem er zwei Pistolen geladen, den Säbel von Blut gereinigt und Pistolen und Säbel neben sich gelegt hatte ...

Eine Zeit lang blieb alles still. Einer nach dem andern schlief ein, aber sie hatten noch nicht lange geschlummert, als sie durch langes und lautes Klopfen an der in den Garten führenden Hintertür aufgeschreckt wurden. Erschreckt fuhr einer nach dem andern auf, und alle gafften einander an. Hätte den Frauen nicht der Schreck die Zunge gelähmt, so hätten sie gewiss Zetermordio geschrien, die Männer dagegen hätten vielleicht recht laut darüber gelacht, aber die gleiche Ursache lähmte ihre Lachmuskeln. Männlein und Weiblein hatten Bange, dass die Spitzbuben wieder zurückgekehrt sein möchten.

Der erste, der sich ermannte, war Grimaldi. Mit einem Gesicht, wie er es wunderlicher auf keiner Bühne hätte schneiden können, wandte er sich zu Mr. Lewis.

»Aber sehen Sie doch mal zu, wer an der hintern Gartentür solch grässlichen Spektakel macht!«, sagte er zu dem Freunde. Mr. Lewis schien gar keine Lust zu dem Gange zu haben. Er stand und stand, guckte seine Frau verzagt an und sagte, Mr. Grimaldi sei ja sehr nett, sich seiner auch, in diesem Falle so freundlich zu erinnern, aber er hätte doch seiner Meinung nach kein sonderliches Recht, ihm selbst vorzugreifen.

In dieser Verlegenheit wurde endlich das Übereinkommen getroffen, dass Lewis sich auf die Hausflur begeben, Grimaldi aber leise hinaufgehen und aus dem Fenster hinaus rekognoszieren solle. Diese Vereinbarung wurde sogleich zur Ausführung gebracht.

Unterdessen hatte das Klopfen ununterbrochen angedauert; Grimaldi erinnerte in seiner »Armatur« an den mit Freitag wider die Wilden ausziehenden Robinson Crusoe, nur seine Stimme zerstörte die Einbildung, denn sie verriet eine große Unruhe, das lebhafte Verlangen, alle Nachbarn zu der bevorstehenden »tätlichen Auseinandersetzung« zu invitieren; auch erinnerte sie mit einiger Lebhaftigkeit an die Art und Weise, wie er sein so oft zitiertes und altbeliebtes: »So, nun sind wir da!« zu sprechen pflegte, wenn er die Bühne betrat. Es war inzwischen zwei und drei Uhr morgens. Der Tag fing an zu grauen. Im Zwielichte unterschied Grimaldi zwei

Männer, die eine schwere Last zu tragen schienen; er konnte aber nicht unterscheiden, was getragen wurde. Nur einen Trost meinte er, schöpfen zu dürfen: Feuergewehre waren es nicht, die getragen wurden, und das war immerhin ein Trost.«

»Holla!«, schrie er hinunter, mit dem Säbel rasselnd, dass jedem Menschen angst und bange werden musste: »Was ist denn mit euch los?« »Sapperment, Herr«, rief einer von den Männern, »wir haben wirklich schon gedacht, dass Sie tot seien – wie lange klopfen wir schon, ohne dass Sie was hören ließen.«

»Weshalb wollten Sie mich denn munter haben?«

»Na, Sie sehen doch die Säcke, die wir schleppen! Das gestohlene Gut ist drin!«

»Was ist drin?«

»Ei, was die Spitzbuben Ihnen geraubt haben! Wir haben das Feld abgesucht und die beiden Säcke gefunden.«

Die Tür wurde aufgemacht. Die Nachtwächter brachten zwei große Säcke hereingeschleppt, die von den Frauen unverzüglich ausgepackt wurden. Es war alles gestohlene Gut drinnen, nicht ein einziges Stück fehlte, auch Dietriche, Brecheisen und Feilen steckten in den Säcken.

Die Nachtwächter bekamen jeder zehn Schilling, die vielen Dankesworte, mit denen sie bedacht wurden, nicht gerechnet, und an diesem Morgen frühstückten die Hausbewohner weit vergnügter als sie am verflossenen Abend genachtmahlt hatten. Begreiflicherweise wurde viel darüber diskutiert, wer die Diebe gewesen sein möchten. Augenscheinlich mussten sie in Erfahrung gebracht haben, dass für den Abend eine späte Probe angesetzt gewesen war, und ganz sicher wäre es ihnen auch geglückt, ihre Beute in Sicherheit zu bringen, wenn die Probe nicht unvermutet wieder abbestellt worden wäre.

Auch war, solange das Mädchen zuhause war, nie ein Einbruch versucht worden. Bei Frau Grimaldi, wie auch Frau Lewis schien halb und halb Neigung vorhanden zu sein, das Mädchen des Diebstahls zu verdächtigen. Bei schärferer Erwägung aller Umstände schien diese Kombination doch nicht recht stichhaltig, stammte das Mädchen doch von sehr rechtlichen Eltern und war doch auch die Tante schon vier Jahre bei Grimaldis im Dienst gewesen. Dazu kam weiter noch, dass ein Onkel des Mädchens vierzig Jahre lang beim Theater als erster Schneider beschäftigt war, dass das Mädchen eine gute Schulbildung genossen und auch schon fast vierzig Jahre bei Grimaldis gedient, sich auch niemals in dieser ganzen Zeit irgendetwas zuschulden hatte kommen lassen.

Gleichviel aber, wer die Diebe gewesen, darüber herrschte Klarheit, dass alles zur bessern Sicherung des Hauses geschehen musste, was vonnöten war. So bekam denn ein Zimmermann Auftrag, die Türen mit besonders starken Riegeln und Haspen zu versehen. Nichtsdestoweniger wollte die Furcht nicht aus den Gemütern der Frauen weichen, und noch lange Zeit befiel sie nervöses Zittern, wenn bei Dunkelwerden oder zur Nachtzeit ein ungewohntes Geräusch ertönte, oder gar geklopft wurde.

Ein Theaterdiener, der um elf Uhr den Nachtdienst anzutreten hatte, wurde angeworben, bis zu dieser Stunde das Grimaldische Haus zu bewachen. Früher kehrten Grimaldis niemals heim, und solange das Mädchen noch seine Ferien hatte, bezog der Mann regelmäßig seine Wache.

Das Mädchen schien sich vor Schrecken und Staunen gar nicht fassen zu können, als sie nach ihrer Rückkehr hörte, was geschehen war. Ihr Benehmen schien aber durchaus nicht derart, dass sich der Argwohn gegen sie hätte festigen können. Es waren vielmehr alle der Meinung, dass zu einem wirklichen Verdacht nicht genug ausreichende Gründe vorhanden seien.

Als man das Mädchen fragte, ob sie sich allein zuhause zu bleiben fürchte, erklärte sie, Furcht sei ihr fremd, sie bliebe gern die halbe Nacht munter, wenn man ihr nur erlaubte, in der Wohnstube Feuer anzumachen, denn wenn die Räuber und Diebe Feuerschein sähen, bekämen sie doch sicher die Meinung, die Herrschaft sei zuhause; lieb wäre es ihr auch, wenn man ihr eine recht große Klapper kaufte, mit der sie die Nachbarschaft im Nu alarmieren könnte, wenn sich Gefahr zeige.

Die Erlaubnis, Feuer anzumachen, wurde ihr gern gegeben, auch eine Klapper wurde für sie gekauft, auch dem Nachtwächter, der in der Nähe seinen Stand hatte, ein gutes Trinkgeld verabfolgt, damit er das Haus in Obacht behalte und auf den ersten Hilferuf herbeieile.

Die Spitzbuben, welche mutwillige Gesellen gewesen, denn sie hatten sich nicht auf die Plünderung beschränkt, sondern mit herzloser Barbarei Grimaldis Insektenschrank erbrochen und alle Kästen zerstört, sogar die Bartford Bläulinge nicht verschont und mit Ausnahme eines einzigen Schächtelchens die ganze Sammlung nebst allen Zeichnungen, Modellen und Farben vernichtet.

Jahre wären notwendig gewesen, wenn der unermüdliche Sammler den großen Verlust hätte wieder wettmachen wollen, und um ihn durch Ankäufe zu ersetzen, wären mindestens zweihundert Pfund bares Geld nötig gewesen.

Dieses unvorhergesehene Missgeschick machte mit einem Schlage aller Insektenjagd ein Ende, Grimaldi schenkte, was von der Sammlung vielleicht noch brauchbar war, einem guten Bekannten, der gleich ihm Sammler war, griff aber auf seine einstmalige Lieblingsbeschäftigung nie mehr im Leben zurück.

Nach Verlauf einiger Wochen gewannen die Hausbewohner ihre Ruhe wieder zufolge der getroffenen Vorsichtsmaßregeln. Schließlich fühlten sie sich wieder ganz sicher, weil sie meinten, den Dieben sei durch den schlimmen Empfang, den sie gefunden, alle Lust zur Wiederkehr geraubt worden. Und doch sollten sie sich hierin bitter täuschen, denn in der vierten Woche nach Rückkehr des Dienstmädchens erneuerten die Einbrecher ihren Versuch, wovon wir aber in einem späteren Kapitel berichten werden.

Viertes Kapitel.

Die Diebesbande kehrt zurück. – Grimaldi sucht Beistand in Haton-Garden. – Unterredung mit Mr. Trott. –

Kriegslist und ihr Erfolg beim dritten Diebesbesuche. – Was Pantomimen und Schaustücke bewirken. – Fahrt nach Gravesend und Chatam. – Unangenehmes Zusammentreffen mit einem übel gesinnten Freunde, und angenehme Weise zu reisen, wie sie auch anderen empfohlen sein soll.

Zwei Abende waren ohne alle Störung verlaufen. Am dritten meinte die in der Küche beschäftigte Magd ein Geräusch zu hören, wie wenn ein Versuch gemacht würde, die in den Garten führende Tür zu erbrechen. Leise ging sie nach dem Hausflur hinauf und sah nun, wie der Türgriff auf und nieder bewegt wurde, auch, dass jemand mit Gewalt gegen die Tür drückte.

Bestürzt fing sie gleich zu schreien an, was jedoch die Diebe durchaus nicht verscheuchte. Sie schienen vielmehr ihre Anstrengungen zu verdoppeln, sodass die Tür halb aus den Angeln gehoben wurde, wie man sie auch nachher fand. Hätte sie keinen Widerstand geleistet, wäre die Magd zweifellos ermordet worden; sie hatte jedoch ihre Geistesgegenwart wieder gewonnen, lief nach der Vordertür, riss sie auf und machte nun von ihrer Klapper Gebrauch, und zwar so energisch, dass sehr bald nachher Nachtwächter und die ganze Nachbarschaft zur Stelle waren. Man ließ es an Nachforschungen nicht mangeln, allein der Diebe konnte man nicht habhaft werden.

Der zweite Versuch der Bande war so dreist und verwegen gewesen, dass den Herrschaften ihre Besorgnisse doppelt und dreifach wiederkehrten. Die ganze Nacht wurde durchwacht, und alles war Verwirrung und Schrecken im Hause.

Am andern Morgen wurde beschlossen, neue Sicherungsmaßregeln zu treffen, und der Anfang damit sogleich gemacht. Man verwahrte die Türen gleich Festungstoren, und Grimaldi begab sich auf das Bezirkspolizeiamt nach Hatton-Garden, um auch den Beistand und Schutz der Behörden in Anspruch zu nehmen.

Bei jenem Polizeiamte war damals ein sehr erfahrener und listiger Unterbeamter, namens Trott, angestellt, der bisweilen, wenn ein sehr volles Haus erwartet wurde, den regulären Konstablern im Theater beigegeben wurde.

Als Grimaldi anlangte, kam Trott ihm entgegen und kündigte ihm an, dass er eben hätte zu ihm kommen wollen.

»Sie haben also schon gehört?«

»Freilich, und wohl ein gut Teil mehr, als Sie wissen.«

»Haben Sie die Diebe festgenommen?«

»Das eben nicht, es waren mir ihrer noch immer zu viel. Da sie das Geschäft anfingen, waren ihrer nicht weniger als zwanzig in der Bande. Sechzehn oder siebzehn sind gehangen oder verschifft, und die anderen haben bei Ihnen den Einbruch versucht. Irgendwo in Pentonville haben sie ihren Schlupfwinkel, es sind die schlimmsten von allen, die alles wagen und vor nichts zurückschrecken.«

Das war keine erfreuliche Mitteilung. Trott gewahrte Grimaldis Unruhe und setzte hinzu:

»Seien Sie nur ohne Sorgen! Die Halunken wollen sich bloß dafür rächen, dass sie beim ersten Male so schlecht weggekommen sind.«

»Meine Situation ist höchst unangenehm«, meinte Grimaldi.

»Hm – ja – wenn man bedenkt, dass solche Leute niemals drohen, ohne ihre Drohung auch auszuführen. Aber, wie gesagt, seien Sie nur ganz ruhig, Grimaldi.«

»Gestern Abend sind sie wieder da gewesen.«

»Ich weiß es wohl. Will Ihnen auch noch etwas im Geheimen mitteilen: Heut Abend kommen sie wieder.«

»Heute Abend?«

»So sicher wie der Tod, und wenn Sie nicht Leute genug im Hause haben, wenn Sie nicht stark genug sein sollten.«

»Es sind nur drei Frauen und eine Mannsperson außer mir im Hause.«

»Nicht genug, lange nicht genug!«

»Und meine Mutter kann den Tod davon haben!«

»Gar nicht unmöglich! Ist doch meine Mutter auf eine ähnliche Art umgekommen!«

In dem allen lag wenig tröstliches, und Grimaldi sah Trott mit ängstlichen Mienen an. Trott sann ein Weilchen. Dann erklärte er, einen Gedanken zu haben.

»Und was denken Sie zu tun?«, fragte Grimaldi. »Sprechen Sie! Ich werde Ihnen gern erkenntlich sein.« »Davon reden Sie lieber kein Wort! Sie geben sich in meine Hände, und ich will Ihr Hab und Gut schützen und die Spitzbuben fangen.«

Grimaldi drückte ihm vor Freude die Hand, dankte für sein Versprechen und fügte hinzu:

»Befreien Sie uns von den schrecklichen Gästen, und Sie sollen so gut belohnt werden, wie es nur in unsern Kräften steht.«

Trott erwiderte durch mancherlei moralische Bemerkungen über Pflichten von Polizeibeamten, über unbestechliche Redlichkeit und gewissenhafte, eifrige Erfüllung von Obliegenheiten; auch erklärte er, er begehre ja weiter nichts, als dass Herr Grimaldi, seiner Bürgerpflicht nachkäme und die Anklage einleite. [11] Grimaldi, der keine genaue Vorstellung davon hatte, was solche Anzeige für Kosten im Gefolge hatte, versprach das, wofür ihm Trott in dem Bewusstsein, seine Schuldigkeit getan zu haben, reichlichen Lohn verhieß, ohne es aber für nötig zu erachten, an den Umstand zu erinnern, dass auf die Ergreifung der Pentonviller Diebsbande eine Prämie, fällig bei ihrer Überführung, ausgesetzt worden sei.

Trott begab sich mit Grimaldi in dessen Wohnung, nahm dieselbe mit geübtem Blick in Augenschein und erklärte, dass seine Maßnahmen, sofern seine Anordnungen genau befolgt würden, gelingen müssten.

Mit großer Verve erklärte er den um ihn versammelten Hausbewohnern: »Alles, was nicht niet- und nagelfest ist, wird aus der Hinterküche, Hinterstube und Kammer

---

11 was in England geschehen muss, wenn ein Strafverfahren gegen Privatpersonen eingeleitet werden soll, bei der damals über alles Maß blutigen strenge der englischen Gesetze indes häufig unterblieb, besonders auch, weil viele, die geschädigt worden, nicht schuld daran sein mochten, dass einer ihrer Menschen schließlich wegen eines geringfügigen Vergehens hingerichtet wurde.

entfernt werden müssen. Mir wird für die Dauer einer Nacht das ganze Haus überantwortet werden müssen, oder zum wenigsten auf die Zeit, bis es mir gelungen ist, die Musjes zu fassen.«

All seine Anordnungen wurden streng ausgeführt, die Schlüssel wurden ihm ausgeliefert, und zwar, als er in der fünften Nachmittagsstunde wiederkam. Wie gewöhnlich begaben sich die Herrschaften nach Sadlers Wells und ließen Mr. Trott allein im Hause zurück. Auch die Magd war auf die Nachbarschaft geschickt worden, wie Mr. Trott ausdrücklich verlangt hatte, sei es aus Zartgefühl – denn er war verheiratet – oder weil er Bange hatte, sie möchte bei seinen Maßnahmen hinderlich sein.

Tagsüber hielt er sich von den Fenstern fern und ließ nach Einbruch der Dunkelheit so leise wie möglich zwei Kollegen zur Gartentür herein. Einer von ihnen verschloss und verriegelte die Vorderküche. Der andere schloss und riegelte sich in das Wohnzimmer im ersten Stock ein. Trott selbst schlug sein Hauptquartier in der Wohnstube unten im Erdgeschoss auf, nachdem er die Hintertür regelrecht verbarrikadiert, die Vordertür aber nur verschlossen hatte.

Lange Zeit blieb alles ruhig, und da sie kein Licht hatten, mochte ihnen die Zeit wohl recht langsam hinschleichen. Endlich wurde leise an die nach der Straße hinführende Tür gepocht. Da sich niemand im Hause rührte, wurde das Klopfen verstärkt, und nicht lange, so wurde die Tür mit Dietrichen erbrochen. Dann schallten Männertritte von dem Hausflur herauf, die Tür wurde verriegelt, Diebslaternen wurden ans Licht gezogen, dann schlichen zwei Männer die Treppe hinauf.

Als sie die Stubentür im obern Stock verriegelt fanden, schlichen sie wieder hinunter und suchten Eingang in die Stube zu gewinnen, in der sich, Trott versteckt hielt, der an der Tür horchte und die Menschen von Herzen auslachte, doch nur innerlich.

Nun schlichen sie wieder hinunter ins Erdgeschoss, wo sie zu ihrer nicht geringen Überraschung die eine Küche verschlossen, die andere offen fanden. Sie guckten nun in die offene hinein und kehrten dann auf den Hausflur zurück.

»Heut Abend ist uns niemand im Wege«, sagte der eine im Hinaufgehen, »verlieren wir also keine Zeit! Doch sieh mal her!«

»Was gibt's?«, sagte der andere.

»Sieh doch mal die Tür da! Sind da Riegel und Bäume und Patentschlösser! Die sind doch erst angebracht, seit wir voriges Mal hier waren. Wir hätten uns wohl müde gearbeitet und doch nichts ausgerichtet.«

»Ich denke, wir öffnen sie. Wir können dann, falls wir von vorn angegriffen werden sollten, auskneifen wie voriges Mal.«

»Leichter gesagt als getan! Was wird das für Zeit kosten, und welchen Teufelslärm wird das setzen! Wir müssen uns tummeln. Heute gibt's keine Nachtprobe.«

Beide lachten und beschlossen, erst das Zimmer aufzubrechen, wo Mr. Trott steckte. Mittels Dietrichs wurde das Schloss gesprengt. Dann drängten sie gegen die Tür. Aber die Riegel widerstanden.

»Dumme Geschichte!«, brummte der eine, gegen die Tür gestemmt, »sie geht nicht auf!«

»Fangen wir bei der offenen Hinterküche an!«, sagte der andere, »wir haben ja schon was drin gefunden.«

»Wüsstest wohl gern, Tom, wer Dir den Säbelhieb versetzte?«

»Das kannst Du wohl denken! Und wüsste ich es, möcht's wohl nicht lange dauern, dann säße ihm mein Messer im Leibe!« »Komm, komm!«, riefen sie beide.

Sie schlichen hinunter. Trott ihnen hinterher bis auf den Hausflur, verschloss die Haustür, steckte den Schlüssel in die Tasche und postierte sich darauf oben an die Küchentreppe. Mit Behagen lauschte er hier den Ausrufen der Verwunderung, mit denen die Diebe nicht geizten, als sie einen Schrank nach dem andern öffneten und einen Kasten nach dem andern aufzogen, ohne das geringste zu finden.

»Es ist ja alles ausgeräumt«, sagte der eine – »was hat das wohl zu bedeuten?«

Trott schoss ein Pistol ab, das aber nur mit Pulver geladen war. Dann retirierte er schleunig in seine Stube. Auf dies Signal hin riegelten die andern beiden Polizeidiener ohne Säumen die Türen der Stuben auf, in denen sie sich versteckt hatten. Die Diebe eilten hinauf, wollten zur Haustür entweichen, wurden jedoch ohne sonderliche Mühe festgenommen und im Triumphe hinweg geführt.

Bald nachher kehrten die Bewohner wieder zurück und nahmen von dem zurückgebliebenen Polizeidiener das Haus wieder in Besitz. Am andern Morgen ging Grimaldi wieder nach Hatton-Garden, wo er die Diebe zum ersten Mal zu Gesicht bekam. Er, wie auch die Polizisten legten Zeugnis wider sie ab. Die Identität ihrer Personen war bewiesen, und der Friedensrichter ordnete ihre Verhaftung an bis zum nächsten Schwurgerichtstage, an welchem ihnen das Urteil gesprochen werden sollte. Grimaldi musste für die Erhebung der Anklage Bürgschaft leisten. Sie wurden für schuldig befunden und zu lebenslänglicher Deportation verurteilt.

Diese Anekdote wirft ein seltsames Licht auf Londons gesellschaftlichen Zustand am Schlusse des verwichenen Jahrhunderts. Der kühne Straßenräuber war wohl verschwunden, nichtsdestoweniger trieben nicht bloß in der nächsten Umgegend, sondern in der Stadt selbst Räuberbanden ihr Wesen, die kaum weniger gefährlich waren und mit einer Dreistigkeit zu Werke gingen, von der wir uns heute kaum noch eine Vorstellung machen können.

Ein Vorfall, wie der eben geschilderte, möchte heute den Zeitungen Stoff zu Auseinandersetzungen und Beschwerden auf ganze vier Wochen geben und ganz London mit Umgebung, das ganze Land auf dreißig Meilen in der Runde in Staunen und Entrüstung setzen, sollte es ein und dieselbe Bande wagen, in ein und demselben Hause dreimal hintereinander Einbruch zu wagen!

Beim Verhör der beiden Einbrecher stellte sich heraus, dass sie die einzigen noch übrigen Mitglieder ihrer Bande waren, was allen, die bisher in Angst und Schrecken gelebt hatten, zur großen Beruhigung gereichte; brauchten sie nun doch nicht mehr zu fürchten, dass noch andere das Schicksal ihrer Spießgesellen zu rächen versuchen möchten.

Unter ganz anderen Umständen erschien Grimaldi zum zweiten Mal vor einem Polizeigerichte. Davon indessen später.

Mittlerweile war ihm aber das Haus in Pentonplace äußerst verleidet und seiner Mutter zu einem Gegenstande des Schreckens geworden. Zudem neigte er der Meinung zu, dass er wohl gut tun möchte, an seine Verheiratung zu denken. Da er die Mutter auf seiner Seite hatte, glaubte er, dass ihm die Einwilligung des Vaters wohl auch nicht fehlen möchte. So kam er auf den Gedanken, sich eine größere Wohnung zu mieten und nach Maßgabe seiner augenblicklichen Verhältnisse und Mittel zu möblieren. Wenn er Mr. Hughes in eine freundliche und nette, wenn auch nicht eben elegante Wohnung führen und ihm zeigen könne, dass er seiner jungen Gattin ein behagliches Heim, das den Verhältnissen ihrer Eltern nicht allzu viel nachstände, zu bieten vermöchte, meinte er, schon viel gewonnen zu haben.

Er kündigte also seinem Wirte auf den nächstfolgenden März die Wohnung und machte sich in Fräulein Hughes' Gesellschaft auf die Suche nach einem Heim, wie es ihren beiderseitigen Wünschen entsprechen möchte. Dass »sie« dabei das große Wort führen durfte – und auch führte – möge nur nebenher bemerkt sein.

Damals war die Penton-Straße die Saint-James-Straße von Pentonville, der Regent's-Park der City-Road, und er pries sich als der glücklichste Erdensohn, dort das Haus Nr. 37 zu finden, das er vollständig so einrichtete, wie Miss Hughes es anzuordnen geruhte.

Da Sadlers-Wells-Theater zurzeit geschlossen war, blieb ihm reichlich Zeit, sich dem Vorgenusse des ersehnten Glückes hinzugeben. Ja, er durfte rechnen, dass ihm bis zum Weihnachtsfeste Zeit dazu bleiben werde, denn die Saison ging mit dem Oktober zu Ende, und im Drury-Lane-Theater gab's für ihn erst wieder um Weihnachten herum Arbeit, und auch dann noch nicht viel, sofern nicht eine Pantomime zur Aufführung gebracht wurde.

Die Besitzer des Drury-Lane-Theaters gaben aber, wie in früheren, so auch in diesem Jahre statt einer Pantomime ein brillantes Schau- und Spektakelstück – was nach Grimaldis Meinung nun freilich keine Wandlung zum Bessern war, wenn er auch nicht gerade eine solche zum Schlechtern darin erblicken mochte. Das Publikum war seit Jahren zum Weihnachtsfeste an Pantomimen gewöhnt und rechnete auf eine solche. Stücke, wie Blaubart, Lodoiska und dergleichen machten ja Kasse, aber ob die Pantomimen im Covent-Garden nicht doch noch bessere Kasse machten, darüber hätte Grimaldi doch noch streiten mögen. Darnach zu schließen, dass auch Drury-Lane schließlich sich der Pantomime wieder zuwandte, war Grimaldi mit seiner Auffassung freilich im Rechte.

In all diesen Stücken, wie Blaubart, Lodoiska usw., trat Grimaldi auf, doch immer nur in Rollen, die ihn wenig beschäftigten. Ihm konnte das nur recht sein, da ihm die

Gesellschaft seiner jungen Miss weit lieber war als aller Theaterkram.

Gegen Ende Februar war die neue Wohnung eingerichtet, und da von der Aufführung einer Pantomime nichts verlautete, schien die Zeit für die Hochzeitsfeier außerordentlich günstig.

Grimaldi teilte der Dame seines Herzens seine Gedanken mit, und sie erklärte, den Hochzeitstag festsetzen zu wollen, sobald er mit ihrem Papa im reinen sei.

Davor graute es aber Grimaldi, und zwar einesteils, weil es ihm an sich zuwider war, dergleichen Auseinandersetzungen zu führen, andernteils weil ihm schwante, dass auf diese Weise das ersehnte Glück durch Hinausschiebung des Termins nur verkürzt werden möchte. Er erklärte also, dass er Mr. Hughes um seine Einwilligung nicht angehen könnte, da derselbe ja nicht in London sei.

»Es geht Dir eben alles nach Willen«, bemerkte darauf die junge Dame, »denn ich weiß ja doch, Du fändest im ganzen Leben nicht die Courage, über die Angelegenheit mit ihm zu reden. Also schreibe ihm, was ich an sich auch für weit besser halte. Unfehlbar wird er Dir mit wendender Post Antwort geben.«

Mr. Hughes war in Exeter. Grimaldi setzte nun eine entsprechende Epistel auf, der momentanen Sachlage streng angemessen, Miss Hughes las sie durch, hieß sie gut, natürlich unter Vorbehalt einiger Änderungen im Stil und im Gedankengange. Dann wurde sie ins Reine geschrieben, mit Briefumschlag versehen und der Post übergeben. Am andern Tage fand sich die Notwendigkeit, dass Mariechen auf ein Weilchen der Stadt Valet sagen musste, da sie ein paar guten Freunden draußen in Gravesend ihren Besuch versprochen hatte. Trotzdem es Grimaldi gar nicht recht war, gerade jetzt ihre Gegenwart und ihren Trost zu missen, blieb ihm doch weiter nichts übrig, als sich in diese Trübsal zu finden. Fünf volle Tage vergingen, ohne dass von Mr. Hughes eine Antwort kam, Grimaldi war der Verzweiflung umso näher, als er nichts vorhatte, sich also trübseligen Gedanken recht ungehindert überlassen, von seinen schlimmen Ahnungen so recht beherrschen lassen konnte.

Um so größer war begreiflicherweise seine Freude, einen Brief von Mariechen zu erhalten, der ihm eine Aufforderung zur Teilnahme einer Fahrt auf der Themse nach Gravesend brachte.

Dazu ließ er sich nicht nötigen, ließ auch nicht auf sich warten, sondern war pünktlich zur festgesetzten Zeit am Trefforte. Das konnte er sich nicht hoch genug anrechnen, denn zur damaligen Zeit gab es bloß Segelboote, man war also abhängig von Ebbe und Flut und von Wind und Wetter, sodass man zufrieden sein musste, wann und wie man sein Ziel erreichte, wenn man es überhaupt nur erreichte.

Mariechen erwartete ihn am Landungskai. Mit ihr zusammen fuhr er nach Chatham. Sie hatte, wie sie ihm erzählte, ihren Bruder in das Geheimnis eingeweiht, und bei ihm sollten sie den Tag verleben.

»Sepperl«, sagte sie, nachdem er seinem freuderfüllten Herzen Luft gemacht, »nun sage mir aber auch, wie sich alles bis jetzt gemacht hat. Was hat der Vater geschrieben?«

»Bis jetzt noch gar nichts.«

»Das ist wunderlich. Er ist doch sonst so pünktlich.«
»Ich habe aber noch keine Zeile von ihm gesehen.«

»So musst Du eben noch einmal schreiben, Sepp, und ohne allen Aufschub. Heute wird's ja kaum gehen, aber morgen tue es auf jeden Fall! Ich kann mir beim besten Willen nicht erklären, weshalb er sich in Schweigen hüllt.«

»Ich auch nicht.«

»Er muss sehr viel zu tun haben, dass er Deinen Brief so ganz hat vergessen können.«

Wie so oft, war auch hier der Wunsch des Gedankens Vater, und so befassten sie sich nicht weiter mit dem Papa und dessen Saumseligkeit, sondern verlebten einen recht frohen Tag in Gemeinschaft mit Mariechens Bruder. Abends fuhren sie nach Gravesend zurück, und kurz nach elf saß Grimaldi wieder an Bord seines Segelboots. Mariechen hatte ihm versprochen, am Sonnabend nachzukommen.

In der Kajüte traf Grimaldi Mr. Cleave, den Kassierer vom Sadlers Wells-Theater. An Intrigen und Eifersüchteleien fehlt beim Theater so wenig, wie bei Hofe, in Pensionaten und Ballsälen. Kein Wunder also, dass auch Mr. Cleave seine »Tort« wider Grimaldi hatte, nicht aber, weil er ihm selbst im Wege gestanden hätte, sondern weil durch ihn ein gewisser Hartland, den er für höchst talentvoll und auch für einen netten Kerl hielt, ins Hintertreffen geraten war. Besagter Hartland war nämlich gleichfalls in Sadlers-Wells für Pantomimen und Melodramen engagiert. Um dieses guten Freundes willen war ihm also Grimaldi ein gewisser Dorn im Auge, und lieber wäre er ihm aus dem Wege gegangen, als hier mit ihm zusammenzutreffen. Wäre nun gar Miss Hughes mit dabei gewesen, so hätte man sich mancherlei Unheils mit apodiktischer Gewissheit versehen dürfen. »Um alles in der Welt, Grimaldi, was haben Sie hier zu schaffen?«

»Ich bin auf der Fahrt nach London, wohin wohl die meisten Kollegen unterwegs sein dürften.«

»Das meine ich. Was Sie nach Gravesend hinaus geführt, wollte ich wissen.«

»In Gravesend habe ich gar nichts zu tun gehabt, bin vielmehr gleich nach Chatham weiter gefahren.«

»Hm!«

»Es ist aber ganz, wie ich Ihnen sage.«

Der Kassierer schnitt ein wunderliches Gesicht. Man hätte fast meinen können, er habe den ganzen Tag weiter nichts vorgehabt, als Grimaldi nachzuspüren. Eine Weile lang verhielt er sich still; dann sagte er:

»Ich habe bloß gefragt, weil ich dachte, Sie hätten vielleicht in Gravesend – mit einer jungen Dame zu Mittag speisen sollen?«

Hieraus folgerte Grimaldi, dass Mr. Cleave in Erfahrung gebracht haben müsse, dass Miss Hughes in Gravesend sei, und in der freundlichen Absicht, ihn auszuspionieren, die Spritzfahrt dorthin gemacht habe. Er lachte sich nun ins Fäustchen, dass der Kassierer ihn mit Mariechen nicht zusammen gesehen, überließ ihn schadenfroh seinen Gedanken und verfügte sich auf Deck, weil ihm die kalte Nachtluft lieber war als das fischblütige Temperament des Kassierers.

Auf der Bank oben auf Deck saß ein Mann mit seiner Frau, einer Schwester von ihr und einer Freundin der Schwester, einem recht niedlichen Mädchen. Platz war gerade noch für eine Person, und zwar neben letzterem, und Grimaldi ließ sich nicht weiter nötigen, den Platz in Beschlag zu nehmen.

Das hübsche Ding war in einen weiten Seemannskittel gehüllt, und der Mann der Frau, wohl ein rechter Schalk, rief dem Mädchen zu, ob sie denn nicht sähe, wie sehr es ihrem Nachbar friere; sie möchte doch barmherzig sein und ihm einen Zipfel von dem weiten Kittel abtreten. Natürlich gab's erst wiederholte Wangenröte und wiederholtes Gekicher, schließlich kam aber ein freundliches Übereinkommen zu stände, dahingehend, dass die niedliche Freundin den linken Arm durch das linke, Grimaldi den rechten Arm durch das rechte Armloch des Kittels steckte, natürlich unter großem Halloh der übrigen, denn das Paar erinnerte in diesem Doppelkostüm an die Ungetüme von Marktweiberröcken bei Regenwetter.

So saßen sie während der ganzen Heimfahrt, und Grimaldi hat immer, wenn er darauf zu sprechen kam, gesagt, über solche Art zu reisen gehe nichts, und das mag auch der Fall sein.

»Lachen Sie nur«, hatte er auch unterwegs gesagt, »wir lachten schließlich auch in einem fort, wenn wir was hätten, das uns innen so nett wärmt, wie der Seemannskittel außen.«

»Und was wäre Ihnen da wohl am liebsten?«

»Hm, ein guter Stonsdorfer oder Steinhäger.«

»Ei, wären Sie Bosco statt Clown«, erwiderte der Nachbar, der sich als ein gar jovialer Herr entpuppte, »so hätten Sie ihn nicht schneller herbeieskamotieren können, als Sie ihn hier sehen!«, und dabei langte er eine große, schwere Steingutflasche unter der Bank vor und hob sie mit beiden Händen hoch ...

Das war das letzte noch, was zu dem allgemeinen Gaudium fehlte.

Es war eine kühle Nacht, aber der Mond schien hell, und mit solcher Stärkung verging die Nacht ebenso schnell wie angenehm. Bevor sie am Landungskai anlegten, war es Tag geworden, war die Flasche leer geworden, war der Nachbar sanft entschlummert, aber Grimaldis rechter Arm steckte noch immer im rechten, und der jungen Dame linker noch immer im linken Armloche des Seemannskittels, und des Nachbars Frau und Töchterlein hätten fideler sein können.

Am Landungskai trennten sie sich. Mann und Frau nebst Schwester und Freundin kutschierten nach Hause, während Grimaldi sich nach der Gracechurch-Straße begab, wo er sich zum Postamt verfügte, um einige Geschäfte zu erledigen.

Das Postamt war aber noch nicht offen. Müde war er noch nicht, zu Hause so früh zu stören, passte ihm nicht, und so kam er auf den Gedanken, ein paar Stunden in der inneren Stadt, die ihm noch nicht so recht bekannt war, umherzubummeln und erst dann seine Penaten aufzusuchen.

Fünftes Kapitel.

Ein wunderliches Vorkommnis. – Ein lakonisches Schreiben. – Zwei wichtige Auftritte mit Mr. Hughesund, ein spaßhafter Auftritt mit einem neidischen Freunde. – Zurüstungen zu Grimaldis Verheiratung. – Erschöpfung nach den Strapazen mit einer neuen Rolle.

Es war heller Tag geworden. Die Sonne ergoss ein mildes Licht über die stillen Straßen, in denen man nur Leute erblickte, die zu Wasser oder zu Lande gekommen waren. Obwohl Grimaldi von Kindesbeinen an in London gelebt hatte, war ihm doch weit weniger davon bekannt als vielen Nichtlondonern, die die Hauptstadt nur einige Male besucht haben. So hatte er den Stadtteil, wo er sich jetzt befand, samt dem Tower, noch nie gesehen.

Seine Aufmerksamkeit wurde, da ihm alles neu war, durch tausenderlei Dinge fortwährend und aufs Angenehmste beschäftigt.

Da fiel sein Auge plötzlich auf einen am Boden liegenden Gegenstand. Er stieß mit dem Fuße daran, und es klimperte. Da bückte er sich und erkannte nun in dem von Schmutz bedeckten Gegenstande eine große, mit Goldstücken gespickt volle Netzbörse.

Wie gelähmt von dem Anblick, sah er fortwährend vor sich, hin, ohne dass er sich getraute, die Börse anzurühren. Endlich konnte er sich aber nicht mehr beherrschen, guckte sich nach allen Seiten um, und nahm, als er sich unbemerkt und allein sah, die Börse in die Tasche.

Kaum aber bückte er sich, so fiel ihm ein zweiter Gegenstand in die Augen: ein dünnes Päckchen Papier. Auch das hob er mechanisch auf, und wer vermöchte sein Erstaunen zu schildern, als er, es untersuchend, wahrnahm, dass es einzig aus Banknoten bestand?

Noch immer war niemand zu sehen. Nicht einmal kommen hörte man jemand. Grimaldi ging in der Straße eine ganze Stunde hin und her, fasste jeden, der an ihm vorbeiging, scharf ins Auge, so scharf, dass jeder hätte meinen müssen, er wolle um etwas fragen, wolle fragen, ob jemand etwas verloren habe ...

Aber nein! Niemand suchte oder fragte, oder gab durch irgendein Anzeichen Unruhe oder Ärgernis zu erkennen.

So kehrte er, ohne jemand zu fragen, von dem sich hätte annehmen lassen, dass er die Grimaldis Meinung nach unermessliche Summe verloren haben könne, schließlich langsam nach dem Postamte zurück.

Die ganze Zeit über und noch stundenlang nachher befand er sich in einer fast unbeschreiblichen Unruhe, war es ihm doch nicht anders zumute, als ob er einen schrecklichen Diebstahl begangen hätte, der alle Augenblicke entdeckt und schimpflich bestraft werden würde. Er zitterte dermaßen, dass er kaum gehen konnte. Das Herz hämmerte ihm förmlich, und Angstschweiß trat ihm aufs Gesicht. Je länger er über seine Lage sann, desto größer wurde seine Unruhe und seine Besorgnis. Wer würde, wenn man soviel Geld bei ihm fände, glauben wollen, dass er es gefunden hätte? Musste es nicht all und jedem viel wahrscheinlicher vorkommen, dass er es entwendet habe? Und wenn er des Diebstahls angeklagt würde, durch welches Zeugnis könnte er sich rechtfertigen?

Mehr denn einmal fühlte er sich versucht, seinen Fund wegzuwerfen und auf und davon zu rennen, und nur durch die Besorgnis, dass er gesehen werden, dass er verhehlt werden könne, dass er so verwirrte Antworten geben könnte, dass man erst daraufhin die Anklage wegen Diebstahls gegen ihn erheben möchte, bestimmte ihn, diesen Einfall nicht zu verwirklichen. Nun sollte man aber meinen, es sei doch ein großes Glück, eine stattliche Summe Geldes zu finden; bei Grimaldi war dies aber keineswegs der Fall, er fühlte sich im Gegenteil kreuzunglücklich darüber und konnte all die quälenden Gedanken keine Minute los werden.

Nun kam er in die Gracechurch-Kirche, fand aber das Postamt noch immer geschlossen und machte sich deshalb durch die City-Road auf den Heimweg, die damals zwischen zwei, nur beim »Engel von Islington« durch ein paar Häuser unterbrochene von Obst- und Handelsgärten hindurch führte.

Diese Örtlichkeit erlaubte ihm, seinen Schutz genauer zu beaugenscheinigen. Die Goldstücke, die die Börse enthielt, waren lauter Guineen; die Banknoten, die das Päckchen bildeten, schwankten zwischen fünf und fünfzig Pfund. Aber nach irgendeinem Ausweis über Namen, Wohnort oder Persönlichkeit des Eigentümers suchte er vergebens.

Ein richtiger Schwindel befiel ihn. Die Hände zitterten ihm. Auf der Straße zu zählen, wäre ihm nicht möglich gewesen. Zu Hause aber zählte er seinen Fund: Die Guineen beliefen sich auf 380 Stück, die Summe der Banknoten ergab 200 Pfund. In Summa hatte er also annähernd 600 Pfund gefunden.

Zwischen 7 und 8 Uhr kam er nach Hause, legte sich sogleich zu Bett und schlief mehrere Stunden. Als er erwachte, hatte sich über den Eigentümer der von ihm gefundenen Geldsumme noch nicht das Mindeste herausgestellt. Er hätte es gar gern sein eigen genannt: aber es sich ungerechterweise zuzueignen, widerstrebte ihm, und darum nahm er sich vor, kein Mittel, das zur Entdeckung des Eigentümers führen könnte, unversucht zu lassen.

Trotz aller Erregtheit unterließ er aber nicht, den Rat zu befolgen, den ihm Mariechen gegeben, und noch einmal an den Papa zu schreiben.

Darauf überlegte er sorgsam, wie er sich am besten betreffs seines Fundes verhalte, und ging abends zu einem alten guten Freunde seines Vaters, der immer auf ihn viel gehalten hatte, und von dem er wusste, dass er ihm nur zum guten und rechten raten würde. Mit diesem Manne hatte er eine lange Unterredung, er machte geltend, dass ihm viel daran gelegen sei, das Geld im eigenen Nutzen zu verwenden, der alte Herr untersagte es ihm jedoch rundweg und mit so schlagenden Gründen, dass er sich seinem Urteil unterwarf und demgemäß handelte.

Acht Tage lang vigilierten nun beide in allen Londoner Blättern unter den Verlustanzeigen, ob sich eine Person nach dem Funde erkundige, aber sie fanden nirgendswo etwas. Nun erließen sie selbst eine diesbezügliche Anzeige unter der Gruppe Gefundene Gegenstände, mit genauer Angabe der Einzelheiten wo und wann die Geldsumme gefunden worden, wo und wie dieselbe abzuholen sei, usw., aber es meldete sich niemand, und Grimaldi hat bis zu seiner letzten Lebensstunde nicht die geringste Spur von der Person entdecken können, die das auf so eigentümliche Weise in seinen Besitz gelangte Geld verloren hatte. Sein Großvater mütterlicherseits hatte übrigens einen halbwegs ähnlichen Fall erlebt. Es war seine Gewohnheit, am Donnerstag früh den Leadenhall-Markt zu besuchen, und zwar in der Regel mit ziemlich viel Geld im Beutel, da er dort alles einzukaufen pflegte, was er im Laufe der Woche brauchte.

So hatte er einmal 400 Pfund meist in Gold und Silber bei sich. Unweit von der königlichen Börse bemerkte er, dass ihm eine seiner Schuhschnallen aufgegangen war. Da ihm der schwere Geldbeutel beim Bücken hinderlich war, – er war nämlich ein gar wohlbeleibter Herr – zog er ihn aus der Tasche, setzte ihn auf einen Balken, zog die Schnalle fest, ging weiter, dachte aber mit keinem Atem mehr an seinen Beutel. Erst als er die Einkäufe bezahlen wollte, die er auf dem Markte gemacht, fiel ihm ein, wo er ihn hatte stehen lassen. Wie ein Sturmwind sauste er wieder an die Stelle zurück, wo er sich die Schuhschnalle festgemacht hatte, fand auch richtig den Balken wieder – und richtig auch noch den Beutel! Auf offner Straße! – Seitdem hat er aber nichts mehr stehen lassen, so alt er geworden ist.

Vier angstvolle Tage folgten nun, und vier angstvollere Wochen waren bereits vergangen, denn sechshundert

Pfund und eine junge Frau standen auf dem Spiele. Da endlich – am fünften Tage – kam ein Brief von Mr. Hughes, die langersehnte Antwort! ... Aber was stand in dem Briefe? Einen kürzeren mochte der Postbote wohl seit Langem, oder überhaupt noch nicht ausgetragen haben, denn weiter nichts stand drin als die Worte:

»Lieber Grimaldi, Sie werden mich in einigen Tagen sehen.

Ihr ergebener

R. Hughes.

Also weder günstig, noch ungünstig! Man konnte aus der einzigen Zeile lesen, was man wollte. Aber es war wenigstens kein direkter Korb! Und als eine Beleidigung persönlicher Natur hatte Mr. Hughes Grimaldis Ansuchen nicht aufgefasst. Das war immerhin ein Vorteil, wenn auch noch kein großer ... Mr. Hughes schien also mit sich reden lassen zu wollen. Zu diesem Schlusse gelangte Joe nach vielem Überlegen, und durch Mariechens Wiederkunft wurde er auch nicht trübseliger gestimmt.

Aber auf ihres Papas Schreiben schien sie nicht viel geben zu wollen, denn sie las es kaum durch, als Joe es ihr zeigte, sagte vielmehr, als er sich darüber wunderte:

»Ja, Sepp, wenn ich dir die Wahrheit sagen soll, so ist Papa schon wieder zu Hause. Gestern habe ich ihn zum ersten Male wiedergesehen und er sagte mir bei der Gelegenheit, ich solle dir sagen, dass er dich am Montag früh in seiner Stube erwarte.«

Grimaldi schnitt ein Gesicht, wie ein Gerber, dem alle Felle weggeschwommen sind.

»Aber sei doch nicht töricht,« tröstete ihn Mariechen »ich sollte meinen, du könntest eher recht vergnügt dreinschauen.«

Aber Grimaldi wusste nicht, ob er hoffen oder fürchten müsse, und so brauchte es Zeit und Weile, bis es Mariechen gelang, ihn heiter zu stimmen. Sie selbst hatte Hoffnung, kannte sie doch ihres Papas gutes Herz ... Schließlich sah also der verliebte Sepp der Stunde, die über sein Schicksal entscheiden sollte, mit Ruhe entgegen.

Endlich kam der bedeutungsvolle Montag. Seine Unruhe nach besten Kräften zu verbergen suchend, begab Grimaldi sich nach Sadlers-Well und traf dort den Vater seiner Herzallerliebsten im Kassenzimmer.

Mr. Hughes sagte ihm freundlich Guten Tag, sagte ein paar gleichgültige Worte, setzte dann aber ernster hinzu:

»Sie wollen uns also verlassen, lieber Grimaldi, Sadlers-Wells und all Ihre alten guten Freunde? Und allein aus dem Grunde, weil Ihnen anderswo ein paar Pfund mehr geboten werden?«

Grimaldi war so verdutzt, dass er im ersten Augenblick kein Wort über die Lippen bringen konnte. Er sammelte sich aber rasch und erwiderte:

»Aber, Mr. Hughes, mein Ehrenwort, dass ich mit keinem Gedanken an so etwas gedacht habe ... Es ginge doch schon deshalb nicht, weil ich mich Ihnen kontraktlich verpflichtet habe.«

»Sie denken wohl nicht daran, mein Lieber«, antwortete Mr. Hughes in strengem Tone, »dass Ihr Kontrakt abgelaufen ist?«

Das stimmte. Daran hatte Grimaldi nicht gedacht. Das also musste er zugestehen.

»Es ist recht auffällig, mein lieber Grimaldi«, fuhr Mr. Hughes fort, »dass Ihnen ein so wichtiger Umstand aus dem Gedächtnis kommen konnte ... Aber eins: Kennen Sie Mr. Croß?«

Mr. Croß war der Direktor des Zirkusses, aus dem später das Surrey-Theater wurde, und hatte Grimaldi wiederholt unter sehr günstigen Bedingungen für sich gewinnen wollen, zum letzten Male erst vor wenigen Tagen. Grimaldi hatte sich aber immer ablehnend verhalten, denn er hatte nicht die geringste Lust, Sadlers-Wells zu verlassen, wo er seit seiner Kindheit beschäftigt gewesen und sein Brot gehabt hatte.

Er merkte im Nu, dass ihn jemand bei Mr. Hughes anzuschwärzen versucht hatte. Zufällig hatte er die letzte Zuschrift, die er von Mr. Croß erhalten, bei sich, auch die Abschrift der Antwort, die er darauf gegeben, und überreichte sie Mr. Hughes zum Beweise seiner Rechtfertigung.

»Ich bin mit Mr. Croß nicht bekannt, Mr. Hughes«, sagte er dabei, »bin aber sehr froh, die zuletzt mit ihm gewechselten Briefe bei der Hand zu haben und Ihnen vorlegen zu können.«

»Sehr schön, sehr schön«, antwortete Mr. Hughes lächelnd, »und da Sie auf dem Standpunkte stehen, keinen Quartierwechsel zu lieben, wollen wir doch gleich über das neue Engagement sprechen. Ich zahle Ihnen jetzt vier Pfund in der Woche. Sie sollen hinfort drei weitere Saisons verpflichtet sein, in der ersten sechs, in der zweiten sieben, in der dritten acht Pfund wöchentlich bekommen. Ists Ihnen recht?«

Das war mehr als Grimaldi gerechnet hatte, und er sagte mit freudigem Herzen Ja. Mr. Hughes schien an der sofortigen Regelung gelegen zu sein, denn er ließ zwei Zeugen holen, und der Vertrag wurde ohne Weiteres ausgefertigt und unterschrieben.

Hierauf wechselten sie noch einige Worte. Dann stand Mr. Hughes auf und sagte:

»Wir sehen uns wohl heute Abend noch einmal. Ich will mir nämlich den Blaubart im Drury-Lane ansehen.« An der Tür drehte er sich aber noch einmal um und fragte: »Sonst haben Sie nichts auf dem Herzen?«

Jetzt war der Moment gekommen. Jetzt galt es, oder nie! Grimaldi spornte seinen Mut, gab seinen Wünschen und Bitten Ausdruck, erst in stockender, dann in immer geschwinderer Rede, bis er es endlich heraus hatte, dass von Mr. Hughes' Ja oder Nein sein und Mariechens Lebensglück abhinge ...

Mr. Hughes antwortete, er habe sich die Sache nach allen Seiten hin reiflich überlegt, meine nur, dass wir beide noch ein bisschen jung zu solchem Entschlüsse seien, gab aber zuletzt seine Einwilligung und rückte Joe dadurch in den siebenten Himmel hinauf. Aber er schien noch ein weiteres tun zu wollen, denn er öffnete jetzt die Tür des anstoßenden Zimmers und rief hinein:

»Mariechen, hier ist Joe ... vielleicht willst du ihm Guten Morgen sagen?«

Mariechen, die natürlich ganz zufällig in dem Zimmer war, widersprach nicht als gehorsames Töchterlein, sondern sagte dem Freunde einen herzlichen Guten Morgen, und verdient hatte solchen auch Joseph für seine wahrhafte und treue Liebe!

In der schwärmerischen Verzücktheit beider Gemüter bemerkte weder Joe noch Mariechen, dass die Tür offen stand, und dass eine dritte Person Zeugin der holden Szene sein konnte ...

Diesen Tag strich Grimaldi natürlich rot in seinem Kalender an. Ein Glück für ihn war es, dass er an diesem Abend im Drury-Lane-Theater erst im letzten Aufzuge auftrat und nur ein paar Worte zu reden hatte.

Als er dorthin kam, war Mr. Hughes schon anwesend und damit beschäftigt, die im letzten Aufzuge wirkenden Verwandlungsapparate zu besichtigen. Er hatte nämlich die Absicht, den Blaubart auch auf dem Exeter-Theater zu spielen, und gab Grimaldi zu verstehen, dass seiner Meinung nach der Apparat viel zu kompliziert sei. Grimaldi gab ihm hierin recht und setzte hinzu, dass der Apparat obendrein noch nicht einmal gut wirke. Grimaldi stand darüber insofern ein Urteil zu, als er sich in seinen Mußestunden viel mit der Erfindung von Modellen zu Verwandlungs- und Pantomimen-Coups befasste. Das tat er bis zu seinem Tode und in seinem Nachlasse fanden sich auch recht viel solcher Modelle, darunter manches ganz ausgezeichnete. Im Dezember 1836 verkaufte er verschiedene davon aus Drury-Lane-Theater, die zum ersten Male in der Pantomime »Harlekin und Hexe Gurton« Verwendung fanden. Fast alle Maschinerien, die er sah, modellierte er und brachte nicht selten Verbesserungen an, was zufällig auch gerade bei der Maschinerie in dieser letzten Blaubart-Szene der Fall war.

Das kam ihm nun zustatten. Ihm lag natürlich viel daran, Mr. Hughes zu Diensten zu sein. Er kramte alles aus, was er von Modellen in Bereitschaft hatte. Mr. Hughes war darüber sehr erfreut, er bat ihn auf den kommenden Morgen zum Frühstück, forderte ihn auf, seine Modelle zu dem Verwandlungsapparat im Blaubart mitzubringen, was Grimaldi begreiflicherweise mit größtem Vergnügen tat. Hierbei sollte sich nun ein recht spaßhafter Auftritt abspielen.

Beim Sadlers-Wells-Theater waren damals ein paar Leutchen angestellt, die Grimaldi nicht sonderlich gewogen waren und aus Künstlerneid ihm mancherlei Tort antaten. Einer von ihnen hatte von einem Dienstmädchen, mit dem er zufällig bekannt geworden, gehört, es habe gesehen, wie Grimaldi Miss Hughes geküsst habe. Daraufhin ersuchte er Mr. Hughes um ein paar Minuten Gehör, als dieser vom Drury-Lane-Theater nach Hause kam und machte ihm von diesem Gerücht, natürlich nebst allerlei Ausschmückung und Erweiterung, ausführliche Mitteilung, streute allerhand Glossen ein über Grimaldis Undank, dass es nicht gerade nett von demselben sei, sich hinter dem Rücken der Eltern die Zuneigung der Tochter zu erschleichen, und ließ es schließlich an allerhand weisen und rührenden Kommentaren, wie sie bei solchen Anlässen Brauch zu sein pflegen, nicht fehlen ...

Mr. Hughes hörte sich dies alles mit Seelenruhe an, worüber sich der Zuträger nicht wenig wunderte, bis ihm zuletzt der Einfall kam, dass sich hinter dieser gemütlichen Auffassung nur Grimm verhalte.

Mr. Hughes ließ ihn aber ruhig ausreden und fragte ihn dann, ob er ihm die Ehre geben wolle, ihn am andern Morgen in der neunten Stunde noch einmal zu besuchen?

»Ganz zu Befehl, werter Herr«, antwortete der Zuträger.

»Dawider werden Sie wohl nichts haben, dass ich Ihnen für Ihre Liebenswürdigkeit schon jetzt meinen Dank ausspreche? Es ist mir natürlich sehr lieb, von Dingen unterrichtet zu werden, die zu meinem häuslichen Glücke in so enger Beziehung stehen. Ein Gläschen Madera gefällig, Herr?«

»Sehr verbunden!«

Der »gute Freund« entfernte sich, nachdem er das Glas geleert hatte, und gratulierte sich, beim Weggehen, »Joe endlich etwas eingerührt zu haben.« – Das war nun allerdings so, nur nicht in seinem Sinne und seiner Absicht gemäß.

Grimaldi war am andern Morgen mit der Lerche auf und legte die letzte Hand an seine Maschinerie. Zufrieden mit seiner Arbeit, schob er die versprochenen Modelle in die Tasche und ging zum Frühstück.

In der Wohnung seines zukünftigen Schwiegervaters angelangt, hörte er von dem Dienstmädchen, das die Geschichte von dem heimlich gestohlenen Kusse herumgebracht hatte, dass Mr. Hughes ihn im Kassenzimmer erwarte. Der Ton, in welchem das Mädchen ihm die Mitteilung machte, weckte eine unbestimmte Furcht in ihm, als wenn sich etwas zugetragen hätte, das ihm sein ganzes Glück zu vernichten drohte.

»Ist Mr. Hughes allein?«, fragte er.

»Nein, Herr! Es ist schon ein Herr bei ihm,« antwortete das Mädchen und nannte einen Namen, bei dessen Klange seine Besorgnisse noch höher stiegen.

Nichtsdestoweniger raffte er all seinen Mut zusammen und trat in das Kassenzimmer. Mr. Hughes erwiderte seinen Gruß mit seltsamer Kälte. Der »gute Freund,« der die Zwischenträgerei besorgt hatte, wandte sich ab, ohne ihn eines Blickes oder gar Wortes zu würdigen. Grimaldi kam sich vor, als ob er wie ein Verbrecher dastände ...

Mr. Hughes nahm mit großer Förmlichkeit und Feierlichkeit das Wort ... »Mr. Grimaldi,« sagte er, »ich habe Ihnen eine höchst wichtige Mitteilung zu machen. Wider Sie ist eine Anklage höchst ernsthafter Natur erhoben worden.«

»Sie sehen wohl, dass mich das aufs Höchste überrascht, Herr,« erwiderte Grimaldi.

»Glaub's Ihnen gern, Herr«, sagte der gute Freund, und über sein Gesicht huschte eine siegesbewusste Miene.

»Es scheint, als wenn die Anschuldigung wohlbegründet sei«, fuhr Hughes fort, »nur fürchte ich, dass Sie sich von ihr nicht werden reinigen können. Aber Ihr Recht soll Ihnen werden! Die Anklage soll in Ihrer Gegenwart erhoben werden. Wiederholen Sie, Sir, was Sie mir gestern Abend erzählt haben.«

Der Zuträger ließ sich nicht nötigen, sondern tat es mit Worten, die von Bosheit überflossen, die von der

Falschheit sprachen, sich in eine gastliche, in trautem Frieden lebende Familie zu schleichen, um einen Vater und einer Mutter eine geliebte Tochter zu rauben und ein junges, unerfahrenes Mädchen in der Achtung herabzusetzen. Dann erging er sich noch in der Schilderung all der Sorgen und Mühen, die einem Mädchen bevorständen, das sich einen wandernden Schauspieler an den Hals würfe.

Grimaldi war vor Verwunderung schier außer sich, und ganz außer sich wäre er fast geraten, als er sah, dass Mr. Hughes mit gespannter Aufmerksamkeit zuhörte, wie wenn er der Anschuldigung völligen Glauben schenkte, ja zuweilen sogar den guten Freund durch einen Blick oder ein Nicken ermutigte, was natürlich nicht dazu beitragen konnte, Grimaldis Zuversicht zu erhöhen.

»Sie befinden sich im vollen Rechte, mein Lieber«, sagte Mr. Hughes, »und dergleichen Aufführung ist absolut nicht zu entschuldigen, einen Umstand ausgenommen, nämlich ...«

»Mr. Hughes,« nahm der Zuträger wieder mit Emphase das Wort, »Ihre Herzensgüte ist mir bekannt, so wohlbekannt, dass ich nicht zweifeln möchte, dass Sie, ungeachtet der Ihnen widerfahrenen schweren Kränkung, auch jetzt noch nach mildernden Umständen suchen. Sie erlauben mir wohl aber, als unparteiischem Beobachter, Ihnen zu sagen, dass es für einen Menschen gar keinen Entschuldigungsgrund gibt, der sich in die Neigung einer jungen, unendlich hoch über ihm stehenden Dame einschleicht, die obendrein eines Mannes Tochter ist, dem er zum größten Danke verpflichtet ist.«

»Bitte, nur eine halbe Minute Gehör, lieber Mann«, erwiderte Mr. Hughes in auffallend ruhigem Tone.

»Von Herzen gern, mein werter Sir!« »Sie haben mich gerade in dem Augenblick – wie ich wohl beifügen darf, in einer etwas wenig manierlichen Weise – unterbrochen, als ich Ihnen wiederholen wollte, dass auch ich für ein solches Verhalten eines jungen Menschen keinen Entschuldigungsgrund finden möchte, sofern ein solcher Mensch sich nicht der Einwilligung seitens der Eltern des Mädchens versichert hat. Im letztern Falle steht es ihm allerdings frei, sich um die Gunst des Mädchens zu bemühen, wenn sie geneigt ist, sie ihm zu gewähren.«

»Zweifellos, zweifellos«, versetzte der Ankläger, »aber in dem Falle, über den wir diskutieren ...«

»In dem Falle, über den wir diskutieren«, wiederholte Mr. Hughes, »verhält es sich so, wie ich meine. Meine Tochter ist im Besitze der elterlichen Erlaubnis, Mr. Grimaldi zum Manne zu nehmen, und da sie, meines Wissens, mit Mr. Grimaldi einig ist, wird sie von dieser Erlaubnis wohl recht bald Gebrauch machen.«

Der gute Freund saß da, wie vom Donner gerührt, Grimaldi aber war vor Vergnügen schier außer sich. Endlich ging ihm ein Licht auf, endlich verstand er, dass Mr. Hughes den Zuträger auf eine feine, vorwurfsfreie Weise hatte ablaufen lassen wollen, vielleicht sogar nicht frei von Schadenfreude war und sich auf Kosten des Unheilstifters ein Späßchen machen wollte. Mit ernster Miene, doch sichtlich nur unter Aufwand von Anstrengung imstande, ein Lächeln zurückzuhalten, sagte er zu seinem künftigen Schwiegersohne:

»Immerhin war es nicht ganz in der Ordnung, mein lieber Joe, meiner Tochter vor allen Leuten einen Kuss zu geben, und falls es Ihnen oder meiner Tochter neuerdings beikommen sollte, sich solchen Genuss nicht versagen zu wollen, so möchte ich doch recht sehr gebeten haben, das nur unter vier Augen abzutun. Ein wenig Rücksicht auf die zurzeit herrschende Sitte ist doch notwendig, und ich meine, sie dürfte auch dem Zartsinne der infrage stehenden jungen Dame genehmer liegen.«

Hierauf schnitt Mr. Hughes dem diensteifrigen guten Freund einen tiefen Bückling, machte die Tür auf und befahl dem zunächst stehenden Diener, »den Herrn bis zur Tür zu geleiten.«

Er selbst begab sich mit Grimaldi zum Frühstück, an dem auch sein Töchterchen teilnahm.

Von diesem Augenblicke an war endlich treuer Liebe die Bahn geebnet, und alles weitere Verhalten des Mr. Hughes gegen Grimaldi legte sattsam Beweis für die Wertschätzung ab, die dieser ihm durch seine oft unter widrigen Verhältnissen aufrechterhaltene Ehrlichkeit und Rechtschaffenheit abgewonnen hatte.

Am Sonnabend nach dem erzählten Auftritte wurde mit der Einrichtung der gemieteten Wohnung begonnen, und am Ostersonntage folgte das erstmalige Aufgebot des jungen Paares.

Wie immer nahmen die Vorstellungen im Sadlers-Wells-Theater am Ostermontage ihren Anfang, und Grimaldi trat in einer neuen Rolle auf, die noch bedeutender war als all seine bisherigen, und durch deren brillante Durchführung ihm neuer Ruhm erstehen sollte.

Vier bis fünf Monate hatte er verhältnismäßige Ruhe gehabt. In seiner neuen Rolle, die ihn recht angriff, begann er indessen zu fühlen, dass auch ihn das Los seines Standes ereilen sollte, Abnahme und Erschlaffung der Kräfte infolge von allerhand körperlichen Gebrechen, die anderen Menschen vorenthalten zu bleiben pflegen.

Es wurde ihm unaufhörlich Beifall gespendet, der ihn aber zu immer neuen Anstrengungen spornte, und die Folge davon war, dass er am Schlusse der Vorstellung immer so erschöpft war, dass er sich kaum auf den Beinen halten konnte, den kurzen Weg bis zu seiner Wohnung nur mit großer Mühe zurücklegen konnte und sich sogleich zu Bett legen musste.

In seinen späteren Jahren war seine Rede oft; dass ihm die glänzenden Einnahmen, die er machte, die schwere Mühe, die ihm die Durchführung seiner Rollen verursacht, auch nur eben wettgemacht hätten, und dass er um kein Pfund dabei besser gefahren sei als Leute, denen es beschert sei, in Ruhe und mit Gemächlichkeit einen regelmäßigen Verdienst zu haben und dabei alt zu werden, statt sich in einer verhältnismäßig kurzen Zeit völlig abzuwirtschaften.

Grimaldis Worte sind nur zu wahr; sie beruhen auf der Erfahrung eines langen und nicht immer freudigen Lebens. In der Tat kann nur sehr gute Einnahme solchen Künstlern – besonders dann, wenn sie leicht erregbar und empfindsam sind, wie eben Grimaldi – das Los eines frühen Alters mit all seiner Pein und Trübsal einigermaßen vergüten helfen.

Am Morgen nach, dem erstmaligen Auftreten in seiner neuen Rolle erwachte Grimaldi gestärkt und erquickt in der elften Stunde. Er erschrak beinahe, als er den Blick auf die Uhr richtete, denn sonst pflegte er schon um sieben Uhr angekleidet zu sein, sich mit der Fütterung seiner Tauben zu befassen, oder die Geige zu spielen, oder seine Modelle zu fertigen. Müßiggang war ihm unausstehlich; er verbitterte ihm das Leben, und für die Wonne »süßen Nichtstuns« konnte er niemals Verständnis gewinnen.

Bei neuen Stücken pflegt der Vormittag nach den ersten Vorstellungen der Repetition zu gehören: Es gilt, Längen auszumerzen und Verbesserungen vorzunehmen, wie sie durch das Spiel als wünschenswert sich herausstellen. Selbstverständlich müssen dann alle, die in dem Stücke auftreten, erscheinen, weil sich ja in allen Rollen Änderungen ergeben können. In dem neuen Stücke hatte Grimaldi nun eine Hauptrolle. Es war ihm deshalb höchst unangenehm, solange geschlafen zu haben. Ohne die geringste Säumnis kleidete er sich an und eilte ins Theater.

Sechstes Kapitel.

Verdrießliche und vergnügliche Auftritte mit »dem alten Lukas« und in Gegenwart des Friedensrichters Blamire. – Mysteriöse Erscheinung eines Silberstabes. – Eine Wette mit einem gespaßigen Freunde auf der Dartforder Chaussee. – Der Prinz von Wales, Sheridan und das Töpfermädchen.

Der ganze Bezirk, den jetzt Claremont, Myddleton, Lloyd und Wilmington bilden nebst den zahllosen, nach allen Richtungen hin auslaufenden Straßen und Gassen, war damals Wiesen-, Weide- und Gartenland und hieß »die Sadlers-Wells-Felder.« Auf seinem Wege zwischen dem Schauspielhause hin und zurück musste Grimaldi dieses freie Land passieren.

Nun waren gerade an diesem Morgen wohl an tausend Personen hier zusammengelaufen, hergelockt durch das Vergnügen einer Stierhetze – damals beim niederen Volk ein höchst beliebter Sport, trotzdem mit ihm schwere Gefahren verbunden waren. Zum Heil für alle friedliebenden, ruhigen Menschen sind diese rohen Hetzen schon von der Tagesordnung geschwunden; sie lassen sich schon aus dem Grunde nicht mehr ausführen, weil es an dem dazu erforderlichen Raume fehlt, was vor einem Vierteljahrhundert noch nicht der Fall war.

Grimaldi blieb stehen und überlegte, ob es nicht klüger sein möchte, wieder umzukehren und einen wenn auch weiteren, doch ungefährlicheren Weg zu wählen. Da fasste ihn ein junger Mensch, den er noch niemals gesehen, scharf ins Auge, trat auf ihn zu und fragte ihn, ob er nicht Grimaldi heiße.

»Allerdings, Herr!«, antwortete Grimaldi; »darf ich aber um Auskunft darüber bitten, was Sie zu dieser Frage veranlasst?«

»Ach«, sagte der junge Mensch, auf einen nicht weit abstehenden Menschen zeigend, »ich hörte vor einigen Augenblicken von dem alten Herrn dort Ihren Namen.«

Dieser »alte Herr« war damals in ganz Clerkenwell und Umgebung allgemein bekannt, aber ebenso allgemein unbeliebt. Er war nämlich der Kirchenspielpolizist, und derlei Amtspersonen sind in der Regel keine gern gesehenen Persönlichkeiten, »der alte Lukas« war aber der bestgehasste seiner Art, und zwar, sofern man den Geschichten glauben darf, die über ihn im Umlaufe sind, auch mit Fug und Recht, war er doch, mit einem Worte, ein so recht hartgesottener Sünder, von dem es allgemein hieß, dass er nicht davor zurückschreckte, Anklagen zu ersinnen, wenn es eine Weile zu ruhig im Bezirke zugegangen war, sodass es ihm an Material dazu aus der Praxis fehlte. Geld brauchte er immer und war im Wesentlichen auf die kleinen Prämien angewiesen, die er für Denunziationen bekam, wenn in dem daraufhin angehängten Prozesse ein Strafurteil gefällt werden konnte.

Da Grimaldi nur allzu gut wusste, was die Leute vom »alten Lukas« hielten, setzte ihn die Mitteilung des jungen Menschen in Verwunderung, und zwar in durchaus nicht angenehme. Nicht frei von Unruhe fragte er deshalb den jungen Menschen, ob er sich auch nicht geirrt habe, dass der Polizist gerade seinen, nämlich Grimaldis Namen genannt habe.

»Ich weiß es ganz bestimmt, Herr«, antwortete der junge Mensch, »und kann mich umso weniger irren, als er Ihren Namen in sein Buch schrieb und zu einem bei ihm stehenden Manne sagte, wenn er wollte, könnte er Sie alle Tage festnehmen lassen.«

»Der Geier soll ihn holen!«, rief Grimaldi, »was kann er mir am Zeuge flicken wollen? Auf alle Fälle danke ich

Ihnen für Ihre Mitteilung, so unerfreulich sie mir auch sein muss.«

Sie gingen auseinander. Der junge Herr mischte sich unter den großen Haufen, Grimaldi drehte um und begab sich auf dem weitesten Umwege, den er machen konnte, nach dem Theater, um einesteils dem alten Lukas, andernteils dem rasenden Stiere aus dem Wege zu gehen.

Er bekam aber, sobald er den Fuß ins Theater gesetzt, alle Hände voll zu tun, dass er den ganzen Vorfall schnell vergaß. Erst als er gegen Abend sich wieder ins Theater verfügte, wurde er durch einen Zufall daran erinnert und erzählte ihn einigen intimeren Bekannten, wie zum Beispiel dem trefflichen Komiker Dubois, dem Schauspieler Davis und dem gefeierten Seiltänzer Richer.

Er wurde gründlich ausgelacht und eine ganze Zeit lang mit dem alten Lukas und dessen Anschlägen wider ihn derb gehänselt.

»Dieser Spitzel«, rief Dubois, während sich sein Gesicht in sehr ernste Falten legte, »ist ein ausgefeimter Bösewicht, der sich vor keiner Lüge scheut und unsern Joe an den Galgen brächte, wenn er damit ein paar Pfund oder Schillinge verdienen könnte. Sie können sich drauf verlassen, Grimaldi, dass er Ihren Namen ohne allen Grund aufgeschrieben hat.«

»Dieser Meinung bin ich auch«, sagte Davis, »sicher will er sich mit Joe ein gutes Stück Geld holen, aber seien Sie deshalb nicht bange, Joe, die Sache wird schon schief gehen.«

Grimaldi wurde es sehr ernst zumute, aber nun fingen die Freunde erst recht an zu kohlen, ließen allerhand Andeutungen über die Missetat fallen, die ihm der böse Polizist aufs Kerbholz geschrieben hätte, und während der auf ein sittliches Vorgehen, der andere auf Fälschung, ein dritter gar auf Mord und Totschlag plädierte, meinte ein vierter, der den Versuch karikierte, den armen Sünder mit den letzten Tröstungen zu versehen, mit heiterem Lachen, so schlimm dürfte die Geschichte schließlich doch wohl nicht werden, trotzdem diesem Bösewicht von Polizist ein ziemlich starker Einfluss nicht abgesprochen werden könne, und in der Regel keiner, der von ihm in die Schere genommen würde, straffrei ausginge. Darauf ließe sich zwei gegen eins wetten.

Grimaldi entging es nicht, dass sich hinter allem Scherz und Spott seiner Freunde ein gewisser Ernst versteckte; er konnte sich deshalb einer gewissen Beklommenheit nicht erwehren und suchte sich klar zu werden, was der alte Lukas eigentlich gegen ihn vorbringen könnte. Da trat ein Diener vom Theater raschen Schrittes zu ihm herein und meldete, dass ihn jemand auf der Stelle zu sprechen verlange.

»Wer denn, mein Lieber?«, fragte Grimaldi, nicht wenig erschrocken.

»Ein Mann mit einer Brille – ich glaube, es ist kein anderer als der alte Lukas«, sagte der Diener.

Alle Anwesenden brachen zuerst in ein schallendes Gelächter aus, versicherten sodann aber Grimaldi ihres eifrigsten Beistandes. Grimaldi selbst stand wie versteinert da. Komiker Dubois meinte:

»Na, Joe, Scherz muss sein, und Sie wissen ja zu spaßen und zu scherzen. Sollte sich aber Scherz in Ernst wandeln wollen, dann seien Sie versichert, dass wir dem Sackermenter von Polizisten die Zähne zeigen werden.«

Die andern guten Freunde sprachen sich in demselben Sinne aus. Grimaldi dankte ihnen auf das Wärmste, denn jetzt machte er sich schon die schwärzesten Gedanken. Es wurde beschlossen, mit Grimaldi vors Haus hinunterzugehen, den alten Lukas aber, falls er es sich herausnehmen sollte, ungezogen oder gar frech zu werden, in den Kanal zu stoßen, damit er sich dort ein wenig abkühle. Grimaldi wurde nun von seinen Freunden in die Mitte genommen und zu dem vorm Hause wartenden Polizisten geführt.

Alle fragten durcheinander, was von dem Freunde begehrt würde.

Lukas würdigte sie keiner Antwort, sondern herrschte Grimaldi zu, er müsse auf der Stelle mit ihm nach Hatton Garden hinüber. »Aber,« setzte er hinzu, »beeilen Sie sich! Ich habe keine Zeit zu warten.«

Es erhob sich ein verworrenes Geschrei. Alles wünschte den Wicht dorthin, wo der Pfeffer wächst, und fragte nach dem Haftbefehle. Lukas würdigte auch jetzt keinen der Schreier einer Antwort, sondern stellte an Grimaldi die kurze und bündige Frage, ob er der Aufforderung gutwillig folgen wolle oder nicht. Ein einstimmiges Nein donnerte ihm entgegen.

»Hören Sie, Lukas«, sagte Komiker Dubois, »Sie sind ein alter Halunke, was niemand besser weiß, als Sie selber. Wir meinen, es kanns auch niemand leichter beweisen als Sie selber. Ehe wir aber zugeben, dass Mr. Grimaldi Sie begleitet, verlangen wir Vorweis des Haftbefehls, der Ihnen das Recht gibt, hier so aufzutreten. Haben Sie aber keinen Haftbefehl, dann rate ich Ihnen, sich schleunigst auf die Strümpfe zu machen, wenn Sie nicht getaucht werden wollen.«

Diese Ansprache wurde durch ein allgemeines Beifallsgeschrei beantwortet, in das noch andere, die inzwischen sich angefunden hatten, einstimmten.

»Mr. Dubois«, sagte Lukas, sobald er sich Gehör verschaffen konnte, »mit Ihnen habe ich gar nichts zu schaffen. Und an Sie, Mr. Grimaldi, richte ich neuerdings die Frage, ob Sie meiner Aufforderung zu folgen bereit sind, oder nicht.«

»Nur, wenn Sie den Haftbefehl vorzeigen«, rief der Seiltänzer, »sonst lassen wir ihn nicht aus unsrer Mitte.«

»Nein – ohne Haftbefehl darf er nicht weg«, rief auch Schauspieler Davis.

»Unter keiner Bedingung anders«, sagte nun auch Dubois. »Ich sage Ihnen, rühren Sie ohne Haftbefehl bloß den Finger, so liegen Sie.«

»Was meinen Sie?«, fragte Lukas, »wo soll ich dann liegen?«

»Unten im Kanale«, antwortete Dubois, », und zwar dort, wo er am tiefsten ist.«

»Jawohl, tief unten im Kanale«, riefen auch alle anderen.

Dem Polizisten wurde es doch ein wenig bange, und während aus aller Kehlen ein wieherndes Gelächter erscholl, sagte er in einem weit sanfteren Tone:

»Nun, einen Haftbefehl habe ich ja freilich nicht, weil nur selten danach gefragt wird, weiß doch jeder, dass ich Amtsgewalt zu üben beauftragt bin. Genügt das aber Mr. Grimaldi und seinen Bekannten nicht, dann will ich nicht darauf bestehen, dass er auf der Stelle mitkommt, sondern mich mit seinem und der anderen Herren Versprechen begnügen, dass er morgen Vormittag um elf Uhr in Hatton Garden vor Mr. Blamire erscheinen wird.«

Dieses Versprechen wurde dem Polizisten gegeben, worauf er sich zum Gehen anschickte. Der Leute waren es aber immer mehr geworden, die die von Grimaldis Freunden gebildete Gruppe umringten, und gleich darauf erklang eine Stimme aus dem Haufen:

»Hallo, Joe, was gibt's denn hier?«

Dubois trat auf die oberste Treppenstufe und rief in heftiger Erregung:

»Weiter nichts, Kinder, als dass der Sackermenter von Ortspolizist unsern Joe Grimaldi ins Gefängnis abführen will!«

»Und weshalb? Weshalb?« fragten alle.

»Ein Grund liegt gar nicht vor«, rief Dubois.

Da der Haufe immer ärger schrie, beschleunigte Lukas seine Schritte, konnte aber erst das Weite gewinnen,

nachdem er einen förmlichen Regenschauer von Erdklö-
ßen, faulen Äpfeln und dergleichen Dingen über sich
hatte ergehen lassen müssen.

Die Vorstellungen nahmen ihren Fortgang wie gewöhnlich, und Grimaldi begab sich heim, nachdem ihm
all seine Freunde bestimmt versprochen hatten, ihn am
anderen Morgen auf das Polizeiamt zu begleiten. Es
wurde auch alles Mögliche getan, den jungen Menschen
wieder aufzufinden, der Grimaldi auf die Absichten, mit
denen sich Lukas wider ihn trug, aufmerksam zu machen.

Zur festgesetzten Zeit erschien Grimaldi in Begleitung
seiner Freunde auf dem Polizeiamte. Der Friedensrichter
Blamire begrüßte sie sehr verbindlich und stellte an Lukas die Aufforderung, sich darüber auszusprechen, was
ihn veranlasst habe, Mr. Grimaldi laden zu lassen.

Der Polizist erzählte mit großer Zungenfertigkeit, Mr.
Grimaldi habe sich dadurch vergangen, dass er sich an
einer Stierhetze beteiligt habe, auch andere Personen zur
Teilnahme daran angestiftet und aufgereizt habe. Der
Stier sei wild geworden, wodurch viele Menschen in Lebensgefahr gebracht worden waren. Er habe dies alles
mit eigenen Augen mit angesehen und berufe sich zur
Erhärtung seiner Angaben auf das Zeugnis verschiedener Personen. Darauf rief er die Leute herein, mit denen
ihn tags vorher Grimaldi hatte zusammenstehen sehen,
und sie bestätigten alle Aussagen des Polizisten.

Nun wurde der also Beschuldigte aufgefordert, vorzubringen, was zu seiner Entlastung dienen konnte. Er be-
richtete, was ihm passiert war, der junge Mensch, der

auf der Wiese zu ihm getreten war und ihm gesagt hatte, dass der Polizist sich mit anderen Leuten über ihn unterhalten habe, bestätigte Grimaldis Aussagen und bezeugte unter seinem Eide, dass Grimaldi nur ein paar Augenblicke auf der Wiese gestanden habe, mit der Stierhetze nicht bloß nichts zu tun gehabt habe, sondern ihr vielmehr aus dem Wege gegangen sei.

Mr. Blamire, der Friedensrichter, nahm alles zu Protokoll mit Ausnahme verschiedener unverblümter Äußerungen aus Dubois' und anderer Munde über das schlechte Renommee, in welchem der Polizist Lukas bei der Bevölkerung stände. Dann hielt er Grimaldi folgende kleine Standrede:

»Mein lieber Mr. Grimaldi, ich glaube ja gern, dass Ihre Darstellung der Vorgänge in jeder Hinsicht der Wahrheit entspricht. Es bleibt mir aber nichts anderes übrig als aufgrund der Aussagen des Polizisten Lukas und der von ihm beigebrachten Zeugen gegen Sie auf eine Ordnungsstrafe zu erkennen, die indessen für Sie nicht von erheblicher Belastung, dem Ankläger in keiner Weise zu persönlichem Vorteil sein soll. Hätten Sie sich ohne Weiteres von der Wiese entfernt, ohne sich mit dem jungen Herrn hier in ein Gespräch einzulassen, so hätte der Ankläger nicht das geringste Moment zur Stützung seiner Aussage für sich gehabt. So kann man ihm den guten Glauben seiner Auffassung der Sachlage nicht wohl absprechen. Ich nehme Sie also nur deshalb in eine Ordnungsstrafe von fünf Schilling und erkläre, dass Sie sofort in Freiheit gesetzt werden sollen, sobald Sie diese Strafe erlegt haben. Ihnen aber, Polizist Lukas, rate ich in aller Freundschaft, sich künftighin, besonders in Betreff

Ihres Zeugnisses, größerer Gewissenhaftigkeit zu befleißigen.«

Grimaldi erblickte in dieser Entscheidung eine vollständige Genugtuung und seine Freunde ebenfalls. Die fünf Schillinge wurden gezahlt, Grimaldi entrichtete sogar noch einen Extra-Schilling für den Büttel, der ihn von Amtswegen bis zur Tür geleiten musste. Dann begaben sich alle guten Freunde Grimaldis in die dem Sadlers-Wells-Theater nächstgelegene Schenke, den errungenen Sieg zu feiern. Bei einem guten Frühstück machten sie sich über das essigsaure Gesicht lustig, das Lukas gezogen hatte, als der Friedensrichter seinen Spruch fällte, ließen es auch an mancherlei Glossen über die wunderliche Landesgesetzgebung nicht fehlen, die einen Friedensrichter in die Zwangslage setzte, einen Menschen, der als eidbrüchig bekannt war, zum Schwure zuzulassen, weil er Polizist ist, und daraufhin eine von solchem Menschen angezeigte Person in Strafe zu nehmen, trotzdem er von ihrer Unschuld überzeugt ist.

Sie waren eben in der lebhaftesten Diskussion über dieses Thema, als die Tür aufgerissen und von dem Aufwärter hereingerufen wurde:

»Meine Herren, Polizist Lukas!«

Ein allgemeines Gelächter wurde laut, denn alles hielt die Sache für einen üblen Scherz. Auch Grimaldi stimmte in das Gelächter ein. Aber er sowohl als seine Freunde sollten ihren Irrtum schnell gewahr werden, denn nach wenigen Sekunden erschien Lukas auf der Schwelle.

Zornig schrie Dubois ihm entgegen:

»Wie können Sie sich erdreisten, Mann, unberufen hier einzudringen?«

»Ich habe meines Amtes zu walten«, antwortete Lukas tückisch, »Mr. Grimaldi ist in eine Strafe von fünf Schillingen genommen worden, hat aber weder Streifgeld, noch den üblichen Freilassungsschilling an den Büttel entrichtet. Er ist also nach wie vor in Haft.«

Grimaldi erwiderte, dass Lukas sich im Irrtum befände, da er beim Friedensrichter bare sechs Schilling entrichtet habe. Seine Freunde bestätigten diese Aussage.

Lukas aber erwiderte tückisch:

»Das kann sein, kann auch nicht sein. Sie bezahlen jetzt entweder – vorbehaltlich amtlicher Feststellung Ihrer Aussage – oder Sie folgen mir aufs Amt zurück.«

Darauf erklärte Grimaldi, dass es ihm gar nicht einfiele, der Aufforderung des Mannes zu folgen.

»Ei, das wollen wir sehen,« versetzte Lukas und trat auf Grimaldi zu.

»Keinen Schritt weiter«, rief Grimaldi, außer sich, »oder ich schlage Sie nieder wie einen Hund!«

Lukas ließ sich aber nicht einschüchtern, sondern fiel über Grimaldi her, riss ihn vom Stuhle, suchte ihn zur Tür hin zu zerren, zerriss ihm dabei Kragen und Weste. Nun aber machte Grimaldi seine Drohung wahr und streckte den Polizisten mit einem Hieb auf die Nase, der einen kräftigen Bluterguss zur Folge hatte, zu Boden.

Lukas war aber ebenso schnell wieder auf den Beinen, zog seinen Amtsstab aus der Tasche und schickte sich zum Wiederbeginne des Kampfes an, als sich ein bislang unbeteiligter fremder Herr von seinem Stuhle erhob, einen silbernen Stab aus seinem Rocke nahm und ihn drohend dem Ortspolizisten vor die blutige Nase hielt ...

»Ich dulde hier keine Gewalttätigkeit mehr. Wer an dem Falle beteiligt ist, verfüge sich zum Polizeiamt. Ist Mr. Grimaldi – wie ich – nach allem, was ich mitangehört, nicht bezweifle – in seinem Rechte, dann werde ich Sorge tragen, dass auch Ihnen, Polizist Lukas, zuteilwerde, was Ihnen von Rechtswegen zusteht.«

Brummend fügte sich Lukas dem Spruche. Mr. Blamire war nicht wenig verwundert über ihr Wiedererscheinen, erschrak aber nicht wenig, als er des Polizisten blutige Nase erblickte, schien aber den Herrn mit dem silbernen Stabe sehr genau zu kennen, denn er begrüßte ihn mit außerordentlicher Höflichkeit.

Mr. Blamire forderte zuerst Lukas auf, seine neuerliche Beschwerde vorzubringen. Lukas behauptete, Mr. Grimaldi sei mit dem Strafgelde noch im Rückstande. Mr. Blamire ließ den Schreiber hereinkommen, der aber sogleich, mit einem bedeutsamen Seitenblick auf den Polizisten – erklärte, sowohl der Strafbetrag, als auch der Freilassungsschilling seien pünktlich entrichtet worden.

»Und Sie haben Hand an Mr. Grimaldi gelegt?«, fragte Mr. Blamire.

»Aufgrund meiner Annahme, das Strafgeld sei noch nicht entrichtet«, erklärte Lukas.

»Und Mr. Grimaldi hat Ihnen die Nase blutig geschlagen?«, fragte Mr. Blamire.

»Ja, Sir«, antwortete Lukas.

»Nun, die blutige Nase haben Sie mit sich selbst abzumachen«, erklärte Mr. Blamire, während Grimaldis Freunde ein wieherndes Gelächter anstimmten. »Und nun, Mr. Grimaldi, Ihre Äußerungen zur Sachlage?«

Grimaldi erzählte mit kurzen Worten, wie sich der Vorfall abgespielt hatte. Der Herr mit dem silbernen Stabe bestätigte die Wahrheit von Grimaldis Darstellung und setzte noch allerhand abfällige Bemerkungen über das gewalttätige Auftreten und Verhalten des Polizisten hinzu.

»Wer der Herr mit dem silbernen Stabe war«, sagte Grimaldi, als er über den ärgerlichen Vorfall zuhause sprach, »weiß ich nicht und habe es auch nicht in Erfahrung bringen können. Es muss aber, nach der großen Ehrfurcht, die ihm auf dem Polizeiamte entgegengebracht wurde, ein sehr vornehmer Herr sein. Später sagte man mir, es müsse der Londoner Friedensmarschall gewesen sein, der die Gewalt besäße, überall in England seines Amtes zu walten. Ich kann es aber nicht sagen, ob es sich so verhält oder nicht.«

Mr. Blamire diktierte Lukas eine Buße von fünf Pfund, die der Armenkasse zufallen sollte, verurteilte ihn auch, Grimaldi Abbitte und Entschädigung zu leisten.

Lukas schäumte vor Wut, wie der wilde Stier, die eigentliche Ursache des Missgeschicks, das sich hinfort an seine Fersen heftete, und vermaß sich in allerhand respektwidrigen Reden, dass es ihm im ganzen Leben nicht einfallen würde, auch nur einen Heller, geschweige fünf Pfund, zu bezahlen. Darauf befahl Mr. Blamire, ihn abzuführen und in Haft zu nehmen – zur großen Befriedigung Grimaldis sowohl als seiner Freunde – nicht minder auch der Polizisten, Schreiber und Frone, die über das unlautere Wesen ihres Kollegen recht gut unterrichtet waren, es aber auch für ihre besondere Pflicht ansahen, alles, was Mr. Blamire, ihr unmittelbarer Vorgesetzter, anordnete,, voll untertänigster Bewunderung zu registrieren. Grimaldi begab sich nun mit seinen Bekannten wieder nach Hause. Am andern Tage verlautete, dass Lukas, nach sechsstündiger Haft, seine Strafe, wenn auch unter Geheul und Verwünschungen, bezahlt habe. Ein paar Stunden nach seiner Entlassung aus der Haft bekam Grimaldi einen gar demütigen Brief von ihm mit dem Ersuchen, ihm mitzuteilen, was er für die zerrissenen Kleidungsstücke von ihm fordere.

Grimaldi hielt es für das Beste, die Sache auf sich beruhen zu lassen, da Lukas für den Schaden, der gestiftet, durch seine zerschlagene Nase gestraft genug sei.

Lukas behelligte Grimaldi nicht weiter. Er kam auch bald drauf um Amt und Würden.

Nun verflossen verschiedene Monate so recht in *dulce jubilo* bis am elften Mai die Glocke der Kirche zum heiligen Georg das Brautpaar an den Altar rief, zur unsäglichen Freude der wackern Mutter des Bräutigams, die dessen Braut von frühester Kindheit geliebt hatte wie eine eigene Tochter.

Fünf Tage nach der Hochzeit machte das junge Ehepaar den ersten Besuch bei den Eltern und Schwiegereltern. Dann verfügte Grimaldi sich ins Sadlers-Wells-Theater, wo eine Probe anberaumt worden war.

Kaum war er in den Hof getreten, als ein Bühnenmitglied, Richer der Seiltänzer, auf ihn zu trat und sich nach dem Namen der Dame erkundigte, die man an seinem Arme gesehen habe.

»Das kann ich Ihnen sagen«, erklärte Komiker Dubois, »es ist Miss Mary Hughes gewesen.«

»Bitte recht sehr um Verzeihung, mein Herr«, antwortete Grimaldi, »so heißt die Dame im ganzen Leben nicht.«

»Ich möchte aber einen Eid darauf leisten«, rief Dubois, »dass es Miss Hughes gewesen.« »Dann würden Sie sich mit Ihrem Gewissen in Konflikt setzen«, antwortete Grimaldi, »die Dame hat wohl ehedem Miss Hughes geheißen, führt aber seit Montag den Namen Grimaldi«,

Das war für alle eine Überraschung sondergleichen, und die Kunde davon verbreitete sich im ganzen Theater wie ein Lauffeuer. Man überbot sich in Gratulationen, die Aufregung nahm derart überhand, dass dem Direktor nichts weiter übrig blieb, als die Probe aufzuschieben und die Gesellschaft gehen zu lassen. Abends gab es ein großes Festessen zur Feier von Grimaldis Hochzeit, und am darauf folgenden Sonntage einen Mittagsfreitisch für das Unterpersonal. Kurz, das ganze Personal vom höchsten bis zum niedrigsten, nahm an dem lang erwarteten und nun endlich wahr gewordenen Glücke des braven jungen Ehemannes den herzlichsten Anteil.

Im Sommer desselben Jahres ging Grimaldi unter so drolligen Umständen eine Wette ein, dass wir wohl auf gütige Nachsicht des Lesers hoffen dürfen, wenn wir sie an dieser Stelle mitteilen.

Grimaldi hatte damals mit einem recht beliebten und auch talentvollen Schriftsteller Bekanntschaft geschlossen, der gerade, als Grimaldi dort etwas zu verrichten hatte, eine Reise nach Gravesend machen musste. Sie besprachen sich infolgedessen, auf gemeinschaftliche Kosten eine Postchaise zu nehmen, und fuhren, da Grimaldi abends im Sadlers-Wells auftreten musste, in aller Frühe ab.

Es war eine sehr angenehme Reise, und die Zeit verging sehr schnell. Grimaldis Freund war ein höchst humoristischer Herr, dabei lebhaft und beweglich, immer auf der Suche nach lustigem Unterhaltungsstoff, immer mit witzigen Bemerkungen über Land und Leute bei der Hand. Etwa drei Meilen vor Dartford kam plötzlich ein Reiter in Sicht, der so kräftig hinter der Post her trabte, dass es ganz den Anschein hatte, als ob er es drauf abgesehen habe, sie einzuholen.

»Sehen Sie doch, Joe«, rief er, als der Reiter nur ein paar Büchsenschüsse noch entfernt war, »der alte Knabe scheint einen ganz brillanten Gaul unter den Schenkeln zu haben.«

Grimaldi folgte der Aufforderung. Der Reiter kam rasch heran, war ein großer, kräftiger Mann, augenscheinlich ein Pächter oder Gutsherr, denn er ritt ein strammes Ackerpferd.

»Freilich sehe ich ihn«, antwortete Grimaldi, »könnte aber nicht sagen, dass mir etwas Besonderes an ihm auffällt.«

»Mir ja auch nicht«, erwiderte der Freund, »weder an ihm noch an seinem Tiere; aber meinen Sie nicht auch, dass er mit solchem Gaul und in solchem Tempo bald an uns vorbei sein muss?«

»Ganz entschieden«, antwortete Grimaldi, »das kann sogar nur wenige Augenblicke dauern.«

»Nun, Joe, halten Sie die Wette auf eine Guinee, dass er uns nicht überholt?« –

»Ach, wozu solche Possen?«

»Halten Sie die Wette?«

»Auf keinen Fall! Es hieße ja, dass ich Sie um Ihr Geld prellen möchte.«

»Das ist meine Sache«, sagte lachend der Freund; »ich betrachte die Sache aus anderm Lichte und will die Wette sogar noch günstiger für Sie stellen. Ich behaupte, der Mann überholt uns sogar zwischen hier und Dartford nicht.«

»Topp!«, rief da Grimaldi, weil er deutlich sah, dass keine halbe Minute mehr verstreichen konnte, bis der Reiter die Chaise überholt hatte, wenn er nicht durch irgendeinen unvermuteten Zwischenfall aufgehalten würde.«

»Und nun noch eins«, sagte der Freund, »Lachen oder lächeln Sie nur, so, dass ers zwischen hier und Dartford sehen kann, so haben Sie verloren. Gilts?«

»Es gilt«, antwortete Grimaldi, höchst gespannt, wodurch seine Reisegefährte die Wette zu gewinnen dächte.

Er blieb nicht lange in Ungewissheit, der Reiter kam näher und näher. Die Aufschläge erklangen schon dicht hinter der Postchaise, als der Freund ein Pistol aus der Tasche riss, sich zum Schlage hinaus beugte und unter bedrohlichen Gebärden auf den Pächter zielte, der bis dahin von irgendwelcher Gefahr nicht die geringste Ahnung gehabt hatte.

Grimaldi guckte durch das Fensterchen im Rücksitze und hätte sich vor Lachen, ausschütten mögen, als er sah, welche Wirkung die jähe Bewegung seines Freundes machte. Der ehrliche Landmann riss seinen Gaul fast auf die Erde nieder, um ihn auf der Stelle zum Stehen zu bringen. Die ruhige Geschäftsmiene, die er bisher zur Schau getragen, verwandelte sich in wüstes Entsetzen. Sein bisher tiefgerötetes Gesicht wurde mit Leichenblässe überzogen. Er klopfte seinem Tiere auf den Hals und suchte es auf alle mögliche Art zu beruhigen, während er der Postchaise mit stieren Blicken nachgaffte.

Eine Minute mochte etwa verstrichen sein, da gewann er die Fassung wieder, gab seinem Gaule die Sporen und sprengte wieder, offenbar in der Absicht, auf der andern Wegseite an der Chaise vorbeizukommen, hinter ihr her.

Grimaldis loser Freund hatte jedoch diese List vermutet und hielt dem Reiter mit den gleichen bedrohlichen Gebärden das Pistol aus dem andern Schlage entgegen, sodass der biedere Landmann, fast noch erschrockener als das erste Mal, sein Pferd abermals anhielt.

Nach einiger Zeit setzte er jedoch, in etwa dem gleichen Tempo wie die Chaise, seinen Gaul wieder in Trab.

Augenscheinlich ging er mit sich zurate, wie er sich benehmen sollte.

Grimaldi hielt sich in seiner Wagenecke noch immer den Bauch vor Lachen. Er merkte, dass er um seine Guinee war, und wollte nun den Spaß noch ärger treiben, guckte zu dem Zwecke zum andern Wagenschlage hinaus, setzte eine wichtige Amtsmiene auf, nickte dem biederen Landmanne vertraulich zu, hob sogar, wie um ihn zu warnen, den Finger in die Höhe.

Der Landmann nahm die Warnung ernst, nickte und winkte, ja suchte durch allerhand Pantomimik begreiflich zu machen, dass er sich den Zusammenhang recht wohl erklären könne, dass der Mann mit dem Pistol ein Irrsinniger sei, der sich durch einen unglücklichen Zufall die gefährliche Waffe habe aneignen können.

Grimaldi tat nichts, ihn aus diesem Wahne zu reißen, sondern suchte ihn vielmehr darin zu stärken, indem er seinerseits ihm verständlich zu machen suchte, dass er der Wärter dieses Narren sei, musste aber, um dem Pächter nicht hell ins Auge zu lachen, von Zeit zu Zeit mit dem Kopfe in die Kutsche zurückfahren.

Grimaldis Freund hielt dem Landmanne unverwandt das Pistol entgegen, spielte, um den Eindruck zu verschärfen, hin und wieder mit dem Hahne und zog alle möglichen Fratzen, um sich so recht als Narren aufzuspielen.

Der Landmann hielt sein mäßiges Tempo inne, blieb auf der andern Wegseite, hätte es in der Gebärdensprache schier mit dem hervorragendsten pantomimischen Darsteller aufnehmen können und überbot sich, in der

Absicht, es Grimaldi gleichzutun, in Achselzucken, Winken und Nicken sowie allerhand anderen Zeichen, durch die ihm dieser von der Echtheit seiner Teilnahme zu überzeugen suchte.

Auf diese Weise gelangten sie nach Dartford. Kaum aber hatten sie die Stadt erreicht, so setzte sich Grimaldis Freund wieder in seine Ecke, während Grimaldi seine Guinee aus der Börse langte. Als das Pistol im Wageninnern verschwunden war, drückte der biedere Landmann seinem Gaule die Sporen in die Weichen, versetzte ihm einen derben Schlag mit der Peitsche, und raste zum nicht geringen Entsetzen der gesamten Dartforder Spießbürgerschaft in vollem Galopp durch die Stadt.

Durch seinen Gewinn kam Grimaldis Freund auf eine andere Wette zu sprechen, die einst der berühmte Sheridan mit dem Prinzen von Wales eingegangen war und die damals in aller Leute Munde war.

Georg der Vierte war als Prinz von Wales bekanntlich ein sehr loser Herr, der manche Tagesstunde zur Erholung brauchte. Darum war es mit eine Lieblingsbeschäftigung von ihm, im Verein mit Zechkameraden zu den Fenstern ihres Klubhauses auf die Saint-James-Straße hinunter zu gaffen. Sheridan, damals Pächter des Drury-Lane-Theaters, spielte beim Prinzen Georg eine bevorzugte Rolle.

Beiden war nun wiederholt ein Mädchen in die Augen gefallen, das immer zu einer bestimmten Tageszeit mit einer schweren Traglast Töpferware durch die Straße kam. Der Prinz hatte sich schon wiederholt über das Mädchen geäußert, dass sie nicht bloß über eine bedeutende Leibeskraft, sondern auch über eine nicht minder bedeutende Gewandtheit gebieten müsse, um solche Lasten mit solcher Leichtigkeit zu schleppen, ohne in dem großen Menschengedränge nur ein einziges Mal zu straucheln oder nur fehl zu treten.

Eines Morgens kam sie wieder auf die Straße, diesmal in der Richtung von Piccadilly, entlang. Sheridan machte den Prinzen sogleich auf sie aufmerksam ...

»Königliche Hoheit«, sagte er, »heut hat das Mädchen sogar noch mehr aufgepackt als sonst.«

»Das kann ich nicht glauben«, erwiderte der Prinz.

»Und doch meine ich, Recht zu haben«, sagte Sheridan, »der Korb ist heute doch fast noch einmal so groß wie sonst.«

»Sie scheinen Recht zu haben, Sheridan«, meinte der Prinz.

»Freilich habe ich Recht, Königliche Hoheit«, sagte Sheridan, »sehen Sie denn nicht, wie sie unter der Bürde wankt? Da, jetzt fällt sie ... nein! Sie behält das Gleichgewicht und geht weiter. Das arme Ding!«

Der Prinz hatte keinen Blick von dem Mädchen gewandt, aber nichts von den Vorgängen an ihr wahrnehmen können, die Sheridan bemerkt haben wollte.

Aber Sheridan fuhr unbeirrt fort, wie wenn er zerstreut mit sich selber spräche:

»Ganz sicher kommt sie zu Falle, noch ehe sie bis zu dem nächsten Hause gekommen.«

»Ei was, die fällt nicht«, rief der Prinz, »die ist an die Last, die sie trägt, doch viel zu sehr gewöhnt!«

»Und doch wird sie fallen«, rief Sheridan.

»Hundert Pfund wette ich, dass sie nicht fällt«, rief der Prinz.

»Topp«, rief Sheridan.

»Topp,« wiederholte der Prinz.

Knapp vor dem Klubhause kam das Mädchen zu Falle. Sicher zufällig, denn absichtlich fallen die Leute wohl kaum, besonders aber nicht dann, wenn sie schwere Topflast tragen; und doch hat es nicht an boshaften Menschen gefehlt, die den Unfall des Mädchens auf andere Ursachen als ihre überschwere Last zurückführen wollten.

Mag dem nun sein, wie ihm wolle: In Abrede stellen lässt sich nicht, dass Sheridans Zuversicht in einem merkwürdigen Konnex mit der Tatsache stand, und dass dieser Konnex einen weiteren Beweis für seine Urteilsschärfe in solchen Dingen ablegt.

Dergleichen Spaße lagen nun einmal in Sheridans Charakter. Da auch der Freund Grimaldis auf dem Standpunkte stand, dass Sheridan zu dem Anfalle direkt oder indirekt die Veranlassung geschaffen, erzählte er eine weitere Anekdote. Als Richardson mit ihm zusammen das Drury-Lane-Theater besah, fuhren sie einmal in einer Mietskutsche mit ihm spazieren, und merkte erst unterwegs, dass er kein Geld bei sich habe. Da brach er mit Richardson einen Streit vom Zaune über irgendeine Bagatelle. Es kam, da sie beide Hitzköpfe waren, bald zu heftigen Reden, und als sie in eine Straße einbogen, von der es nicht mehr weit war bis zu Sheridans Wohnung, sprang Sheridan mit den Worten: Er verschmähe es, auch nur eine Sekunde noch in Gesellschaft solches Streithahnes wie Richardsohn zu verweilen, aus dem Wagen und ging zu Fuß nach Hause, Richardson aber musste die Fahrt bezahlen.

Unterdessen hatte man neuen Vorspann genommen. Durch viel Lachen war die Lust zu weiteren Späßen geweckt worden. Als die Postchaise halten musste, weil ein paar Frachtwagen den Weg sperrten, was gerade vorm ersten Gasthause der Fall war – guckte ein großer, kräftiger Mann in Uniform, mit mächtigem Knebelbart, höchst martialisch und fürnehm zu einem Fenster auf die Leute hinunter. Grimaldis lustiger Reisegefährte bemühte sich, die Aufmerksamkeit des militärisch angehauchten Herrn durch Husten und andere Manöverchen zu wecken. Nach einer Weile gelang es ihm auch, und gewaltig von oben herab maß ihn der Herr mit seinen Blicken. Grimaldis lustiger Kamerad verzerrte sein Gesicht zu einer grimmigen Fratze, machte wieder alle möglichen Gebärden eines in Irrsinn verfallenen Menschen, riss wieder sein Pistol aus der Tasche und zielte dem martialisch aussehenden Herrn mitten zwischen die Augen ...

Wie von einer Tarantel gestochen, fuhr der Mann in die Höhe, fuhr sich mit beiden Händen nach der Stirn, fuhr mit dem Kopfe ins Fenster zurück und war im andern Augenblick aus dem Fenster verschwunden, ob nun zusammengebrochen aus Angst und Schreck, oder hingestürzt aus eigner Willenskraft, war unmöglich festzustellen ... Grimaldis Freund aber schob kaltblütig sein Pistol wieder in die Tasche, und Grimaldi wollte sich wieder ausschütten vor Lachen.

In Gravesend schieden sie voneinander. Der fidele Kamerad begab sich nach Dover. Grimaldi besorgte, was er sich vorgenommen hatte, und kehrte dann nach London zurück, in schmerzlichen Gedanken an seine »Dartford-Bläulinge«, die ihm von so barbarischer Hand vernichtet worden waren.

Siebentes Kapitel.

Georgs des Dritten Vorliebe für das Theater. – Sheridans Gefälligkeit gegen Grimaldi. – Grimaldis häusliches Leid. – Harlekin Amulet, eine neue Ära in der Pantomime. – Taubenliebhaber und Wetten. – Erste Kunstreise mit Mrs. Baker. – John Kemble und Jude Davis. – Große Erfolge in Maidstone und Canterbury. – Eine Unterhaltung mit John Kemble.

Der Sommer verging sehr angenehm. Grimaldi widmete seine ganze Mußezeit seiner Frau und deren Eltern, bis die letzteren nach Weymouth abreisten, denn Mr. Hughes war Besitzer des dortigen Theaters. Wenn sich der Hof in Weymouth aufhielt, besuchte Georg der Dritte mit großem Gefolge das Schauspiel wenigstens viermal wöchentlich und bestimmte auch, was gegeben werden sollte.

Die Vorstellungen im Drury-Lane-Theater nahmen für die diesjährige Saison am 20. September ihren. Anfang. In Sadlers Wells wurden sie zehn Tage später geschlossen. Grimaldi hatte nun umso mehr Ruhe, da in Drury-Lane auch in diesem Jahre Schaustücke statt Pantomimen gegeben wurden. Er traf zu Anfang der Saison mit

Sheridan zusammen, und es entspann sich die nachstehende Unterredung: »Nun, Joe, leben Sie noch?«

»Wie Sie sehen, Sir, und was noch mehr wert ist, ich lebe sehr glücklich! Im heiligen Ehestande.«

»Eine hübsche junge Frau, Joe?«

»0, sehr hübsch, Sir.«

»Schön, schön! Sie müssen echt häuslich sein, Joe, Nur im Daheim ist das wahre Glück zu finden. Ich lebe selbst sehr häuslich,« setzte Sheridan hinzu, und zwar mit jenem Blinzeln, dessen lustigen Ausdruck niemand vergessen konnte, der es gesehen.«

»Ich denke doch, dass ich es ebenso mache, wie Sie, Sir«, antwortete Grimaldi.

»Recht so, recht so, mein Lieber! Aber was fängt Ihre arme kleine Frau an, wenn Sie auf der Bühne arbeiten? Eine hübsche junge Frau ganze Abende lang allein zu Hause lassen, taugt gar nichts, lieber Joe. Na, ich will Ihnen zu Hilfe kommen, Joe ... will ihr Freibilletts geben, für sich und eine Freundin – wohlgemerkt, Freundin! Nicht Freund, möchte sonst leicht gefährlich werden, mein Lieber – wie? Oder meinen Sie nicht?«

Darauf entfernte er sich so schnell, dass ihm Grimaldi für seine rücksichtsvolle Güte nicht einmal Dank sagen konnte. Aber er vergaß sein freundliches Versprechen nicht, und Frau Grimaldi besuchte nun fast jeden Abend das Theater und ging nach Schluss der Vorstellung mit ihrem Manne nach Hause.

Still, angenehm und rasch verging auch der Herbst und Winter. Im folgenden Jahre, 1799, erhöhte die Hoffnung,

Vater zu werden, Joes Glück. Für die kleinen Sorgen des Alltagslebens hatte er nun kaum noch ein Auge.

Aber seinem jungen Glücke drohte im selben Jahre der schwerste Schlag: Am 18. Oktober 1799 starb seine Frau – das Kleinod, das er von Kind auf so lieb und wert gehalten hatte. – die Frau, deren Vorzüge und Tugenden bis an seinen Tod in seinem Munde waren. Lange Wochen waren zwischen Furcht und Hoffnung verstrichen, bis das schreckliche Ereignis eintrat, bis ihre sterbliche Hülle am 21. Oktober in der Familiengruft in der Saint-James-Kirche beigesetzt wurde.

Grimaldi war in der ersten Zeit wie von Sinnen. Seine Freunde ließen ihn keinen Augenblick allein, und nur ihrer ununterbrochenen Wachsamkeit gelang es, zu verhindern, dass er nicht Hand an sich legte. Trost konnten sie ihm aber wenig spenden, denn ihr Schmerz war kaum minder groß als der seine, hatten sie die Verstorbene doch sämtlich in ihr Herz geschlossen, betrauerten doch auch sie einen schweren, schweren Verlust.

Der Bruder der Verstorbenen, Richard, hat seiner Schwester die Worte: »O, Bruder, verlasse meinen armen Joe nicht, sondern bleib ihm immer in Liebe treu!« nie vergessen, sondern hat sich in allen Lebenslagen als Grimaldis bester und getreuester Freund erwiesen. Volle acht Wochen kam der arme Joe nicht zur Besinnung. Tags über zehrte er an seinem Grame, sinnierte über zu Grabe getragene Hoffnungen und über entschwundenes Glück, und abends wurde er auf die Bühne gerufen, um dem Theaterpublikum schallendes Gelächter zu entlocken. Schminke verdeckte die Gramfalten, die sein tiefes Herzeleid in seinem Geiste gezogen, und wenn er in der

Weihnachts-Pantomime auftrat, begrüßte stürmischer Jubel sein Erscheinen.

Das Drury-Lane-Theater brachte die neue Pantomime, in der Joe Grimaldi sich selbst übertraf. Sie hieß: »Harlekin Amulet, oder Der Zauberer von Mona« – unter welchem Namen die jetzt Anglesea benannte Insel, der älteste Druidensitz, zu verstehen ist. Ihr Verfasser war ein gewisser Powell. Die Inszenierung hatte Ballettmeister Byrne übernommen. Sie fand außerordentlichen Beifall und wurde ohne Unterbrechung bis zu Ostern 1800 aufgeführt. Sie zeichnete sich durch mancherlei hervorstechende Eigentümlichkeiten aus, namentlich durch ein neues Kostüm und eine völlig neue Auffassung des Harlekin-Charakters. Bislang hatte das Kostüm in weiten Pumphosen und Jacke bestanden. Auch war als unerlässlich angesehen worden, dass Harlekin zwischen fünf bestimmten Stellungen ständig wechselte.

Byrne, der in diesem Jahre zum ersten Male als Harlekin auftrat, stieß sozusagen dieses alte Herkommen über den Haufen und machte aus Harlekin einen völlig neuen Charakter. All seine Stellungen und Sprünge waren neu, und in seinem Kostüm hatte er wesentliche Verbesserungen vorgenommen. Es war durchweg aus weißer Seide, die bunten Flicken waren hineingewebt und es saß so prall, dass es nicht eine einzige Falte schlug, aber so reich mit Flittern besetzt, dass es einen wirklich glänzenden Anblick bot.

»Die Neuerung«, sagte Grimaldi, »war durchgreifend und wurde mit enthusiastischem Applaus begrüßt. Sie war auch nicht unverdient und meiner Meinung nach war Byrne der beste Harlekin seiner Zeit, ist auch seitdem kaum übertroffen worden, und nur wenige dürften es ihm gleich getan haben.«

Die von Byrne eingeführten Änderungen wurden in kurzer Zeit allgemein angenommen und sind bis auf die Gegenwart beibehalten worden.

Grimaldis Rolle in dieser Pantomime war sehr schwierig und sehr abspannend. Zuerst trat er als Punch oder Policitnell auf und wandelte sich erst im Verlaufe des Stückes zum Clown um. Als Punch fand er so außerordentlichen Beifall, dass Sheridan ihm den Wunsch nahe legte, diesen Charakter überhaupt zu übernehmen, was Grimaldi jedoch bestimmt ablehnte. Was ihn vor allem dazu bestimmte, war die Notwendigkeit, als Punch, der Eigentümlichkeit der Maske entsprechend, mit zwei mächtigen Höckern auf Brust und Rücken, mit hohem Zuckerhute auf dem Kopfe und mit langnäsiger Maske und schweren Holzschuhen aufzutreten. Auch musste er sich in diesem Kostüm außerordentlich anstrengen, sodass er nach jedem Aktschlusse erschöpft auf den ersten besten Sessel sank, den er finden konnte, und kaum noch die nötige Kraft fand, sich am Schlusse der sechsten Szene in den Clown zu verwandeln ... »Miss Menage,« sagte er, »spielt die Rolle der Kolombine, und zwar so mustergültig, dass ich bis heutigen Tages meine, nie wieder ein so treffliches Ensemble wie zwischen ihr und Byrne angetroffen zu haben.«

Da, wie gesagt, Harlekin Amulet allabendlich bis Ostern gegeben wurde, war Grimaldi ununterbrochen beschäftigt, und das war für ihn insofern eine Wohltat, als er seine Gedanken von dem schweren Verluste, der ihn betroffen hatte, ablenkte. Er hatte sich, gleich nach dem

Tode seiner Frau in Baynes Row eingemietet, aber es währte sehr, sehr lange, bis er seine Gemütsruhe und seinen alten Frohsinn wiederfand.

In seiner neuen Behausung legte er sich einen Taubenschlag an und saß stundenlang am Fenster, dem kreisenden Fluge seiner sechzig prächtigen Tauben – durchweg von edelster Rasse – zuschauend. Mit Stolz pflegte er besonders von einer Taube zu sprechen, die einmal der Gegenstand einer interessanten Wette mit einem Mr. Lambert gewesen war.

Mr. Lambert war, wie Grimaldi erzählt, gleich ihm ein Taubenliebhaber, aber, – und das unterschied ihn unvorteilhaft von Grimaldi – einer, der gern den Mund ein wenig voll nahm und von seinen Tauben nie anders sprach als von den besten und schönsten auf dem ganzen Erdenrunde. Natürlich brachte diese Prahlerei alle Taubenzüchter gegen ihn auf, und es wurde allgemein mit Freude vernommen, als Grimaldi mit ihm eine Wette um zwanzig Pfund einging, in seinem Stalle keine Taube zu haben, die zehn Stunden in zwanzig Minuten durchfliegen könne: eine Strecke vom zwanzigsten Meilensteine der großen nördlichen Heerstraße bis nach Grimaldis Hause. Die dazu ausersehene Taube wurde an dem für den Probeflug festgesetzten Tage um sechs Uhr morgens einem in die Wette eingeweihten Bekannten mit dem Auftrage übergeben, sie Punkt zwölf Uhr bei dem zwanzigsten Meilensteine unweit von Saint Albans fliegen zu lassen. Die Uhren wurden nach der Kirchenglocke in Clerkenwall gestellt, und der Freund brach mit der Taube und einem Herrn von der gegnerischen Seite auf.

Das Wetter war recht ungünstig. Es hatte stark ge-schneit, und noch immer fiel ein dichter Schnee mit Re-gen. Gutes Wetter war bei der Wette von Grimaldi nicht ausbedungen worden, und Grimaldi begab sich daher nebst mehreren guten Bekannten der beiden Parteien Punkt zwölf Uhr hinauf in den Taubenschlag.

Genau neunzehn Minuten nach zwölf ließ sich die Taube auf das Dach von Grimaldis Haus nieder. Auf der Stelle wurden für die Taube zwanzig Pfund geboten; doch wurde das Gebot von Grimaldi abgelehnt.

Immer waren seine Tauben freilich nicht so schnell und pünktlich, ja sie blieben zuweilen so lange aus, dass er schon alle Hoffnung aufgab, sie je wiederzusehen. Ein-mal zum Beispiel waren sie vier Stunden vom Schlage abwesend. Während er nun in höchst niedergeschlage-ner Stimmung vor dem Flugloche saß, erregten auf ein-mal drei von ihnen, die zurückgeblieben waren, seine Aufmerksamkeit, indem sie mit langgestreckten Hälsen unverwandt nach einem Punkte am Himmel emporsa-hen. Endlich meinte er in bedeutender Höhe etwas wie einen schwarzen Fleck zu entdecken, der allmählich deutlicher wurde. Zu seiner unaussprechlichen Freude waren es seine Tauben, die von einem vielleicht ein paar Hundert Stunden weiten Fluge heimkehrten.

Grimaldi hatte in Drury-Lane, nachdem die Vorstel-lungen der Pantomime aufgehört hatten, nur noch we-nig zu verrichten. Seine Mitwirkung beschränkte sich auf eine unbedeutende Rolle in Lodoiska, einem Ritter-schauspiel, und hierzu kam er noch immer zeitig genug, wenn die Vorstellungen in Sadlers Wells vorüber waren. Im Juni wurde das Drury-Lane-Theater geschlossen und erst im September wieder eröffnet, zehn Tage nach dem Schlusse der Saison in Sadlers Wells. Er sollte jedoch erst im Dezember wieder auftreten, und so spielte er im November zum ersten Male in seinem Leben außerhalb der Hauptstadt.

Unter der Truppe von Sadlers Wells befand sich damals ein talentvoller Schauspieler namens Lund, der sich zur Zeit der Ferien der Bakerschen Gesellschaft anzuschließen pflegte. Er sollte am 15. November in Rochester sein Benefiz haben und begab sich nach London, um Grimaldi um seine Mitwirkung dabei anzugehen. Grimaldi wies dergleichen Anerbieten nie zurück, sofern ihm die Umstände seine Mitwirkung gestatteten, und erklärte sich auch dieses Mal bereit dazu.

An dem für das Benefiz bestimmten Tage traf er mittags in Rochester ein, probte in einem halben Dutzend Szenen mit, stärkte sich dann durch ein gutes Diner und verfügte sich nach dem Schauspielhause, das schon vor sechs Uhr von unten bis zum Olymp hinauf gefüllt war.

Sein Auftreten wurde mit donnerndem Applaus begrüßt. Er musste seine beiden komischen Lieder dreimal wiederholen, und sein ganzes Spiel rief die lebhafteste Sensation wach. Die Leitung der in Rochester spielenden Truppe lag in den Händen einer Mrs. Baker, die ihm auf der Stelle ein Engagement für die beiden folgenden Abende anbot unter der Bedingung auf Teilung der erzielten Einnahme. Grimaldi nahm das Anerbieten an, und die alte Direktrice war so hocherfreut darüber, dass sie stracks mit Schal und Hut, wie sie gerade an der Kasse saß, auf die Bühne rannte und dem Publikum verkündigte, was an den beiden nächsten Abenden von

Grimaldi gespielt werden würde. Ein beispielloser Applaus dröhnte durch den Saal, und wenig fehlte, so hätte man Grimaldi bis zur Post, mit der er nach London zurückfuhr, auf den Händen getragen.

Diese Mrs. Baker war eine äußerst drollige Person. Sie besorgte alle Direktionsgeschäfte selbst, ging auch mit ihrem Gelde nach einem ganz bestimmten Grundsatze um: so verlieh sie nie Geld auf Zinsen, legte es nie nutzbringend an, spekulierte auch nie damit, sondern verwahrte es in etwa einem halben Dutzend Punschbowlen, die ihren Platz immer auf dem obersten Simse eines Schrankes hatten. Hin und wieder nahm sie sie herunter, um sich an dem Anblicke der blinkenden Geldstücke zu weiden. Sie nahm aber niemals aus diesen Bowlen auch nur ein Stück heraus, sondern ließ die Leute, wenn sie nicht bezahlen konnte, lieber warten, ja, es ging die Rede, dass sie eher hungern würde, als sich an dem in ihren Bowlen befindlichen Schatze vergreifen. Sie hatte eine »Person für alles« oder Faktotum in einem langen dürren Menschen, der auf den bürgerlichen Namen Long hörte, aber gemeinhin seiner Dürre wegen »das Gerippe« genannt wurde. Bei dem nach der Aufführung von der Direktrice gegebenen Abendessen nahmen die beiden Söhne des damals hochgefeierten Schauspielers Dawton, Henry und William, teil, auch der Schauspieler Lund und Mrs. Bakers Faktotum Long. Dabei wurde abgemacht, dass Grimaldi am nächsten Abend als Scaramuz im Don Juan auftreten sollte. Der Scaramuz ist bekanntlich ein stehender Typ des italienischen Theaters, alter Herr in schwarzer Spaniertracht, wie sie in Neapel von den Herrschaften bei Hofe und obrigkeitlichen Personen getragen wurde, und Prahlhans, der am Schlusse von Harlekin durchgewamst wird.

Leider hatte Grimaldi nur sein Clown-Kostüm mitgebracht, sodass man auf die Ausführung des Planes hätte verzichten müssen, wenn nicht Mrs. Baker beim Schneider und Tuchhändler Palmer schnellen Ersatz beschafft hätte. Hierdurch wurde übrigens besagter Palmer auf eine Erwerbsbahn hingelenkt, auf der er es zu großen Erfolgen bringen sollte als allein gültiger Modeschneider für die englischen Bühnen.

Am zweiten Abend war ein solcher Andrang zum Theater, dass viele keinen Einlass mehr finden konnten, und am dritten Abend, als Grimaldi zum letzten Male als Scaramuz und nachher als Clown auftrat, musste das Orchester zu Logen umgewandelt werden, um für das feinste Publikum Sitze zu schaffen, dass sich unter keinen Umständen abweisen lassen wollte, und für die Plätze für damalige Begriffe ganz exorbitante Preise bezahlte. Ja, man musste sogar zu einem weiteren Auskunftsmittel greifen, nämlich allen Raum hinter der Bühne in Sitze umwandeln, sodass an diesem Abend die Schaubühne gleichsam in der Mitte des Publikums lag und ein Teil des Publikums die Handlung nur von der Kehrseite aus betrachten konnte. Eine so hohe Einnahme hatte Mrs. Baker noch nie gehabt, seit sie das Direktionsszepter schwang, und das war nun schon eine geraume Reihe von Jahren her.

Grimaldi musste ihr auch das Versprechen geben, sich im März des folgenden Jahres abermals zu einem Zyklus von Vorstellungen bereitzuhalten, und er ging die Verpflichtung mit dem Vorbehalte ein, dass sein Londoner

Verhältnis dadurch in keiner Weise beeinträchtigt werde.

Am andern Morgen überbrachte ihm »das Gerippe«, Mr. Long, die Abrechnung und seinen Anteil, der sogleich in Banknoten umgesetzt wurde, betrug er doch nicht weniger als bare einhundertundsechzig Pfund Sterling.

Sehr zufrieden mit diesem Erfolg seiner ersten »Kunstreise«, kehrte er nach London wieder heim.

Zu Weihnachten wurde im Drury-Lane Harlekin Amulet statt einer neuen Pantomime abermals auf das Repertoire gebracht und ohne Unterbrechung bei ebenso gefüllten Häusern bis gegen Ende Januar gegeben. Um diese Zeit herum trat Grimaldis alter Freund Davis – meist immer »Jude Davis« genannt, nebenbei einer der besten »Theaterjuden« der damaligen Zeit – zum ersten Male im Drury-Lane-Theater auf. Davis war es, dessen Wunderlichkeit den in verschiedenen Versionen bekannten spaßhaften Vorfall mit John Kemble veranlasste. Damit verhält es sich, wie folgt:

Kemble gab einst im nördlichen England Gastrollen und spielte auch auf einem Provinztheater, bei welchem Davis engagiert war. Er sollte als Hamlet auftreten. Natürlich wurde die Mitwirkung aller Mitglieder der Gesellschaft hierzu in Anspruch genommen, und Davis wurde die Rolle des Totengräbers zugeteilt.

Alles ging gut bis zur ersten Szene des fünften Aktes, in welcher Davis auftrat. Da aber war es um Kembles Ernst und Gleichmut geschehen. Davis hatte sich nämlich Grimassen angewöhnt, die, in Possen und Farcen wohl gut am Platze, in Trauerspielen, und gar solchen wie Hamlet, keineswegs zulässig sein konnten, zumal sich, das Publikum daran gewöhnt hatte, – und das war das schlimmere – alle Grimassen, die Davis schnitt, mit lautem Gejohle zu begrüßen. Als nun der große Tragöde seine moralisierenden Betrachtungen über Yoriks Schädel anstellte, geriet er ganz außer sich über die Lachsalven, die Davis durch seine Grimassen hervorrief.

Beim Schlusse des Schauspiels überschüttete er Davis mit Vorwürfen und gab dem dringenden Wunsche Ausdruck, dass dergleichen »blöde Späße«, wenn Davis wieder mit ihm zusammen aufträte, unterbleiben möchte. Aber es nutzte Kemble nichts. Davis war ein so schnurriger Kauz, dass er Tadel niemals vertrug, und erklärte kurz und bündig, in seinem Fache könne ihm auch ein Kemble nichts Neues sagen.

Kemble war eine vornehme Natur und meinte, über den Vorfall Gras wachsen zu lassen. Sein Spiel brachte einen so erheblichen Kassengewinn, dass er auf weitere Abende verpflichtet wurde. Den letzten Abend sollte er wieder als Hamlet auftreten.

Bis zur Totengräber-Szene ging alles vortrefflich. Kemble wartete auf sein Stichwort, und böse Ahnungen beschlichen ihn, als er das schallende Gelächter vernahm, das die Unterhaltung der Totengräber begleitete. Gerade als er die Bühne betrat, hatte Davis durch ein höchst närrisches Mienenspiel die Lachmuskeln des Publikums wieder in Bewegung gesetzt. Kemble geriet in Zorn. Seine ersten Worte machten infolgedessen gar keine Wirkung beim Publikum. Er drehte sich um, sah Davis im Grabe stehen und allerhand komische, aber zu dem Auftritte in keiner Weise passende Grimassen schneiden.

Im Nu war es mit Kembles Ruhe vorbei. Er stampfte wütend mit dem Fuße und machte seiner Entrüstung Luft durch einen Ausruf, der mit einem Fluche sehr große Ähnlichkeit hatte. Dadurch wurde eine Wirkung hervorgerufen, wie Kemble sie gewiss am allerwenigsten erwartet hatte. Davis hatte nämlich Kembles Zorn kaum wahrgenommen, als er sich auf den Tod erschrocken stellte, beide Hände ineinander schlug, wie wenn ihn irgendein grässlicher Anblick ganz überwältigte, eine richtige Leichenbittermiene aufsetzte und ein solches Geschrei ausstieß, dass dem Publikum himmelangst zu werden anfing. Hierauf warf er sich platt im Grabe nieder, dass er vom Publikum nicht mehr gesehen wurde, und ließ sich schlechterdings nicht bewegen, wieder hervorzukommen oder noch ein einziges Wort zu sprechen. Die Szene wurde, so gut es gehen wollte, ohne Totengräber zu Ende gespielt, und von Zeit zu Zeit wurden vonseiten des Publikums der Besorgnis, Mr. Davis möchte ein Unglück passiert sein, laut Ausdruck gegeben.

Ein halbes Jahr später sah Sheridan zufällig Davis auf einer Provinzbühne und fand so großen Beifall an seinem Talent, dass er ihn sogleich für das Drury-Lane-Theater engagierte. Am ersten Tage der Saison stellte er ihn dem damaligen Regisseur vor, der kein anderer war als John Kemble, und der ihn nicht sogleich wiedererkannte, sich aber recht gut besann, ihn schon einmal im Leben gesehen zu haben. Nach einiger Zeit aber sagte er einmal zu ihm:

»0 – ah! Ah! Jetzt weiß ich es. Sie sind doch der Herr, der damals in Rochester so plötzlich im Grabe verschwand, auf Nimmerwiedersehen?«

Davis beeilte sich, wegen dieses etwas unzeitgemäßen Spaßes sich bei Kemble zu entschuldigen. Als Kemble nachher Sheridan davon erzählte, wollte sich dieser scheckig darüber lachen. Es wurde nicht weiter darauf zurückgekommen, Kemble trug Davis nichts nach, sie haben sich vielmehr seitdem recht gut zusammen vertragen.

Als Harlekin Amulet nicht mehr zur Aufführung gebracht wurde, hatte Grimaldi in der laufenden Saison keine große Arbeit mehr. Seinem Versprechen gemäß fand er sich nun wieder bei Mrs. Baker ein, die ihren Thespiskarren nach dem kleinen Maidstone gelenkt hatte, wo durch Grimaldis Erscheinen eine beispiellose Aufregung hervorgerufen wurde. Schon um halb fünf Uhr nachmittags konnte niemand mehr die nach dem Schauspielhause führende Straße passieren. So etwas hatte die liebe Mrs. Baker noch nie erlebt und war vor Wonne schier außer sich. Gleich darauf aber kam die Kehrseite: sie geriet in Bestürzung wegen der bei solchem Andrange unzulänglichen Vorsichtsmaßregeln, machte ein Gesuch beim Magistrate um Gestellung von besonderem Aufsichtspersonal und ließ, als dieselben eingetroffen waren, sogleich sämtliche Türen sperrangelweit aufreißen. Nun stellte sich aber heraus, dass sie auch eine gewisse Sorge um ihre Kasse trug, denn sie fasste sogleich dort Posten und rief nun in einem fort: Meine Damen und Herren! Parterre oder Loge? Loge oder Galerie? Parterre oder Loge?«

»Parterre, Parterre!«, riefen die meisten, um nur in das Theater hinein zu gelangen, ohne Aussicht auf den Preis. »Dann bitte um zwei Schillinge! Zwei Schillinge der Parterre-Sitz! Zwei Schillinge!«

Und diesen Ruf hatte die alte Dame sich seitdem angewöhnt, sodass sie ihn nicht bloß an diesem Abende, sondern so oft an der Kasse Gedränge stattfand, im Munde zu führen pflegte, ohne im Mindesten Rücksicht auf Person oder Stand zu nehmen.

An diesem Abend wurden die Türen schon um fünf Uhr geöffnet. Alles war erpicht, Grimaldi als Scaramuz zu sehen. Mrs. Baker brachte, sobald das Haus voll war, ihre Kasse in Sicherheit, rannte auf die Bühne und ließ ohne Verzug beginnen, indem sie meinte – und hierin hatte sie freilich recht – »mehr als voll könne das Haus nicht werden, und je schneller angefangen würde, desto schneller wäre alles überstanden«.

Dem Publikum war es nur recht, dass ihre Schaulust so schnell befriedigt wurde, und da schon kurz nach sechs mit der Vorstellung begonnen worden war, ging der letzte Akt schon kurz nach neun Uhr zu Ende.

Grimaldi wurde von den Bürgern der Stadt aufs Höchste gefeiert und erhielt am folgenden Tage von angesehenen Leuten der Umgegend verschiedene Einladungen zum Mittagessen, die er indessen durchweg ablehnte, weil er sich schon bei seiner wunderlichen Direktrice versagt hatte.

Als er im Laufe des Vormittags durch die Stadt ging, liefen ihm alle Buben hinterher, ganz wie in London, und begrüßten ihn mit Jubelgeschrei. Bei seinem zweiten

Auftreten war das Haus noch stärker ausverkauft als beim ersten. Am ersten Abend wies die Kasse eine Einnahme von 154, am zweiten von 157 Pfund auf, und nach dem Abendessen bekam Grimaldi bare 158 Pfund als seinen Anteil von Mrs. Baker ausbezahlt. Mrs. Baker bat ihn nun, auch in Canterbury bei ihr aufzutreten, und zwar unter den gleichen Bedingungen wie bisher, an zwei aufeinanderfolgenden Abenden. Grimaldi schlug ein, und nun wurden sofort Ankündigungen erlassen, Zettel gedruckt und nach Canterbury vorausgesandt. Schon um neun Uhr früh wusste schon ganz Canterbury, dass der berühmte Clown Grimaldi als Scaramuz dort auftreten werde.

Mrs. Baker spielte regelmäßig in Rochester, Maidstone, Canterbury und zahlreichen anderen Plätzen der Provinz. Die Bühnenverhältnisse waren überall die gleichen, und so konnten auch die gleichen Utensilien überall Verwendung finden. In aller Frühe brach die Truppe nach Canterbury auf. Grimaldi folgte in einer Postchaise hinterher, traf um etwa ein Uhr mittags dort ein und fand alles dort in der besten Ordnung, sodass von einer Probe Abstand genommen werden konnte, zumal ja Schauspieler, Musiker, Maschinenmeister und Gehilfen durchweg dieselben waren.

Alle Logen waren schon ausverkauft. Diniert wurde bei Mrs. Baker, und zwar ausgezeichnet. Gespielt wurde, wie in Maidstone, an beiden Abenden vor ausverkauftem Hause. Was von der Einnahme auf ihn entfiel, bezifferte sich wiederum auf annähernd 160 Pfund, und so kehrte er nach viertägiger Abwesenheit mit etwas über 312 Pfund nach London zurück.

Kurz nach seiner Rückkehr und etwa acht Tage vor Ostern las er zu seinem großen Erstaunen auf den Anschlagzetteln der Drury-Lane-Theaters, dass zu Ostern der »Harlekin Amulet« wieder aufgeführt werden sollte, und dass Mr. Grimaldi darin in seiner alten Rolle wieder aufträte. Durch diese Bekanntmachung wurden die Bedingungen verletzt, die er mit dem Drury-Lane-Theater eingegangen war, und so hielt er es für das beste, sich auf der Stelle dagegen zu verwahren.

Er traf den Regisseur, John Kemble, im Theater, und wurde mit all der Vornehmheit und Würde empfangen, die Kemble zu zeigen pflegte, wenn er Widerstand gegen eine von ihm getroffene Anordnung witterte. Grimaldi erwiderte auf die in hohem, steifem Tone an ihn gerichtete Frage, was ihn herführe, sein Kontrakt verpflichte ihn nicht, weder zu, noch nach Ostern, in Pantomimen zu spielen, was übrigens auch durch sein Engagement in Sadlers Wells schon unmöglich gemacht wurde. Bisher hatten beide Direktionen durch ihre Anordnungen nie gegen die festgesetzten Bedingungen verstoßen, infolgedessen nie kollidiert, und so leid es ihm tue, wenn sich aus seiner Weigerung Störungen ergeben sollten, so sehe er sich doch außerstande, die Rolle zu übernehmen, in der sein Auftreten im Drury-Lane-Theater ohne sein Vorwissen angekündigt worden sei.

Kemble hörte sich Grimaldis Einwendungen ernst und ruhig an, schwieg ein paar Augenblicke, stand dann auf und sagte im feierlichsten Tone:

»Joe, ein Wort ist in dieser Sache so gut wie tausend – und dies eine Wort heißt: Sie müssen spielen!«

Joe geriet hierüber geradezu außer sich, nicht bloß weil er der Ansicht war, dass kein Mensch müssen müsse, sondern auch, weil Kemble das Wort in höchst unangenehmem Tone zu ihm gesagt hatte. Er ließ sich von dem Groll, der ihn erfüllte, hinreißen und versetzte in ebenso garstigem Tone:

»Nun denn, Sir, wenn Sie sagen, ich müsse, so sage ich Ihnen darauf weiter nichts als: Ich will nicht!«

»Was, Joe, Sie weigern sich?« »Ganz entschieden, Sir!«

»Aber!«, rief Kemble, »Mr. Grimaldi, das kann doch Ihr Ernst nicht sein.« –

»Und doch ist es mein Ernst, Sir!«

»So!«

»Ja, so!« versetzte Grimaldi und drehte Kemble ärgerlich den Rücken.

»Nun, dann guten Morgen!«, sagte Kemble, nahm den Hut ab und verließ käseweis vor Zorn das Theater.

Grimaldi nahm nun auch den Hut ab, wenn auch erst hinterher, schnitt einen tiefen Bückling und wünschte Mr. Kemble ebenfalls einen recht guten Morgen.

Tags darauf wurden neue Zettel angeschlagen, Grimaldi durch einen auf der Londoner Bühne völlig unbekannten Künstler ersetzt, der ohne allen Erfolg spielte und ebenso schnell wieder abtreten musste, wie er aufgetreten war, sodass die Pantomime nur einmal zur Aufführung gebracht werden konnte.

Grimaldi war bis zu den Osterfeiertagen mit dem Studium einer neuen, höchst effektvollen Rolle befasst in einem Stücke, das den auf die große Menge berechneten

Titel führte: Die Komödien des Teufels – natürlich wiederum für das Sadlers Wells-Theater, und ging mit großem Eifer an die Arbeit, da er die feste Hoffnung hatte, dass das Stück seinen Weg machen und ihn zu neuen Triumphen führen werde.

Achtes Kapitel.

Kein Preis ohne Fleiß. – Entlassung aus dem Verbande des Drury-Lane und Wiederaufnahme in denselben. – Mönch Lewis. – Lewis und Sheridan. – Sheridan und der Prinz von Wales. – Grimaldi bekommt einen Sohn und kommt um sein Geld.

Die Komödien des Teufels erlebten am Ostermontage ihre erste Aufführung, und ihr Erfolg basierte nicht zum geringsten auf Grimaldis Spiele. Er hatte zwei Rollen darin und musste, abgesehen davon, dass er fechten, reiten, schießen musste, nicht weniger als neunzehn Mal sein Kostüm wechseln.

Das Stück machte einen sehr großen Erfolg und blieb die ganze Saison hindurch auf dem Spielplane.

Wir erzählten im vorigen Kapitel einiges von Grimaldis finanziellen Erfolgen, jetzt wollen wir uns einmal darnach umsehen, welche Mühe und Anstrengungen es ihm kostete, zu diesen Erfolgen zu gelangen.

In Sadlers Wells nahm die Abendarbeit ihren Anfang. Dort trat er in der großen und sehr anstrengenden Rolle des Teufels auf. Dann musste er in einer kleinen Burleske, die gleich hinterher gegeben wurde, mitwirken. Dann gab er den Clown beim Seiltänzer, zuletzt den Clown in der Pantomime. Hier sang er zwei humoristische Lieder, die regelmäßig dacapo verlangt worden; und hatte er dieses Programm hinter sich, dann musste er sich rasch umkleiden und nach Drury-Lane laufen, zumeist rennen, weil er dort im letzten Stücke auftrat.

Das war die Arbeit Grimaldis eine Woche um die andere; aber am siebenten Tage war er in der Regel so erschöpft, dass er kein Glied rühren konnte. Ganz sicher hat er seinen Kräften zu viel zugemutet und auf diese Weise zweifellos den Keim zu der völligen Entkräftung gelegt, die sich in späteren Jahren seiner bemächtigte, sodass er, im Alter wohl mit Recht sagen durfte, die bedeutenden Einnahmen, die er gehabt habe, hätten in keinem richtigen Verhältnisse zu der Arbeit gestanden, die er dafür habe leisten müssen, zudem gemeinhin unter sehr erschwerenden Umständen.

In Sadlers Wells war das Theater meist erst zu Ende, wenn es in Drury-Lane eben begonnen hatte. Oft musste Grimaldi dann von dem einen zu dem andern Theater im Galopp laufen, ohne nur eine Minute inne zu halten. Was er damals im Rennen zu leisten vermochte, lässt sich daraus ersehen, dass er diese Strecke, zu der ein gewöhnlicher Fußgänger eine gute halbe Stunde brauchte, zuweilen in acht Minuten zurücklegte, einmal zum Beispiel mit dem um vieles jüngeren Sohne des damaligen Theaterzetteldruckers Fairbrother von Sadlers Wells nach Drury-Lane, einmal von Drury-Lane nach Sadlers Wells. Eine dritte solche Parforce-Tour machte er, wiederum in Gesellschaft des jungen Fairbrother, als die Drury-Lane-Truppe im italienischen Opernhause spielte, in vierzehn Minuten zwischen dort und Sadlers Wells, spielte die Rolle, die er im Kimon in dem großen Aufzug hatte, und rannte in dreizehn Minuten nach Sadlers Wells zurück, um dort seine Clown-Rolle abzutun. Mit seinen Pflichten nahm er es stets äußerst genau und seine Gewissenhaftigkeit war so groß, dass er das Publikum in seiner langen und mühevollen Laufbahn kein einziges Mal irregeführt hat und kein einziges Mal eine Rolle versäumt hat, in der er angekündigt worden.

Ein Vierteljahr wirkte er im Drury-Lane-Theater mit, ohne dass es infolge seiner Differenz mit John Kemble zu ärgerlichen Auseinandersetzungen gekommen wäre. Aber steif und förmlich verkehrten sie hinfort nur, und ein kaltes Kompliment war, wenn sie einander sahen, der einzige Beweis von Höflichkeit. Grimaldi fürchtete jedoch, dass es zu einem Bruche zwischen Kemble und ihm kommen werde, und diese Befürchtung ging auch in Erfüllung.

Am 26. Juni bekam er die Mitteilung, dass die Inhaber des Theaters auf seine Mithilfe in der nächstfolgenden Saison verzichteten. Unterzeichnet war die Mitteilung von Souffleur Powell. Grimaldi ärgerte sich heftig darüber, da ihm das Verhalten der Theaterdirektion nicht anders als hart und ungerecht vorkommen konnte. Zuerst wollte er gegen Sheridan eine Klage anstrengen, hätte wohl auch aufgrund des Vertrags den Prozess gewinnen müssen, kam jedoch davon ab und zog es vor, sich an seinen treuen und redlichen Freund und Berater Mr. Hughes zu wenden, der ihm, nachdem er das Billett Powells gelesen, erklärte:

»Verbrennen Sie den Wisch und schlagen Sie sich die Geschichte ganz aus dem Sinne! Kommen Sie; wenn die Saison in Sadlers Wells zu Ende ist, zu mir nach Exeter und bleiben Sie so lange bei mir, bis in Sadlers Wells wieder gespielt wird. Sie sollen fünf Pfund wöchentlich und ein ganzes Benefiz haben. Es müsste doch merkwürdig zugehen, wenn Sie sich auf diese Weise nicht besser stehen sollten als in Ihrem damaligen Verhältnisse zum Drury-Lane-Theater.«

Grimaldi nahm dieses Angebot an und schlug sich die ganze Sache tatsächlich aus dem Kopfe.

Die Sommersaison in Sadlers Wells verging ihm sehr rasch. Im August sollte sich ein verdrießlicher Fall ereignen, dessen Folgen Grimaldi sehr schwer hätten treffen können. Er gab in der genannten Teufelskomödie den Unterhauptmann einer Räuberbande. In der einen Szene hielt er im Stiefel ein Pistol versteckt, das er plötzlich, – um einen Bühneneffekt zu bewirken – hervorziehen und abfeuern musste. Bei der Vorstellung am 14. August entlud sich das Pistol beim Herausziehen und zerriss den Stiefel, wodurch Grimaldi einen recht possierlichen Räuberhauptmann abgab. Um aber den Auftritt nicht zu gefährden, verbiss er sich die Schmerzen, die er litt, und als er abtreten konnte, stellte sich heraus, dass der Strumpf in Brand geschossen war und die ganze Zeit über gebrannt hatte, die Grimaldi auf der Bühne weilte. Ja sogar der Pfropfen brannte noch unter dem Fuße.

Volle vier Wochen musste Grimaldi das Zimmer hüten als Strafe für seine Standhaftigkeit.

In dieser Zeit nahm sich eine Schauspielerin vom Drury-Lane, Miss Bristow, seiner hingebungsvoll an, half ihm alle Morgen beim Verband der schmerzhaften

Wunde und verkürzte ihm durch ihre Gesellschaft die Stunden, die ihm sonst gar eintönig verflossen wären. Aus Dankbarkeit nahm er sie am nächstfolgenden Weihnachtsabend zu seiner Frau und lebte mit ihr über dreißig Jahre im glücklichsten Einvernehmen, bis zu ihrem Ableben.

Im Drury-Lane nahmen die Vorstellungen am 30. September mit »Wie es euch gefällt« und »Blaubart« wieder ihren Anfang. Im letzten Stücke trat Grimaldi erst im vorletzten Akte auf, in einem Schwertkampfe, der nur zu dem Zwecke eingeschoben war, um zu den Vorbereitungen für den letzten Akt Zeit zu gewinnen. Das hatte Kemble außer Acht gelassen und, statt für einen Ersatzmann zu sorgen, angeordnet, dass die Kampfszene wegfallen solle, wodurch für ihn wie für die Zuschauer recht unangenehme Folgen entstehen sollten.

Das Haus war dicht gefüllt. Alles ging gut bis zur letzten Szene. Sie gleich an die vorletzte anzuschließen, war unmöglich, und das Publikum, statt durch den Zweikampf abgelenkt zu werden, musste die leere Bühne angaffen. Erst wurde gezischt, dann wurde die Schwertszene laut gefordert, und da keine Anstalt dazu getroffen wurde, schrien die einen, Kemble solle sie, wenn er keinen Darsteller dafür hätte, selbst spielen, während von anderer Seite gefordert wurde, er möge sich wenigstens sehen lassen und sich durch, ein paar schickliche Worte entschuldigen.

Schließlich war die nötige Zeit gewonnen worden, sodass die letzte Szene gespielt werden konnte; aber der Lärm nahm nicht ab, sondern zu, sodass der Vorhang unter Zischen und Pfeifen fallen musste.

Sheridan hatte während der Vorstellung mit einigen guten Freunden in seiner Loge gesessen und sich wiederholt zu dem vollen Hause gratuliert, auch seiner Freude, dass alles so gut klappe, Kemble gegenüber Ausdruck gegeben und war nun nicht wenig alteriert über die Wandlung, die in der Stimmung des Publikums vor sich ging, und geriet in heftigen Zorn, als er die Ursache davon erfuhr.

Kaum fiel der Vorhang, so stürzte er auf die Bühne, wo die Schauspieler standen, und rief, es möchte sich niemand entfernen. Dann postierte er sich mit dem Rücken gegen den Vorhang und bat um Auskunft über die Ursache des Lärms, den das Publikum zwischen dem vorletzten und letzten Auftritt gemacht. Keiner traute sich zuerst mit der Sprache heraus, endlich fasste sich Barrymore, der den Blaubart spielte, ein Herz und sagte, es läge wohl nur daran, dass Roffey und Joe früher die Pause zwischen dem vorletzten und letzten Akte durch einen Schwertkampf ausgefüllt hätten, der aber jetzt hätte ausfallen sollen.

»Und weshalb ist er ausgefallen?«, fragte Sheridan strengen Tones. »Mr. Kemble, warum fällt der Schwertkampf aus?«

Aber Kemble war, was Sheridan in seinem Zorne gar nicht bemerkt hatte, nicht auf der Bühne, statt seiner nahm wieder Barrymore das Wort.

»Weshalb die Szene ausfallen sollte, weiß ich nicht, Sir. Ich kann nur soviel sagen, dass meines Wissens die Direktion Mr. Grimaldi gekündigt und gleich entlassen hat.«

Da geriet Sheridan in hellen Zorn und rief, in seinem Hause wolle er selbst Herr sein, er lasse nicht über seinen Kopf hinweg disponieren, und was dergleichen Redensarten mehr waren. Auf der Stelle schickte er den Theaterdirektor zu Joe und Grimaldi und ließ ihn für den nächsten Tag Punkt zwölf Uhr um seinen Besuch bitten. Dann verließ er das Theater ohne sich auf weitere Auseinandersetzungen mit Kemble einzulassen, der inzwischen auf die Bühne gekommen war.

Am andern Tage hieß er Grimaldi auf das Freundschaftlichste willkommen und erneuerte seinen Vertrag mit ihm unter der Bedingung, dass seine Gage um ein Pfund wöchentlich erhöht und ihm allmonatlich ein ganzes Benefiz zugestanden werden solle. Tags darauf kündigten die Zettel wieder Harlekin Amulett mit Joe Grimaldi als Darsteller der Hauptrolle an. Während der ersten Probe trat Kemble zu Grimaldi, gab seiner Freude, ihn wiederzusehen, wie auch der Hoffnung eines recht langen Zusammenwirkens Ausdruck. Grimaldi antwortete im gleichen Sinne. Seine Differenz mit Kemble hatte also nur die eine Folge für ihn, dass seine Gage erhöht würde, er gab infolgedessen den Plan, nach Exeter zu gehen, auf, hatte doch sein Schwiegervater mit seinem Anerbieten keinen andern Zweck verfolgt, als Joe entgegenzukommen, soweit es ihm seine Kräfte ermöglichten.

Damals verkehrte Grimaldi auch mit dem Verfasser eines viel gelesenen Romans »Der Mönch«, der wohl an zwanzig Auflagen erlebte, aber als ziemlich unsittliches Produkt in sehr geringem Renommee stand. Der Mann hieß Lewis, wurde aber in der Regel nicht anders als nach seinem Romane genannt. Er war von weibischem Aussehen, verkehrte viel in der Garderobe des Drury-Lane-Theaters und führte mit dem Theaterpersonal Unterhaltungen, die recht oft gegen den guten Ton verstießen, und die ihm von manchen gar übel angerechnet wurden.

Sheridan schien sich im Stillen viel über ihn lustig zu machen, und nicht selten diente er ihm zur Zielscheibe seines Spottes. Aber ein Stück, das damals von ihm aufgeführt wurde, »Das Burggespenst«, und das dem damaligen Geschmacke die gebührliche Rechnung trug, machte ihn zu einer gewissen Respektsperson, mit der eine Theaterdirektion immerhin rechnen musste. Sheridan hatte freilich von dem Stücke nur eine geringe Meinung, was wohl am besten die nachstehende Anekdote erweisen dürfte.

Er saß einmal mit Lewis in einer Weinstube, es war zu einem Disput zwischen ihnen gekommen – Lewis geriet in Hitze und bot Sheridan eine Wette an. »Um was soll die Wette gehen?«, fragte Sheridan. – »Ich setze meine heutige Einnahme aus dem Burggespenst!« rief Lewis. – »Das wäre zu viel für solche Bagatelle von Streitobjekt. Wie aber, wenn ich den ganzen Wert des Stückes als literarisches Objekt dagegen setzte?«

Lewis nahm aber dergleichen satirische Ausfälle seines munteren Zechkameraden immer mit vollkommenem Gleichmute hin.

Hier möge eine andere kleine Anekdote folgen, die Grimaldi gern zum Besten gab und die wir mit seinen eigenen Worten folgen lassen:

Im Winter des Jahres 1802 hatte ich häufig die Ehre, Seine Majestät Georg IV. bei mir zu sehen. Der König, damals noch Prinz von Wales, kam oft hinter die Kulissen des Drury-Lane-Theaters und erfreute jedermann durch seine Leutseligkeit und seine witzigen Bemerkungen. Am Abend des Dreikönigstages saßen wir, wie gewöhnlich, in der Garderobe, um den Dreikönigskuchen zu verspeisen, für den ein Mr. Baddeley testamentarisch drei Guineen gestiftet hatte. Als wir so recht fidel beisammen saßen, trat Sheridan mit dem Prinzen herein und sagte scherzend, mit einem Blick auf die große Krone, die den Kuchen zierte:

»Dass ein Kuchen solche Krone trägt, ist doch nicht in Ordnung. Was meinen Sie, Georg?«

Der Prinz begnügte sich, damit, zu lächeln.

Sheridan hob die Krone von dem Kuchen, präsentierte sie dem Prinzen und bat ihn um die Gnade, die Kleinigkeit anzunehmen. »Mit Nichten«, antwortete der Prinz, »wenn es mir auch nicht jeder glauben wird, so bleibt es doch nichtsdestoweniger wahr, dass mir der Kuchen lieber ist als die Krone.«

Mit diesen Worten lehnte er es ab, die Krone in Empfang zu, nehmen, und nahm an unserm fidelen Abend den fidelsten Anteil, behielt sich aber von dem Kuchen die besten Stücke.

In den Jahren 1801 und 1802 wurden im Drury-Lane-Theater Pantomimen nicht gegeben; auch in Sadlers Wells gab es 1802 wenig Neues. Dafür wurde Grimaldi am 21. November ein Söhnchen geboren: ein Ereignis, das ihn unaussprechlich glücklich machte.

Sonst war dies Jahr für Grimaldi keineswegs glücklich. Ob es nun persönliches Pech bei ihm war, oder Mangel an gebotener Vorsicht, oder Unerfahrenheit in weltlichen Dingen, genug, er verlor das bisschen Geld in diesem Jahre, das er sich gespart hatte, und zwar auf eine Weise, wie er es sicher am allerwenigsten gerechnet hatte. Er hatte die Bekanntschaft eines damals für sehr reich gehaltenen Kaufmanns gemacht, namens Newland. Eines Morgens im Februar bekam er dessen Besuch, und nach einer kurzen Unterhaltung wurde er von ihm gebeten, ihm mit der Kleinigkeit von ein paar Hundert Pfund auszuhelfen. Dieses Ansinnen wurde in einem Tone gestellt, als wenn Grimaldi noch eine besondere Ehre dadurch angetan würde.

»Ich habe momentan Mangel an barem Gelde«, schloss der Herr, »habe alles in mein Geschäft gesteckt und kann meine Werte nicht so schnell realisieren. Wenn Ihnen solches Darlehn – ich brauche es nur auf kurze Zeit und stelle Ihnen einen Sichtwechsel aus – keine Bedenken machte.«

Kurz, Grimaldi ließ sich bereit finden, gegen einen Sichtwechsel dem Manne seine Ersparnisse – bare 600 Pfund – auszuhändigen, erklärte, er habe nicht im geringsten Bedenken gegen die Sicherheit und Vertrauenswürdigkeit des Mannes, gäbe ihm sogar gern das dreifache, wenn er selbst soviel besäße – und legte statt seiner Guineen den Sichtwechsel in seine Schatulle. Newland dankte und ging, war in drei Wochen pleite, riss aus nach Amerika, starb unterwegs, und Grimaldi war seine Ersparnisse auf Heller und Pfennig los.

Neuntes Kapitel.

Ein merkwürdiger Vorfall.

Eines Abends im folgenden Jahre wurde Grimaldi im Drury-Lane-Theater in die Garderobe gerufen, wo ihn zwei Herren zu sprechen wünschten. Er ließ ihnen sagen, sie möchten sich so lange gedulden, bis er mit seiner Rolle durch sei. Sobald dies der Fall war, begab er sich in die Garderobe. Zwei junge Leute von weltmännischem Aussehen begrüßten ihn, der eine mit auffallender Wärme.

Er mochte im gleichen Alter sein mit Grimaldi und hatte, nach seiner Hautfarbe zu schließen, wahrscheinlich unter einem wärmeren Himmelsstriche gelebt. Nach der damals herrschenden Mode trug er einen blauen Leibrock mit vergoldeten Knöpfen, weiße Weste, lange anschließende Beinkleider und in der Hand ein dünnes Rohr mit goldnem Knopfe.

»Na, Joe«, rief er, Grimaldi die Hand entgegenstreckend, »wie geht's dir, alter Junge?«

Grimaldi war höchlich verwundert, so vertraulich von einem ihm völlig unbekannten Menschen angeredet zu werden, und antwortete, dass er leider nicht das Vergnügen habe, den Herrn zu kennen. »Ei, mein lieber Joe, das ist aber mehr als spaßig«, rief der Unbekannte, laut lachend, und sein Begleiter stimmte in das Lachen ein.

Grimaldi wurde empfindlich und wollte sich entfernen, als der Unbekannte ihm die Frage stellte, ob er ihn wirklich nicht wiedererkenne, und sein Hemd auf der Brust auseinander klappte. Da erkannte Grimaldi an einer dort sichtbaren Narbe seinen seit Jahren verschollenen Bruder. Sie fielen einander in die Arme und weinten Tränen vor Freude. Am gerührtesten von beiden war Joe.

»Komm mit hinauf«, sagte er endlich, »Mr. Wroughton ist auch oben. Du besinnst dich doch auf ihn? Er verschaffte dir doch die Mittel, zur See zu gehen. O, der wird sich gar sehr freuen, dich wiederzusehen.«

Sie eilten fort, und der Begleiter des wiedergefundenen Bruders rief ihnen nach: »Ich muss Dir wohl Gute Nacht sagen, John?«

John rief Zurück, dass er am andern Vormittag Punkt zehn Uhr wieder bei ihm sein werde, und ging mit Joe hinauf in die Garderobe, wo er mehreren Herren vorgestellt wurde. Joe hatte nicht viel Zeit übrig, nahm sie aber nach besten Kräften wahr und hörte zu seiner Freude von dem Bruder, dass ihm das Glück im Leben immer gelacht habe.

»Da sieh!«, rief John lachend, und schlug an seine Brusttasche. »sechshundert Pfund schleppe ich bei mir!«

»Hältst Du es nicht für gefährlich, soviel Geld mit Dir herumzutragen?«, versetzte Joe.

»Gefährlich?«, antwortete Joe, »o! Wir Seeleute kennen keine Gefahr! Käme ich aber auch um den Bettel, wäre ich doch noch kein Bettler.« Die Miene, die er dabei zog, ließ Joe nicht im Unklaren, dass sein Bruder »sein Schäfchen ins Trockne gebracht habe.« Im nämlichen Moment wurde Joe auf die Bühne gerufen, und nun knüpfte Mr. Wroughton mit John eine Unterhaltung an, in der er ungefähr dasselbe von ihm hörte, was Joe von ihm vernommen: dass er Geld über Geld habe, – Worte, die er durch Vorweis eines von Gold strotzenden Beutels besonders bekräftigen zu müssen meinte.

Sobald das Stück zu Ende war, kam Joe wieder. Mr. Wroughton wünschte beiden unter viel Glückwünschen Gute Nacht, und Joe fragte den Seemann, wie lange er schon in London weile. – »Ich bin erst vor ein paar Stunden angekommen«, antwortete John, »habe ein paar Bissen gegessen und bin dann ins Theater geeilt, um Dich dort zu treffen.«

»Und was denkst Du nun vorzunehmen?«, fragte Joe. –

»O, mein einziger Zweck, nach London zu kommen, war der, Dich und die Mutter wiederzusehen«, antwortete John.

Joe forderte ihn nun auf, bei ihm und seiner Frau zu wohnen, wo er die Mutter ja sehen würde, und John ging mit Freuden darauf ein. Er sagte, er müsse die Mutter unbedingt sehen, da er sonst kein Auge schließen könne, und fragte, wo sie wohne. Joe bezeichnete ihm Haus und Straße, setzte aber hinzu, dass er im Theater nichts mehr zu verrichten habe, sich nur umkleiden wolle und dann zu seiner Verfügung stände.

John gab seiner Freude hierüber lebhaften Ausdruck, und Joe lief in die Garderobe, ihn auf der Bühne allein lassend.

Er war so erregt, dass er alles zwei-, dreimal machen musste, dass er, statt in die Rockärmel, in die Beinkleider fuhr – kurz, er brauchte länger als sonst, um fertig zu werden, und als er endlich wieder die Treppe hinunter stürzte, lief ihm Powell in den Weg, hielt ihn mit ein paar nichtssagenden Reden auch noch ein paar Minuten auf, sagte ihm aber dabei, dass er eben noch ein paar Worte auch mit John gesprochen habe.

»Er wartet doch noch?«, fragte Joe.

»Gewiss, auf der Bühne. Es ist ja kaum erst eine Minute her, dass ich ihn dort gesehen habe. Aber ich will Sie nicht weiter aufhalten. Mir fällt ein, dass er sagte, Sie blieben ja schrecklich lange. Er schien ungeduldig zu werden über Ihr langes Ausbleiben, sagte auch, Sie hätten nur ganz kurze Zeit wegbleiben wollen.«

Grimaldi sprang die letzten Stufen mit einem Satze hinunter. Aber als er die Bühne wieder betrat, war John nicht mehr da.

Bannister kam zu ihm und fragte ihn, wen er suche. »Meinen Bruder«, antwortete Joe; »ich! Habe ihn vor einer kleinen Weile hier verlassen.«

»Ich habe ihn vor einer knappen Minute gesprochen«, antwortete Bannister, »er ging zum Portale hinunter, die große Freitreppe. Ich glaube, dass er nicht länger warten wollte. Aber Sie müssen ihn doch noch einholen.«

Grimaldi eilte zum Ausgange. Der Torwart sagte ihm, sein Bruder sei vor kaum einer Minute zur Tür hinaus und könne noch nicht ganz die Straße hinunter sein. Grimaldi lief ein paar Mal in der Straße auf und ab, sah und hörte aber nichts von John. In seiner Freude hatte er vielleicht einen von seinen alten guten Freunden besucht mit der Absicht, gleich wieder zum Theater zurückzukommen. Ganz in der Nähe wohnte solch ein alter Freund, ein gewisser Bowley, mit dem er als Junge manch tolles Stückchen getrieben hatte.

Grimaldi rannte in dessen Wohnung. Auf sein heftiges Klopfen kam Bowley selber vor die Tür hinaus, augenscheinlich in der größten Verwunderung.

»Freilich, freilich!«, antwortete er auf Grimaldis Frage, »John war da, wir haben ein paar flüchtige Worte miteinander gesprochen, aber er sagte, er habe heute gar keine Zeit, wolle aber morgen wiederkommen. Jesus«, rief er, »eine größere Überraschung hätte ich mir nicht träumen lassen. Nach so viel Jahren den Jungen wiederzusehen, und so unverhofft! So unverhofft!«

»Und wie lange ist er fort?«, fragte Grimaldi.

»Das kann doch kaum eine Minute her sein?«, antwortete Bowley; »länger auf keinen Fall, auf keinen Fall.«

»Und in welcher Richtung ist er fortgegangen?«

»Die Duke-Straße entlang.«

Grimaldi schloss hieraus, dass John zu seinem einstigen Hauswirte, einem gewissen Bailey, gegangen sein möchte, der in der Little-Wild-Straße seine Wohnung hatte. Er musste lange klopfen, ehe ihm jemand antwortete. Eine alte Magd guckte endlich zu einem Fenster heraus und sagte, sie hatte doch schon einmal gesagt, dass der Herr nicht zu Hause sei. Wozu würde bloß noch einmal geklingelt? – Grimaldi gab sich zu erkennen. Das Missverständnis klärte sich auf. Die Magd sagte, es habe vor wenigen Minuten erst jemand geklopft und nach dem Herrn gefragt, sei aber wieder gegangen, als sie ihm gesagt habe, der Herr sei nicht zu Hause. Grimaldi bat die Magd, ihm zu sagen, wie der Herr ausgesehen habe. Sie konnte aber nur sagen, dass er eine weiße Weste angehabt habe.

In Grimaldi stiegen unbestimmte Befürchtungen auf. Er lief nach dem Schauspielhause zurück, wo aber John nicht wieder vorgesprochen habe, lief von einem Hause zum andern, wo er den Bruder zu finden hoffte, aber weder hier noch dort hatte derselbe sich blicken lassen. Noch einmal eilte er nach dem Schauspielhause zurück, das eben geschlossen wurde, denn die Zeit war schon weit vorgerückt, und nun fiel ihm ein, dass er ja dem Bruder die Wohnung der Mutter bezeichnet hatte. Was konnte wahrscheinlicher sein, als dass der so lange verlorene Sohn sich dorthin begeben hatte? Er lief nach Hause, suchte unterwegs die Fassung wieder zu gewinnen; die Mutter sah blässer aus als sonst, wenigstens kam es ihm so vor; John war aber nicht da.

»Hat sich etwas Besonderes zugetragen?«, fragte er die Mutter weiter.

»Nein«, antwortete die Mutter; »nicht, dass ich wüsste.«

»Es ist kein Fremder da gewesen? Kein uns lieber Verwandter, den wir lange Zeit nicht gesehen haben?« fragte Grimaldi, in dessen Herzen sich, alle Befürchtungen von Neuem regten.

»Wie soll ich diese Worte verstehen?«, erwiderte die Mutter.

»O ich wollte Dir nur sagen, dass John wiedergekehrt ist und Geld genug mit heimgebracht hat, um uns alle glücklich und zufrieden zu machen.«

Die Mutter schrie vor Freude laut auf, dann fiel sie in Ohnmacht. Als sie wieder zu sich gekommen war, erzählte Grimaldi, was sich zugetragen habe. Seine Mutter und seine Frau waren aufs Höchste verwundert. Die letzte meinte, John werde wohl mit anderen Bekannten und Freunden zusammengekommen sein und sicher noch kommen. Sie bestand darauf, dass ihr Mann sich zu Bett legte, da er sehr angegriffen und von dem vielen Herumlaufen aufs Äußerste erschöpft war. Sie selbst blieb die ganze Nacht auf, aber – der verlorene Sohn kam nicht, auch den anderen Vormittag, den ganzen anderen Tag nicht. Er war, so schnell er aufgetaucht war, so schnell auch wieder verschwunden, und bis zu diesem Augenblicke, da ich diese Zeilen schreibe, ist nichts wieder von ihm gehört worden. Es ist auch nicht das geringste Anzeichen, das zu einer Aufklärung über sein Verschwinden hätte führen können, bis heutigentags zum Vorschein gekommen.

Grimaldi hat es, wie man sich wohl denken kann, an den größten Anstrengungen, Licht in die mysteriöse Sache zu bringen, nicht fehlen lassen, und ist in seinen Bemühungen hierin von allen Bekannten und Freunden bereitwillig unterstützt worden. Ein hochgestellter Herr von der Admiralität interessierte sich lebhaft für den Fall und ließ alle in den letzten Tagen angekommenen Schiffe revidieren, brachte die ganze Polizei auf die Beine, ließ in allen verdächtigen Häusern Nachsuchung halten. Aber – es war alles vergeblich. Von dem jungen Manne fand sich keine Spur. Über sein Verbleiben konnte nichts ermittelt werden.

Natürlich fehlte es an allerhand Kombinationen nicht. Zwei hatten die größte Wahrscheinlichkeit von allen anderen für sich.

Der Lord von der Admiralität vertrat die Ansicht, dass John zum Matrosen gepresst worden und vielleicht in einem der damals häufigen Kämpfe zur See geblieben sein möchte. Er war früher unter einem angenommenen Namen gefahren, und das erschwerte natürlich die Nachsuchung wesentlich. Mehr hatte jedoch die Vermutung eines routinierten Polizeibeamten für sich, der die Meinung vertrat, der junge Mensch möchte von Leuten, die darum gewusst, dass er viel Geld bei sich trug, in irgendeine Spelunke oder Lasterhöhle verschleppt und dort ausgeplündert und erschlagen worden sein.

Leichtblütig war John immer gewesen, hatte auch Gefahren niemals ernstlich, genommen. Was vor allem für diese Kombination zu sprechen schien, war der auffällige Umstand, dass der Freund, mit dem er bei Grimaldi gewesen war, mit ihm zusammen verschwunden war und – verschwunden blieb. Hätte er um Johns Verschwinden nichts gewusst, so hätte er doch gewiss Erkundigungen nach ihm angestellt, zumal er sich doch am anderen Vormittag Punkt zehn Uhr mit ihm hatte treffen wollen. Er ließ jedoch nicht das Geringste von sich hören. Es war auch nicht die geringste Spur von ihm aufzufinden, und umso bedenklicher war die Angelegenheit insofern, als John ihn gar nicht einmal Grimaldi vorgestellt hatte.

Kein Wunder, dass ihn Grimaldi sowohl als seine Angehörigen für den Schuldigen oder wenigstens für den Mitschuldigen an einem Verbrechen hielten, dem der zum zweiten Male verlorene Sohn und Bruder zum Opfer gefallen war – ob mit Recht oder Unrecht, dürfte wohl für alle Zeit in Dunkel gehüllt bleiben.

Zehntes Kapitel.

Signor Bologna und seine Familie. – Ein Ausflug mit ihr nach Kent. – Mr. Mackintosh, der wohlsituierte Landeigentümer. – Eine große Feldjagd und eine Szene mit einem Wirt, einem Wildhüter, Bologna und Grimaldi, die sich im »Garricks-Kopfe« abspielte.

Signor Bologna, seinen Freunden besser bekannt als Jacj Bologna, war ein Landsmann von Grimaldis Vater und gleich diesem aus Genua gebürtig. Im Jahre 1787 kam er mit Weib, zwei Jungen und einem Mädchen nach England. Auch er war ein Pantomimen-Künstler, während seine Frau auf dem Drahtseile tanzte. John, sein ältester Sohn, war Harlekin und stand später als solcher in hohem Rufe; Louis, der jüngere, war Tänzer; die Tochter Barbara Tänzerin.

Anfangs waren sie beim Sadlers Wells-Theater engagiert. Dort wurde auch Grimaldi mit Bologna bekannt, später befreundet, und ihre Freundschaft hielt stand bis an ihren Tod, also eine gar geraume Zeit, denn sie waren verhältnismäßig jung miteinander zusammengekommen.

Anno 1804 wirkten sie abermals beim Sadlers Wells-Theater, und das freundschaftliche Verhältnis wurde von Neuem aufgewärmt. Grimaldi spielte auch wieder im Drury-Lane-Theater, und auch Bologna war stark in Anspruch genommen. Eines Abends klagten sie einander ihre Not über die viele Arbeit, die sie hätten, und Bologna fiel ein, dass ihn ein guter Bekannter, der in Kent einen kleinen Landsitz hatte, schon immer eingeladen hatte, ihn einmal auf ein paar Tage zu besuchen und mit ihm auf die Jagd zu gehen, wenn es anginge, deshalb auch einen Bekannten mitzubringen. Bologna lud nun Grimaldi dazu ein. Auf eine Vorfrage, ob ihr Besuch auch recht komme, erwiderte der alte Bekannte Bolognas, dass die beiden Herren je eher je lieber gesehen seien, und so fuhren sie am 6. November in einem Einspänner von London weg.

Unterwegs erzählte Bologna seinem Kameraden, Mr. Mackintosh, zu dem sie unterwegs seien, sei ein reicher Grundbesitzer, habe weder ein Amt noch ein Geschäft, sei aber im Besitze einer sehr schönen Jagd. Grimaldi war über diese Mitteilungen äußerst erfreut und sehr gespannt auf die Bekanntschaft mit Mr. Mackintosh, auch nicht wenig stolz darauf, Gast eines so vornehmen Herrn zu sein.

Unter solchem Gespräch kamen sie nach Bromley, das nur etwa zwei Stunden noch von Mackintosh Wohnsitze entfernt war. Hier begegneten sie einem Manne in barchentnem Wamse, der in einem zweirädrigen Karren fuhr, vor den ein auf einem Beine lahmer Pony gespannt war, kurzerhand hielt und die beiden mit lautem, vertraulichem Zurufe willkommen hieß.

Grimaldi wunderte sich hierüber nicht wenig, denn er hatte den Mann im ganzen Leben noch nicht gesehen, ganz verdutzt aber wurde er, als sich Bologna mit ihm die Hände schüttelte und ihn Grimaldi schließlich als Mr. Mackintosh vorstellte. »Ich bin sehr erfreut, mein lieber Joe«, sagte Mackintosh im Brusttone der Gönnerschaft, »dass ich Sie bei mir sehe. Ich habe es mir wohl gedacht, dass ich Sie auf dieser Landstraße treffen würde, und will Ihnen nun als Führer Dienste leisten.«

Grimaldi sagte ein paar Worte, um sich für die etwas plumpe Höflichkeit zu bedanken. Darauf setzten sich Karren und Einspänner wieder in Bewegung.

»Recht schade, meine Herren«, sagte Mr. Mackintosh, »dass Sie einen recht ungünstigen Tag, wenigstens für die Jagd, gewählt haben. Wir haben doch morgen Feiertag. Sie können sich aber morgen ein bisschen bei uns umsehen, und übermorgen, ja übermorgen wollen wir den Leuten etwas hören lassen! Da soll's von früh bis spät in die Nacht hinein knallen!«

»Gibt's heuer viel Hühner?«, fragte Bologna.

»In Menge, meine Herren, in Menge!«, versetzte Mackintosh, und auf eine Weise, wie auch in einem Tone, die es Grimaldi unmöglich machte, den seinen Mann in ihm zu entdecken, von welchem Bologna ihm soviel gesprochen hatte. Er sollte aber bald noch besseren Grund zur Verwunderung bekommen.

Etwa anderthalb Stunden mochten sie gefahren sein, als Bologna an Mackintosh die Frage stellte, ob sie es noch weit bis zum Fahrtziele hätten.

»Durchaus nicht«, antwortete Mackintosh, »dort steht ja mein Haus.«

Bei diesen Worten wies er auf ein sehr bescheidenes Gasthaus an der Straße, vor dem ein Schild mit dem Namen Mackintosh und der Zeile darunter hing: »Gute Unterkunft für Menschen und Vieh ...«

Bologna blickte erst Grimaldi, dann die Schenke, zuletzt den Mann in Barchentwamse an; aber der letztere war von seinem bescheidenen Gasthöfchen augenscheinlich so eingenommen, dass ihm die Verwunderung seiner Gäste gar nicht auffiel.

»O«, sagte er, »Sie finden bei mir die besten Weine, Biere und Aale, Rauch- und Schnupftabak, Betten und Stallung, auch eine Kegelbahn, und was ein Menschenherz sonst noch wünschen kann.«

»Entschuldigen Sie, lieber Mackintosh«, sagte Bologna, der offenbar verdrießlich war, während Grimaldi sich fast das Lachen nicht verhalten konnte, »aber ich bin immer der Meinung gewesen, Sie hätten gar kein Geschäft.«

»Ich habe auch keines«, antwortete Mackintosh, »das Geschäft gehört meiner Mutter.«

Darüber war nun Bologna noch verdrießlicher, und Grimaldi musste jetzt hell auflachen, was jedoch Mackintosh durchaus nicht verdross, sondern amüsierte, meinte er doch fast eine Schmeichelei darin zu erblicken. »Ja«, sagte er, »man kann mich mit Recht für einen Gentleman ansehen, für einen Gentleman im wahrsten Sinne des Wortes, »denn ich tue weiter nichts, als in meinem Fuhrwerke herumkutschieren oder mit meinem Gewehr und meiner Angelrute umherstreifen. Alles Geschäft besorgt meine Mutter. Ich bin aber der einzige Sohn und werde also doch einmal mich mit dem Krame abfinden müssen.« Ein Weilchen verhielt er sich still. Dann schlug er Bologna vertraulich mit der Peitsche über die Schulter und setzte dann hinzu: »Dass Sie in eine Herberge kämen, haben Sie wohl nicht gedacht?«

»Nein, ganz gewiss nicht«, antwortete Bologna verdrießlich.

»Hab's mir wohl gedacht, alter Junge«, erwiderte Mackintosh mit herzlichem Lachen, »meine Londoner Bekannten lasse ich eigentlich niemals hineinsehen, was ich eigentlich bin, ausgenommen ein paar besonders gute Freunde, wie Sie und Joe zum Beispiel. Ich wiege sie vielmehr immer in der Meinung, es sei Gott weiß was mit mir los, und darauf fallen sie auch alle hinein. Was kommt übrigens an auf die Meinung der Menschen? Wenn man bloß immer den Beutel recht voll hat – Geld, mein Junge, Geld ist nun einmal die Hauptsache in der Welt ... Aber wir sind zur Stelle. Steigen Sie aus, und seien Sie versichert, dass es Ihnen bei mir gefallen wird. Wenigstens soll es Ihnen an nichts bei mir fehlen. Ich will Sie halten, wie es kein Edelmann besser könnte.«

In seinem Benehmen und seiner Weise lag eine gewisse Biederkeit, die für ihn einnehmen musste. Grimaldi sagte deshalb, weil Bologna verdrießlich blieb und mit keinem Worte auf seine freundliche Rede erwiderte, ein paar höfliche Phrasen. Mackintosh war dafür sehr dankbar, führte seine beiden Gäste ins Haus und stellte sie seiner Mutter als ein paar sehr gute Freunde aus London vor. Sie wurden aufs Beste aufgenommen und bewirtet und saßen bald bei einem guten Bauernessen, das im Verein mit dem schäumenden Biere Bolognas Verdruss bald beseitigte.

Als sie gegessen hatten, machten sie einen Spaziergang. Es war eine ganz nette Gegend, sehr schönes Hügel- und Wiesenland, auch ein recht stattlicher Wald. Zum Abend gab es wieder reichliches Essen und fast noch einen besseren Schoppen als bei Tage, und als sie sich zu Bett verfügten, ließ Bologna von Herzen gelten, »dass sie es ganz gut getroffen hätten.« Aber er meinte trotzdem, »man dürfe den Tag nicht vor dem Abend loben«, sondern mit seinem Urteil noch immer so lange warten, bis man gesehen habe, wie es mit dem Wildbestande beschaffen sei. Am andern Tage verging die Zeit mit Essen und Trinken, allerhand Plausch mit einkehrenden Gästen, auch mit Mr. Mackintosh und seiner Mutter. Dann hieß es die Flinten instand setzen, und dann kam die Rede auf das Jagdvergnügen, von dem Mackintosh seinen beiden Gästen gar nicht Rühmens genug hermachen konnte.

Am dritten Tage nahmen sie den Morgenimbiss zu sehr früher Stunde ein und brachen dann mit ihrem Wirte auf, der kein Gewehr mitnehmen, sondern seinen Gästen bloß als Führer dienen wollte.

Nach einiger Zeit kamen sie an eine Steige, dann ging es über einen Anger, zuletzt kamen sie an ein niedriges Gatter, das zu einem schönen Stück Heideland führte. Da rief Mackintosh, der eine Strecke hinter ihnen geblieben war, sie sollten haltmachen.

»Ein Weilchen, bloß ein Weilchen!«, rief er, »Sie wissen doch nicht so gut Bescheid wie ich!«

Er trat dicht an das Gatter, guckte hinüber und kehrte eilig zurück.

»Wir kommen gerade recht«, sagte er eifrig, »es sind Hühner über Hühner im Felde.«

Sie schlichen ans Tor heran, waren aber erstaunt, weiter nichts als Tauben zu sehen.

»Na, das ist doch eine stattliche Kette!«, rief Mackintosh und schlug in die Hände vor Freude.

»Eine Kette?« wiederholte Grimaldi; »aber wo denn? Ich sehe ja bloß Tauben.«

»Bloß Tauben?«, wiederholte Mackintosh; »aber, was dachten Sie denn, bei mir zu finden?«

»Na, zum wenigsten doch Fasanen und Rebhühner!«, riefen beide Weidmänner wie aus einem Munde.

Bologna wurde wieder ärgerlich und hätte fast seinen Grimm, über diese Enttäuschung Luft gemacht; aber Mackintosh stellte sich aufs Höchste verwundert.

»Fasanen und Rebhühner?« wiederholte er, »nein, von so etwas ist hier keine Rede! Ich habe Sie nach Kent zitiert, Hühner zu knallen; aber Tauben sind doch was noch weit besseres. Da haben Sie welche, und nun knallen Sie dazwischen, wenn es Ihnen Spaß macht. Ich habe gehalten, was ich versprochen habe, und mehr zu tun braucht kein Mensch. Fasanen und Rebhühner! Aber woran haben Sie denn gedacht, meine Herren?«

»Der Musje windbeutelt«, flüsterte Bologna Grimaldi zu, »aber knallen wir ihn wenigstens soviel wie möglich von seinen Tauben weg!«

Grimaldi ließ sich nicht weiter dazu nötigen und richtete im Verein mit Bologna eine arge Verwüstung unter der »Taubenkette« an. Wenigstens zwanzig brachten sie auf dem Stück Heideland zur Strecke; fünf fielen auf der andern Seite des Gatters, und eine ganze Reihe fiel in den Busch nieder, wo sie sich ohne Hund nicht auffinden ließen. Das Jagdglück stellte ihre Laune wieder her, die Suche machte ihnen Zerstreuung, und so ging alles eine Zeit lang aufs Beste, bis Mackintosh endlich meinte, nun müssten Sie wohl alles aufheben, was geschossen worden sei.

»Das sollte ich auch meinen«, sagte Bologna darauf; »aber was wird mit den Tauben, die in den Busch gefallen sind?«

»Die werden Sie wohl im Stiche lassen müssen«, versetzte Mackintosh, »es möchte wohl zu lange aufhalten, wenn Sie sie suchen wollten. Ich möchte Ihnen im Gegenteil raten, sich möglichst schnell auf die Socken zu machen.«

Bologna und Grimaldi schauten einander betroffen an, aber keiner von ihnen sagte ein Wort.

»Hören Sie doch, was ich Ihnen sage«, rief Mackintosh wieder, »es wird gut sein, Sie suchen das Weite!«

»Und weshalb denn?«, fragte Bologna.

»Weshalb?«, wiederholte Mackintosh, »na, der Grund ist doch nicht weit zu suchen, dächte ich: weil Sie Tauben geschossen haben!«

»Und deshalb sollen wir das Weite suchen?«, fragte Bologna, außer sich vor Entrüstung.

»Aber Sie sind heute wirklich recht schwer von Begriffen«, antwortete Mackintosh, »denken Sie denn gar nicht daran, dass es unser Squire sehr ungnädig aufnehmen könnte, wenn es ihm zu Ohren käme? Und was liegt näher, als dass er Sie in seinem Zorn einstecken lassen wird, wenn Sie sich nicht beizeiten auf und davon machen? Ich dächte, das müssten Sie doch kapieren? Wenn Sie sich raten lassen wollen, so machen Sie sich auf die

Socken und geben fürsorglich acht, dass Sie ihm nicht in den Weg kommen.«

»Pah!«, rief Bologna verächtlich, »wie ich sehe, wissen Sie mit den Gesetzen unseres Landes nicht sonderlich Bescheid. Es möchte wohl keinen Squire von England glücken, uns einlochen zu lassen, weil wir auf seinem Felde ein paar Tauben weggeknallt haben, die Ihr Eigentum sind.«

»Die Tauben mein Eigentum?«, rief Mackintosh, »die Tauben gehören ja doch mir nicht, sondern dem Squire, und wenn er merkt, dass ihm welche davon geschossen worden sind, speit er doch Feuer und Flammen! Wie konnten Sie aber auch so in die Kette hinein platzen! Wie gesagt, lassen Sie sich in aller Güte raten! Sie haben Tauben genug – mehr als nötig – aber machen Sie sich nun aus dem Staube!« Bologna und Grimaldi waren wie vom Donner gerührt und gafften einander erst sprachlos an, dann wurden sie zornig, dann packte sie die Angst, und nach einigen ernsten Vorhaltungen, die sich Macintosh mit bewundernswürdiger Ruhe anhörte, meinten sie, etwas Besseres als seinen Rat so schnell wie möglich befolgen, könnten sie tatsächlich nicht tun.

Ohne Zeit zu verlieren, kehrten sie ins Gasthaus zurück, packten ihre Siebensachen, nahmen schnell noch ein paar Happen zu sich, verabschiedeten sich von ihrem merkwürdigen Wirte und seiner Mutter und setzten sich in ihren Einspänner. Mackintosh schnitt ein so dummehrliches Gesicht und zwinkerte so verschmitzt mit den Augen, dass sie sich trotz ihres Ärgers nicht enthalten konnten, herzlich zu lachen.

Am andern Morgen trafen sie einander zufällig im Covent-Garden. Ihr Jagdabenteuer stimmte sie sogleich wieder lustig, und um sich, noch einmal darüber so recht auszulachen, gingen sie in den »Garricks-Kopf« in der Bow-Street und ließen sich eine Flasche Xeres kommen.

Der Wirt war ein früherer Harlekin vom Drury-Lane-Theater, der sich ein bisschen Geld gespart hatte. Bologna und Grimaldi luden ihn als alten Bekannten ein, die Flasche zusammen mit ihnen auszustechen. Er nahm die Einladung mit Vergnügen an und führte sie in die sogenannte gute Stube. Dort erzählten sie ihm zu seinem nicht geringen Gaudium den Ausflug nach Kent und was ihnen dabei zugestoßen war. Als sie fertig waren, sagte er:

»Hätten Sie es mir doch nur gesagt, dass Sie einmal auf die Jagd gehen möchten. Ich hätte Ihnen leicht dazu verhelfen können. Ich bin doch aus Hayes, meine ganze Sippe wohnt dort drunten in Kent, und ich bin mit allen Waldhütern der Grafschaft auf gutem Fuße. Wenn sie zur Stadt kommen, kehren sie immer bei mir ein und hätten sich gewiss ein Vergnügen daraus gemacht, ein paar so guten Freunden von mir einmal einen Gefallen zu tun.«

»Ach!«, meinte Bologna, »dann hätten wir, statt Tauben, auch Rebhühner vor die Flinte bekommen!«

Spencer lachte wieder. Da trat ein junger Mensch in die Stube, den weder Bologna noch Grimaldi kannte. Spencer gab ihm aber die Hand und bat ihn, sich mit an den Tisch zu setzen.

»Ei, was bringt Sie denn schon wieder in die Stadt?«, fragte er den jungen Menschen.

»Ach! Wieder eine recht dumme Geschichte!« rief der Mann; »es sind ein paar Londoner Tunichtgute bei uns draußen gewesen und haben meinem Herrn an fünfzig bis sechzig Tauben abgeschossen. Ich bin nun herge- schickt worden, sie ausfindig zu machen und arretieren zu lassen, habe deshalb auch schon einen Konstabel mitgebracht, der unten in der Gaststube sitzt und sich ein Glas Ale gut schmecken lässt.«

Bologna wurde käseweis, Grimaldi feuerrot. Spencer zwinkerte ihnen mit den Augen zu und sagte nach einer Weile in aller Ruhe:

»Wie denken Sie es denn anzufangen, Joseph, die bei- den Galgenstricke ausfindig zu machen? In London ist das doch nicht so leicht!«

»Na, eine kleine Spur haben wir ja schon«, sagte der Wildhüter, denn ein solcher war es, wie Bologna und Grimaldi gleich vermutet hatten: »Ich habe nämlich her- ausbekommen, dass sie bei Mackintosh eingekehrt sind und dass der junge Mackintosh sie kennen soll. Gestern Abend bin ich ihm auf die Bude gerückt und habe ihn gefragt, wer die beiden Musjes seien und wo sie wohn- ten. Er wollte nicht mit der Sprache herausrücken. Da sagte ich ihm, dass wir uns dann an ihn halten würden. Darauf sagte er: »O, bekannt sind sie mir nicht, sind auch keine Freunde von mir; ich weiß bloß, dass sie bei irgendeinem Theater in London angestellt sind, der eine als Clown, der andere als Harlekin.« Mehr war nicht aus ihm herauszubringen. Deshalb komme ich nun zu Ihnen

her, weil ich ja weiß, dass Sie mit dem ganzen Theater-
volk auf du und du sind, und wollte Sie fragen, was für
ein Clown und was für ein Harlekin es wohl gewesen
sein mögen.«

»Hat der Squire wirklich solchen Zorn?«, fragte
Spencer.

»Er hat sich verschworen, die ganze Strenge des Geset-
zes gegen die beiden Missetäter walten zu lassen.«

Grimaldi geriet in die heftigste Unruhe, Bologna nicht
minder. Davor, dass Spencer sie denunzieren würde,
bangte ihnen freilich nicht; wohl aber davor, dass ihm
Worte entschlüpfen möchten, die den Wildhüter hinter
das Geheimnis bringen könnten. Bologna hätte man übrigens bloß ansehen dürfen, um auf der Stelle zu wissen,
dass er der Schuldige sei. Aus seinem Gesichte war alle
Farbe gewichen, und er zitterte so heftig, dass er das
Glas, als er es zum Munde führen wollte, absetzen musste. Dabei starrte er den Wildhüter in einem fort an, als
seien sie ihm, wie dem Gerber im Märchen, alle Felle
weggeschwommen.

»Eins scheint der Squire in seinem Zorn vergessen zu
haben«, meinte Spencer und lachte wieder laut, »das
Sprichwort, dass die Nürnberger keinen hängen, sie hätten ihn denn zuvor.«

»Das stimmt freilich«, versetzte Joseph, »und wenn Sie
mir nicht dabei helfen, dann glaube ich kaum, die beiden Taubendiebe ermitteln zu können. Es mag wohl
Clowns und Harlekins die Menge hier geben? Nicht
wahr?«

»O, wie Sand am Meere etwa«, antwortete Spencer; »ich bin ja gleich einer von dem Korps.«

»Gewesen, aber doch jetzt nicht mehr«, meinte der Wildhüter lächelnd; »aber Sie knallen doch anderer Leute Tauben nicht weg.«

»Das nun freilich nicht«, versetzte Spencer mit der ruhigsten Miene von der Welt; »aber ich will Ihnen im Vertrauen sagen, Joseph, die beiden Musjes, wie Sie sie nannten, sind ein paar gute Freunde von mir.«

»So? Wirklich?« fragte Joseph, indem er Spencer näher rückte – »nun, dann werden Sie mir freilich nicht beistehen wollen, sie ausfindig zu machen – wie?«

Bologna warf Grimaldi einen Blick zu, der auf das Deutlichste verriet, dass nun doch alles vorbei und keine Möglichkeit mehr vorhanden sei, dem Schicksale zu entrinnen.

»Dazu werden Sie mich wohl nicht bekommen«, antwortete Spencer, »gehen Sie also in Gottes Namen in alle Londoner Haupt- und Nebentheater und suchen Sie unter allen Clowns und Harlekins, die von ihnen beschäftigt werden, hübsch fleißig nach, ob sie die rechten beiden herausfinden. Aber gut werden Sie tun, den Himmel um seinen Beistand zu ersuchen, denn Possen werden Ihnen wohl genug gespielt werden, genug, dass Sie Ihr Leben daran zu lachen haben.«

Joseph schnitt ein sehr bedenkliches Gesicht.

»Hm«, sagte er endlich, »wenn's gute Freunde von Ihnen sind, Mr. Spencer, so muss man die Geschichte freilich aus anderm Lichte betrachten.« »Ich will Ihnen was sagen«, meinte Spencer und klopfte dem Wildhüter auf die Achsel, »reden wir nicht weiter über den Jux, meine Freunde werden die Tauben bezahlen und Ihnen, wenn Sie damit einverstanden sind, noch ein Beefsteak und eine Flasche Wein bezahlen. Wie denken Sie darüber?«

Josephs Mienen heiterten sich auf. »O!«, rief er, »über die Tauben werden wir schon einig ... und wenn die beiden Galgenstricke gute Freunde von Ihnen sind, dann wollen wir die Sache als abgemacht ansehen. Der Squire wird sich schon beruhigen – dafür lassen Sie mich sorgen. Was aber das Beefsteak und die Flasche Wein angeht, nun, Spencer, so wissen Sie, dass ich kein Kostverachter bin, nur müssen mir die beiden Herren versprechen, noch einmal nach Kent hinunter zu kommen. Ich will mich dann bemühen, Ihnen ein richtiges Jagdvergnügen zu verschaffen.« –

»Na, das ist doch mal ein Wort, Joseph«, rief Spencer, indem er zeremoniell aufstand und sich in Positur setzte, »und da Sie so vernünftig sind, so will ich nicht länger hinterm Berge halten. Das hier sind die beiden Galgenstricke, wie Sie sie schon ein paar Mal genannt haben. Aber Sie können ihnen umso eher Pardon gewähren, als sie von Mackintosh irregeführt worden und der Meinung gewesen sind, als hätten sie Mackintosh Tauben vor der Flinte gehabt. Gestatten Sie also, die Herren miteinander bekannt zu machen: Mr. Bologna und Mr. Grimaldi – Mr. Joseph Clarke.«

Allgemeines Gelächter. Dann eine vergnügte Zecherei, bei der ein paar Flaschen Xeres ausgestochen wurden, nicht bloß eine. Grimaldi und Bologna nahmen die Einladung Mr. Clarkes mit Vergnügen an, kutschierten an dem festgesetzten Tage noch einmal nach Kent hinaus und erlegten in Zeit von anderthalb bis zwei Stunden vier Hasen und ein Dutzend Fasanen. Vergnügt und guter Dinge kehrten sie wieder nach London zurück, ohne diesmal ihren Freund Mackintosh mit umzustoßen, aber geradezu entzückt von ihrem neuen Freunde Clark, dem man vielleicht nicht allzu viel Unrecht antut, wenn man ihm unterstellt, dass er im Einverständnis mit Spencer den beiden Taubenschützen bloß einen lustigen Streich gespielt und sich ein gutes Mittagsbrot auf billige Kosten verschafft habe.

Im Drury-Lane-Theater wurde vorm Feste nichts Neues auf die Bühne gebracht. John Kemble hatte seine Stellung beim Schlusse der vorletzten Saison quittiert und sich bei einem andern Unternehmen beteiligt, im Covent-Garden, wo er Mr. W. Lewis' Anteil übernommen hatte. Er übernahm dort die Regie und an seine Stelle im Drury-Lane kam Mr. Wroughton.

Im Januar 1806 wurde dort eine klägliche Pantomime, »Harlekins häuslicher Herd«, aufgeführt, die sich jedoch wider Erwarten der Gesellschaft bis zu Ostern hielt und ganz erheblichen Beifall fand. Grimaldi äußerte hierüber wiederholt seine Verwunderung gegenüber Mr. T. Didin, dem fruchtbaren Theaterdichter damaliger Zeit, dessen Vater, Charles, Mitbesitzer des Covent-Garden-Theaters war. Dibdin räumte ein, dass das Stück wenig wert sei, und meinte, die gute Aufnahme, die es gefunden, sei ausschließlich dem guten Spiele der Darsteller zuzuschreiben: ein Fall, der auch heute noch dann und wann sich ereignen soll.

Im Jahre 1805 nahmen die Vorstellungen wie gewöhnlich in Sadlers Wells zu Ostern ihren Anfang. Grimaldi und Bologna waren auch diesmal engagiert, und die Saison wies sich als überaus günstig: Es waren soviel Kasse-Abende gewesen wie kaum je vorher.

Als »Harlekins häuslicher Herd« vom Repertoire gesetzt wurde, trat Grimaldi während der ganzen übrigen Zeit im Drury-Lane kaum noch ein halbes Dutzend Mal auf. Im Juni wurde das Theater geschlossen und am 29. September mit Othello und Lodoiska wiedereröffnet. In dem letzten Stücke spielte nicht bloß Grimaldi, sondern auch seine Frau und seine Mutter mit.

Als er zum letzten Male in dieser Saison auftrat, hatte er eine Unterredung mit dem Direktor, die anfangs ganz günstig zu verlaufen schien, dann jedoch Ursache wurde, dass er nach Verlauf von etwa sechs Wochen das Theater, auf dem er zuerst aufgetreten war und fast vierundzwanzig Jahre mit dem denkbar günstigsten Erfolge gespielt hatte, ganz verließ.

Elftes Kapitel.

Theaterfragen und Differenzen. – Mr. Graham als Friedensrichter. – Mr. Peake. – Grimaldi wird durch John Kemble dem Mr. Harris vorgestellt. – Grimaldi nimmt ein Engagement im Covent-Garden an. – Ärger der Direktion »des andern Hauses.« – Grimaldi mit Dibdins Gesellschaft in Dublin. – Das »nasse« Theater. – Fehlschlag der Spekulation, aber großer Erfolg seines Benefizes. – Bemerkungen über den Unterschied zwischen Punsch aus Whisky und solchem aus Punsch, nebst einigen interessanten Experimenten.

Im Drury-Lane-Theater war Tobins Lustspiel »Die Flitterwochen« für den zweiten Abend der Saison angekündigt worden. Es war aber dabei nicht bedacht worden, dass der Ballettmeister Mr. Byrne abgegangen und noch nicht Ersatz für ihn beschafft worden war, dass es also an einer Kraft fehlte, die Tänze zu arrangieren. In dieser Verlegenheit wurde zu Grimaldi geschickt, der in der Regel diese Arrangements im Sadlers Wells besorgt hatte. Sobald nun Lodoiska gespielt war, fand die am Schlusse des vorigen Kapitels erwähnte Unterredung zwischen Grimaldi und dem Direktor statt.

Mr. Wroughton setzte Grimaldi die Situation auseinander und machte ihm das Angebot von zwei Pfund wöchentlicher Zulage, wenn er es übernehmen wolle, die Tänze in den »Flitterwochen« zu arrangieren und sich mit anderen kleinen Verrichtungen ähnlicher Art zu befassen. Grimaldi ging bereitwillig darauf ein unter der Bedingung, dass ihm diese Zulage während der ganzen Saison gezahlt würde und nicht bloß für die Zeit der Aushilfe, bis ein anderer Ballettmeister engagiert worden sei.

Mr. Wroughton erklärte, sein Anerbieten nicht anders so gemeint zu haben, und erteilte Grimaldi sogar die Vollmacht, die Zahl der Tänzer, die bei den Balletts mitwirken sollten, selbstständig zu bestimmen.

Grimaldi ging sogleich mit voller Kraft ins Zeug, engagierte Personal, hielt Proben ab und brachte alles zur rechten Zeit in Gang. Die von ihm arrangierten Tänze wurden mit so großem Beifall aufgenommen, dass sie da capo verlangt wurden. Am Ende der Woche händigte ihm Mr. Peake, der Kassierer, ein sehr geachteter Herr, seine Gage aus und gratulierte ihm zu seinem verbesserten Einkommen. Ehe Grimaldi das Geld nahm, sagte er zu Mr. Peake:

»Lieber Herr Peake! – Ich möchte nach keiner Seite hin Zweifel bestehen lassen. Es steht doch ein für alle Mal fest, dass mir die Zulage für die ganze Saison ausbezahlt wird?«

»Gewiss, gewiss«, antwortete Mr. Peake, »lesen Sie doch die Anweisung, die mir Mr. Graham geschickt hat.«

Grimaldi war durch den Inhalt derselben zufriedengestellt. Damals war Mr. Graham Friedensrichter in Bow-Street und besorgte zugleich die Direktionsgeschäfte im Drury-Lane-Theater.

Eine Zeit lang ging alles gut. Kurze Zeit nachher wurde Mr. James D'Egville als Ballettmeister angestellt. In Grimaldis Verhältnis wurde hierdurch nichts geändert; ihm blieb nach wie vor das Arrangement der kleineren Tänze und Aufzüge. Mr. D'Egville war mit allen Anordnungen, die Grimaldi traf, einverstanden und zollte ihnen wiederholt das eifrigste Lob.

Der neue Ballettmeister war noch nicht lange da, so wurde ein neues großes Ballett engagiert: »Terpsichore«, worin Grimaldi den Pan spielte, eine Rolle, die er immer für eine der besten erklärte, die er je gespielt. In dem Ballette sollte Madame Parisot zum ersten Male auftreten. Sie war für die Dauer der ganzen Saison engagiert mit tausend Guineen und sollte in dem Ballett debütieren. Nach einem Dutzend Proben folgte die Aufführung.

Es fand beim Publikum die günstigste Aufnahme und musste sehr oft wiederholt werden.

Als Grimaldi sich am folgenden Sonnabend seine Gage auszahlen ließ, war er nicht wenig verwundert, zu hören, dass ihm die wöchentliche Zulage von zwei Pfund nicht länger mehr ausbezahlt werden könne. Der Kassierer erklärte, dass er selbst höchst erstaunt darüber sei und sich ganz ebenso viel darüber schon geärgert habe, wie Grimaldi sich darüber ärgern werde, und dass dieser Versuch, ihm sein vertragsmäßiges Einkommen zu kürzen, mehr denn kleinlich sei.

Grimaldi begab sich sogleich zu Mr. Wroughton, der ganz ebenso entrüstet war über diese Anordnung der Direktion, aber für sich allein keine Zahlungen anweisen durfte. Grimaldi begab sich nun höchst entrüstet nach Hause und erzählte seiner Frau, wie es ihm ging. Die Frau meinte indessen, sie könnten doch schließlich die zwei Pfund wöchentlich missen, und machte ihrem Manne den Vorschlag, einen kurzen Spaziergang nach Covent-Garden hinüber zu machen, da in Drury-Lane doch gerade nichts zu tun sei.

Grimaldi erklärte sich damit einverstanden. In der Bow-Street sprachen sie bei Mr. Dibdin vor, um eine Freikarte für den Abend zu erbitten. Grimaldi erzählte Dibdin, wie es ihm ging, und Dibdin unterzog dieses Verfahren der Direktion des Drury-Lane-Theaters einer sehr herben Kritik, Zum Schlusse gab er Grimaldi den Rat, sich nach einem andern Engagement umzusehen.

Es wurde zwischen Dibdin und Grimaldi lange über den Fall gesprochen. Man kam zuletzt überein, durch

Dibdin bei Mr. Harris vorzufragen, ob er bereit sei, Grimaldi für die nächste Saison zu engagieren.

Noch am nämlichen Abend erhielt nun Grimaldi Bescheid, sich am andern Montag in der Mittagszeit in Covent-Garden einzufinden. In dem Zimmer, wohin er geführt wurde, waren Mr. Harris und John Kemble anwesend. Kemble sagte ihm sehr freundlich Guten Tag.

»Ei, Joe, Sie wollen es also noch einmal mit mir versuchen?«, sagte er.

»Gewiss, Herr Kollege«, antwortete Grimaldi, schlagfertig wie immer, »sind Sie doch ein lebendiger Magnet!«

Mr. Harris musste lachen und gratulierte dem berühmten Tragöden zu solch artigem Komplimente. Kemble stellte nun Grimaldi dem Mr. Harris vor, sagte, er habe schon Grimaldis Vater gekannt, und schon dieser sei ein erster Stern am englischen Bühnenhimmel gewesen.

Hierauf sagte Mr. Harris seinem Gaste ein paar schmeichelhafte Worte und bat ihn, mit ihm in das anstoßende Zimmer zu treten. Nach etwa einer Viertelstunde war der Vertrag zwischen Harris und Grimaldi über die nächsten fünf Spielsaisons unterzeichnet. Grimaldi war in der ersten Saison ein Spielhonorar von sechs Pfund, von sieben Pfund für die zweite und dritte, und von acht Pfund für die vierte und fünfte Saison zugestanden. Außerdem wurden ihm noch andere Konzessionen eingeräumt, wie zum Beispiel die, – und das war wohl die wichtigste von allen – dass er auch nach wie vor im Sadlers Wells auftreten dürfe.

Aufs Höchste erfreut kehrte Grimaldi nach Hause zurück, denn im Drury-Lane-Theater hatte er nur vier Pfund wöchentlich bekommen.

Abends musste er dort als Pan auftreten. Als er sein Kostüm angelegt hatte, begab er sich in die Garderobe, die von Herren und Damen stark besetzt war. Auch Mr. Graham war zugegen und fragte Grimaldi, sobald er eingetreten war, ob es wahr sei, dass er mit dem Covent-Garden-Theater ein Engagement eingegangen sei. Grimaldi bejahte und fügte bei, dass sich das Engagement auf die nächsten fünf Saisons erstrecke.

Da wurde Mr. Graham sehr aufgeregt und hielt eine lange Ansprache an die Versammelten, in der er sich, in sehr kräftigen Ausdrücken über Grimaldis »Undankbarkeit« ausließ. Grimaldi wartete ruhig das Ende der Rede des Herrn ab und trug darauf den Fall von seinem Standpunkte vor, setzte auch die Gründe auseinander, die ihn dazu bewogen hatten, sich auf ein solches Engagement bei »dem andern Theater« einzulassen.

Als er dabei jenes Schreibens erwähnte, das damals Mr. Graham an Mr. Peake gerichtet hatte, fiel ihm Graham ins Wort und fragte, was für ein Schreiben dies sei?

»Kein anderes als dieses hier«, antwortete Grimaldi, »und darin beauftragten Sie Mr. Peake, die Zulage für die ganze Saison auszuzahlen.«

»Wenn Ihnen Mr. Peake dies Schreiben gezeigt hat«, rief Graham heftig, »so kann ich nur sagen, dass er ein richtiger Esel gewesen ist.«

»Sir«, versetzte Grimaldi, »Mr. Peake ist ein Gentleman, ein Ehrenmann, und, wie ich fest überzeugt bin, außer sich darüber, dass Sie ihm zumuten, ebenso unlauter gegen mich zu handeln, wie Sie es von Ihrem Standpunkte aus für angemessen erachten.«

Hierauf folgte nun ein sehr stürmischer Auftritt, den aber Grimaldi siegreich bestand. Barrymore und andere ergriffen seine Partei mit solcher Energie, dass Graham sich zu der Erklärung herbeilassen musste, die Sache momentan nicht weiter verfolgen zu wollen, und das Theater verließ.

Grimaldi aber konnte aus dem Vorgange nur eins folgern, nämlich, dass er nur Verdruss haben würde, wenn er sein Engagement beim Drury-Lane-Theater nicht fallen ließe, und schrieb deshalb am andern Morgen an Mr. Graham, dass er infolge seiner letzten Unterredung mit ihm in Gegenwart des gesamten Theaterpersonals zu dem Entschlusse gelangt sei, sein Spiel mit dem nächsten Sonnabend einzustellen.

Das setzte nun einen neuen Sturm. Graham machte geltend, ohne Grimaldi kein Ballett aufführen zu können, und drohte ihm mit einer Klage, sobald er sich zu keinem andern Entschlusse bequemen wolle. Grimaldi erklärte, hierzu außerstande zu sein, und stützte sich dabei auf den Rat des Mr. Harris, nicht klein beizugeben.

Nun betrachtete Grimaldi sich völlig frei bis zum Osterfest und akzeptierte infolgedessen ein Engagement in Dublin, in Astleys Theater, das auf kurze Zeit von Dibdin Vater und Sohn gepachtet worden war. Die meisten Mitglieder des Sadlers Wells-Theaters, auch Bologna mit seiner Frau, waren von ihnen für Dublin engagiert worden. Grimaldi wurden vierzehn, seiner Frau zwei Pfund wöchentlich zugestanden, außerdem ein halbes Benefiz am Schlusse der Saison und Entschädigung sämtlicher Reisekosten.

Am 5. November trat Grimaldi zum letzten Male im Drury-Lane-Theater auf, fuhr am andern Morgen mit seiner Frau nach Dublin, ließ aber sein Söhnchen, wegen Kränklichkeit, in London.

Die Reise bis Holyhead war sehr langweilig, die Überfahrt nach Dublin sehr stürmisch. Sie kamen infolgedessen sehr angegriffen in Dublin an. Dibdins bereiteten ihnen einen sehr freundlichen Empfang und führten sie in eine für sie bei einem gewissen Davis gemietete Wohnung, in der sie allen Komfort vorfanden.

Am 18. November, Montags, nahmen die Vorstellungen ihren Anfang. Solange sich das Wetter hielt, ging alles recht gut. Als der Regen kam, machte der Direktor zu seinem nicht geringen Schrecken die Wahrnehmung, dass das Dach des Theatergebäudes nicht wasserdicht war. Anfangs Dezember wütete ein solches Unwetter, dass das Wasser fußhoch im Hause stand, und fast alle Zuschauer genötigt wurden, sich nach Hause zu begeben.

In Strömen drang der Regen in das Parterre und in die Logen. Manche versuchten wohl auszuhalten, indem sie die Schirme aufspannten und sich in Schals und Überröcke hüllten; nachher kam das Wasser aber auch auf die Bühne und nötigte die Schauspieler, sie zu verlassen.

Von da ab blieb das Theater, einen einzigen Abend ausgenommen, leer. Kein Mittel hielt das Wasser draußen, und nichts war imstande, Zuschauer herbeizuziehen. Um das Dach zu reparieren, war Geld nötig, und zu der Ausgabe, die wenigstens 200 Pfund betragen hätte, konnten sich Dibdins nicht verstehen, da im März ihr Pachtvertrag schon wieder ablief.

Infolge der ausbleibenden Einnahmen sahen sich nun Dibdins genötigt, wegen Kasse nach London zu schreiben, denn wie sollten sie ihre Truppe sonst bezahlen? Grimaldi erklärte sich freiwillig bereit, auf seine Dubliner Gage so lange zu verzichten, bis sich die Lage für Dibdins wieder gebessert habe; sein Anerbieten wurde mit Dank angenommen.

Um Mitte Januar machte Mr. Jones, der Direktor des Crow-Street-Theaters, Mr. Dibdin den Vorschlag, zu den von ihm eingegangenen Engagementsbedingungen seine Gesellschaft mit zu übernehmen und ihn selbst, da er soviel Pech gehabt, eine entsprechende Entschädigung zu zahlen. Einigen Abbruch hatte Dibdin mit seiner Truppe dem andern Theater schließlich doch auch getan. Mr. Dibdin rief seine Mitglieder zu einer Besprechung zusammen und legte ihnen die Verhältnisse noch einmal klar. Zum Schlusse bat er sie, auf den Vorschlag, der ihm von Mr. Jones gemacht worden, einzugehen.

Grimaldi erklärte sich hierzu sogleich bereit, bot auch alle Überredungsgabe auf, seine Kollegen auf seine Seite zu bringen. Bis auf zwei, die sich auf nichts einlassen mochten, gelang es ihm auch. Daraufhin erklärte nun Mr. Dibdin, sein Theater am nächsten Sonnabend, dem ersten Januar, zu schließen. Bei diesem Anlasse fragte Grimaldi, wie es sich mit dem ihm zugestandenen halben Benefiz verhalte. Mit einem traurigen Lächeln antwortete Mr. Dibdin, er wolle sich mit allem einverstanden erklären, was Grimaldi ihm für seine Hälfte zu geben gedächte, und wenn es auch nur zwanzig Pfund seien – dann wolle er auf seinen vollen Anteil am Benefiz verzichten.

Grimaldi zahlte ihm die zwanzig Pfund sogleich bar auf den Tisch und traf am andern Morgen sogleich alle notwendigen Vorkehrungen für den Spielabend, trotzdem ihm knapp vier Tage für die Ankündigungen und den Verkauf der Einlasskarten bloß blieben.

Er war im Besitz eines Empfehlungsschreibens an einen Kapitän Trench, der sich bei jeder Gelegenheit äußerst gefällig gegen ihn zeigte. Mit ihm und seinem Hauswirte Mr. Davis unterhielt er sich zuerst von dem ihm zugestandenen Benefiz-Abend. Die Antworten, die er von den beiden Herren erhielt, waren bezeichnend für den wirklich vornehmen Charakter derselben.

»Ich nehme hundert Logenkarten«, sagte Kapitän Trench, »belege auch die beiden Mittellogen. Sollte ich noch weitere Karten brauchen, so lasse ich sie abholen. Zunächst wollen Sie den Betrag für die hundert Karten mitnehmen.«

»Mir wollen Sie hundert Parterrekarten schicken«, sagte Mr. Davis, sein Hauswirt, »nehmen Sie, bitte, den Betrag dafür sogleich mit. Kann ich noch weitere unterbringen, soll es gern geschehen. Sie bekommen bis zum Abend Bescheid.«

Das Glück war Grimaldi tatsächlich günstig. Am Sonnabend trat schönes Wetter ein. Mittags war bereits das ganze Theater ausverkauft, und sechzehn Gutsbesitzer und Pächter, die erst abends vom Lande hereingefahren kamen, in der Hoffnung, noch Karten zu bekommen, mussten, ohne Eintritt finden zu können, wieder heimkehren.

Die Einnahme an diesem Abend belief sich auf zweihundert Pfund. Außerdem wurde Grimaldi mit vielen Geschenken bedacht, zum Beispiel einer goldnen Tabaksdose, die ihre dreißig Pfund unter Brüdern wert war. Grimaldi wurde auf diese Weise in den Stand gesetzt, Mr. Dibdin mit einem Darlehen unter die Arme zu greifen, das von demselben mit dem größten Danke angenommen wurde.

Am nächsten Montage trat die Londoner Truppe im Crow-Street-Theater auf und spielte daselbst bis zum 29. März. Grimaldi trat nun in zwei Stücken auf, dem »Harlekin Äsop« und »Coa und Zoa«, die so sehr viel Beifall fanden, dass sie gar nicht vom Repertoire schwinden wollten.

Am 30. März reiste die Gesellschaft, nachdem sie von allen Seiten Beweise der größten Gastfreundschaft eingeheimst hatte, wieder nach London. Besonders um Grimaldi rissen sich alle Leute in Dublin. Eine Einladung jagte die andere: Hier sollte er zum Mittag-, dort zum Abendessen erscheinen, und keine Stunde war er ohne Wagen. Soviel er auch von irischer Gastfreundschaft gehört und gelesen, die Wirklichkeit übertraf all seine Vorstellungen und Erwartungen.

Es ging ihm wie den meisten Engländern, die den Fuß einmal nach Irland setzen. Der gewaltige Konsum von Whiskey-Punsch setzte ihn in Erstaunen, und er wollte nicht begreifen, wie ein Mensch – und in Dublin galt das von allen Menschen – imstande sein könne, ein Glas nach dem andern hinunterzuschütten, ohne einen Rausch zu bekommen. In der Meinung, dass die Musikanten wohl anders pfeifen möchten, wenn er ihnen ein gleich starkes Getränk von anderm Gebräu vorsetzte, an das sie nicht gewöhnt seien, lud er eine kleine Gesellschaft zum Dreikönigsabend ein und kredenzte ihr einen kräftigen Punsch nach englischem Ritus, aus Rum gebraut, mit reichlichem Zusatze von Zimt und anderem Gewürz.

Seine Meinung sollte ihn nicht täuschen, denn nicht den vierten Teil der von jedem einigermaßen standfesten Engländer trinkbaren Menge hatten die Irländer genossen, so hatten sie auch schon ihren Rausch weg. –

Mr. Davis zum Beispiel, der von irischem Whiskey-Punsch seine sieben bis acht Schoppen vertrug, ohne dass es ihn rührte, höchstens dann über die verwünschte Mäßigkeit wetterte, die er sich nicht abgewöhnen könnte, wurde nach dem ersten Schoppen englischen Rumpunsches sternhagelvoll aus der Stube geschleift.

Grimaldi hatte das sehr oft zum Besten gegeben. Sicher erblickte er hierin einen Beweis für die von ihm aufgestellte Theorie, dass irischer Punsch bei Weitem stärker sei als englischer; wir aber möchten meinen, dass Mr. Davis jedenfalls schon vorher diverse irische Punsche vorgesetzt haben mag.

Zwölftes Kapitel.

Grimaldi kehrt nach London zurück, erkältet sich und zahlt seine Miete daheim doppelt. – Mr. Charles

Farley. – Grimaldis erstes Auftreten im Covent Garden. – Valentin und Orson. – Mutter Gans. – Das geheimnisvolle halbe Dutzend Herren und Damen.

Auf der Rückfahrt nach London hatte Grimaldi sehr schlechtes Wetter und kam durch ein Versehen im Holyheader Postbureau zu dem besonderen Vergnügen, sich mit einem Sitze auf Deck abfinden zu müssen. In Red Landford war er schon so steif gefroren, dass man ihn herunterheben musste und erst am andern Morgen die Fahrt fortsetzen konnte. Indessen langte er ohne weitere Unfälle in London an. Dort sollte er bald nach seiner Ankunft von Neuem innewerden, dass er wohl öfter recht viel Geld im Leben besessen, es aber immer und immer durch irgendeinen ganz unvermuteten Zwischenfall auch wieder eingebüßt habe.

Als er nämlich am zweiten oder dritten Morgen nach seiner Heimkehr von einem Gange nach der Altstadt den Fuß in seine Wohnung setzte, fand er dort zur nicht geringen Verwunderung in seiner besten Stube einen Gerichtsvollzieher mit einem Gehilfen flott dabei, ein Inventar seines sämtlichen Mobiliars aufzunehmen. Auf seine erregte Frage, was denn solches Verfahren bedeuten solle, da er doch keinem Menschen etwas schuldig sei, wurde ihm der Bescheid, er sei mit der Miete im Rückstande und deshalb sei der Antrag auf Auspfändung gestellt und vom Gericht auch genehmigt worden.

Er zeigte seine Mietsquittung vor; der Gerichtsvollzieher besah sich dieselbe mit vergnügtem Lächeln, erklärte jedoch, der Mann, von dem Grimaldi gemietet habe, sei selbst nur Mietspartei und habe nicht gezahlt, daraufhin mache der eigentliche Hauseigentümer von seinem Rechte, alles, was sich im Hause vorfände, mit Beschlag zu belegen, Gebrauch.

Grimaldi lief schnell zu seinem treuen Berater, Mr. Hughes, hörte aber von diesem, dass ihm nichts anderes übrig bleibe, als den Mietsbetrag – beiläufig achtzig Pfund – noch einmal zu bezahlen, falls er nicht sein Mobiliar einbüßen wolle. Er rannte daraufhin nach Hause zurück und bezahlte den Mietsbetrag zum zweiten Male. Am andern Morgen fand sich der Hauswirt bei ihm ein und wusste ihn zu einem Abkommen zu bestimmen, Grimaldi hoffte dadurch wenigstens zu einem gewissen Teile Entschädigung zu erhalten, musste zuletzt einsehen lernen, dass er der Betrogene war, und sich in eine ziemlich erkleckliche Einbuße finden.

Sein altes Engagement in Sadlers Wells ging in diesem Jahre zu Ende. Er verpflichtete sich auf weitere drei Jahre und bekam von nun an wöchentlich zwölf Pfund und zwei volle Benefize. Die Pantomime, die zum Osterfest gespielt wurde, betitelte sich »Harlekin und die vierzig Jungfrauen«. Sie hielt sich die ganze Saison hindurch. Grimaldi hatte ein Couplet darin zu singen: »Ich und mein Ede – Ede – Esel«, das sich außerordentlicher Beliebtheit erfreute und bald in jedermanns Munde war. Mehrere seiner Verehrer machten ihm wertvolle Präsente, unter anderm eine prächtige Uhr, deren Zifferblatt sein Porträt, von der ersten Couplet-Zeile umschlungen, zeigte.

In dieser Saison wurde immer zuerst die Pantomime gegeben, sodass er in den ihm bisher nie vergönnt gewesenen Genuss trat, von halb neun Uhr sein freier Herr zu sein. Von Kindesbeinen an hatte er es nie anders gekannt, als von sechs Uhr abends bis zwölf Uhr nachts ununterbrochen im Sadlers Wells-Theater zuzubringen. Es kam ihm ordentlich wunderbar vor, die schönen Frühlings- und Sommerabende in der schönen frischen Luft verleben zu können.

Im Oktober, bei der Eröffnung des Covent-Garden-Theaters, machte er die Bekanntschaft Farleys, des damals berühmten Pantomimen-Dichters und Darstellers, der aber immer nur in ersten und ernsten Rollen auftrat und lange Zeit das Publikum dadurch förmlich faszinierte, dass er während seines Spiels kein anderes Glied als seine Gesichtsmuskeln zu rühren pflegte.

Farley fragte Grimaldi, in welcher Rolle er zuerst aufzutreten gedächte. Grimaldi meinte, er habe immer am meisten Glück gehabt als Skaramuz im Don Juan. Aber Farley riet ihm davon ab und zu der Rolle des Orson in »Valentin und Orson«, einem Stücke, das mehrere Jahre lang nicht mehr gespielt worden, aber ehedem sehr beliebt gewesen sei. Er riet ihm umso mehr zu diesem Rollenwechsel, als der Orson ihm ohne Frage äußerst günstig läge und seinen Fähigkeiten höchst angemessen sei.

Grimaldi erklärte sich ohne Weiteres damit einverstanden, den Orson zu geben, ersuchte indes Farley, ihm beim Einstudieren behilflich zu sein, da er das Stück noch gar nicht kenne. Dazu erklärte Farley sich von Herzen gern bereit und hielt auch getreulich Wort.

Es ist viel behauptet worden, Grimaldi sei ein Schüler von Dubois gewesen, was aber keineswegs zutrifft.

Wenn man von irgendeinem Lehrmeister Grimaldis sprechen will, so kann einzig und allein Farley in Betracht kommen, der ihm tatsächlich beim Studium von verschiedenen größeren Rollen mit Rat und Tat an die Hand gegangen ist.

Grimaldi studierte den Orson mit großem Eifer und gab ihn zum ersten Male am 10. Oktober 1806. Farley spielte den Valentin. Das Stück behauptete sich auf dem Repertoire bis Weihnachten, wo es der Weihnachts-Pantomime das Feld räumen musste.

Der Orson war nach Grimaldis Meinung seine allerschwierigste Rolle. Es kamen in ihr die mannigfachsten Leidenschaften zum Ausdruck, und zwar mit so raschem Wechsel, dass ein ungewöhnlicher Aufwand körperlicher und geistiger Anstrengung dabei notwendig war. Er gab den Orson oft, in London sowohl als in den Provinzstädten, allein die Folgen der Überanstrengung, die sie mit sich brachte, blieben immer die gleichen. Kaum war der Vorhang gefallen, so wankte er von der Bühne in einen kleinen Raum hinter der Souffleurloge, sank in einen Sessel und konnte kaum seiner Empfindungen Herr werden. Er weinte und schluchzte wie ein Kind und verfiel in der Regel in so heftige Krämpfe, dass er selbst diejenigen, die ihn schon öfter in solchem Zustande hochgradiger Nervosität gesehen, ihre Zweifel hatten, ob er auch im zweiten Aufzuge würde spielen können. Indessen fand er immer die notwendige Kraft dazu wieder. Immer wusste er sich, sobald sein Stichwort fiel, ganz zu bezwingen, immer siegte die Macht der Routine über die körperliche Schwäche.

Mit seinem Orson erzielte er großen und nachhaltigen Effekt. In dieser Rolle zeigte er sich dem Publikum von einer ganz neuen Seite. Sein Künstlerruf steigerte sich durch sie ganz bedeutend. Dass er wirklich bedeutend darin war, bezeugen die Urteile und Gratulationen, die ihm von berühmten Darstellern, Kritikern und Kennern zuteilwurden.

In diese Zeit fallen die Proben zu der Pantomime »Die Gans«, die eine ganz unerhörte Berühmtheit erlangen sollte.

Der Direktion des Drury-Lane-Theaters war es bekannt geworden, dass in Covent-Garden am 26. Dezember eine neue Harlekinade auf die Bühne gebracht werden sollte; sie fürchtete den Vorteil; den das andere Theater durch das Engagement Grimaldis gewonnen und betrieb daher die Vorbereitungen zu ihrer Pantomime mit großem Eifer. Sie engagierte Montgomery, der es durch Vorstellungen im Zirkus zu einigem Renommee gebracht, für ein hohes Salär als Clown und erreichte es, dass ihre Pantomime schon am 23. zur erstmaligen Aufführung kam. Sie war jedoch mehr Spektakelstück, und so gut auch die Dekorationen sein mochten, so war doch die Handlung selbst so unbedeutend, so erbärmlich, dass das Auditorium gar bald zu zischen anfing und endlich solchen Lärm machte, dass die Regie es für geraten hielt, noch lange vor dem Schlusse des Stückes den Vorhang fallen zu lassen.

Grimaldi war mit seinem Freunde Bologna im Theater, und keiner von beiden war über diese Vorgänge sonderlich missgestimmt. Das Drury-Lane-Theater war mit seinen Vorstellungen bislang immer glücklicher gewesen

als Covent-Garden, und es dürfte nicht unwahrschein-
lich sein, dass die Direktion von der Absicht geleitet
wurde, sowohl die Pantomime selbst im andern Theater
unmöglich zu machen, als auch Grimaldi selbst außer
Kurs zu setzen.

Am 25. wurde in Covent-Garden eine Nachtprobe abgehalten. Die Darsteller waren in großer Ungewissheit
über das Schicksal der »Mutter Gans«. Es war immer
Brauch gewesen, bei Pantomimen den größten Glanz
aufzubieten, und so hatten es sich Direktion wie Darsteller besonders in dem letzten Akte immer angelegen sein
lassen, das Beste zu bieten und die besten Kräfte einzu-
setzen, weil es die ganze Bevölkerung der Hauptstadt
sich angewöhnt hatte, wochenlang darüber zu diskutieren, welche Pantomime mit dem schönsten Schlusse
ausgestattet gewesen. Nun war aber »Mutter Gans« sehr
nüchtern gehalten, von Prunk so gut wie nichts aufge-
wandt, auch im letzten Akte nicht, und darum war man
über die Aufnahme der Pantomime in recht großer Sorge. Sogar der Harlekin hatte sich alles Flitterstaats enthalten sollen, wovon jedoch Grimaldi so entschieden
abgeraten hatte, dass man ihn bezüglich des Kostüms
letzter Stunde noch freie Hand gelassen hatte.

Man hatte jedoch geirrt. »Mutter Gans« wurde mit sel-
tenem Jubel aufgenommen, auch bis zum Schlusse der
Saison ohne Unterbrechung zweiundneunzig Abende
unter ständig wachsendem Beifall und bei fast immer
überfülltem Hause gegeben. Dies war ein abermaliges
Beispiel für das unrichtige Urteil von Schauspielern in
derartigen Fragen. Um nur einige Beispiele anzuführen,
wurde dem Lustspiele »*She stoops to conquer*« von Oliver

Goldsmith bis zur ersten Aufführung von Schauspielern sowohl wie von Kritikern und Literatoren ein unvermeidlicher Misserfolg prophezeit. Ebenso lagen die »Flitterwochen« viele Jahre lang im Pulte des Theaterdirektors, weil man es für unmöglich hielt, einem Londoner Publikum ein solches Machwerk anzubieten, und als das Stück endlich auf die Bühne gebracht und mit höchstem Beifall aufgenommen worden war, hatte sein armer Dichter den Hungertod im Schuldgefängnisse erlitten.

An Grimaldis Meinung über die »Mutter Gans« konnten aber auch alle Erfolge nichts ändern. Er wollte dem Stücke nicht den geringsten Wert beimessen. Wie dem nun sein mag, jedenfalls trugen seine und Bolognas Leistungen als Harlekin und Clown in hervorragendem Maße zu der günstigen Aufnahme bei, die die Pantomime fand, denn sie wurde jedes Mal vom Publikum abgelehnt, wenn die beiden Rollen von anderen Darstellern gegeben wurden.

Am 9. Juni erlebte sie die zweiundachtzigste Aufführung. Es war zugleich der Benefiz-Abend für Grimaldi und Bologna. Die Einnahme belief sich auf 680 Pfund.

Um diese Zeit herum machte Grimaldi eine neue und ziemlich mysteriöse Bekanntschaft. Damit verhielt es sich folgendermaßen:

An einem Januarmorgen des Jahres 1807 ließ sich ein Herr bei Grimaldi anmelden, und als ihn Grimaldi in seiner Wohnung empfing, war er nicht wenig verwundert, den ihm durch Bologna bekannt gewordenen Kenter Herbergssohn Mackintosh wiederzusehen, der sich wegen des kleinen Jagdscherzes, den er sich seinerzeit erlaubt hatte, mit ein paar höflichen Worten entschuldigte. Grimaldi bat ihn ebenso höflich, die Angelegenheit nicht weiter zu berühren. Mackintosh erzählte darauf, seine Mutter habe ihr Gasthaus verkauft und sei anderswohin gezogen, er selbst habe in London sich ein Geschäft gekauft und wohne jetzt in der Throgmorton-Straße.

Er war sehr manierlich gekleidet, hatte sich auch ein besseres Wesen angeeignet als damals, wo er im Barchentwamse auf dem Karren fuhr. Jedenfalls ließ sich nicht in Abrede stellen, dass er seine Gäste sehr gastfreundlich aufgenommen und anständig bewirtet hatte. Grimaldi lud ihn demnach am nächstfolgenden Sonntag zum Mittagessen ein. Er kam, unterhielt sich sehr manierlich und gewann die Freundschaft der ganzen Familie Grimaldi. Seine Einladung, ihn wieder zu besuchen, wurde angenommen. Seine Wohnung war einfach, aber geschmackvoll eingerichtet, und in seinem Hause schien alles darauf hinzudeuten, dass sein Geschäft sich eines recht flotten Ganges erfreute.

Ein paar Wochen nach seinem ersten Besuche kam er eines Morgens zu Grimaldi und sagte ihm, dass Freunde von ihm, die in der Charlottenstraße, Fitzroy-Square wohnten, sich außerordentlich freuen würden, Grimaldis Bekanntschaft zu machen, und ihn ersuchen ließen, sie eines Abends einmal nach Schluss des Theaters bei sich zu sehen.

Zuerst mochte Grimaldi nichts davon wissen, weil er damals mit Einladungen förmlich überlaufen wurde. Da aber Mackintosh ihn immer und immer wieder damit in den Ohren lag, ihm auch sagte, seine Bekannten wären sehr wohlsituierte Leute, deren Umgang ihm vielleicht in anderer Hinsicht noch von Nutzen werden könnte, auch allerhand andere Gründe noch zur Unterstützung seines Anliegens in das Gefecht führte, ließ sich Grimaldi schließlich doch bewegen, den Besuch bei den Leuten zu machen.

Es wurde also ein Abend vereinbart, an welchem die Leute Grimaldi erwarten sollten, und gleich nach Schluss des Theaters warf Grimaldi sich in eine Kutsche und ließ sich nach der Charlottenstraße fahren.

Der Kutscher hielt vor einem gar stattlichen, glänzend erleuchteten Hause. Grimaldi meinte im ersten Augenblicke, der Kutscher müsse vor einem falschen Hause vorgefahren sein. Aber während er sich darüber noch mit dem Kutscher hin und her stritt, erschien Mackintosh in höchst elegantem Anzuge, ersuchte ihn auszusteigen und führte ihn in ein glänzend möbliertes Zimmer, das mit einer Reihe anderer Gemächer im Zusammenhange stand, von denen eins noch immer vornehmer und eleganter als das andere aussah.

Überall, wohin Grimaldi den Blick lenkte, zeigten sich ihm die kostbarsten Geräte und Bilder, und auf der Tafel im Speisesaale standen die ausgesuchtesten Delikatessen und seltensten, teuersten Weine.

Außer Mackintosh und Grimaldi war ein volles Dutzend Leute in dem Saale, sechs Damen und sechs Herren, die ihm als Ehepaare vorgestellt wurden. Der Wirt und die Wirtin, die ihm unter dem Namen Farmer vorgestellt wurden, bewillkommneten ihn mit einer entzückenden Artigkeit und Herablassung. Alle anwesenden Herrschaften waren auf das Beste gekleidet, die Damen trugen kostbare Geschmeide, von Lakaien in glänzender Livree wimmelte es förmlich – kurz, alles erwies sich so ganz anders als Grimaldi erwartet hatte, und übertraf seine Erwartungen in einem so hohen Maße, dass er ganz verwirrt wurde und seinen Sinnen nicht trauen mochte, ja die größten Zweifel zu fassen anfing, ob es auch wirklich Wirklichkeit sei, was seinen Augen sich zeigte.

Die Herren waren jedoch so überaus höflich und die Damen von so anmutigem Wesen und so gewandtem Benehmen, dass Grimaldi sich bald in die Situation fand und seine gewöhnliche Stimmung wiederfand, gaben ihm doch die köstlich duftenden Weine und Delikatessen auf der Tafel zum wenigsten die Überzeugung, sich in dieser Hinsicht in keiner Täuschung zu befinden.

Es wurde gegessen, getrunken, gesungen, gescherzt, gelacht bis zum grauenden Morgen, und erst in der fünften Stunde ließ man ihn gehen.

Als er seiner Frau erzählte, was er gesehen, geriet auch sie in nicht geringe Verwunderung und wollte kaum seinen Worten glauben. Nach ein paar Tagen fand sich Mackintosh aber wieder ein und bat Grimaldi auf den nächsten Abend um die abermalige Ehre seines Besuches.

Grimaldi wollte zuerst nichts davon wissen; aber Mackintosh hatte seine Einwendungen vorausgesehen, hatte schon Mr. Farmer davon unterrichtet, dass Grimaldi seine Frau nicht gern allein lasse, erklärte, dass Mr. Farmer sich danach sehne, die Bekanntschaft auch von Frau Grimaldi zu machen, und dringend bitten lasse, von der Förmlichkeit eines vorhergehenden Besuches Abstand zu nehmen etc. etc.

Solcher Liebenswürdigkeit ließ sich tatsächlich nicht widerstehen. Grimaldi begab sich also abends mit seiner Frau nach der Charlottenstraße, und dort fanden sie alles genau so wieder, wie Grimaldi es gesehen und seiner Frau geschildert hatte: die sechs Damen, die sechs Herren, die galonierten Lakaien, die Kronleuchter usw.

Es folgten noch weitere Einladungen, und die sechs Herren und Damen ließen es sich nicht nehmen, ihren Besuch bei Grimaldis zu machen, was ihm und seiner Frau insofern nicht ganz erwünscht war, als sie nicht den zehnten Teil der Löffel wie Mr. und Mrs. Farmer, und Kronleuchter überhaupt nicht besaßen.

Nichtsdestoweniger gaben sie sich alle Mühe, ihren Pflichten als Wirt und Wirtin so gut wie möglich, nachzukommen, und die Gesellschaft ermangelte nicht, ihnen die Versicherung zu geben, dass sie einen schöneren Abend noch nie verlebt hätten. Es wurde viel geschwatzt und gelacht, und dann ging man auf das Herzlichste auseinander.

Indessen konnten sich Grimaldi und seine Frau nicht verhehlen, dass sich um ihre vornehmen Freunde und Gönner ein Geheimnis wob, hinter das sie nicht zu gelangen vermochten. Die sechs Damen sowohl als die sechs Herren waren nicht etwa zusammen verwandt, aber immer beisammen, und hatten, außer Grimaldi und seiner Frau, niemals andere Gesellschaft bei sich. Sie blieben sich auch immer völlig gleich, bis auf den Umstand, dass sie nur dann und wann einmal in anderer Garderobe erschienen, die aber immer gleich kostbar und elegant war.

Die Herren schienen Leute zu sein, die kein Geschäft hatten, ihre Höflichkeit hatte einen seltsamen Anstrich, und die Redseligkeit der Damen fiel Grimaldi und seiner Frau nicht minder auf. Aber sich klar darüber zu werden, worin dieses seinen Grund haben möchte, wollte weder ihm noch ihr gelingen. Grimaldi merkte recht wohl, dass zwischen den Manieren der vornehmen Herren, die er in der Theatergarderobe traf, und jener anderen, mit denen er durch Mackintosh bekannt geworden war, ein merklicher Unterschied bestand; er wusste sich aber, soviel Mühe er sich auch gab, nicht darüber klar zu werden. Seiner Frau ging es genau so. Er unterhielt sich häufig mit ihr darüber, aber ohne irgendwelchen Erfolg, und die Beziehungen wurden den Januar und Februar hindurch unterhalten.

Am 13. März hatte Grimaldi sich verpflichtet, in Woolwich aufzutreten, und zwar zum Benefiz eines ihm befreundeten Mr. Laud. Ein paar Tage vorher hatte er bei Mr. Farmer davon gesprochen, und dieser hatte die anderen fünf Herren sogleich aufgefordert, mit dem lieben Freunde zusammen nach Woolwich zu fahren, dort mit ihm zur Nacht zu speisen und erst am andern Tage nach London zurückzukehren.

Den Vorschlag hatten alle angenommen, einen einzigen Herren ausgenommen, der den bei einem so vornehmen Herrn etwas alltäglichen Namen Jones führte, und deshalb der Partie fern bleiben musste, weil er, wie er sagte, sich mit einem Herrn vom Hochadel zu treffen versprochen hatte.

Die fünf anderen Herren waren pünktlich zur Stelle und fuhren zusammen mit Mackintosh und Grimaldi nach Woolwich, Dort aßen sie zusammen zu Mittag und begaben sich ins Theater. Dort unterhielten sich die Herren sehr laut, applaudierten sehr stark, und ihre glänzende Erscheinung erregte nicht bloß beim Publikum, sondern auch bei den Schauspielern großes Aufsehen.

Abends wurde zusammen gespeist, dann gemeinsam übernachtet, und erst am andern Tage die Rückfahrt nach London bewirkt.

Mr. Farmer und die anderen vier Herren nahmen einen Wagen. Mackintosh und Grimaldi zogen es vor, in Gesellschaft einiger anderer Herren vom Theater zu Fuße zu gehen.

Grimaldi nahm die Gelegenheit wahr, Mackintosh unterwegs über die Verhältnisse seiner Freunde auszufragen. Mackintosh wich aber allen Fragen aus und beschränkte sich auf seine ständige Rede, dass es sehr wohlsituierte Herren seien, die im Golde zu wühlen pflegten usw.

Nach ein paar Tagen ließ er sich wieder bei Grimaldi sehen, und auch diesmal bemühte sich Grimaldi zusammen mit seiner Frau, den Schleier des Geheimnisses zu lüften, doch auch diesmal wollte es nicht gelingen. Die Aufklärung sollte indessen nicht mehr lange auf sich warten lassen. Darüber im nächsten Kapitel.

Dreizehntes Kapitel.

Wie sich das Geheimnis mit den sechs Damen und sechs Herren aufklärte.

Ungefähr drei Wochen waren vergangen, ohne dass die sechs Damen und sechs Herren etwas von sich hatten hören oder sehen lassen. Da ließ sich eines Morgens ein Herr bei Grimaldi melden, dessen Namen er noch nie vorher gehört hatte. Aber es kamen öfter einmal Leute zu ihm, mit denen er noch nie im Leben etwas zu tun gehabt hatte, und so bat er den Unbekannten, Platz zu nehmen, machte ein paar allgemeine Bemerkungen über Wetter und Tagesneuigkeiten und fragte dann, was ihm die Ehre dieses unverhofften Besuches verschaffe.

Der unbekannte Herr legte den Hut aus der Hand, augenscheinlich ein Zeichen, dass er nicht so bald wieder zu gehen gedächte, und erwiderte, nachdem er eine Weile nach Worten gesucht hatte:

»Hm, der Grund ist etwas eigentümlicher Art. Vielleicht ist es am besten, ich sage Ihnen zuerst, wer ich bin. Mein Name ist Harmer.«

»Harmer, Harmer?« wiederholte Grimaldi, sich besinnend, ob er etwa schon einmal im Theater den Namen gehört habe.

»James Harmer«, sagte der Unbekannte wieder, »aus Hatton Garden. Ich muss Sie leider in einer recht unangenehmen Angelegenheit belästigen.«

Grimaldi wurde verlegen, denn der unbekannte Herr sprach die Worte in einem merkwürdig feierlichen, wenn auch höflichen und ruhigen Tone; er ersuchte den Herrn, sich doch ohne Umstände erklären zu wollen.

»Ich will gleich zur Sache kommen«, sagte Mr. Harmer; »Sie sind wohl mit einem gewissen Mackintosh bekannt?«

»Jawohl, Herr«, antwortete Grimaldi, dessen Gedanken sogleich von dem genannten Herrn zu den sechs Damen und den sechs Herren wanderten.

»Besagter Mackintosh schwebt in ernstlicher Lebensgefahr«, sagte Mr. Harmer weiter, und zwar in einem Tone, der zwischen Ernst und Feierlichkeit die Wage hielt.

Grimaldi dachte nun nichts anderes, als dass er in dem Herrn einen Arzt vor sich habe, und erkundigte sich, seinem Bedauern über solch trübe Nachricht Ausdruck gebend, wie lange Mr. Mackintosh schon krank sei und was ihm fehle.

»Seine Gesundheit lässt wohl kaum zu wünschen«, erwiderte der Herr, und über sein Gesicht huschte ein eigentümliches Lächeln, »ich habe in meiner amtlichen Wirksamkeit gar viele Menschen kennengelernt, die in Gefahr schwebten, um ihr Leben zu kommen, und sich doch der besten Gesundheit zu erfreuen hatten.«

Grimaldi meinte, Mr. Harmer beziehe sich mit diesen Worten ohne Frage auf Patienten, die ihm unter der Hand gestorben seien. Mr. Harmer versetzte, er habe allen Grund zu besorgen, dass Mackintosh einmal sehr jäh dieses irdische Jammertal werde verlassen müssen.

»Das ist mir recht schmerzlich zu hören«, sagte Grimaldi, »ich möchte Sie nun aber recht sehr bitten, mir über seinen Zustand reinen Wein einzuschenken. An was für einer Krankheit leidet er? Wie benennt sich seine Krankheit?«

»Klepto- oder, wohl richtiger, Ruptomanie«, antwortete Mr. Harmer.

»Kleptomanie?«, rief Grimaldi, während er am ganzen Leibe zitterte.

»Die Geschichte liegt sehr einfach«, nahm Mr. Harmer wieder das Wort, »Mackintosh ist angeklagt, in Congleton einen Einbruch verübt zu haben. Ich bin Verteidiger in Strafsachen. Mackintosh hat sich an mich gewendet. Ich habe ja so manchem armen Teufel vom Galgen gerettet. Mills versuchen, ob es mir auch bei ihm gelingt. Die Aussagen belasten ihn freilich sehr stark, und wenn er – was mir vorderhand höchst wahrscheinlich dünkt – für schuldig erklärt wird, dann ist ihm der Galgen ohne Frage sicher.«

Grimaldi war wie vom Donner gerührt. Es brauchte Zeit und Weile, bis er die Unterhaltung weiterführen konnte. Als er wieder Herr über sich geworden war, beeilte er sich zu erklären, dass er Mackintosh immer für einen rechtschaffenen Menschen gehalten habe, sonst dürfe es ihm doch wahrlich nicht eingefallen sein, sich mit ihm zu befassen.

»Auf den Namen eines rechtschaffenen Menschen hat er wohl schon geraume Zeit nicht mehr Anspruch«, sagte Mr. Harmer, »er scheint sich aber ernstlich vorgenommen zu haben, sich zu bessern, und dass er zum wenigsten gerade diesen Einbruch, nicht begangen hat, davon meine ich fest überzeugt zu sein.«

»Barmherziger Gott!«, rief Grimaldi, »und doch halten Sie es für wahrscheinlich, dass er deshalb gehangen werden wird?«

»Falls er sein Alibi nicht nachweisen kann«, antwortete Mr. Harmer, »jedenfalls. Das kann aber nur durch einen einzigen Menschen geschehen, und der sind Sie, Mr. Grimaldi.«

»Dann gebieten Sie über mich, Mr. Harmer«, rief Grimaldi.

Mr. Harmer teilte nun Grimaldi mit, dass der Einbruch am 13. März verübt worden sei, an welchem Abend Grimaldi in Woolwich aufgetreten sei und zusammen mit Mackintosh zur Nacht gespeist habe. Dieser Zufall war nun für Mackintosh begreiflicherweise von außerordentlicher Wichtigkeit, Grimaldi versprach Mr. Harmer, das erforderliche Zeugnis abzulegen, und dieser verabschiedete sich.

Nach einigen Tagen wurde Mackintosh, da sich ein Bürge für ihn fand, aus der Untersuchungshaft entlassen. Er begab sich sofort zu Grimaldi, ihm für seine Bereitwilligkeit als Zeuge aufzutreten, von Herzen zu danken. Grimaldi hatte begreiflicherweise nur einen Wunsch: allen Umgang mit einem solchen Menschen abzubrechen, war aber einerseits zu gutmütig, ihm harte Worte zu sagen, andererseits zu neugierig, um ihn ohne Weiteres wegzuschicken. Er forderte ihn also auf, sich zu setzen, und sagte:

»Mr. Mackintosh, ich kann mir unmöglich einreden, dass Sie ein gemeines Verbrechen begangen haben könnten oder begehen würden. Dazu spricht doch zu vielerlei zu Ihren Gunsten. Ich meine aber, dass Sie sich, um Ihr Alibi zu erweisen, nicht auf mich armen Teufel, der doch für seinen Lebensunterhalt arbeiten muss, zu verlassen nötig, sondern ganz andere, und vornehmere Leute dazu verfügbar haben, beispielsweise doch den Mr. Farmer und die anderen fünf feinen Herren aus Ihrer engeren Bekanntschaft, die doch vor Gericht von ganz anderer Bedeutung als ich sein dürften.«

Mackintosh wurde bleich, schüttelte heftig den Kopf und schien das Gesicht zu einem Lachen verziehen zu wollen. Grimaldi war zu harmlos, um schnell Unrat zu wittern, wartete auf Antwort, fügte aber, als Mackintosh damit zögerte, hinzu:

»Und nun gar die feinen Damen! Ich sollte meinen, die brauchten doch bloß vor Gericht zu erscheinen, um Sie augenblicklich zu entlasten, und vor jeder strafrechtlichen Verfolgung zu sichern.«

»Mr. Grimaldi«, nahm Mackintosh endlich das Wort, aber mit einer Stimme, der man ein gewisses Zittern anmerkte, und mit einem Gesicht, dem es immer schwerer zu werden schien, das Lachen fern zu halten, »die Damen, von denen Sie sprechen, sind ja gar nicht verheiratet.«

Grimaldi starrte ihn wie entgeistert an, Mackintosh aber fuhr fort:

»Im Ernste, nicht eine einzige davon ist verheiratet; ausgegeben für Frauen haben sie sich wohl, sinds aber nicht, sondern nur – Dirnen.«

Da fuhr Grimaldi zornig auf ... »Und Sie konnten es wagen, meine Frau in die Gesellschaft solcher – Personen zu zitieren? Sie konnten mich dazu bereden, meine Frau mit dieser – Farmer bekannt zu machen?«

»Mir tut die Geschichte ja von Herzen leid«, sagte Macintosh kleinlaut. »Dann verlange ich, dass Sie mir die Wahrheit nicht länger vorenthalten! Ich will wissen, wer und was die Damen und Herren sind, und weshalb Sie den Kopf schüttelten, als ich davon sprach, dass Sie sich auf Ihr Zeugnis berufen könnten.«

»Mr. Grimaldi«, erwiderte Mackintosh, wenigstens dem Anschein nach sehr demütig, »auch wenn sie als Zeugen geladen würden, so würden sie doch nicht an Gerichtsstelle erscheinen, und täten sie es, dann hätte ich doch bloß mehr Schaden davon als Nutzen, denn sie sind der Polizei sämtlich sehr gut bekannt.«

»Der Polizei?«, fragte Grimaldi.

»Was ich Ihnen sage, ist nur allzu wahr, Sir ... es sind arge Bösewichter, einer wie alle.«

»Wie! Auch Farmer?« –

»Farmer ist unterm Galgen begnadigt worden.«

»Und Williams?«

»Williams ist ein Fälscher.«

»Und Jesson?«

»Jesson und Barber sind Räuber und Einbrecher.«

»Und der jüdisch aussehende Mensch? Der Kellys Lieder singt? ... Wie heißt er doch gleich?«

»Wir wissen selbst nicht, wie er heißt. Aber er hat schon dreimal am Schandpfahle gestanden. Für uns bringt er die nachgemachten Banknoten an den Mann.«

»Und Jones – was ist er? Wohl der Mörder unter der Sippe?«

»Nein. Jones ist Einbrecher. Besinnen Sie sich nicht, dass er die Fahrt nach Woolwich nicht mitmachen wollte? An dem Tage, da sie verabredet worden, begab er sich nach Cheshire, und dort in Congleton verübte er den Einbruch, dessen man mich anklagte. Erst heute bin ich dahinter gekommen, dass er es gewesen ist, kann aber den Beweis nicht erbringen, dass ich damals in Woolwich war, trotzdem alle Zerren und Damen aus der Charlottenstraße sich nach Kräften bemühen, mich an den Galgen zu bringen, weil ihnen an Jones mehr gelegen ist, als an mir.«

Durch diese fürchterlichen Mitteilungen, durch den Gedanken, mit dergleichen verruchten Gliedern der menschlichen Gesellschaft Umgang gepflogen zu haben, durch die Sorge endlich, dass auch auf ihn Verdacht fallen könnte, ganz überwältigt, blieb Grimaldi ein paar Minuten sprachlos, sprang dann wütend auf, packte Mackintosh an der Kehle und schrie ihm zu, wie er es sich hätte unterstehen können, ihn unter dem Bordwände, sein Freund zu sein, unter solche Verbrecherrotte zu bringen.

Mackintosh fiel, nicht minder außer sich vor Schrecken, vor Grimaldi auf die Knie nieder, flehte um Erbarmen und beteuerte, die schmerzlichste Neue zu empfinden.

»Beantworten Sie mir eine Frage«, sagte Grimaldi, von ihm ablassend, »und geben Sie eine offene, rückhaltlose Antwort, denn nur, wenn Sie mir die Wahrheit, die volle Wahrheit sagen, können Sie auf Nachsicht von meiner Seite hoffen. Was für einen Grund haben Sie gehabt, und welchen Zweck haben Sie damit verfolgt, mich in die Gesellschaft dieser schändlichen Subjekte einzuführen?«

»Bei Gott, Sir, ich will Ihnen die Wahrheit sagen«, erwiderte Mackintosh, »und nicht im Mindesten versuchen, Ihnen etwas zu verhehlen. Die sechs Damen und sechs Herren meinten, Sie müssten doch einen ausgezeichneten Gesellschafter abgeben und wären so recht der Mann, Ihnen die Zeit zu verkürzen, da sie doch einmal sich in der Gesellschaft sehen lassen dürften. Als ich nun zufällig einmal im Gespräch die Bemerkung fallen ließ, dass ich bekannt mit Ihnen sei, gaben sie mir keine Ruhe, bis ich mich dazu bereit erklärte, Sie mit Ihnen bekannt zu machen. Aber, bei meiner Seele, ich tat es erst, nachdem sie mir ihr Wort verpfändet hatten, dass Ihnen nichts Böses widerfahren solle, und dass es Ihnen unbedingt verborgen bleiben solle, wer sie in Wahrheit seien, und was sie in Wahrheit seien. Mr. Grimaldi, die Leute waren enthusiasmiert von Ihnen und konnten sich an Ihren Anekdoten und Liedern nicht satt hören. Ich musste versprechen, Sie noch öfter mitzubringen. Da haben Sie die volle Wahrheit!«

Obgleich Grimaldi sich durch diese Auseinandersetzung von einer schrecklichen Besorgnis befreit sah, diese Diebsbande möchte seine Gesellschaft aus ganz anderen Beweggründen gesucht haben, so war doch der Gedanke, Einbrechern und Landstreichern als Spaßmacher gedient zu haben, noch immer gallebitter. Er war fast außer sich vor Ärger und Zorn, und je seltener er in Zorn geriet, desto länger dauerte es, bis er seine Ruhe wiederfinden konnte.

Mackintosh ergriff offenbar den besten Entschluss, indem er sich, gleich nach seinem Geständnis entfernte.

Etwa acht Tage nach diesem grässlichen Ereignis saß Grimaldi eines Vormittags bei seinem Frühstück, als eine Dame sich, bei ihm melden ließ. Zu seinem maßlosen Erstaunen trat »Mrs. Farmer« bei ihm ein, setzte sich, ohne auf die Einladung dazu zu warten, unverfroren nieder und fragte:

»Nun, Mr. Grimaldi, steckt nicht der arme Jack Mackintosh in einer gar schlimmen Klemme?«

»Allerdings«, antwortete Grimaldi, noch immer außerstande, sich zu fassen, »solche Dinge müssen fürchterlich sein für einen Menschen. So schlecht er sein mag, so kann er mich doch leidtun.«

»Wirklich? Ist das Ihr Ernst? Nun, ich bin nicht weiter aufgeregt darüber, könnte auch nicht sagen, dass er mir sonderlich leidtäte. Es ist nun einmal so in der Welt. Einmal kommt jeder an die Reihe, und Jack kann sagen, dass er recht lange verschont geblieben ist.«

Grimaldi meinte nicht anders, als dass die Diebsbande jetzt keine Hoffnung mehr hegen könne, unentdeckt zu bleiben, und deshalb darauf ausginge, ihn zu einem der Ihrigen zu stempeln und die Sache so zu drehen, als sei er schon lange mit ihrem schändlichen Treiben vertraut. Deshalb nahm er sich vor, kein Blatt vor den Mund zu nehmen ...

»Ich bin blind oder einfältig genug gewesen«, rief er, »mich zum Umgang mit Ihnen und Ihresgleichen verleiten zu lassen, Frauenzimmer. Ich beklage das tief, und zwar aus verschiedenen Gründen, vor allem aber, weil es mir höchst widerwärtig ist, mit Menschen seines Schlages bekannt zu sein, und weil ich mich hierdurch gezwungen sehe, gegen ein Weib die uns vorgeschriebenen Rücksichten außer Acht zu setzen. Allein ich kann mich nicht anders verhalten, und deshalb verlange ich von Ihnen, dass Sie Ihren Bekannten, mit denen mein unglücklicher Stern mich zusammengeführt hat, bestellen, ich lasse mir jeden weiteren Versuch, mich in meiner Häuslichkeit zu belästigen, auf das ernsteste verbitten. Erdreisten sie sich, hiergegen zu verstoßen, so haben sie sich die weiteren Folgen selbst beizumessen. Jedenfalls dürfen sie sicher sein, dass ich mir Ruhe vor ihnen zu verschaffen wissen werde.«

Er hatte inzwischen geklingelt. Die Hausdienerin erschien auf der Schwelle, und Grimaldi fuhr fort:

»Sobald sich das Frauenzimmer drin ausgeruht hat, bringen Sie es vor die Tür und lassen es künftighin nicht mehr über die Schwelle! Auch keine von den Personen, die bisher von Zeit zu Zeit mit dem Frauenzimmer sich hier haben sehen lassen!«

Die Person ging, und Grimaldi war sehr froh, sie so schnell losgeworden zu sein. Ein paar Monate lang sah und hörte er nun nichts mehr von ihr und der Diebesbande. Seine ganze Zeit wurde von den beiden Theatern in Sadlers Wells und Covent Garden in Anspruch genommen, denn er war damals von beiden engagiert.

Im Juli gab sein Auftreten zu einem eigentümlichen Vorfalle Veranlassung.

Ein großer Teil der Mannschaft eines soeben von seiner Fahrt zurückgekehrten Schiffes hatte sich im Theater zu Sadlers Wells eingefunden, und es befand sich unter der Schar ein Matrose, der schon seit vielen Jahren taubstumm war. Grimaldis Spiel ließ die Leute nicht aus dem Lachen herauskommen, und niemand schien sich besser zu unterhalten als jener Taubstumme. Ein Kamerad von ihm fragte durch die bei Taubstummen üblichen Gebärden, wie ihm Grimaldi gefiele. Er antwortete auf die nämliche Weise, dass ihm so etwas Spaßiges noch nicht vorgekommen sei. Grimaldi überbot sich an diesem Abend, und der Taubstumme lachte und klatschte länger und stärker als alle anderen. Plötzlich drehte er sich um, packte den hinter ihm sitzenden Kameraden beim Schopfe und rief:

»Ist das ein Kerl! Ist das ein Kerl!«

»Aber, Jack«, rief drauf der Kamerad, vor Staunen schier außer sich: »Kannst Du denn sprechen?«

»O, nicht bloß sprechen«, antwortete der, der bisher taubstumm gewesen war, »sondern auch hören!«

Die ganze Matrosenschar brach in lautes Hurra-Geschrei aus und trug ihren Kameraden, als die Vorstellung zu Ende war, auf den Schultern hinaus; draußen lief das Volk zusammen, und von Mund zu Munde lief die Rede, Joe Grimaldi habe durch sein Spiel ein Wunder bewirkt, einem Taubstummen Gehör und Sprache wiedergegeben. Im Gasthause zum »Sir Middleton«, wohin ihn seine Kameraden getragen, erzählte er, dass er in den Tropen infolge der dort herrschenden Hitze Gehör und Sprache eingebüßt hätte, dass ihn aber Grimaldis Possenreißerei in solchen Taumel von Freude versetzt habe, dass er alle Sehnen habe anspannen müssen, es seinen Kameraden zu sagen, dass hierdurch zu seiner eigenen maßlosen Überraschung das Zungenband, das so lange gelähmt gewesen, wieder in Funktion gesetzt worden sei, und auch sein Gehör sich wieder eingefunden habe.

Sir Middleton war, nebenbei gesagt, ein Goldschmiedemeister, der sich um das Londoner Gemeinwesen sehr verdient gemacht hat, unter anderm die Stadt, was vor ihm als unmöglich galt, mit frischem Wasser durch große, von einem Hügel hergeleitete Röhren versah. Nach ihm sind mehrere Gasthäuser benannt. Dasjenige, in welchem sich der obige Vorgang mit dem Matrosen abspielte, findet sich auf einem Hogarthschen Stiche »Der Abend« dargestellt.

Im August bekam Grimaldi eine Vorladung auf das Bezirksgericht nach Stafford, zu der öffentlichen Verhandlung, die über Mackintoshs Schicksal entscheiden sollte. Mit Mr. Harmer fuhr er hinaus, tags vor der Verhandlung. Der öffentliche Ankläger gab sich alle Mühe, Grimaldis Zeugnis zu verdächtigen, wie auch ihn selbst außer Fassung zu bringen und einzuschüchtern.

Das Gesicht des Angeklagten verriet die größte Angst, dass sich sein Entlastungszeuge doch vielleicht ins Boxhorn jagen lassen oder ihm, um sich an ihm sein Mütchen zu kühlen, an den Galgen bringen möchte, statt zu seiner Lossprechung zu wirken. Aber Grimaldi hielt sich für verpflichtet, alle persönliche Rücksicht hintanzusetzen und seinem gegebenen Versprechen, ein ehrliches Zeugnis abzulegen, gewissenhaft nachzukommen, und lieferte hierdurch den Beweis, dass er sich ebenso pünktlich und angemessen als Mensch und Bürger im gewöhnlichen Leben zu benehmen wusste, wie er es verstand, als Clown auf der Bühne zu wirken.

Es waren nicht weniger als neun Belastungszeugen geladen, und alle beschworen zu Grimaldis Erstaunen die Identität des Angeklagten mit dem Einbrecher. Grimaldi legte sein Zeugnis mit einer Klarheit und Ruhe ab, die den ungeteiltesten Beifall fand, und das Alibi des Angeklagten völlig außer Frage stellte. Ohne im geringsten wider die Wahrheit zu verstoßen, vermied er jedes Wort und jede Anspielung, die dem Angeklagten hätte zum Schaden gereichen können. Seine Frau erhärtete das von ihm abgelegte Zeugnis durch ihr eigenes, und so erklärte der Staatsanwalt selbst, dass hier ein Irrtum in der Persönlichkeit obwalten müsse, und plädierte selbst auf Freispruch, worauf das Urteil auch nicht anders als »Nichtschuldig« lauten konnte.

Der Gerichtspräsident sprach sich über Grimaldis Verhalten als Zeuge auch privatim sehr lobend aus, und wer jemals Gelegenheit gehabt hat, sagt hierzu ein Zeitgenosse, Grimaldi öffentlich sprechen zu hören, wird gern glauben, dass ihm damit nicht bloß eine Schmeichelei erwiesen werden sollte. Er zeigte sich, wie überhaupt im Leben, auch als öffentlicher Redner als ein Mensch, der jedem sein Recht zuteil werden ließ, und jeden mit der ihm zukommenden Achtung behandelte. So war er auch, unter seinen Bühnenkollegen als Sprecher bekannt, und wurde immer herangezogen, wenn es galt, die Erkrankung eines Bühnenmitgliedes oder ein Bühnenunglück dem Publikum bekannt zu geben. Er trat dann immer mit so großer Würde und so echt leutseligem Anstande vor die Rampe, und sprach immer mit solcher Schlichtheit, ohne irgendwelche Überhebung, oder gar Prahlsucht, dass jedermann, trotzdem er immer als Clown dabei erschien, nicht an seine Eigenschaft eines solchen, sondern nur an den Gentleman dachte.

Ehe Grimaldi nach London zurückreiste, hatte er noch eine kurze Zusammenkunft mit Mackintosh, in welcher er ihm die eindringlichsten Vorstellungen machte. Mackintosh dankte ihm tiefgerührt und versprach ihm aufs Ernstlichste Besserung.

Grimaldi erwiderte ihm, dass von irgendwelchen ferneren Beziehungen zwischen ihnen freilich keine Rede mehr sein könne, wolle ihm jedoch erlauben, hin und wieder einen Brief an ihn zu richten, worin er ihn von seinen weiteren Schicksalen unterrichten möge, versprach ihm auch Rat und Beistand, sobald er einmal solchen benötigen sollte, damit er sich nicht etwa, durch Hilflosigkeit oder Verzweiflung getrieben, abermals zu Verbrechen hinreißen ließe.

Grimaldi hörte aber nie wieder etwas von ihm, noch von den sechs Damen und Herren, in deren Gesellschaft er sich unbedachterweise nicht bloß selbst begeben, sondern sogar seine Frau mitgenommen hatte.

Vierzehntes Kapitel.

Clown Bradbury. – Dessen freiwillige Einsperrung in einem Irrenhause. – Dessen Befreiung, seltsames Benehmen, späteres Leben und Hinscheiden. – Schreckliches Unglück im Sadlers-Wells-Theater. – Die nächtlichen Fahrten nach Finchley. – Reise nach Birmingham. – Schauspieldirektor Macready und dessen kuriose Theater-Utensilien. – Plötzliche Rückkehr nach London.

Kaum in London wieder eingetroffen, begab er sich sogleich nach Sadlers-Wells, wo ihm jedoch Mr. Dibdin zu seiner nicht geringen Überraschung die Mitteilung machte, dass man seiner für den Augenblick nicht bedürfe, da man den Kollegen Bradbury auf vierzehn Tage engagiert habe und hiervon noch nicht die Hälfte abgelaufen sei. Es müsse Grimaldi hierbei auch bemerkt werden, dass Bradbury sich beim Publikum in sehr große Gunst gesetzt und auch Furore gemacht habe.

Das verdross Grimaldi lebhaft, denn er fürchtete natürlich, dass Bradbury ihn am Ende gar in der Gunst des Publikums ausstechen möchte. Sein Unmut wuchs aber noch mehr, als ihm die Direktion den Wunsch nahelegte, an Bradburys Benefiz-Abende in der nämlichen Pantomime mit diesem zusammen aufzutreten.

Nur mit großem Widerstreben erklärte er sich schließlich dazu bereit, denn er konnte sich der Befürchtung nicht verschließen, dass ihm die Gunst des Publikums durch den neuen Stern entzogen werden möchte.

Auch Bradbury war mit diesem Wunsche der Direktion gar nicht zufrieden, obgleich ihm vorgestellt wurde, dass die vereinigten Leistungen der beiden Clowns doch unbedingt ein volles Haus erzielen müssten, was ihm doch nur recht sein könne, da er doch Anspruch auf die Hälfte der Einnahme habe.

Die Pantomime sollte am Abend zur Aufführung kommen, der Clown durch Bradbury im ersten, durch Grimaldi im zweiten und durch Bradbury wieder im dritten Aufzuge gegeben werden. Den ganzen Tag über konnte Grimaldi den Gedanken nicht los werden, dass es mit ihm und seinen Leistungen vorbei, dass sein Stern nicht bloß im Niedergange begriffen, sondern überhaupt schon untergegangen sei.

Der Verlauf des Abends bestätigte seine Befürchtungen indessen nicht, denn schon sein erstes Auftreten wurde mit stürmischem Beifall begrüßt. Grimaldi setzte seine besten Kräfte ein, und der Beifall des Publikums wollte tatsächlich kein Ende nehmen.

Hierüber geriet nun Bradbury außer sich, wollte seinen Rivalen partout ausstechen, scheiterte aber gerade dadurch und wurde schließlich, trotzdem Freunde von ihm in Menge bei der Vorstellung anwesend waren, ausgepfiffen, sodass ihm nichts übrig blieb, als schleunigst von der Bühne zu verschwinden. Grimaldi musste an seiner Stelle den letzten Akt übernehmen und gewann dabei erst recht die Überzeugung davon, dass seine Befürchtungen völlig grundlos gewesen. Bradbury gab selbst zu, dass gegen Grimaldi als Clown niemand aufkommen könne, dass Grimaldi der beste Clown sei, der jemals aufgetreten sei, und dass er, hätte er sein Spiel und sein Genie gekannt, sich unter keiner Bedingung dazu verstanden hätte, neben ihm in dem gleichen Stücke aufzutreten.

Dabei war Bradbury ein ausgezeichneter Darsteller und ein ganz vorzüglicher Clown, jedoch so durchaus verschiedenen Genres, dass im Grunde ein Vergleich zwischen ihm und Grimaldi ganz ausgeschlossen war. Seine Komik war von geringer Bedeutung, dagegen zeichnete er sich durch halsbrechende Sprünge und dergleichen Kraftstückchen aus. So sprang er beispielsweise einmal von dem obersten Range auf die Bühne hinunter.

Um solche Manöver ohne Gefahr für sein Leben ausführen zu können, widmete er immer seinem Anzuge die peinlichste Sorgfalt und wattierte Kopf und Schultern, Hüften, Ellbogen und Knie, auch wohl Sohlen und Fersen. Wer ihn dann bei solch einem Exerzitium sah, ohne von diesen Vorbereitungen Kenntnis zu haben, konnte sich der Meinung unmöglich verschließen, dass er auf ernstliches Unglück mit Absicht ausginge.

Grimaldi machte auf dergleichen künstlerische Betätigung keine Ansprüche, verzichtete auf Wattierung und ähnliche Beihilfen, und suchte auf andere, ohne Frage genialere Weise, als Clown zu wirken. Er erreichte durch seine Ruhe weit größeren Eindruck und elektrisierte das Publikum gemeinhin im Spielen.

Bradbury war jedoch ebenfalls sehr originell und suchte eine besondere Stärke in dem Rufe, niemand zu kopieren; auch er hatte sich seine besondere Manier gebildet, von der er nie abwich.

Eine Zeit lang hörte Grimaldi nichts von seinem einstigen Nebenbuhler, bis er eines Tages zu seinem nicht geringen Erstaunen ein Schreiben aus einem Irrenhause in Hoxton bekam und dringend um einen recht baldigen Besuch angegangen wurde. Das Schreiben war von Bradbury. Eine engere Bekanntschaft hatte unter ihnen zu keiner Zeit stattgefunden. Unschlüssig zeigte er das Schreiben dem mit ihm befreundeten Kassenführer beim Surrey-Theater namens Lawrence, der ihm aber riet, die Aufforderung nicht beiseitezuschieben, sich auch zur Begleitung erbot.

Grimaldi machte sich zufolgedessen mit Lawrence auf den Weg nach Hoxton. In dem Irrenhause angelangt, wurden sie zu Bradbury geführt, der ganz dieselbe Behandlung genoss wie alle übrigen dort internierten Kranken. Auch ihm hatte man den Kopf ratzekahl geschoren. Auch ihn hielt man hinter Schloss und Riegel.

Grimaldi fing die Unterredung in der Weise an, wie man Irren gegenüber zu tun pflegt; worauf jedoch Bradbury in ein schallendes Gelächter ausbrach.

»Aber, liebster Grimaldi«, rief er, »reden Sie doch vernünftig mit mir, und nicht auf solch abgeschmackte Weise ... Ich bin doch ganz ebenso wenig närrisch wie Sie!« –

Grimaldi hegte indessen Zweifel, wusste er doch, dass der Wahn, nicht verrückt zu sein, bei Verrückten sich sehr häufig vorfindet. Er hielt sich infolgedessen in gemessenem Abstande von seinem Kollegen, musste sich jedoch alsbald überzeugen, dass es sich um Bradbury tatsächlich so verhielt, wie dieser gesagt hatte.

In Kürze erzählt, waren die Umstände, die Bradbury ins Irrenhaus geführt hatten, die folgenden:

Bradbury lebte auf ziemlich großartigem Fuße, hatte sehr vornehmen Umgang, hielt sich ein Tandem, usw. Als er einst in Plymouth aufgetreten war, war von Portsmouth ein Kriegsschiff angekommen, unter dessen Offizieren er verschiedene zu Freunden hatte, die ihn mit sich an Bord nahmen. Man hatte verabredet, in Portsmouth zusammen zu soupieren, und verlebte den größten Teil der Nacht in ungebundener Heiterkeit.

Als Bradbury aufstand, um sich zu verabschieden, vermisste er seine wertvolle goldene Schnupftabakdose, die er aus Jux, oder um den anderen Tischgästen das Nehmen einer Prise recht bequem zu machen, auf den Tisch gestellt hatte. Er fragte, wo sie geblieben sei, aber niemand wusste um ihren Verbleib, und alles Suchen danach blieb vergeblich.

Es wurden alle möglichen Vermutungen angestellt. Endlich besann man sich, dass sich ein Tischkamerad, ein junger Mann, mit Anwartschaft auf die Grafenkrone, kurz nach dem Essen entfernt hatte, und meinte nun, er möge die Dose, um ihrem Besitzer, dem Clown Bradbury, einen heilsamen Schrecken einzujagen, aus Jux eingesteckt und mitgenommen haben.

Mit ein paar guten Bekannten begab sich nun Bradbury in die Wohnung des dereinstigen Herrn Grafen, der es aber schlechtweg in Abrede stellte, von der Dose auch nur das Geringste zu wissen, Bradbury im Gegenteil die bittersten Vorwürfe machte und sie bat, ihn in solcher Angelegenheit lieber nicht mehr aufzusuchen.

Am andern Morgen ließ er seinen Bekannten in Pourtsmouth sagen, dass ihn ihr Verdacht, auch nur aus Jux eine Dose mitgenommen zu haben, dermaßen alteriere, dass er auf weiteren Verkehr mit ihnen verzichte und es vorzöge, ohne besondere Verabschiedung sich wieder nach London zurück zu begeben.

Bradbury schöpfte nun erst recht Verdacht gegen ihn und erwirkte einen Haftbefehl gegen ihn. Gerade in dem Augenblick, als der junge Mann in die Postkutsche steigen wollte, ließ er denselben vollstrecken. Als der Sheriff den Mantelsack durchsuchen ließ, kamen allerhand, den Portsmouther Bekannten des Jünglings gehörige, Gegenstände zum Vorschein, zuletzt auch Bradburys Dose. Bradbury zeigte ihn nun ohne Weiteres beim Friedensrichter des Diebstahls an, denn er sah den adeligen Ursprung des jungen Leichtfußes keineswegs als Entschuldigung für den von ihm begangenen Diebstahl an.

Sobald die böse Affäre bei den Verwandten des Leichtfußes ruchbar wurde, bekam Bradbury ein hohes Schweigegeld angeboten. Aber er blieb solange unzugänglich, bis man ihm ein Jahresgehalt in beträchtlicher Höhe zusicherte, das ihn auf Lebenszeit aller Sorgen und Mühen enthob. Da erklärte er sich bereit, von der strafgerichtlichen Verfolgung Abstand zu nehmen.

Nun verfällt aber nach englischem Gesetz derjenige in Strafe, der, ohne vom Gerichtshofe hierzu die Vollmacht zu besitzen, um zeitlicher Vorteile willen die Anzeige eines Verbrechens unterlässt. Um nun dieser Gefahr aus dem Wege zu gehen, kam Bradbury auf den kuriosen Einfall, sich so wunderlich zu benehmen, dass ein Gerücht, das er über sich ausstreute: dass er nämlich durch Überanstrengung in seinem Berufe sich um seinen Verstand gebracht habe, allgemeinen Glauben fand und er auf Antrag verschiedener Mitbewohner seines Hauses dingfest gemacht und in ein Narrenhaus abgeschoben wurde. –

Natürlich konnte er sich dann bei der Gerichtsverhandlung wider den spitzbübischen Grafen in spe nicht einstellen – und wegen Mangels an einem öffentlichen Ankläger musste das Verfahren gegen denselben eingestellt werden. Nun setzte aber Bradbury Himmel und Hölle in

Bewegung, aus dem Narrenhause wieder herauszukommen. Es gelang ihm auch, die ärztliche Bewilligung zu seiner Entlassung zu erwirken, und Grimaldis Besuch fiel gerade auf den hierfür festgesetzten Tag. Da er weder lesen noch schreiben konnte, hatte er Grimaldi nur deshalb um seinen Besuch bitten lassen, weil er ihm den Gefallen tun sollte, an dem für sein Benefiz gewählten Abend statt seiner im Surrey-Theater aufzutreten.

Grimaldi sagte es ihm ohne Weiteres zu, gab der Hoffnung Ausdruck, dass sich seiner Entlassung nicht letzterhand noch Schwierigkeiten entgegenstellen möchten, und verabschiedete sich wieder von ihm. Er spielte und sang nicht nur für Bradbury die ganze Woche über, sondern kassierte auch Gelder für ihn ein.

Bradbury war an dem auf Grimaldis Besuch folgenden Tage wirklich entlassen worden. Im Theater war alles mittlerweile gut gegangen; Grimaldi konnte Bradbury, da er immer volle Häuser erzielte, ein sehr hübsches Stück Geld übergeben, und so wäre dort alles auch weiterhin gut gegangen, hätte sich Bradbury nicht durch einen wunderlichen Einfall bestimmen lassen, wieder an dem einen Abend mit Grimaldi zusammen aufzutreten. Künstler-Ambition trieb ihn nun, seinen Kollegen zu überbieten, und dabei verfiel er in ein Extrem solch edler Dreistigkeit gegenüber dem Publikum, dass diesem die Geduld riss, und er kläglich ausgepfiffen und ausgezischt, ja sogar mit faulen Äpfeln und Eiern beworfen wurde.

Das bedeutete das Ende seiner Künstlerlaufbahn. Jahrelang trat er in London nicht wieder auf, sondern beschränkte sich auf vereinzeltes Mitwirken bei Provinzbühnen, erlangte aber niemals seinen früheren Ruf wieder. Das ihm von der Familie jenes jugendlichen Leichtfußes, der ihm die Tabakdose entwandt hatte, zugesicherte Jahresgehalt überhob ihn aber der Notwendigkeit, seinem Berufe nachzugehen, indessen scheint es ihm aber in späteren Jahren entzogen worden zu sein, oder er müsste allzu verschwenderisch gelebt haben; fest steht, dass er im Jahre 1828 in wenig erfreulichen Umständen, wenn nicht gar in wirklicher Dürftigkeit, gestorben ist.

Im Oktober eröffnete das Covent-Garden-Theater die Saison wiederum mit der »Mutter Gans«, und bis zu Weihnachten wurde diese Pantomime 29mal wiederholt.

Am 15. Oktober ereignete sich in Sadlers-Wells ein entsetzlicher Vorfall. Die Pantomime wurde zuerst von den anderen Stücken, die diesen Abend füllen sollten, gegeben, und da Grimaldi an diesem Abend in Covent-Garden nichts weiter zu verrichten hatte, konnte er beizeiten heimgehen, was er auch tat. Um Mitternacht wurde er durch lautes Klopfen an der Haustür aus dem Schlafe geschreckt.

Zuerst hatte er gemeint, es hätten sich lose Burschen auf der Heimkehr von einem Zechgelage im Übermut erfrecht, ihn des Juxes halber mit solchem Lärm zu behelligen; als das Klopfen aber gar nicht aufhören wollte, hatte er sich den Schlafrock angezogen, und war an die Tür hinunter geeilt, um nachzusehen, wer ihn denn eigentlich störe.

Die meisten der Leute, die vor seiner Tür standen, waren gute Bekannte vom Theater, die ihm sagten,, sie seien nur gekommen, sich von seinem Wohlbefinden zu vergewissern, und ihrer Freude Ausdruck zu geben, dass er der Gefahr so glücklich entronnen sei.

Als er sich erkundigte, was solche Reden denn eigentlich zu bedeuten hätten, wurde ihm erzählt, dass während des letzten Stückes nichtsnutziges Volk im Theater »Feuer, Feuer!« geschrien habe, wodurch unter dem Publikum eine Panik hervorgerufen worden sei. In dem wilden Gedränge, die wenigen Ausgänge zu gewinnen, hätten verschiedene Menschen ihr Leben eingebüßt.

Grimaldi eilte auf der Stelle nach dem Theater. Dort staute sich noch immer eine so dichte Menschenmenge, dass er nicht bis zum Eingange gelangen konnte. Da warf er sich kurz entschlossen in den Kanal, durchschwamm ihn und sprang durch das erste beste Fenster, das er offen fand, in einen der Räume hinein.

Wer beschreibt sein Entsetzen, als er sich zwischen einem Dutzend von Leichen sah? Ja, da lagen sie, die Überreste von einem Dutzend menschlicher Wesen, ohne Leben und doch fast noch warm, die er vor nur wenigen Stunden noch zu schallendem Gelächter gestimmt hatte!

Eine Zeit lang stand er wie gelähmt. Dann wankte er nach der Tür, um sich von dem schrecklichen Anblicke zu befreien. Die Tür war von außen verschlossen, und vergeblich bemühte er sich, sie zu öffnen. Es wollte ihm nicht gelingen, so kräftig er sich auch dagegen stemmte. Nun versuchte er es mit lautem und anhaltendem Klopfen. Die Hausangehörigen, und Mr. Hughes nicht zum wenigsten, gerieten erst in heftigen Schrecken, bis sie nach einiger Zeit Grimaldis Stimme erkannten. Nun sah er sich endlich zu seiner lebhaften Freude aus dem schrecklichen Raume erlöst.

Erst am andern Tage ließ sich feststellen, wie viel Menschen bei der schrecklichen Katastrophe ihr Leben eingebüßt hatten: Es waren ihrer dreiunddreißig! Zahllose andere waren, viele davon lebensgefährlich, verletzt worden. In der Hauptsache war das Unglück auf den Unbedacht von Leuten zurückzuführen, die zuerst die Türen gewonnen hatten und, als sie gesehen, dass es sich bloß um blinden Lärm handelte, wieder auf ihre Plätze zurückzugelangen gesucht hatten. Die hinter ihnen herdrangen, hatten gemeint, die Ausgänge seien versperrt, und nun gesucht, sich umso gewaltsamer Bahn zu brechen. Mehrere hatten sich von der Galerie hinunter ins Parterre gestürzt und waren erstickt oder zertrampelt worden. Daher die schreckliche Katastrophe.

Sie hatte sich am vierten Abend vor dem Schlusse der Saison ereignet, und so hielt die Direktion es für geraten, das Theater überhaupt zu schließen. Wer von den Darstellern noch Anspruch auf ein Benefiz hatte, wurde durch ein solches im Zirkus entschädigt, und so nahm die Saison des Jahres 1807 ein so trübseliges Ende, wie man es in Sadlers-Wells noch gar nicht erlebt hatte.

Am 26. Dezember wurde zum ersten Male »Harlekin in seinem Elemente, oder Feuer, Wasser, Erde, Luft« gegeben. Bologna und Grimaldi traten darin als Harlekin und als Clown auf. Die Pantomime fand großen und, wie Grimaldi meinte, verdienten Erfolg. Grimaldi hielt sie für eins der besten Stücke, in denen er je aufgetreten war. Er spielte während dieser Saison auch in einem Melodrama »Bonifazio und Bridgetino« – das sich keines Beifalls zu erfreuen hatte – und in einem Pantomimenballett von Farley, aus Lewis' »Mönch« entlehnt, »Raymond und Agnes« – das mehrere Wiederholungen erlebte – die Rolle des Baptist.

Zu dieser Zeit bewohnte er ein kleines Landhaus in Finchley, wohin er sich nach dem Schlusse des Theaters in einem Gig zu begeben pflegte. Fand keine Probe statt, so verweilte er bis zum nächsten Nachmittage dort. War eine solche angesetzt, so kehrte er unmittelbar nach eingenommenem Frühstück in die Stadt zurück. Er hatte das Landhaus gemietet, um seinem Söhnchen, das er aufs Zärtlichste liebte, den Genuss der Landluft zu verschaffen; er verlängerte aber seinen Mietsvertrag freiwillig um mehrere Jahre, weil ihm und seiner Frau der Landaufenthalt sehr behagte und sehr gut bekam.

Auf seinen nächtlichen Fahrten nach Finchley erlebte er mancherlei Abenteuer: So schlief er zuweilen ein, wenn er die Stadt hinter sich hatte, und erwachte aus seinem Schlummer erst wieder vor seinem Gartentore.

Eines Abends war er von dem angestrengten Spiel so erschöpft, dass er noch weiter schlummerte, als sein Pferd vor dem Tore schon etwa zehn Minuten gehalten hatte. Das Possierlichste aber war, dass der auf ihn wartende Bediente, etwa sechs Schritte von ihm entfernt, hinter dem Tore gleichfalls eingeschlafen war und auch erst wieder zu sich kam, als das Pferd laut zu schnauben anfing.

Ein anderes Abenteuer, das ihm auf der Finchleyer Chaussee passierte, soll weiter unten erzählt werden.

Im März 1808 passierte es ihm, dass er, ohne es im geringsten zu beabsichtigen, Mr. Fawcett zu nahe trat. Fawcett sprach eines Nachmittags auf dem Wege von seinem Wohnhause in Totteridge, das nur etwa anderthalb Stunden von Grimaldis Domizil entfernt war, bei ihm vor und bat ihn, zu seinem Benefiz mitzuwirken, das in kurzer Zeit stattfinden sollte. Grimaldi versprach es ihm ohne Weiteres.

»Aber wohlverstanden«, sagte Fawcett, »ich will nicht, dass Sie den Clown oder solch eine Rolle, sondern den Brocket in O'Keefes »Schwiegersohne« darstellen.«

Darauf einzugehen, nahm Grimaldi Abstand, denn er sagte sich sehr richtig, dass es unvorsichtig sei, den hohen Ruf, den er im Clown-Fache errungen, dadurch zu gefährden, dass er sich auf seine alten Tage noch in einem andern Fache versuchen wollte, um vielleicht ein Fiasko zu erleben, das ihm seine ganze Existenz gefährden könnte. Er mochte aber anderseits Fawcett nicht vor den Kopf stoßen, sondern beschränkte sich auf den Bescheid, dass er ihm nur augenblicklich noch keine feste Zusage machen könne, ihm aber in einigen Tagen schreiben werde.

Er nahm mit einigen Kollegen Rücksprache über den Fall, die ihm aber sämtlich dringend davon abrieten, sich auf eine solche Rolle einzulassen, wie Fawcett sie von ihm wünschte.

Unter Geltendmachung aller Gründe, die ihn zu ablehnendem Verhalten bestimmten, schrieb er nach einigen

Tagen an Fawcett, den aber – so seltsam es erscheinen mag, diese Weigerung Grimaldis so wider ihn aufbrachte, dass er allen Umgang mit ihm abbrach und ihm, wenn ihn der Zufall mit ihm zusammenführte, in den ersten drei Jahren nicht einmal einen Gruß vergönnte.

Am 14. erteilte ihm Kemble die Erlaubnis, zum Benefiz seiner Schwägerin auf dem Birminghamer Theater mitzuwirken, dessen Direktion damals Macready, der Vater des großen Tragöden, führte. Mr. Macready empfing Grimaldi äußerst zuvorkommend und machte ihm, und zwar unter sehr annehmbaren Bedingungen, den Vorschlag, nach dem Benefiz-Abende noch ein paar Mal aufzutreten.

Grimaldi hatte ein solches Ansinnen geahnt und sich deshalb in London befragt, wie man sich dort dazu stellen wolle, und ob in Covent-Garden an den nächsten Abenden etwas für ihn vorläge – was jedoch, sofern es bei den erstgetroffenen Anordnungen blieb, nicht der Fall sein konnte.

Er einigte sich, da er auf Bescheid warten musste, nun ohne weitere Rücksichten auf London, mit Macready, begab sich, sobald er sein Frühstück eingenommen, zur Probe, fand aber im Birminghamer Schauspielhause unter allen Requisiten, mit denen es hier überhaupt traurig bestellt war, kaum eine, die er für seine Pantomime hätte brauchen können. Umsonst sann er auf ein Auskunftsmittel, das ihn über diese Schwierigkeiten hinweghälfe, konnte aber keines ausfindig machen.

»Ach was, Theater-Requisiten!«, rief Macready unwillig, als Grimaldi ihm seine Bedenken dieserhalb mitteilte; »ihr Londoner habt immer allerhand Wünsche bei Euren Auftritten, auf die wir Provinzmenschen im ganzen Leben nicht kommen. Sie sollen aber haben, was Ihnen am Herzen liegt, Mr. Grimaldi! Heda, Willi!« rief er seinem Theaterdiener zu, »gehen Sie doch auf den Markt und kaufen Sie dort ein Ferkelchen, eine Gans und zwei Enten. Mr. Grimaldi besteht darauf, dass er ohne diese Viecher nicht spielen könne, und da müssen wir sie schon anschaffen.«

Grimaldi meinte nicht anders, als Macready hätte sich nur einiger Theaterworte bedient, als er seinem Diener den Auftrag gegeben hatte, ein Ferkel, eine Gans und ein Paar Enten zu besorgen, war deshalb nicht wenig erstaunt, als er den Diener mit diesen Tieren in natura auf die Bühne kommen sah, begrüßt von dem schallenden Gelächter des Publikums. Es blieb ihm nun nichts weiter übrig, als ein paar Solonummern einzulegen, die er natürlich extemporieren musste und deren eine auf die Mitteilung fußte, die ihm Macready durch seinen Diener machen ließ, es tat ihm leid, ihm mit weiteren Requisiten nicht dienen zu können, da er selbst keine anderen hätte.

Das Publikum kam an diesem Abend aus dem Lachen wieder einmal nicht heraus, und Grimaldi hatte von Neuem seinen Ruhm als unerreichter Clown begründet, der ihm hinfort auch ungeschmälert bleiben sollte. –

Am zündendsten wirkte die Art, wie er sein »*exit*« mit diesen lebendigen Requisiten bewirkte. »Der alte Mann« in der Pantomime kehrte mit seiner Tochter vom Markte heim, und Clown Grimaldi, ihr Diener, einen alten Livreerock mit mächtigen Taschen über seinem Clown-Kostüm, und einen mächtigen Dreimaster auf dem Kopfe, trug ihnen die auf dem Markte gemachten Einkäufe hinterher. Auf dem Rücken schleppte er einen Korb mit Möhren, die lang über den Rand herüberhingen; in den beiden Seitentaschen steckten die Enten, sodass sie mit den Köpfen herausguckten; unter dem einen Arme schleppte er das Spanferkel, unter dem andern die Gans. Immer und immer wieder wurden die Lieder *da capo* verlangt, die er dabei sang, darunter das damals sehr beliebte, allerdings etwas zotige »Tippitewitchet«, und für keine Pantomime hätte man sich einen bessern Erfolg denken können.

Das Haus war alle vier Abende, an denen er als Scaramuz auftrat, bis auf den letzten Platz gefüllt. Als er sich am letzten Abend anschickte, mit seinen lebendigen Requisiten auf die Bühne zu gehen, wurde ihm eine expresse Botschaft aus London, vom selbigen Tage datiert, behändigt. Sie stammte von einem seiner besten Freunde und hatte folgenden Inhalt:

»Mein lieber Joe! – Es ist angezeigt worden, dass Sie morgen Abend in Covent-Garden als Clown auftreten würden. Ich fürchte aber, dass dies in feindseliger Absicht wieder Sie inszeniert ist, denn man weiß doch, dass Sie noch nicht von Birmingham zurückgekehrt sind. Verlieren Sie also keinen Augenblick!«

Grimaldi eilte auf der Stelle zum Direktor Macready, zeigte ihm den Eilbrief und erklärte, so leid es ihm täte, seinen Birminghamer Freunden und Gönnern einen weiteren Abend nicht widmen zu können.

»Was?«, rief Macready, »das wäre mir recht! Das gibt's nicht! Ich könnte ja riskieren, dass man mir das Haus demolierte! Auftreten müssen Sie heute noch, das lässt sich nicht ändern, aber ich will eine Postchaise mit Vieren für Sie bestellen, die gleich nach Schluss der Vorstellung für Sie bereitstehen soll.«

Grimaldi ließ sich bestimmen zu bleiben und spielte wieder mit ganz ungeheurem Beifall. Der Abend brachte ihm eine Einnahme von 294 Pfund, und mit weit über 800 Pfund Gesamterlös aus seinem Birminghamer Spiel warf er sich nach Schluss der Vorstellung in die Postchaise, die vorm Schauspielhause bereitstand, und befand sich um zwölf Uhr, wenige Minuten, nachdem er die Bühne verlassen, auf der Rückfahrt nach London.

Das Wetter war stürmisch, die Straße befand sich im schlechtesten Zustande, Grimaldi geizte nicht mit Trinkgeldern an die Postillone, um sie zu schnellem Fahren anzuspornen, und die Folge davon war, dass die Burschen schließlich so sternhagel betrunken wurden, dass sie auf dem Bocke einschliefen. So kam es, dass sie verkehrt fuhren, einen Umweg von fünfzehn bis achtzehn Stunden machten und Salt Hill erst am andern Abend in der siebenten Stunde erreichten.

Grimaldi nahm sich in Salt-Hill sofort Extrapost und erreichte nun das Theater in London gerade in dem Augenblicke, als die Musiker mit der Ouvertüre begannen. Sein Freund erwartete ihn in tausend Ängsten. Grimaldi gab ihm seinen aus Birmingham mitgebrachten Schatz in Verwahrung und eilte in die Garderobe, wo er Farley schon bei den Vorbereitungen traf, für ihn einzuspringen.

Rechtzeitig und zum nicht geringen Erstaunen seiner Freunde, wie auch gewisser, in der Direktion vertretenen Herren, die ein ganz anderes Ergebnis von Grimaldis Auftreten in Birmingham erwartet hatten, erschien er noch auf der Bühne.

Fünfzehntes Kapitel.

Zerstörung des Covent-Garden-Theaters durch eine Feuersbrunst. – Grimaldi begibt sich nach Manchester, wo ihm, wie auch in Liverpool, ein Unglücksfall zustößt. – Die Kneipe zum »Sir Middleton« in Sadlers-Wells und mehreres von ihren Gästen.

Wie es immer bei Grimaldi war, so auch diesmal: Es kamen Umstände, mit denen kein Mensch gerechnet hätte, die ihn um einen Teil des in Birmingham so geschwind verdienten Geldes bringen sollten. Kurz vor der Abfahrt von London nach Birmingham hatte es ihm an Geld gefehlt. Er hatte einen Freund, in den er volles Vertrauen setzte, damit beauftragt, ihm einen Wechsel in Höhe von 150 Pfund zu diskontieren. Der Freund hatte den Wechsel genommen, eingesteckt und versprochen, abends das Geld zu bringen. Der Abend war wohl gekommen, nicht aber das Geld, und das Geld war auch noch nicht da, als Grimaldi aus Birmingham zurückkehrte. Der Freund war nirgends zu finden, dafür hatte Grimaldi bald darauf das Vergnügen, die ganze Summe zu bezahlen, ohne einen Heller von dem Gelde gesehen zu haben.

Während der Saison 1808 hatte Grimaldi seine vornehmste und glücklichste Rolle in der Burlette »Der schnurrige Kauz oder: Mrs. Scaite im Serail« zu spielen. Es war ein abgeschmacktes und triviales Machwerk, dessen Held, von Grimaldi gespielt, Jeremias, Sohn einer Fischhändlerswitwe Scaite, von Grimaldis Mutter gespielt, der »Hans im Glück« war. Auch Grimaldis, nebenbei gesagt, sehr hässliche Frau hatte eine Rolle in dem Stück. Grimaldis beiden Benefize fielen aufs Glänzendste aus, und das Theater wurde am 26. September nach einer höchst gewinnreichen Reihe von Abenden geschlossen.

Die Saison in Covent-Garden, die mit dem 13. Juli zu Ende gegangen war, begann wieder am 12. September. Sieben Tage später brannte das Schauspielhaus bis auf den Grund ab. Die Bühne wurde nach dem italienischen Opernhause, in der Folge nach dem Haymarket-Theater verlegt.

Da man jedoch für Grimaldi dort zurzeit keine Verwendung hatte, nahm er eine Einladung nach Manchester an, dessen Theater damals unter der Leitung der Herren Ward, Lewis, Knight stand.

Zwischen den beiden damals den Verkehr Londons mit Manchester verbindenden Postkutschen-Gesellschaften bestand ein lebhafter Wettbewerb. Aus Rücksicht auf die Sicherheit der Passagiere war ihnen von der Behörde aufgegeben worden, dass keine ihrer Kutschen der andern vorausfahren dürfe. Grimaldi hatte seinen Sitz in der Hinteren bekommen. In Maclesfield gerieten die beiden Kutschen, als sie hielten, um die Pferde zu wechseln, so hart aneinander, dass beide umgeworfen wurden. Glücklicherweise kamen sämtliche Reisende ohne Schaden davon, Grimaldi kam insofern am schlechtesten dabei weg, als fünf starke Männer auf ihn zu liegen kamen, unter deren Wucht er sich nur mühsam hervorarbeiten konnte.

Er spielte in Manchester an sechs Abenden und einmal in Liverpool. Seine Einnahme aus diesem siebenmaligen Auftreten bezifferte sich auf 251 Pfund.

Es begegneten ihm dabei ein paar Unglücksfälle, die bös genug abliefen, leicht aber noch böser hätten ablaufen können, In Manchester arrangierte er eine nette kleine Pantomime, »Luftschlösser« betitelt, in der er natürlich wieder den Clown spielte. Gleich in der ersten Szene hatte er aus einer großen, mitten auf der Bühne stehenden Bowle herauszusteigen, die die Aufschrift »Stachelbeer-Narr« trug, und konnte nur durch eine von ihr versteckte Versenkung hinein gelangen. Gleich bei der ersten Vorstellung rissen die Stricke, als er schon mit der Bühne in gleicher Höhe sich befand, und er stürzte wieder hinunter in die Tiefe. Im ersten Augenblick war er wie betäubt, kam aber bald wieder zu sich, ging die Treppe hinauf, betrat die Bühne und spielte, wie wenn ihm gar nichts passiert wäre.

Während des ersten Auftritts verspürte er noch Schmerzen, die aber in der Aufregung, in die ihm seine Rolle versetzte, sich allmählich legten, und als die Pantomime zu Ende war, fühlte er sich so munter, wie zu Anfang derselben.

Das Theater in Liverpool stand unter der gleichen Direktion wie das zu Manchester. Die ganze Truppe reiste dorthin und nahm auch den Maschinisten mit. Grimaldi kanzelte ihn wegen seiner Fahrlässigkeit tüchtig ab und ermahnte ihn, sich in Liverpool größerer Achtsamkeit zu befleißigen. Wohl versprach er es, hielt aber leider nicht Wort. Eben tauchte Grimaldi unter dem Jubel des Publikums aus der Bowle hervor – es wurde natürlich in Liverpool die gleiche Pantomime aufgeführt wie in Manchester – als die Stricke abermals nachgaben, sodass er in der Versenkung hängen blieb. Eine Zeit lang gelang es ihm, sich festzuhalten; schließlich stürzte er aber doch hinunter und verletzte sich dabei die Schultern. Er litt empfindliche Schmerzen, sodass er die erste Szene nur mit der größten Mühe zu Ende spielen konnte; dagegen spielte er alle übrigen, durch den Beifall des Publikums angefeuert, ohne auch nur an seinen Anfall noch zu denken.

Als aber das Nachspiel vorüber war – eine jener unter dem Schlagwort »*Entertainents*« üblichen Dialoge, mit Liedern und Tänzen durchsetzt, die sowohl szenarisch als auch inhaltlich in der Regel das Beste bieten – und er sich auf den Heimweg nach seinem Gasthause machte, konnte er vor Schmerzen kaum vom Flecke. Er nahm zu seiner bewährten Einreibung Zuflucht, wurde aber in einem Zustande großer Hilflosigkeit zu Bett gebracht und musste sich am andern Morgen in den Wagen, in welchem er nach London zurückfuhr, tragen lassen.

Er spielte auf dem Haymarket-Theater nur selten bis nach Weihnachten. Dort wurde dann die »Mutter Gans« mit einer neuen Schlussszene wiedergegeben, in der man die Trümmer des Covent-Garden-Theaters erblickte, durch Harlekins Zauberrute in ein neues und glänzendes Gebäude verwandelt.

Im März trat er zum ersten Male in der Pantomime »La Peyrouse« als Kanko auf, einer sehr anstrengenden pantomimischen Rolle, die aber kein Clown war. Am 23. Mai hatte er sein Benefiz. Ein paar Abende nachher schloss die Saison und mit ihr, wie hier bemerkt werden mag, die Kunstlaufbahn des berühmten Lewis, der sich, zu dieser Zeit von der Bühne ganz zurückzog.

Im folgenden Jahre brachte Sadlers-Wells keine besondere Novität. Ein Stück, »Johnnie Armstrong«, worin Grimaldi den Kirstie, eine Art »Prüfstein« – wie der Narr in Shakespeares »Wie es Euch gefällt«, spielte – fand großen Beifall, und die Saison erwies sich als höchst gewinnreich, wie damals alle in Sadlers-Wells-Theater.

Dort wurde die Pantomime in der Regel zuerst gegeben, sodass Grimaldis Obliegenheiten in der Regel um halb neun Uhr zu Ende waren. Dann begab er sich in der Regel auf ein Stündchen in das Gasthaus »Zum Sir Middleton«, trank mit ein paar guten Bekannten ein Gläschen Wein, mit Wasser vermischt, und kutschierte dann in seinem Gig nach Finchley hinüber.

In diesem Gasthof war er hie und da mit einem gewissen George Hamilton zusammen; einem jungen Manne aus Clerkenwell, der ein Juweliergeschäft betrieb und ein sehr angenehmer Gesellschafter, aber leichter Vogel war, gern einen über den Durst trank, viel Geld durchbrachte, sich wenig um sein Geschäft bekümmerte, nicht gern davon hörte, dass er ein Geschäft betrieb, sondern sich lieber als vornehmer Herr aufspielte.–

Dabei war er ein gewandter Kaufmann und verdiente sehr gut in seinem Geschäft, allgemein ging aber die Rede, dass er weit mehr ausgebe, als er einnehme. Grimaldi war ein gutherziger Mensch und wollte ihn oft zum bessern lenken, aber Hamilton ließ von seinem leichtsinnigen Wandel nicht ab.

Hamilton hatte auch ein körperliches Gebrechen, es fehlte ihm nämlich der dritte Finger an der linken Hand. Er bemühte sich immer, dieses Gebrechen zu verstecken dadurch, dass er ein paar andere Finger einzog, sodass es, wenn er die Hand einmal sehen lassen musste – was er nicht gern tat – dann immer aussah, als wenn er bloß zwei Finger hätte.

Grimaldi machte seine Bekanntschaft zuerst im Jahre 1808, seit Ostern 1809 traf er aber häufiger mit ihm zusammen. In der Zwischenzeit hatte Hamilton sich verheiratet und brachte, wie es damals bei den Gewerbetreibenden Brauch und Sitte war, häufig seine junge hübsche Frau mit ins Gasthaus.

Grimaldi achtete anfangs wenig darauf, bis ihm auffiel, dass sich mit Hamilton eine ernstliche Veränderung vollzog. Der junge Mann wurde heftig und reizbar, führte unzusammenhängende Reden, und schon in seinem Blick und seinen Mienen verriet sich ein höchst unruhiges Gemüt. Auch in seiner Kleidung hatte sich viel geändert, er hatte sich früher immer wie ein anständiger, in behäbigen Verhältnissen lebender Bürger getragen, entfaltete jetzt aber einen eigentümlichen Prunk, trug eine Menge Ringe und andere Schmucksachen, verletzte die anderen ehrsamen Bürger, die im »Sir Middleton« verkehrten, durch geringschätzige Reden über das

Handwerk und dessen Betrieb, und geriet häufig in ernsten Wortwechsel darüber.

Seine Frau war darüber sichtlich sehr unglücklich. In ihrer Gegenwart nahm er sich freilich immer zusammen, trank auch nicht soviel wie sonst, wenn er allein einkehrte, hatte aber der Unarten noch übergenug an sich, dass sie, wenn sie sich unbemerkt wähnte, oft die bittersten Tränen weinte.

Eines Abends brachte er einen Kumpan mit, der durch sein Aussehen und Benehmen vom ersten Augenblicke an das lebhafteste Misstrauen weckte, Hamilton stellte ihm Grimaldi vor, der sich aber, als er merkte, dass beide schon einen Rausch hatten, ablehnend gegen jede Unterhaltung verhielt und sich, sobald es unauffällig geschehen konnte, aus dem Gasthause entfernte.

Von da ab kamen die beiden Kumpane häufiger zusammen in dem »Sir Middleton«, und gar bald fiel es auf, dass Hamilton den Fremden immer dann mitbrachte, wenn er einen Rausch hatte. Niemand kannte denselben und niemand mochte ihn leiden. Die Stammgäste des Hauses steckten dann immer die Köpfe zusammen und schüttelten bedenklich und geheimnisvoll die Köpfe.

Eines Abends saß Grimaldi allein und in die Lektüre eines Zeitungsblattes vertieft in der Gaststube, als Hamilton in Begleitung seiner Frau und eben dieses Fremden auch eintrat, Hamilton war so berauscht, dass er sich kaum auf den Beinen halten konnte. Seine Frau hatte verweinte Augen, dagegen zeigte der Fremde ein höchst vergnügtes, doch umso hässlicher wirkendes Gesicht.

Grimaldi hielt sich das Zeitungsblatt so vor das Gesicht, dass ihn die drei Leute nicht sehen konnten, aber er merkte genau auf das Gesprächs das sie zusammen führten, Hamilton ließ Bier kommen, seine Frau bat ihn, doch lieber mit nach Hause zu gehen, er versprach es ihr, sobald er sein Glas ausgetrunken haben würde, war aber, als es vom Kellner auf den Tisch gesetzt wurde, bereits eingeschlafen.

Grimaldi hatte jetzt zum ersten Male den Namen des Unbekannten, Archer, gehört. Ein paar Minuten betrachtete nun dieser seinen in Schlaf versunkenen Kameraden, dann beugte er sich plötzlich zu dessen Frau hinüber und stieß sie mit dem Ellbogen an. Die Frau blickte erschrocken auf. Der Wicht blinzelte verächtlich nach dem Trunkenbolde hinüber, nahm ihre Hand und drückte sie auf eine kaum misszuverstehende Weise. Die Frau sprang entrüstet auf und warf Archer einen niederschmetternden Blick zu. Aber eine Stunde saß er nun mit verschränkten Armen da, wandte die Augen nicht vom Boden, raffte sich aber endlich auf und half der Frau, ihren betrunkenen Mann zu wecken.

Hamilton schüttete den Inhalt seines Glases hinunter, und nun entfernten sich die drei Leute wieder. Die Frau ging Archer sichtlich aus dem Wege und vermied es auch, ihn nur mit dem Arme zu streifen.

Der Auftritt hatte Grimaldi in unbeschreibliche Erregung versetzt. Er blieb eine ganze Stunde länger als sonst in dem Gasthause sitzen und ging ernstlich mit sich zurate, wie er sich Hamilton gegenüber verhalten solle. Zuerst hielt er es für das beste, Hamilton scharf ins Gebet zu nehmen, dann aber schien es ihm für geratener, erst mit seiner Frau über den Fall zu sprechen und ihrer Entscheidung das weitere Verhalten anheimzustellen. Seine Frau riet ihm, sich mit der Sache nicht weiter zu befassen, sondern es der Klugheit und dem Pflichtgefühl von Hamiltons Frau zu überlassen, ihren Mann auf die rechte Bahn zu führen und vor dem hinterhältigen Freunde zu warnen.

Das nächste Mal traf er im »Sir Middleton« Hamilton allein, der ihm sogleich zunickte und sich erkundigte, ob er noch immer nach Finchley hinaus führe.

»Nein«, antwortete Grimaldi; »aber ich wollte, ich könnte es. Leider hält mich eine Verpflichtung in der Stadt davon ab.«

»Ich dachte, Sie führen alle Abende im Sommer hinaus«, warf Hamilton gleichgültig hin.

»Nein, alle Abende nicht, aber doch fünfmal in der Woche.«

»Fahren Sie morgen hinaus?«, fragte Hamilton, »Morgen bestimmt«, antwortete Grimaldi, »in dieser Woche überhaupt jeden Abend, nur eben heute nicht.«

Darauf sagten sie einander Gute Nacht und gingen auseinander.

Es kamen aber am andern Tage ein paar Kollegen von auswärts nach London und besuchten Grimaldi, sodass er auch an den nächsten beiden Tagen nicht die Fahrt nach der Stadt antreten konnte.

Am vierten Tage darauf aber, am 9. Juli, ging er wieder in den »Sir Middleton«, um vor der Heimfahrt noch ein Gläschen zu trinken. Da erinnerte er sich lebhaft an die unglückliche Frau und ihren leichtsinnigen Mann und erkundigte sich, ob etwa dieser zugegen sei. Man antwortete ihm, Hamilton hätte sich seit dem Abend nicht mehr sehen lassen, an welchem Grimaldi mit ihm zum letzten Male gesprochen hätte.

Als Grimaldi seine Zeche bezahlen wollte, sah er erst, dass er nur zwei Einpfundnoten bei sich hatte. Er gab dem Aufwärter eine, um sie wechseln zu lassen, und steckte die andere in die Westentasche. Es war seine Gewohnheit, Banknoten in einer Brieftasche bei sich zu führen, die er aber zu Hause hatte liegen lassen.

Der Aufwärter brachte ihm das Geld, das er herausbekam. Er bestieg sein Gig und fuhr ab. In Tottenham Court Road wurde er durch ein Geschäft und in Kentish Town durch einen Freund abgehalten, mit dem er ein halbes Stündchen verplauderte, sodass es fast Mitternacht geworden war, als er sich seiner Wohnung näherte.

Sechzehntes Kapitel.

Ein Abenteuer mit Straßenräubern und dessen Folgen.

Es war eine schöne, sternhelle Nacht, und nach der am Tage herrschenden Hitze wehte ein recht erfrischendes Lüftchen. Grimaldi fuhr rascher als gewöhnlich, weil er besorgte, dass die Seinigen wegen seines langen Ausbleibens unruhig werden möchten. Plötzlich stand sein Pferd still.

An der Stelle, wo dies geschah, war eine Senkung, in der sich dann und wann Wasser ansammelte, und vor der Grimaldi manchmal zu halten pflegte, um langsam hindurchzufahren. Er bückte sich vornüber, um sich zu überzeugen, dass er schon bei der bekannten Stelle angelangt sei, und hörte, während er so tat, einen leisen Pfiff.

Unmittelbar darauf sprangen hinter einer Hecke drei Männer hervor, von denen der eine dem Pferde in die Zügel fiel, die beiden anderen an das Gig herantraten, Grimaldi Pistolen vorhielten und sein Geld abforderten.

Ein paar Augenblicke lang saß er sprachlos da, rief aber gleich darauf: »Gnade, Ihr Herren, Gnade!« denn er hörte, wie die Räuber die Hähne ihrer Gewehre spannten, und wusste sogleich, dass er in ihre Hände gegeben war, denn wie hätte er denken können, gegen drei Bewaffnete aufzukommen?

»Es soll Ihnen nichts geschehen«, sagte der eine, »wenn Sie uns sogleich Ihr Geld ausliefern.«

»Nein, nein, wir tun Ihnen nichts«, sagte der andere, »Ihr Geld ist alles, was wir wollen.«

»Das sollen Sie haben«, erklärte Grimaldi, »nur fügen Sie mir kein Leid zu, meine Herren.«

Grimaldi fuhr in die Taschen und musterte dabei sorgsam die Gesichter der Räuber, die so dicht mit schwarzem Flor vermummt waren, dass er keinen Zug zu erkennen vermochte. Auch trugen sie lange, schwarze Kittel.

»Tummeln Sie sich, tummeln Sie sich«, drängte der eine; »das Geld – das Geld her! Wir können uns unter keinen Umständen länger aufhalten.«

Grimaldi reichte ihm seine Börse. Der Räuber, der das Pferd hielt, sah sich scharf um und fragte:

»Was hat er Dir gegeben, Tom?«

Worauf der Raubgeselle antwortete: »die Börse!«

»Damit ist's nicht getan! Sie haben noch mehr Geld bei sich. Ich weiß es. Wollen Sie uns all Ihr Geld auf der Stelle herausgeben?«

»Ich habe wirklich weiter nichts bei mir«, versetzte Grimaldi, »ich habe ja sonst noch in meiner Brieftasche Geld, habe sie aber heute zu Hause liegen lassen.«

»Sie haben aber mehr Geld bei sich«, versetzte der andere wieder, »ich weiß es. Greifen Sie doch mal in Ihre Westentasche!«

Grimaldi hatte nicht an die Banknote gedacht, die er dort hinein geschoben hatte. Er händigte sie dem Räuber ohne Weiteres aus. »So! Nun ist's gut, Tom!« sagte der eine Räuber, der sich rechts von ihm postiert, und trat, als wenn er sich entfernen wollte, hinter das Gig.

Es waren die ersten Worte, die dieser gesprochen hatte, und Grimaldi kam es so vor, als sei ihm die Stimme bekannt, obwohl er sich im Augenblicke nicht besinnen konnte, wo und wann er sie gehört hatte. Zum Nachsinnen darüber blieb ihm keine Zeit, denn der Räuber, der das Pferd hielt, fragte eben seinen links vom Gig stehenden Kameraden, ob er sich die Uhr hätte geben lassen. Der Gefragte verneinte, hielt nun Grimaldi von Neuem das Pistol vor und forderte ihm die Uhr ab.

Grimaldi gab sie ihm, freilich nicht ohne einen recht schweren Seufzer, war es doch mit seinem Medaillon, die ihm einst zum Präsent gemacht worden war, und als er sie hergab, konnte er sich nicht enthalten, die Worte zu sagen:

»Wüssten Sie, wer ich bin, dann würden Sie gewiss nicht so mit mir herumspringen!«

»O, wir kennen Sie sehr wohl, Mr. Grimaldi«, antwortete der beim Pferde stehende Räuber, »seit drei Abenden haben wir auf Sie gelauert und meinten fast schon, dass Sie auch heute nicht kommen würden.«

Die beiden anderen lachten. Aber der Räuber, dessen Stimme Grimaldi bekannt geklungen hatte, forderte den andern, der die Uhr genommen hatte, energisch auf, sie Grimaldi zurückzugeben, und riss sie seinem Kameraden, als er nicht gleich gehorchen wollte, aus der Hand, um sie Grimaldi selbst wiederzugeben. Dabei sah nun Grimaldi, dass dieser Räuber bloß drei Finger an der Hand hatte, oder bloß zwei Finger zu haben schien.

Die Buschklepper entfernten sich nun mit der höchsten Eile, und den Beraubten befiel, als er sich nun allein sah, eine fast größere Furcht, als ihn vordem beherrscht hatte. Es war ihm zumute, als hinge die Rettung seines Lebens nur von augenblicklicher Flucht ab, und dass er viel schneller vom Flecke kommen dürfte, wenn er, statt weiter zu fahren, die Strecke bis nach Hause liefe.

Er folgte dieser Eingebung des Augenblicks, war mit einem Satze aus dem Gig, kam aber dabei zu Falle und schlug sich die Schläfe wund. Er raffte sich indes gleich wieder empor und rannte, ohne weiter zu überlegen, ins Blaue hinein, bis er einem Manne in den Weg lief, der auf einer Streifwacht begriffen war und ihn recht gut kannte. Noch völlig außer sich, erzählte Grimaldi dem Manne, was ihm eben begegnet war.

»Habe so etwas vermutet«, sagte der Streifwächter, »habe den drei Kerlen aufgepasst und ihnen erst gestern noch gesagt, dass es mir gar nicht recht behagen wolle, dass sie auf meinem Striche herumschnüffelten, und dass ich, wenn etwas vorgehen solle, was das Tageslicht zu scheuen hätte, es ihnen aufs Kerbholz schreiben würde. Seien Sie nur ruhig, Sir. Ich weiß, wo die Patrone zu finden ist, und gebe Ihnen Brief und Siegel, dass wir sie binnen jetzt und zwei Stunden dingfest gemacht haben.«

»Und was soll ich dabei tun?«, fragte Grimaldi.

»Am besten wird's schon sein«, versetzte der Grenzwächter, wenn Sie sich gar nicht dabei betätigen. Suchen Sie nur so schnell wie möglich nach Hause zu kommen, und lassen Sie sich morgen Mittag um zwölf Uhr in der Bow-Street sehen. Dort werde ich Ihnen die drei Kerle vorführen, oder es müsste nicht mit rechten Dingen zugehen.«

In diesem Augenblick kam Grimaldis Pferd mit dem Gig getrabt. Grimaldi bestieg es wieder und traf nunmehr bald zu Hause ein. Seine Frau befand sich in der ärgsten Unruhe über sein langes Ausbleiben, und sein verstörtes Wesen, wie die Verletzung an der Schläfe setzte sie in große Angst, Er gab vor, im Schlafe aus dem Gig gestürzt zu sein, und sagte, es sei ihm nicht wohl. Auch am folgenden Tage bot er alles auf, die Wahrheit von ihr verborgen zu halten, was irgend in seinen Kräften stand. Jedes Zeitungsblatt, das in sein Haus kam, sah er sorgfältig durch, ob über den Vorfall etwas darin veröffentlicht stände, und es gelang ihm, ihr den hässlichen Vorfall ganze zwei Jahre verborgen zu halten, sodass sie erst davon etwas erfuhr, als er seinen Landaufenthalt in Finchley überhaupt aufgab.

»O, Joe«, rief sie, sobald sie davon erfuhr, »hätte ich das früher gewusst, so hätte ich keine Nacht ruhig in Finchley geschlafen.«

»Das eben war es, was ich befürchtete«, antwortete er; »aber mir war Finchley ans Herz gewachsen, und ich habe doch so manche glückliche Stunde hier verlebt, dass Du es mir nicht verdenken kannst, wenn ich mir seinen stillen Frieden noch ein paar Jahre erhalten wollte.«

Nach dem Raubanfalle floh ihn der Schlaf. Er konnte die Gedanken nicht abwenden von den schlimmen Folgen, die derselbe ohne Frage nach sich ziehen musste. Davon, dass Hamilton sich unter den Räubern befunden hatte, war er so gut wie überzeugt. Es kamen zu viel Verdachtsmomente zusammen, als dass er daran hätte zweifeln können. Was sollte aus der jungen, liebenswürdigen und ohne Zweifel kreuzbraven Frau werden, wenn ihr Mann wegen Straßenräuberei zum Tode verurteilt würde? Fieberhaft erregt und auf den Tod betrübt stand er am andern Morgen auf, und nur die eine Hoffnung erleichterte sein Gemüt, dass es den Räubern gelingen möchte, unerkannt London wieder zu erreichen; denn er wollte das Geld, das ihm entwendet worden, ja herzlich gern missen, wenn er nur nicht erlebte, dass seinetwegen einer seiner Mitmenschen vom Leben zum Tode gebracht oder andere ins Unglück gestürzt würden.

Er schützte bei seiner Frau vor, dass für den Vormittag eine Probe angesetzt worden und er demzufolge gezwungen sei, gleich nach dem Frühstück nach London zurückzufahren. Er fuhr aber nicht nach dem Theater, sondern nach der Bow-Street, wo der Streifwächter schon auf ihn wartete. Grimaldis Hoffnung, dass die Missetäter entschwunden seien, schwand auf den Nullpunkt.

»Na, sagt ich es nicht«, rief ihm der Mann entgegen, »die Geschichte hat sich fein gemacht. Ich habe drei Kerle gefasst und zweifle keinen Augenblick, dass es die Galgenvögel sind, die über Sie hergefallen.«

Zitternd vor Angst, fragte Grimaldi, ob von den geraubten Gegenständen etwas bei den Leuten gefunden worden sei. Mit augenscheinlichem Verdrusse antwortete der Streifwächter, dass dies nun freilich nicht der Fall sei, dass sie aber nichtsdestoweniger verurteilt werden würden, da sich die Identität ihrer Personen ohne Frage würde feststellen lassen; er zweifelte auch nicht, dass sich dann auch die geraubte Banknote wiederfinden werde. –

Ohne sich Zeit zu lassen, brachte er Grimaldi gleich zum Sheriff. Grimaldi erzählte diesem, was ihm begegnet war, unterließ dabei aber nicht ausdrücklich zu betonen, dass die Räuber sich an seiner Person gar nicht vergriffen hätten, dass er auch nicht Anklage wider sie erheben wolle, sofern sich das irgend umgehen ließe. Der Streifwächter war hierüber höchst aufgebracht, zumal der Sheriff bemerkte, dass die angeführten mildernden Umstände beim Urteilsspruch allerdings in Betracht kommen würden, das Strafverfahren selbst aber nach Lage der Umstände in keiner Weise aufhalten könnten.

Hierauf machte nun der Grenzwächter seine eidliche Aussage. Er hätte drei Männer festgenommen, bei keinem von ihnen aber weder gestohlenes Gut, noch Waffen, noch Reste von einer Vermummung gefunden. Der Sheriff ordnete an, dass Grimaldi mit den drei Arrestanten konfrontiert werden solle, und fragte ihn, ob er sie wiedererkennen würde. Grimaldi meinte, einen bestimmt, und nun wurde er in ein Nebenzimmer geführt, wo er, wie er erwartete, George Hamilton erblickte. Die beiden anderen Arrestanten waren ihm gänzlich unbekannt; sie hatten sich dem Sheriff gegenüber als »Gentlemen« bezeichnet, man hätte aber mit dem jungen »Mirabel« in dem Lustspiele »Der Unbeständige« ausrufen können: »Wie Gurgelabschneider sehen Sie aus und nicht wie Gentlemen – dergleichen feine Herren sah ich fürwahr noch nie – wie Sie – wie Sie!«

Hamilton benahm sich mit der größten Kaltblütigkeit und Geistesgegenwart. Er trat Grimaldi mit der größten Ruhe entgegen und sagte:

»Ei, wie geht es Ihnen denn, mein lieber Herr Grimaldi? Ist es nicht kurios, dass man mich, einem alten guten Bekannten von Ihnen, anschuldigen will, Sie räuberisch angefallen zu haben. Aber es passieren wirklich Dinge in der Welt, über die man sich erschrecken, nicht bloß verwundern könnte!«

So viel Ruhe und Geistesgegenwart er aber auch bewies, so waren bei Grimaldi doch die letzten Besorgnisse verschwunden, dass er sich doch vielleicht irren könnte.

Das geübte Auge eines alten Bühnenkünstlers ließ sich so leicht nicht irreführen. Augenscheinlich hatte Hamilton all seine Kraft zusammengenommen, um über die Situation hinwegzukommen, die, wie er sich nicht eine Sekunde im Zweifel war, für sein Leben im höchsten Grade gefährlich war.

»Sie kennen ihn, Herr Grimaldi?«, fragte der Sheriff.

»Jawohl, recht gut«, antwortete Grimaldi.

»Dann werden Sie wohl auch sagen können, ob er einer von den Räubern ist, die Sie gestern überfallen haben?«

Hamilton nahm eine Miene an, wie wenn er Grimaldis Erklärung mit der allergrößten Ruhe entgegensähe. Der anwesende Polizist und der Grenzwächter traten ein wenig beiseite, um ein paar leise Worte zu wechseln. Grimaldi hob unterdes die linke Hand so empor, dass er nur zwei Finger davon sehen ließ, und schüttelte mit ernster Miene den Kopf.

Hamilton erkannte auf der Stelle, dass er erkannt war. Seine ganze erzwungene Selbstbeherrschung und Festigkeit verließ ihn, er wurde leichenblass und zitterte an allen Gliedern. Er sah ganz so aus, wie wenn er umsinken wollte; es gelang ihm indes, sich noch einmal zu sammeln. Er warf Grimaldi einen flehenden Blick zu, legte einen Finger auf den Mund und heftete die Augen auf den Boden.

»Nun, Sir, da haben wir ja die sauberen Vögel«, sagte der Streifwächter, »können Sie eidlich erhärten, dass es die drei gewesen sind, die Ihnen gestern Nacht Ihr Geld abgenommen haben?«

Tausend Gedanken schwirrten Grimaldi durch den Kopf; aber noch immer beherrschte ihn der Wunsch, den jungen Menschen, der seiner festen Überzeugung nach noch ein Neuling im Verbrechen war, zu retten. Nach kurzer Überlegung erklärte er, dass er sich seiner Sache nicht so gewiss wäre, um eine eidliche Aussage geben zu können. »Dann bist Du entweder auf falscher Fährte«, meinte der Polizist zu dem Grenzwächter, »oder die Kerle haben mehr Glück als Ihnen zukommt.«

Grimaldi erklärte dem Sheriff noch einmal, dass er sein Gewissen nicht mit einem Eide beschweren wolle, da er, wie gesagt, seiner Sache nicht völlig sicher sei, und empfahl sich so schnell, wie es die Umstände irgend gestatteten.

Noch am nämlichen Tage wurden die drei Arrestanten aus der Haft entlassen.

Ein paar Tage später erschien Hamilton in Grimaldis Wohnung, erklärte sich offen und ehrlich als des Verbrechens schuldig, setzte aber hinzu, er sei dazu nicht bloß durch die Begier, schneller und leichter als durch seiner Hände Arbeit zu Gelde zu kommen, sondern hauptsächlich durch seinen guten Freund Archer verführt worden, gelobte aber bei seinem Seelenheile, dass dies Verbrechen sein erstes gewesen sei, und auch sein letztes sein solle.

Er nannte Grimaldi einmal über das andere seinen Wohltäter, dankte ihm auf das Innigste und wollte gehen. Aber Grimaldi hielt ihn noch einige Augenblicke zurück, erzählte ihm, wie Archer sich an jenem Abende, als er im »Sir Widdleton« beim Biere eingeschlummert war, gegen seine Frau benommen, und hielt ihm eindringlich die Verwerflichkeit seines bisherigen Lebenswandels vor, ließ ihn auch über die Folgen nicht im unklaren, die derselbe unweigerlich nach sich ziehen müsste. Hamilton wiederholte hierauf die Versicherungen seiner Reue und sein Gelübde, sich zu bessern, und ging dann.

Grimaldi hatte allen Grund, sich seiner edelmütigen Handlungsweise in dieser Sache von Herzen zu freuen, denn Hamilton blieb dem ihm gegebenen Versprechen treu und wohnte noch beinahe zwanzig Jahre in Clerkenwell als redlicher Mann und tüchtiger Goldschmied.

In diesem ganzen letzten Zeitraume hatte Grimaldi jährlich immer drei Benefiz-Abende, nämlich zwei im Sadlers-Wells- und eines im Covent-Garden-Theater. Eine lange Reihe von Jahren hindurch erschien an jedem Morgen solchen Tages ein vornehmer Herr bei ihm in der Wohnung und ließ sich, gegen sofortige Bezahlung zehn Logenbilletts geben, ging aber immer schleunigst wieder weg, als wenn ihm alles daran gelegen sei, mit keinerlei Frage, wer er sei und wie er heiße, behelligt zu werden.

Grimaldi bekam auch öfter Geldsendungen von unbekannten Personen für Theaterbilletts zugeschickt. Was ihm dabei auffiel, war der Umstand, dass in der Regel Leute, die seinen Benefiz-Abend in Sadlers-Wells besuchten, im Covent-Garden-Theater fehlten, und umgekehrt. Er achtete deshalb auf den Herrn, der an jedem Benefizmorgen sich die Logenbilletts abholte, nicht besonders; vielfach traf es sich auch, dass er selbst nicht zu Hause war; aber seine Frau und seine Mutter hatten sich an den Besuch des Herrn so gewöhnt, dass sie, wenn am Abend vorher die Billetts zurechtgelegt wurden, regelmäßig sagte:

»Vergiss nicht, zehn auf den Kaminsims für den Herrn zu legen, damit der Herr nicht zu warten braucht, der morgen in aller Frühe ganz bestimmt kommen wird.«

Zwölf Jahre oder länger war der Herr schon pünktlich zur gleichen Stunde erschienen, als Grimaldi einmal das Hausmädchen, das die Billetts gewöhnlich aus der Stube herausholte, um sie dem fremden Herrn zu geben, nach seinem Aussehen fragte.

»Was besonderes ist ja nicht an ihm«, erwiderte das Mädchen, »außer dass ...« »Nun, was willst Du sagen?« fragte Grimaldi.

»Außer dass er an der linken Hand bloß zwei Finger hat«, sagte das Mädchen.

Nun hatte sich das Geheimnis auf einmal aufgeklärt.

Mr. Hamilton sollte noch auf sehr beklagenswerte Weise sein Leben verlieren. Im Hause eines Nachbars von ihm war Feuer ausgebrochen. Mit ein paar anderen Männern stürzte er in das Haus hinein, mitten in den Qualm und Rauch, um einige Kinder zu retten, deren Leben aufs Äußerste gefährdet war. Bis in das zweite Stockwerk drang er hinauf, da aber gaben die Dielen nach, unten stand schon alles in Flammen, er verbrannte selbst elendiglich, und sein zu Kohle verbrannter Leichnam wurde erst nach einigen Tagen unter dem Schutt ausgegraben.

Siebzehntes Kapitel.

Eröffnung des neuen Covent-Garden-Theaters. – Die großen Tumulte wegen des sogenannten »alten Preises«. – Grimaldis erste Auftreten als Clown in den Straßen. – Augenblickliche Verlegenheiten. – Triumphe in Cheltenham und Gloucester. – Besuch in Berkeley Castle und Bekanntschaft mit Lord Byron. – Fischbrühe und Apfelstrudel. – Abreise nach Bath.

Am 18. September wurde das neue Theater in Covent-Garden mit Shakespeares »Macbeth« und dem musikalischen Nachspiele »Der Quäker« eröffnet, und gleichzeitig hiermit hob der große Lärm an, der um den sogenannten »Alten Preis« sich drehte, und aus der Entrüstung hervorging, die durch die Erhöhung der Eintrittspreise in das Publikum getragen wurde. Es kam infolgedessen im Theater zu Auftritten, wie sie wohl kaum je einmal in einem Theater erlebt worden sein dürften. Der Lärm wurde manchmal so laut, dass die Schauspieler gar nicht spielen konnten. Um den Lärm zu erhöhen, brachten die schlimmsten unter den Tumultanten allerhand Instrumente mit ins Theater, Pfeife, Klappern ec. Ein adeliger Herr, der einen Stammsitz im Parterre hatte, schwang den ganzen Abend über eine jener Glocken, mit denen die Kehrichtleute ihr Erscheinen anzeigten, und die damals das Entsetzen von ganz London waren, und ließ sich durch die höflichsten Vorstellungen nicht bewegen, mit dieser grässlichen Musik Einhalt zu tun. Ein paar andere Leute, denen es auch nicht darauf ankam, wie sie ihren Empfindungen Luft machten, wenn sie es nur tun konnten, schleppten ein paar lebendige Ferkelchen in ihren Taschen mit, denen sie im geeigneten Augenblick so lange das Schwänzchen kniffen, bis sie jämmerlich zu quieken anfingen.

Aber man begnügte sich nicht mit solchem Höllenlärm, sondern zürnte alle Augenblicke den Direktor, John Kemble, auf die Bühne, und wenn es ihm schließlich gelang, sich ein paar Sekunden Gehör zu verschaffen, musste er doch immer unverrichteter Sache wieder abtreten. Allabendlich waren Scharen von Polizisten im Theater. Versuchten sie aber einmal, ein paar der Hauptschreier zu verhaften, so wurden sie vom ganzen Publikum in Schutz genommen, versteckt oder rechtzeitig durch eine Seitentür oder wohl auch durch ein Fenster aus dem Theater spediert, sodass die Polizei das Nachsehen hatte. Es kam zu häufigen Kämpfen zwischen Polizei und Publikum, bei denen ein Mensch beinahe zu Tode gekommen wäre.

Es verging wohl kein Abend, ohne dass feurige Reden aus dem Parterre, den Logen oder von der Galerie herunter gehalten wurden, ja zuweilen hörte man ihrer ein halbes Dutzend auf einmal.

Die Sheriffs hatten ununterbrochen mit Feststellungen von allerhand Verstößen gegen die öffentliche Ruhe zu tun, und so ging es wohl siebzig Abende hindurch. – An allen Ecken, in allen Gängen, auf allen Sitzreihen des Theaters sah man Plakate angeheftet, die sich auf die Vorgänge bezogen, oder in denen allerhand Jux verkündigt wurde, z. B.:

Öffentliche Bekanntmachung. – Dieses Haus ist mit sämtlichem Inventar preiswert zu verkaufen, da die

Herren Kemble & Co. ihr Geschäft an den Nagel zu hängen gedenken.

Oder:

Sobald die Vorstellungen ihren Anfang nahmen, drehte sich das ganze Publikum wie ein Mann herum und wandte der Bühne den Rücken zu. Waren die Vorstellungen zu Ende, was wegen des schrecklichen Lärms meistens schon gegen halb zehn Uhr der Fall war, dann stimmte alles eine Parodie auf die Volkshymne an, in welcher Gott um Segen für Johnny Bull gebeten wurde, damit er den Genuss aus den höheren Theaterpreisen recht lange für sich habe; dann wurde zu Ehren der alten Preise ein Ringeltanz ausgeführt, worauf wieder Reden über Reden gehalten wurden, bis dann endlich alles sich in seine Penaten zurückzog.

Wie bei allen öffentlichen Fragen, waren die Ansichten der Presse natürlich auch bei dieser geteilt. Während die Times und die Morning Post das neue System befürworteten, trat das Morning Chronicle für die alten Preise ein und führte die Sache der Tumultanten mit ebenso viel Eifer wie Beharrlichkeit.

Als der Spektakel ein paar Abende hindurch gedauert hatte, schickte John Kemble zu Grimaldi und ließ ihm sagen, da das Publikum kein Drama sehen wolle, gedächte er es mit einer Pantomime zu probieren und ließ für den folgenden Abend den Don Juan ankündigen, in welchem Grimaldi seine alte Rolle, den Scaramuz, spielen sollte. Grimaldi wurde mit großem Jubel begrüßt, und es traf sich merkwürdigerweise, dass gerade an diesem Abend so gut wie gar keine Ruhestörungen vor sich gingen. Grimaldi schrieb sich das zum Teil als sein persönliches Verdienst zugute und war darüber nicht wenig erfreut. Auch Kemble war wieder heiter und guter Dinge und schüttelte dem Kollegen, als er abgetreten war, kordial die Hand.

»Bravo, Joe, bravo!«, sagte er zu ihm, »jetzt haben wir sie, und nun wollen wir vorderhand bei der Pantomime bleiben.«

Das taten sie wohl, aber dass »sie sie damit gehabt hätten«, traf nicht zu, denn am andern Abend ging der Spektakel wieder von Frischem los und weit ärger als zuvor, sodass das ganze Theaterpersonal erklärte, noch nie im Leben einen so grässlichen Spektakel gehört zu haben.

Am 25. Dezember kehrte endlich wieder Ruhe ein, nachdem die Theaterdirektion die Erklärung abgegeben hatte, es bei den alten Preisen lassen zu wollen, und alle Klagen gegen Personen zurückzog, die infolge dieses in der Theatergeschichte ohne Beispiel dastehenden Spektakels mit den Gerichten in Kollision, gekommen waren. John Kemble fiel die unangenehme Aufgabe zu, dem Publikum im Theater hiervon Mitteilung zu machen. Er bewies hierbei ebenso große Ruhe wie Würde. Das Publikum klatschte ihm Beifall, und von allen Sitzreihen regneten Zettel auf die Bühne mit dem Aufdruck: »So ist's recht! Nun sind wir zufrieden!«

Damit war der Krawall aus der Welt.

Zu Weihnachten wurde »Harlekin als Hausierer, oder: Der Spukbrunnen« in Szene gesetzt und höchst beifällig aufgenommen, auch an zweiundfünfzig Abenden hintereinander wiederholt.

Im März des Jahres 1810 trat Grimaldi zum ersten Male als Scaramuz im »Deserteur von Neapel« auf; auch die »Mutter Gans« wurde wieder gegeben. Im Juli wurde das Theater geschlossen und im Oktober wieder eröffnet. Im Sadlers-Wells-Theater kam keine Novität heraus, und in Covent-Garden trat Grimaldi wie immer zu dieser Zeit in einer neuen Pantomime auf: »Harlekin Asmodi, oder: Kupido auf Krücken«, die sechsundvierzigmal hintereinander gegeben wurde.

In diesem Monate musste Grimaldi den Clown auf allen beiden Bühnen spielen. In Sadlers-Wells war die Pantomime das erste, im Covent-Garden das letzte Stück, das gegeben wurde. In beiden Häusern hatte er dieselbe Rolle; es war deshalb, auch wenn ihm Zeit dazu geblieben wäre, unnötig sich umzukleiden, sondern er nahm in der Regel eine Droschke und ließ sich gleich im Clown-Kostüme von dem einen Theater zum andern fahren.

Eines Abends ließ sich aber keine Droschke auftreiben, weil es wie mit Mulden vom Himmel goss, und kein Mensch auf den Straßen laufen konnte. Grimaldi blieb keine Zeit zum Besinnen. Als er noch ein Weilchen gewartet hatte, in der Hoffnung, der ausgeschickte Bote werde noch mit einer Droschke vorgefahren kommen, blieb ihm schließlich nichts übrig, als den Weg durch die Stadt zu Fuße zu machen.

Da es stockfinster war, ging in der ersten Zeit alles ganz gut. Kaum aber war er nach Clerkenwall gekommen, wo die Kaufläden hell erleuchtet waren, als er auch durch sein Kostüm schnell Aufsehen erregte. An einer Ecke lief er einem Manne in den Weg, der ihn sogleich erkannte und mit dem Rufe: »Oho, Joe Grimaldi! Joe Grimaldi!« begrüßte.

Mehr war nicht nötig. Grimaldi beeilte sich zwar, in die nächste Straße zu schlüpfen. Es half ihm aber nichts. Schon war ihm ein dichter Schwarm auf den Fersen unter Geschrei und Gejohle. Die einen ließen seinen Namen erschallen, andere warfen die Mützen und Hüte in die Luft oder drückten ihren Jubel auf andere Weise aus. In Holborn fand er endlich einen Mietswagen. Der Menschenschwarm wurde aber immer zahlreicher und folgte ihm unermüdlich und unter verdoppeltem Geschrei und Jubel.

Da ließ er, den Kopf zum Wagen heraussteckend, sein weitbekanntes, man kann dreist sagen, berühmtes Gelächter erschallen. Der Haufe stimmte ein, schrie ihm Beifall zu, und Hunderte von Stimmen wurden laut, dass er wohlbehalten nach Covent-Garden gebracht werden müsse.

Gesagt, getan. Eine Leibwache bildete sich um ihn, freilich von einer so urwüchsigen Sorte, wie sie wohl kaum jemand begleitet haben dürfte, und das Geschrei und Gejohle wollte, als er vor dem Theater aus dem Wagen stieg, kein Ende nehmen. Ein Teil seiner Geleitschaft eilte auf die Galerie und begrüßte ihn, als er sich auf der Bühne zeigte, zum endlichen Ergötzen aller Anwesenden, denen der Vorfall bekannt geworden war, durch den Jubelruf: »Wir haben ihn wieder, wir haben ihn wieder!«, und ein nicht enden wollendes Hurra erklang wieder im Theater, alle Räume desselben durchbrausend.

In der Saison des Jahres 1811 wurde in Sadlers-Wells der »Große Teufel« wieder in Szene gesetzt. Grimaldi spielte darin eine Rolle, in der er unermesslichen Beifall erntete. Im Juli stürzte er auf ein gespanntes Seil und trug einen nicht unerheblichen Brustschaden davon, der ihn mehrere Wochen ans Haus fesselte.

Im Oktober trat er wieder in Covent-Garden, und zwar in »Asmodi«, in »Mutter Gans«, »Valentine und Orson« und »Raymond und Agnes« auf, in welch letzterem Stücke er den Robert gab. Am 26. Dezember wurde die neue Pantomime gebracht. Sie hieß: »Harlekin und Padmanaha, oder der goldene Fisch« und gefiel außerordentlich.

Im Juni 1812 trat er, was bis dahin erst einige Male geschehen war, im eigentlichen Drama auf. Er spielte nämlich den »Acres« in Sheridans erstem Lustspiele »Der Nebenbuhler« und machte an diesem einen Abend eine Einnahme von 200 Pfund.

Im Laufe des Jahres 1812 entstanden ihm einige finanzielle Verdrießlichkeiten, und zwar einerseits dadurch, dass er zugleich eine Wohnung in der Stadt und eine auf dem Lande hatte, anderseits aber auch durch die Verschwendung seiner Frau, die, so vortrefflich sie sonst war, doch auch ihren Fehler hatte, der in stark übertriebener Putzsucht bestand. Er sagte sich, dass Einschränkungen notwendig seien, gab sein Landhaus auf, schaffte seinen Diener ab, verkaufte Pferd und Gig und übergab die Ordnung seiner Angelegenheiten demselben Mr.

Harmer, den er vor ein paar Jahren unter so sonderbaren Umständen kennengelernt hatte. Nach Verlauf von sieben bis acht Monaten waren alle seine Gläubiger bis auf den letzten Heller befriedigt.

Im Jahre 1812 gab es in Sadlers-Wells nichts Bemerkenswertes. Sein zweites Benefiz im Oktober brachte ihm 225 Pfund ein. Man nahm an, dass die Einnahme eines Abends 200 Pfund nicht übersteigen könne, Grimaldi hatte jedoch nie eine Benefiz-Einnahme unter 210 Pfund, einmal sogar, wovon sogleich die Rede sein soll, eine Einnahme von annähernd 270 Pfund; indessen können wir nicht behaupten, dass sich sämtliche Personen, die zu dieser Einnahme beigesteuert hatten, auch, wirklich im Schauspielhause befanden.

In der zweiten Hälfte des Oktobers machte Grimaldi sich anheischig, an zwei Abenden in Cheltenham aufzutreten. Direktor Watson hatte ihm die Hälfte der gesamten Einnahme zugesichert. Vor seiner Fahrt nach Cheltenham besprach er sich mit Mr. Hughes, dem Vater seiner ersten Frau. Dieser sagte ihm, dass Cheltenham einer der ungünstigsten Theaterplätze sei insofern, als sie zu viel andere Vergnügungen böte. Grimaldi meinte aber, außer den Kosten doch vielleicht auf 40-50 Pfund zu kommen, und wagte die Reise. Er trat in der Rolle des Scaramuz auf, und mit großem Beifall, gab am zweiten Abend in einer kleinen, selbst ersonnenen Pantomime den Clown und erzielte an beiden Abenden ein ausverkauftes Haus. Direktor Watson wusste ihn zu bestimmen, dass er noch zwei Tage länger verweilte und auch in dem nur etwa acht Stunden entfernten Gloucester auftrat, wo Watson ein zweites Theater besaß. Grimaldi tat ihm den Gefallen und trat auch in Gloucester mit großem Erfolge auf.

Nach Schluss des Theaters führte Watson seinen Gast zu einem solennen Abendessen. Als sie fertig waren, sagte Watson:

»Nun aber, lieber Joe, ist die Zeit so kostbar, dass ich Ihnen nur ein einziges Glas Punsch vergönnen kann.« –

Grimaldi erwiderte, dass er nicht verstände, was Watson damit sagen wolle.

»Weiter nichts, als dass es meiner Meinung nach um zwölf Uhr nachgerade Zeit zum Zubettgehen ist.«

»Ganz einverstanden, lieber Watson. Nur meine ich, dass es nicht gerade Ihre Gewohnheit sei, sich früh zu Bett zu begeben. Gestern Abend ließen Sie mich erst drei volle Stunden später gehen, und vorgestern, dünkt mich, war es noch später.«

»Das wohl. Ich möchte nur, dass Sie morgen ein bisschen zeitig mit mir ausführen.«

»Und was nennen Sie zeitig?«

»Hm, wir müssen vor drei Uhr aufbrechen.« »0, wenn Sie sich mit dergleichen Plänen tragen«, antwortete Grimaldi lachend, »dann sage ich Ihnen ohne weiteres Gute Nacht«, – und begab sich auf der Stelle in sein Schlafzimmer.

Zur festgesetzten Stunde kutschierten sie zusammen nach Berkeley Castle, von dessen Besitzer, dem Oberst Berkeley, der als ältester Sohn des Earl of Berkeley unter dem Titel eines Lords Dursley für Gloucester im Unterhause saß, ihnen eine Einladung zum Besuche zugegangen war. Grimaldi war mit dem Obersten bekannt, hin und wieder sein Tischgast gewesen und wurde sehr freundlich im Schlosse aufgenommen, wo sich eine zahlreiche Gesellschaft zusammengefunden hatte.

Unter anderen ausgezeichneten Personen war auch Lord Byron anwesend, den Grimaldi oft gesehen und der seinen Benefiz-Vorstellungen immer beigewohnt hatte, mit dem er jedoch noch niemals ein Wort gesprochen hatte.

Der Oberst machte ihn mit allen Anwesenden bekannt, denen er noch fremd war, auch mit Lord Byron, der sogleich auf ihn zutrat und ihm unter tiefen Verbeugungen und mit der übertriebensten Höflichkeit sagte: »wie grenzenlos er sich darüber freue, einen Menschen von so seltenen und ausgezeichneten Talenten kennenzulernen« usw.

Grimaldi merkte sogleich, dass Lord Byron ihn nur zum Besten haben wollte, und hätte ihm am liebsten auf der Stelle dafür gedient, unterließ es aber, weil er keinerlei Anstoß zu Ärgernis geben wollte, und weil er dachte, dass sich ihm schon noch Gelegenheit geben würde, dem Lord mit gleicher Münze zu zahlen.

Er beschränkte sich also zunächst darauf, die Verbeugungen mit doppelter und dreifacher Höflichkeit zu erwidern, schnitt aber, als die Zeremonie der Vorstellung vorüber war, dem Lord Berkeley ein so possierliches Gesicht, zwischen Vergnügen und Argwohn die Mitte haltend, dass alle Umstehenden helllaut auflachen mussten, während Byron, der das Gesicht nicht sah, sich so verwundert über diesen jähen Ausbruch ungebundener

Höflichkeit umguckte, dass das Gelächter auf allen Seiten von Neuem ausbrach.

»Grimaldi«, sagte der Oberst, »Sie müssen nach dem Frühstück einen Pirschgang mit uns machen und bleiben dann zu Mittag unserer Gast. Es wird früh gegessen werden. Sie können also noch immer zur rechten Zeit im Theater sein.«

Es wurde auf die Jagd gegangen, die ohne Zwischenfall, aber auch ohne Ergebnisse verlief. Beim Essen saß Grimaldi zwischen Lord Byron und einem jungen Herrn vom Adel, den er, wie ihm einfiel, in der Garderobe des Covent-Garden-Theaters hin und wieder gesehen hatte, dessen Name ihm aber nicht mehr gegenwärtig war.

Als das Essen seinen Anfang nahm, flüsterte der junge Herr seinem Nachbar Grimaldi die Frage zu, ob er wohl schon einmal mit Lord Byron zu Tisch gespeist habe?

Grimaldi verneinte.

»Dann will ich Ihnen sagen«, nahm der junge Herr wieder das Wort, »warum ich danach gefragt habe. Ich wollte Sie nur auf eine Eigentümlichkeit des Lords aufmerksam machen, die Sie also noch nicht kennen, die zwar an sich unbedeutend ist, aber beachtet sein will, wenn man sich den Lord nicht zum Feinde machen will, und das empfiehlt sich für einen Künstler entschieden nicht, da man niemals weiß, wie man solchen Herrn noch einmal im Leben gebrauchen kann.«

Grimaldi dankte dem freundlichen jungen Manne, ohne zu merken, dass dieser weiter nichts im Schilde führte, als ihm zusammen mit dem Lord noch einmal zum Besten zu haben.

»Die Eigentümlichkeit, auf die ich Sie aufmerksam machen möchte«, fuhr der junge Herr fort, »besteht darin, dass es Lord Byron nicht liebt, wenn man von seiner Artigkeit keinen Gebrauch, macht. Ich möchte Ihnen deshalb raten, wenn er Ihnen etwas anbietet, sei es Speise oder Trank – was ganz sicher geschehen wird – sich ja nicht zu weigern, es anzunehmen.«

»Ich bin Ihnen sehr verpflichtet, Mylord«, antwortete Grimaldi, »und erkenne Ihre Güte in Wahrheit als eine recht große Gunst an. Seien Sie versichert, dass ich mich sorgfältig bemühen werde, Ihrem Rate gemäß zu handeln.«

Nicht lange, so forderte ihn Lord Byron auf, von einer Schüssel nach der andern zu nehmen, sodass er sich schließlich zu übernehmen fürchtete und um sein Auftreten in Gloucester Bange bekam.

Beim Nachtisch bot ihm der Lord ein Stück Apfelstrudel an, der eine Lieblingsspeise von Grimaldi bildete, und den er schon deshalb nicht ausschlagen mochte. Kaum aber fing er an davon zu essen, als Lord Byron verwundert die Hände über dem Kopfe zusammenschlug und rief:

»Aber, Mr. Grimaldi, Sie essen den Strudel ohne Paprika?«

»Paprika, Mylord?«, fragte Grimaldi verwundert.

»Nun freilich, Paprika gehört doch zu jedem Nachtisch und gibt einem Apfelstrudel erst die rechte Würze.«

Grimaldi wollte das nun freilich gar nicht einleuchten, aber der junge Herr zur Rechten stieß ihn mit dem Ellbogen an, und Grimaldi besann sich auf den Wink, den er ihm gegeben hatte, verneigte sich artig gegen den Lord und schüttete sich Paprika über den Apfelstrudel. Nach einigen vergeblichen Versuchen, einen Bissen von diesem paprizierten Apfelstrudel hinunterzubringen, drehte er sich zeremoniell zu dem Lord herum und bat ihn, gelten zu lassen, dass wohl kaum noch jemand der Liebenswürdigkeit und Güte Seiner Herrlichkeit soviel Aufmerksamkeit und Rücksicht habe widerfahren lassen wie er. Doch möchten Seine Herrlichkeit gütigst entschuldigen, wenn er das ihm huldvollst empfohlene *Mixtum compositum* von Apfelstrudel mit Paprika ablehne, denn wenn er auch durch solche Weigerung als unhöflicher Mensch zu erscheinen fürchten müsse, so sei es ihm doch nicht möglich, seinen Magen diese Speise zuzumuten, ohne ihn rebellisch zu machen.

Grimaldi fiel ein Stein vom Herzen, als er sah, dass Lord Byron nicht bloß nicht ungehalten auf ihn wurde, sondern sich vor Lachen ausschütten zu wollen schien. Weshalb der Lord so lachte, hat Grimaldi, wie er später oft erzählt hat, sich nicht recht klar machen können, es müsste denn gewesen sein, dass man sich auf seine Kosten einen Scherz habe erlauben wollen; um dies aber ernstlich anzunehmen, dazu war Grimaldi ein viel zu harmloser Mensch.

Nicht lange darauf kehrten die Herrschaften nach Gloucester zurück. Das Theater war an diesem Abend ebenso vollbesetzt wie am Abend vorher und auf Grimaldis Teil entfielen von der Einnahme bare 195 Pfd.

Er reiste am folgenden Morgen zurück, traf in der Nacht wieder zu Hause ein und begab sich am andern Morgen zu seinem Schwiegervater Hughes, um ihm zu zeigen, wie kräftig er diesmal seine böse Prophezeiung, Cheltenham betreffend, Lügen strafen könne. Mr. Hughes freute sich aber herzlich über die goldene Ernte, die Grimaldi dort gehalten hatte.

Abends begab sich Grimaldi nach Covent-Garden, wo ihm Mr. Harris sagte, dass ihn Diamond, der Besitzer des Bather und Bristoler Theaters, auf die Zeit von 5 Wochen zu engagieren vorhabe und ihm außer einem halben Benefiz in jedem Orte eine wöchentliche Gage von 25 Pfund zusichere. Mr. Harris konnte ihm weiter sagen, dass ihm vonseiten der Covent-Gardener Direktion nichts im Wege stände, dass ihm seine Gage aber unbeanstandet weiter bezahlt werden solle, auch wenn er bis Weihnachten sich auf Gastrollen begebe. Grimaldi drückte Mr. Harris für diese Liebenswürdigkeit dankbar die Hand, schrieb Diamond sofort, dass er den Vorschlag annehmen wolle, und reiste kurz darauf nach Bath ab.

Achtzehntes Kapitel.

Ein Diner bei einem Geistlichen in Bath. – Grimaldis Sohn tritt zum ersten Male auf. – Mr. Hughes segnet das Zeitliche. – Grimaldi spielt an einunddemselben Abende auf drei Theatern – und zum Lohne für seine Mühe wird ihm seine Gage – einbehalten. – Er erkrankt schwer. – Abermalige Reise nach Bath. – Davidge, »Billy Coombes« und der Koffer. – Besagten Billys Neigung zu Jux und Alfanz.

Zwei Tage nach seiner Ankunft in Bath spielte er vor einem ausverkauften Hause und erntete den lebhaftesten Beifall. In Bristol war er nicht minder glücklich. Dort war das Haus sogar so besetzt, dass buchstäblich kein Apfel zur Erde fallen konnte. In Bath spielte er an fünf, in Bristol an zwei Abenden der Woche. In diesen Wochen machte er eine Einnahme von über dreihundert Pfund. Das Wetter war aber miserabel, und da er, wenn das Theater in Bristol aus war, noch an demselben Abend nach Bath zurückkehren musste, litt er stark unter Erkältungen und war von Herzen froh, als die fünf Gastwochen vorüber waren. Während seines Aufenthaltes in Bath widerfuhr ihm von einer Seite, von der man es am allerwenigsten erwartet hätte, eine recht garstige Unhöflichkeit.

Grimaldi sowohl als der Bassist Higman, der damals in großem Rufe stand und später das Original zum Gabriel in Walter Scotts »Guy Mannering« abgab, bekamen eine Einladung zum Mittagessen vonseiten eines geistlichen Herrn.

Beide nahmen die Einladung an und fanden bei ihrer Ankunft eine ziemlich zahlreiche Herrengesellschaft dort versammelt.

Sobald das Tafeltuch abgenommen worden, forderte der Wirt, mehr im befehlenden als bittenden Tone, den Bassisten auf, ein paar Nummern von seiner Kunst zum Besten zu geben. Obwohl nun Higman kaum den letzten Bissen hinunter hatte, kam er dem Ansinnen doch nach, weil er nicht den Schein wecken wollte, als wenn er sich sträube, sein Scherflein zur Unterhaltung der Gesellschaft beizutragen.

Die Gesellschaft zollte dem Künstler den verdienten Beifall, und unmittelbar darauf wendete der Wirt sich mit der nämlichen Aufforderung und in dem nämlichen Tone an Grimaldi, der aber um einige Frist ersuchte, da es ihm mit dem besten Willen nicht möglich sei, so kurz nach dem Essen zu singen.

»Wie, Mr. Grimaldi«, rief der Geistliche heftig, »Sie weigern sich, etwas zu singen! Aber – zu welchem Zwecke habe ich Sie denn eingeladen?«

»Dann wäre es mir freilich lieber gewesen, Sir«, antwortete Grimaldi, »Sie hätten mir das gleich bei der Einladung gesagt! Sie hätten mir dann die Unannehmlichkeit erspart, Ihnen meinen Besuch zu machen und mich, wie ich mich jetzt leider gezwungen sehe, Ihnen wieder höchst unzeremoniös zu empfehlen.« Mit diesen Worten entfernte er sich. Dass ein Clown, der nur im Theater eine Rolle spielte, einem gelehrten geistlichen Herrn, der in der Gesellschaft eine der ersten Stellen einnahm, eine solche Anstandslektion geben musste, verschwand natürlich nicht, ohne Aufsehen zu machen, von der Tagesordnung.

Zum Weihnachtsfeste dieses Jahres wurde in Covent-Garden die Pantomime gegeben: »Harlekin und der rote Zwerg oder: Der diamantene Fels« – und machte einen sehr großen Erfolg. Am Ostermontage 1813 wurde zum ersten Male Farleys Melodrama: »Aladdin oder die Wunderlampe« gegeben, entlehnt dem berühmten Märchen »Tausendundeine Nacht«. Grimaldi spielte darin die Rolle des stummen Sklaven Kasrak, die eine seiner beliebtesten werden sollte.

Diese Saison war wieder sehr gewinnreich für Grimaldi, der auch ein Ballett arrangierte: Jux und Quacksalberei«, das allabendlich wiederholt werden musste.

In Covent-Garden wurde das Theater im September wieder eröffnet, und Grimaldi war diesmal vor wie nach Weihnacht beschäftigt, da sich »Aladdin« ununterbrochen als ein sehr zugkräftiges Stück erwies. Von Weihnachten an wurde »Harlekin und die Schwäne oder: Das Bad der Schönheit« gegeben, von Ostern ab »Sadak und Kalasrade«, worin Grimaldi den Hassan spielte.

Da er sich jetzt nicht mehr mit dem Sammeln von Fliegen befasste, sich auch keine Tauben mehr hielt, auch seine Landwohnung in Finchley aufgegeben hatte, widmete er all seine Muße seinem Sohne, den er teils in dem Institute, das er selbst besucht hatte, teils durch Privatlehrer unterrichten ließ, da er sich nicht in den Gedanken, sich von ihm zu trennen und ihn in eines der größeren Pensionate zu geben, hineinfinden konnte.

Mit rühmenswertem Eifer nahm er sich der Aufgabe, seinen Sohn fürs Leben zu bilden, jetzt selbst an. Obwohl der Knabe erst in seinem zwölften Jahre stand, hatte er doch schon recht anerkennenswerte Fortschritte in allen Unterrichtsfächern gemacht und schrieb das Französische schon recht geläufig. Von früh an hatte er große Vorliebe für die Musik gezeigt und auf der Violine unter Anleitung eines der besten Lehrer im Lande schon eine gewisse Meisterschaft errungen. Er tanzte auch vortrefflich, und da er sowohl Neigung als auch Anlage zum Theater hatte, beschloss Grimaldi, ihm dieselbe Laufbahn, wie er sie mit soviel Ruhm zurückgelegt, ergreifen zu lassen, und bildete ihn für Melodrama und Pantomime vor, von der Hoffnung erfüllt, in seinen alten Tagen, wenn die schöne Zeit seines Ruhmes und seiner Erwerbsfähigkeit vorüber sein würde, in den Triumphen des Sohnes wieder aufzuleben, dass im Sohne sein ganzes Leben noch einmal an ihm vorüberziehen würde, wenn er ihn erfolgreich auftreten sähe in den Rollen, die ihn schon zu einem Lieblinge des Volkes und ihm nicht bloß den Verlust eines nicht unbeträchtlichen Vermögens wettgemacht, sondern zu einer unabhängigen und geachteten Stellung in der Gesellschaft verholfen hatten.

Dergleichen Gedanken waren erklärlich, begreiflich und natürlich, und der liebevolle Vater erfreute sich an ihnen viele Jahre lang.

Aber im höheren Rate des Schicksals war es anders beschlossen. Der Sohn sollte früher als der Vater das Zeitliche segnen, doch obgleich ihm diese Vereitelung seiner teuersten Hoffnung in den späteren Lebenstagen herben Kummer verursachte, bemühte er sich doch, sie mit Standhaftigkeit und Ergebung zu tragen.

Am 26. April begann seine Arbeit in Sadlers-Wells-Theater wieder, und zwar spielte er in dem Drama »Der Sklave als Seeräuber«, das mit vielem Beifall über die Bühne ging, die Rolle des Sklaven. Sein erstes Benefiz trug ihm 215, sein zweites 265 Pfund ein. Es war das letzte, das er in Sadlers-Wells-Theater hatte.

Ganz besonders glänzend wurde das erste Auftreten seines Sohnes als Freitag im »Robinson Crusoe«. Den Robinson spielte Grimaldi selbst, der somit den Sohn in demselben Stücke einführte, in welchem sein Vater ihn vor dreißig Jahren eingeführt hatte. Sechs Wochen lang

übte er ihn für dem Debüt fortwährend und unermüdlich ein, doch mehr, weil er sich selbst mit dem fürsorg-
lichen Eifer dafür interessierte, als weil es nötig gewesen
wäre, denn der Sohn fasste nicht nur sehr schnell den
Unterricht des Vaters, sondern ging sogar einigermaßen
darüber hinaus.

Sein Auftreten wurde bis zu den letzten Tagen vor dem
bestimmten Abende geheim gehalten, und als es endlich
angekündigt worden, war der Zudrang unermesslich.
Das Benefiz wurde, wie schon gesagt, eins der besten
Grimaldis. Vater und Sohn ernteten enthusiastischen
Beifall, und auch in allen Journalen und Zeitungen wurden ihnen die begeistertsten Lobsprüche zuteil. Grimaldi
erklärte wiederholt, dass er noch niemals einen besseren
Freitag auf der Bühne gesehen habe. Man wird sagen,
dass hierbei eine Portion väterlicher Eigenliebe mitspre-
chen dürfte; aber Grimaldi hat noch lange nachher, und
auch, als sein Vater schon tot war, Lob und Tadel also
gleich machtlos waren, ihm zu schaden oder zu nützen,
die gleiche Meinung von den Fähigkeiten seines Sohnes
aufrecht erhalten und seiner Überzeugung, dass er es
ihm innerhalb weniger Jahre gleich getan, wenn ihn
nicht in seinen besten Leistungen gar übertroffen hätte,
bei jeder sich dazu bietenden Gelegenheit festgehalten.

Am 20. Dezember des nämlichen Jahres 1814 erlitt er
einen schweren Verlust durch den Tod seines aufrichtigen und stets getreuen Freundes, des Vaters seiner ersten Frau, Mr. Hughes.

Als ein abermaliges Beispiel dafür, wie manche gehei-
me Seelenpein ein Schauspieler zu erdulden hat, mag
hier bemerkt werden, dass er sich, als der Freund ge-

storben war, tagtäglich genötigt sah, mehrere Stunden den Proben der tollsten Szenen in Pantomimen, in denen er auftrat, beizuwohnen, sogar am Begräbnistage, an welchem er zwischen dem Theater und dem Kirchhofe hin und her rennen musste, um die durch das Begräbnis unterbrochene Probe zu beenden und sich für den Abend in die Fähigkeit zu setzen, dem Theaterpublikum durch seine Komik schallendes Gelächter zu entlocken.

Die neue Pantomime, für die obige Worte zutreffen, gründete sich auf die Historie vom vielmal hintereinander gewählten Londoner Lordmayor Whittington und seiner Katze. Sie wurde an vielen Abenden hintereinander gegeben. Bei ihrer ersten Aufführung war Grimaldi fast außerstande, seine Rolle durchzuspielen; es gelang ihm jedoch, und zuletzt spielte er wieder mit seinem gewöhnlichen Feuer, aber freilich zum großen Nachteil für seine Gesundheit.

In Sadlers-Wells wurde in dieser Saison die Harlekinade »Der sprechende Vogel« inszeniert, worin Grimaldi zuerst den Vogel, dann den Clown gab. Während der Zeit ihrer Aufführung spielte er an demselben Abend auf drei verschiedenen Theatern drei sehr schwere und darunter zwei Clown-Rollen.

Er war mit einem gewissen Hayward gut bekannt, der mit einer sehr braven Schauspielerin vom Surrey-Theater verheiratet war und ihn darum anging, an ihrem Benefiz-Abende mitzuwirken. Grimaldi suchte von dem Direktor des Sadlers-Wells-Theaters die hierzu erforderliche Erlaubnis nach, bekam sie auch, konnte aber Mr. Harris nicht darum angehen, da derselbe gerade verreist war. Indessen meinte Grimaldi, dass dies wenig zu sagen haben werde, da im Covent-Garden-Theater gerade kein Stück, worin er eine Rolle hatte, auf dem Repertoire stand.

Nun wurde aber unglücklicherweise für das Benefiz der Mr. Hayward das Stück »La Peyrouse« angesetzt, worin er beschäftigt war. Er eilte nach dem über der Themse gelegenen Surrey hinüber und entschuldigte sich mit der Unmöglichkeit, sein Versprechen erfüllen zu können. Man mochte aber nichts davon hören und sagte ihm, es würde sich wohl alles noch einrichten lassen. Alan werde das Stück, worin er eine Rolle übernommen, zuerst geben, er könnte dann in Sadlers-Wells und zuletzt in Covent-Garden spielen, und damit er nicht zu spät käme, sollte ein Wagen mit den besten Pferden, die nur anzuschaffen wären, für ihn bereitstehen.

Er ging darauf ein, da es ihm leidtat, seinem Freunde und dessen Frau solchen Strich durch die Rechnung zu machen, spielte mit Bologna auf dem Surrey-Theater in der Pantomime, warf sich nach, dem letzten Aktschluss augenblicklich in die vierspännige Postchaise und karriolte nach Sadlers-Wells, in Bolognas Gesellschaft, den es interessierte, sogleich zu erfahren, wie die Sache ablaufen würde.

Sie langten im Sadlers-Wells-Theater an gerade in dem Augenblicke, als die Ouvertüre begonnen wurde. Grimaldi schminkte sich in größter Hast, warf sich in das Kostüm des sprechenden Vogels und war eben fertig, als sein Stichwort fiel. Bei den letzten Szenen stieg eine nicht geringe Beängstigung in ihm auf; er blickte fortwährend nach der Schauspielerloge hinauf, um zu sehen, ob Bologna noch da wäre, der zu Covent-Garden die Rolle des Laperouse spielte und eine halbe Stunde vor ihm auftreten musste. Bologna wartete in seiner Loge das Ende der Aufführung ab und fuhr mit Grimaldi in dem gleichen Geschwindigkeitstempo, wie sie nach Sadlers-Wells gefahren waren, nach Covent-Garden, und schon hatten sie sich beide kostümiert, als die letzten Takte der Ouvertüre erklangen.

Grimaldi hatte sich beim Umkleiden erholt, spielte wie sonst und litt zu Ende des Stücks keine größere Ermüdung wie sonst. Die einzige Erfrischung, die er während des ganzen Abends zu sich nahm, bestand in einem Glase Warmbier und einem Zwieback.

Auf sein Spiel an drei verschiedenen Orten an einundemselben Abend tat er sich nicht wenig zugute, denn obwohl er achtundzwanzig Abende hintereinander in zwei Theatern als Clown aufgetreten war, hatte er doch nie am gleichen Abend auf drei Bühnen gespielt, und wie weit voneinander entfernt in räumlicher Hinsicht war das Surray- vom Sadlers-Wells-Theater?

Am nächsten Tage bekam er eine Probe von der Gesinnung, die Fawcett beständig gegen ihn hegte, und hätte sich nicht Harris so wohlwollend gegen ihn bewiesen, so hätte Fawcett ihm sicher bei allerhand Gelegenheit viel Schaden zugefügt.

Als er nämlich, seine wöchentliche Gage von zehn Pfund bei der Kasse abheben wollte, wurde ihm der höfliche, aber strikte Bescheid, Mr. Fawcett habe seine Gage gesperrt. Grimaldi begab sich daraufhin sofort zu Fawcett und erkundigte sich nach der Ursache solcher

Maßregel. Fawcett erklärte ihm kühl, der einzige Grund, der die Direktion bestimmt habe, ihm die Gage zu sperren, sei sein Auftreten im Surrey-Theater, ohne die Erlaubnis der Covent-Gardener Direktion hierzu einzuholen. »Ohne uns ein Wort davon vergönnt, ohne unsere Genehmigung dazu eingeholt zu haben«, so lauteten die Worte, die Mr. Fawcett brauchte. Grimaldi begnügte sich, um darzutun, wie gleichgültig ihm die Sache an sich sei, damit, dass er die hierauf passende Antwort aus dem Schauspieler-Prolog im »Hamlet«:

> »Für uns und unsre Vorstellung
>   Mit tiefergebner Huldigung
>   Erbitten wir Genehmigung«

vor sich hin trällerte.

An der Schauspielhaustür traf er Harris, der eben von einer Reise heimgekehrt war und sich mit kordialem Händedruck auf das Freundlichste nach seinem Befinden erkundigte.

Grimaldi antwortete: »Wir geht's so gut, wie es einem gehen kann, dem man die Gage gesperrt hat.«

»Was haben Sie sich zuschulden kommen lassen, Joe?«, fragte Harris.

»Ich habe drüben im Surrey-Theater mitgespielt auf Haywards Bitten, seiner Frau ein gutes Benefiz schaffen zu helfen.«

»Ach, ich merke, Sie unterließen es, die Direktion um Zustimmung zu bitten?«

»Es war niemand von der Direktion anwesend, der meiner Meinung nach sich zu dieser Angelegenheit zustimmend oder ablehnend hätte äußern können. Mit Mr. Fawcett hatte ich nichts zu schaffen, und Sie waren verreist. Da Fawcett in keinerlei Beziehung zu meinem Rollenfache steht, meinte ich, nur mit Mr. Farley sprechen zu sollen. Mit ihm habe ich über die Sache gesprochen, und er sagte mir, ich solle nur ruhig in Surrey spielen, da ich hier doch nicht vermisst werden dürfte.«

»Nun, so gehen Sie zu Brandon«, erwiderte Harris nach kurzem Besinnen, »und sagen Sie ihm, dass ich ihn ersuchen ließe, Ihnen Ihr Geld zu geben. Noch eins, lieber Grimaldi: Ich habe mit Diamond verabredet, dass Sie es im Oktober wieder bei ihm versuchen sollen, unter den gleichen Bedingungen wie voriges Mal. Ich werde schon dafür sorgen, dass Sie hier abkommen können, und auch nicht, wie jetzt, in Strafe genommen werden.«

Grimaldi drückte ihm seinen aufrichtigen Dank aus, ging zum andern Male an die Kasse, bekam seine Gage und begab sich heim.

Am 15. des nächstfolgenden Monats hatte Grimaldi sein erstes diesjähriges Benefiz in Sadlers-Wells. Er trat als Don Juan, sein Sohn als Scaramuz auf. Der Jüngling gab seine Rolle ganz vorzüglich, und fand so großen Beifall, dass Grimaldis Hoffnungen auf ihn sich noch erheblich verstärkten, ja er meinte, der Sohn werde den Namen Grimaldi noch berühmter machen, als er schon durch ihn geworden sei. Die Einnahme des Abends bezifferte sich auf 230 Pfund.

Drei Monate darauf, am 9. Oktober, sollte sein zweites Benefiz stattfinden; aber zwei Tage vorher, an einem Sonnabend, verfiel er plötzlich in eine schwere Krankheit, die ihren Anfang damit nahm, dass ihm das Atemholen überaus erschwert wurde. Es wurde ihm gleich eine Ader geschlagen, was ihm auch Erleichterung schuf; kurze Zeit nachher trat aber ein Rückfall ein, und es vergingen vier Wochen, bevor er wieder einen Fuß aus dem Hause setzen konnte.

In seiner körperlichen Verfassung hatte sich zweifellos eine wesentliche Veränderung vollzogen, denn bis dahin war er nicht einen einzigen Tag krank gewesen, und von jetzt ab war er keinen Tag mehr recht gesund.

Er musste für sein Benefiz einen Ersatzmann stellen. Die Einnahme war ganze fünfzig Pfund geringer, aber die Freude, dass sich sein Sohn als Scaramuz abermals Ehren eingelegt, blieb ihm wenigstens.

Nach vier Wochen ging es ihm wieder besser. Er entschloss sich, dem mit Diamond geschlossenen Abkommen gemäß, nach Bath zu reisen, und spielte dort, wie auch in Bristol, bis Mitte Dezember. Aus diesem Gastspiele löste er annähernd 300 Pfund.

Um diese Zeit herum schloss er Bekanntschaft mit Davidge, dem Pächter des Surrey-Theaters, der in Bath und Bristol den Harlekin gab und noch ein schmächtiges Herrchen war, von dem sich kaum jemand gedacht hätte, dass er einmal zum »dicksten Manne Englands« werden würde.

Grimaldi spielte natürlich den Clown. Den Pantalon, der ein sehr mittelmäßiger Künstler war, nannten sie gewöhnlich »Billy Combes«. Warum? Wusste eigentlich niemand recht. Aber sein richtiger Name war es nicht. Vielleicht, weil er einmal betrunken auf der Bühne erschienen war; das hatte man ihm arg verübelt, und Davidge nahm verschiedentlich Gelegenheit, Billy Combes zu drohen, dass ihm das noch nicht geschenkt sein solle.

Eines Abends, während die beiden Freunde durch ihr Spiel große Heiterkeit erweckten, wies er nach einem Koffer hin, der in der Pantomime gebraucht wurde, und flüsterte Grimaldi zu, es hinge ein Schloss mit einem Schlüssel dran, und Billy müsse sich darin verstecken; ein so feiner Spaß, ihn einzusperren, fände sich sobald nicht wieder.

Gesagt, getan. Das Publikum ergötzte sich königlich. Es waren nur noch zwei Auftritte zu spielen, und Davidge sollte sie beginnen.

Als er auf die Bühne ging, fragte ihn Grimaldi, ob er den Pantalon wieder aus dem Koffer hinaus gelassen habe. »Nein«, lautete die Antwort, »aber es soll sogleich geschehen, wenn ich wieder abtrete.«

Er tanzte mit diesen Worten auf die Bühne, Grimaldi folgte ihm, und die gewöhnlichere Katzbalgerei nahm ihren Anfang. Nach fünf Minuten war die Pantomime beendet, Grimaldi hatte seine Krankheit noch nicht überwunden, er fühlte sich noch gar sehr abgespannt und verfügte sich sogleich in sein Gasthaus, um sich zu Bett zu begeben.

Am folgenden Morgen war wieder Probe. Grimaldi hatte sich einige neue Szenen ausgesonnen, um in die Pantomime etwas mehr Abwechselung zu bringen. Indessen hatte die Probe nicht den gewöhnlichen guten Fortgang, da der Pantalon ausblieb. Grimaldi fragte Davidge, sobald er ihn sah, wo dieser bleibe?

»Billy scheint den Spaß krumm genommen zu haben«, setzte er hinzu, »und heute früh nicht kommen zu wollen? Falls er auch heute Abend wegbleiben sollte, kann's eine schöne Bescherung setzen,«

»Was meinen Sie damit?«, fragte Davidge erschrocken.

»Nun, er ist doch nicht da, wir haben zu ihm nach Hause geschickt, dort ist er aber auch nicht.«

»Schockschwerenot!«, rief da Davidge, »ich habe doch nicht etwa vergessen, ihn aus dem Koffer zu erlösen?«

Alles lief und erkundigte sich, und schließlich wurde, nach langem Suchen, der Koffer in einem Keller unter der Bühne gefunden. Wie er dorthin gekommen, darüber verlautete nicht das Geringste. Niemand war imstande, darüber etwas zu erfahren. Der arme Pantalon befand sich in einem höchst traurigen Zustande, war jedoch glücklicherweise noch am Leben, da der Koffer ein paar Risse und Spalten aufwies, durch die Luft genug kam; um das Ersticken zu verhindern. Billy Coombes kam bald wieder zu sich. Seine Haft im Koffer hatte auch keine schlimmen Folgen für ihn hinterlassen. Er erzählte, dass er so laut wie möglich gerufen, auch lange Zeit geklopft habe, was aber infolge des fortwährenden Lärmens hinter der Szene überhört worden sein müsse.

Nun kam es auch an den Tag, wie der Koffer den Weg in den Keller hinunter gefunden hatte: Er war einfach beim Abräumen in eine Versenkung hinunter gelassen worden. Ganz unverständlich war und blieb es aber, dass auch hierbei der Lärm des armen Pantalon, mochte er noch so durch die Bretter abgedämpft worden sein, ungehört hatte verhallen können.

Pantalon selbst hatte sich damit getröstet, dass man ihn am andern Morgen vermissen und dann wohl befreien werde, und war in dieser Zuversicht schließlich eingenickt und hatte geschlafen, bis man sich seiner endlich wirklich erinnerte.

Billy Coombes oder wie er sonst heißen mochte, verursachte einmal durch eine schlagfertige Antwort auf der Bühne ein schallendes Gelächter. Es wurde Romeo und Julie gegeben, und er spielte den Simson. Die Theatergarderobe war sehr dürftig, und er bekam infolgedessen einen ebenso buntscheckigen wie zur Rolle überhaupt gar nicht passenden Anzug, besonders der Rock war ihm zu groß, sodass ihm die Ärmelaufschläge weit über die Hände hinunterhingen.

Billy war sehr ärgerlich darüber, aber das Publikum begrüßte ihn mit lautem Gelächter.

In der ersten Szene muss Simson den Daumen gegen Abraham, den Diener der nebenbuhlerischen Familie, beißen, worauf der nachstehende Dialog folgt:

Abraham: Beißt Ihr den Daumen gegen uns, Sir?«

Simson (beiseite): Ist das Recht auf unserer Seite, wenn ich Ja sage?

Gregor: Nein. Simson: Nein, Sir. Ich beiße meinen Daumen nicht gegen Euch, Sir. Aber ich beiße meinen Daumen, Sir.

Billy Coombes unterließ es, den Daumen zu beißen, überhaupt; der Schauspieler, der den Abraham gab, hielt es für das Beste, anzunehmen, dass es geschehen sei, drehte sich zornig um und rief:

»So! Ihr beißt also den Daumen nicht wider uns, Sir?«

»Nein, Sir«, antwortete Billy Coombes mit lauter und vernehmlicher Stimme, »ich täte es mit Vergnügen, Sir, wenn mich mein Herr nicht in einen so verwünschten Rock gesteckt hätte« – er hielt die langen Ärmel in die Höhe – »dass ich platterdings nicht an meine Fäuste kommen kann.«

Die Zuschauer wollten sich vor Lachen ausschütten, und das Spiel war auf ein paar Minuten unterbrochen. Billy machte endlich von seinen komischen Versuchen, die Hände zu zeigen, ein Ende, gab das Stichwort, und der Dialog wurde fortgesetzt.

Als Grimaldi nach London zurückgekehrt war, nahmen die Proben der Pantomime: »Harlekin und die Sylphe des Eichbaums, oder der blinde Bettler von Bethnal Green« in Covent-Garden ihren Anfang. Sie wurde zu der gewöhnlichen Zeit und mit sehr großem Erfolge in Szene gesetzt, und im April 1816 folgte sie auf Pococks Melodrama: »Robinson Crusoe, oder der verwegene Buccanier« – in welchem Stücke Grimaldi den Freitag und Faley den Crusoe spielte.

Es war die glücklichste Bühnenbearbeitung der berühmten Erzählung Defoes, wurde an vielen Abenden und wird auch jetzt noch hin und wieder aufgeführt.

Neunzehntes Kapitel.

Grimaldi verlässt Sadlers-Wells-Theater infolge einer Veruneinigung mit den Eigentümern. – Lord Byron. – John Kemble zieht sich zurück. – Triumphe Grimaldis in der Provinz. – Auftritt in einer Badestube.

In Sadlers-Wells-Theater war die Hauptneuigkeit der Saison 1816 ein Melodrama, das viel Beifall fand: »Philipp und sein Hund.« Von 1782 – einschließlich 1820, war Grimaldi fortwährend, nur mit Ausnahme einer einzigen Saison, im Sadlers-Wells engagiert gewesen. Die Ursache seines Nicht-Engagements war die folgende.

Sein früherer Kontrakt lief ein paar Tage vor dem Schlusse der vorigen Saison ab, und Mr. Charles Dibdin fragte schriftlich bei ihm an, unter welchen Bedingungen er geneigt wäre, ihn zu erneuern. Grimaldi erwiderte, dass er zufrieden sein würde, wenn man statt der Pfunde Guineen gäbe.

Dibdin erklärte sich damit einverstanden, doch mit dem Hinzufügen, dass in Zukunft bloß ein einziges Benefiz bewilligt werden könnte; hierdurch wäre aber Grimaldis Einnahme bedeutend verringert worden, denn kein Benefiz hatte ihm bislang weniger als 150 Pfund eingebracht. Da er obendrein jedes Mal 60 Pfund, nämlich mehr für das Haus bezahlte als eine Abendeinnahme zu betragen pflegte, glaubte er umso weniger, dass die Eigentümer gerechte Ursache zu ihrer beabsichten Kontraktänderung hätten.

Deshalb schrieb er also Dibdin, dass er auf das zweite Benefiz unter keinen Umständen verzichten könnte.

Er bekam keine Antwort, erwartete aber mit Bestimmtheit, dass die Direktion keine Saison ohne ihn eröffnen werde, da er ohne Frage der »Löwe des Theaters war und viel Geld in die Kassen brachte. Er irrte indessen, denn Dibdin ließ nichts von sich hören, und bald darauf kam ihm zu Ohren, dass an seiner Stelle Mr. Paulo engagiert worden sei.

Im November unternahm er nun einen viertägigen Ausflug nach Brighton. Das Theater daselbst befand sich im Besitze von John Brunton, der nebenher im Covent-Garden als Schauspieler angestellt war, und dessen Tochter, nachmals Mrs. Yates, als eine unserer besten Bühnen-Künstlerinnen geschätzt wurde. John Brunton, von dem eine Schwester mit Lord Craven verheiratet war, hat sich Grimaldi gegenüber immer als ein wohlwollender Freund gezeigt.

In Brighton kamen »Valentine und Orson«, der »Robinson Crusoe« und andere Stücke zur Aufführung, in denen Brunton Farleys Rollen gab. Die Einnahme war höchst befriedigend. Auf Grimaldis Anteil kamen 100 Pfund.

Damals kam Grimaldi öfter mit Lord Byron zusammen, sowohl in Covent-Garden, als in Gesellschaften, zu denen er eingeladen war, und sie traten zueinander in ein recht freundliches Verkehrsverhältnis. Lord Byron war ein höchst exzentrischer Herr und erwies sich als solcher auch gegen Grimaldi.

»Bisweilen«, erzählte Grimaldi, »schien der Lord in tiefe Melancholie versunken zu sein und bot dann das richtige Bild der Verzweiflung, denn sein Antlitz war in hohem Grade geeignet, den Ausdruck des tiefsten Schmerzes anzunehmen; zu anderen Zeiten war er sehr lebhaft und plauderte äußerst munter; bisweilen benahm er sich auch wie ein wahrer Geck und zeigte seine weißen Hände und Zähne mit einer fast lächerlichen Geziertheit.

Aber gleichviel in welcher Stimmung er sich befand, und wie auch sein Benehmen sein mochte, seine bitteren, beißenden Sarkasmen blieben nie aus und wurden unter keinerlei Umständen vergessen.«

Grimaldi hatte niemals ähnliches gehört, und was er hörte, war nicht geeignet die heilige Scheu zu vermindern, die er seit seiner ersten Begegnung mit dem Lord vor diesem hegte. Byrons Benehmen gegen ihn bekundete indes immer viel Herablassung und Wohlwollen. Oft unterhielt er sich stundenlang mit ihm und wartete bisweilen, wenn Grimaldi auf die Bühne gerufen und das Gespräch dadurch eine Unterbrechung erlitt, stundenlang auf Grimaldis Rückkehr hinter die Kulissen, um das Gespräch sogleich wieder weiter zu führen.

Grimaldi widersprach ihm so gut wie nie, weil er fürchtete, selbst ein Gegenstand Byronscher Sarkasmen zu werden, und benahm sich, wenn etwas zur Sprache kam, worüber er die Meinung des Lords nicht kannte, immer doppelt vorsichtig und suchte vor allen Dingen die letzteren zu erforschen, um nicht in die Gefahr zu geraten, Anstoß bei ihm zu geben.

Ehe Lord Byron England auf Nimmerwiedersehen verließ, schenkte er Grimaldi, seiner Rede nach als Zeichen seiner Wertschätzung, eine wertvolle silberne Tabaksdose mit der Inschrift: »Seinem lieben Joe Grimaldi von Gordon Noel Byron.« Diese Dose wurde begreiflicherweise in den höchsten Ehren gehalten.

Lord Byron war übrigens immer sehr nobel gegen Grimaldi. Als er ihn 1808 zum ersten Male spielen sah, ließ er ihn bitten, ihm bei allen Benefizvorstellungen ein

Logenbillett zu reservieren. Grimaldi erfüllte den Wunsch und erhielt am andern Tage immer eine Fünf-pfund-Note durch die Post.

Die Pantomime, die in diesem Jahre im Covent-Garden gespielt wurde, »Harlekin Gulliver, oder: Die fliegende Insel«, fand so großen Beifall, dass sie vor Ostern 63 mal aufgeführt wurde, dagegen fiel das Stück »Der Marquis von Carabbos, oder: Kätzchen in Stiefeln«, das am 30. März zum ersten Male aufgeführt wurde, vollständig durch, und zwar mit Recht.

Am nämlichen Abend begann auch im Sadlers-Wells die Saison. Grimaldis Nichtauftreten veranlasste unter den Zuschauern eine große Sensation. Es war erst durch die Theaterzettel bekannt geworden, dass statt seiner Paulo engagiert worden war. Grimaldi hatte ein paar Tage in Eggham verlebt, und als er nach London zu-rückkehrte, war er nicht wenig verwundert, drei Häuser in seiner Stadtgegend ganz mit Anschlagzetteln bedeckt zu sehen, auf denen in großen Lettern stand: »Kein Paulo! Joe, nur Joe, und Joe für immer!«

Es ist freilich behauptet worden, er habe selbst die Hand dabei im Spiele gehabt, er hat es jedoch bei Gele-genheiten, die sich ihm hierzu boten, auf das Bestimm-teste in Abrede gestellt.

Im Sadlers-Wells-Theater wurde die Saison eröffnet mit: »Philipp und sein Hund« und »Die Aprilnarren, oder: Monate und Mummenschanz«. Da er gehört hatte, dass Dibdin, falls es durch sein Nichtauftreten zu Stö-rungen kommen sollte, beabsichtigen sollte, dem Publi-kum die Erklärung abzugeben, dass er nur auf sein ausdrückliches Begehr nicht wieder in den Bühnenverband aufgenommen worden sei, begab er sich am ersten Abend in eine Loge, um dem Publikum seinerseits auseinanderzusetzen, wie sich die Sache in Wahrheit verhielte.

Diese Unannehmlichkeit wurde ihm indessen erspart, da das Publikum seine Unzufriedenheit auf die empfindlichste Weise kund und zu wissen tat, nämlich dadurch, dass es – gar nicht ins Theater kam! Statt dass, wie sonst, alle Plätze besetzt waren, wies das Haus klaffende Lücken auf. In den Logen zählte man nur vierzig Personen, obendrein lauter »Freibillett-Inhaber«, im Parterre waren kaum hundert Stühle besetzt, und die Galerie war kaum zur Hälfte besetzt.

Grimaldi verweilte nur kurze Zeit im Theater, da Dibdin ihn zu einer Gegenansprache ans Publikum nicht nötigte, und begab sich nach Covent-Garden, um sich für seine Rolle im »Gestiefelten Kätzchen« zu kostümieren.

Am andern Morgen berichteten sämtliche Zeitungen, dass Grimaldi im Sadlers-Wells-Theater nicht mehr aufträte, und prophezeiten hieraus einen förmlichen Kassensturz. Nun begann bei den Direktoren in der Provinz eine förmliche Wettjagd um Grimaldi. Der erste, der sich Grimaldi sicherte, war Murray, dem die Bühnen in E-dinburg und Glasgow gehörten. Er engagierte Grimaldi auf sechs Abende zu folgenden Bedingungen: Grimaldi sollte die beste Einnahme allein, Murray die nächstbeste allein zufallen, während die vier anderen, abzüglich von je 40 Pfund für die Unkosten, zwischen Murray und

Grimaldi gleichmäßig geteilt werden sollten. Grimaldi ging natürlich hierauf ein.

Kaum hatte Murray den Kontrakt mit ihm unterzeichnet, als Direktor Knight aus Liverpool, dem auch die Bühne in Manchester gehörte, sich bei ihm melden ließ und ihm ein dreiwöchentliches Engagement unter noch besseren Bedingungen anbot. Dann folgten soviel Angebote, dass Grimaldi gar nicht imstande gewesen wäre, sie sämtlich anzunehmen, und wenn ihm statt sechs Wochen zwölf Monate zur Verfügung gestanden hätten. Nicht wenige davon waren so glänzender Natur, dass er sich nur mit dem größten Bedauern dazu entschließen konnte, sie von der Hand zu weisen.

Das »Gestiefelte Kätzchen« war, wie gesagt, durchgefallen, und so bot sich für Grimaldi im Covent-Garden keine weitere Beschäftigung mehr. Er nahm deshalb eine Einladung Bruntons, des Pächters vom Birmingham-Theater, auf sieben Abende für sich und seinen Sohn an. Letzterer trat in der Provinz zum ersten Male auf, und die Einnahmen beliefen sich auf die beispiellose Summe von je 200 Pfund den Abend.

Crisp, der Direktor vom Theater in Worcester, setzte ihm so lange mit Bitten aller Art zu, bis er sich zu einem Abend verpflichtete. Crisp ließ ihm die Wahl zwischen 40 Pfund fester Gage und Teilung der Einnahme zur Hälfte, Grimaldi entschied sich diesmal für das erstere. Er spielte den Scaramuz und erzielte ein ausverkauftes Haus. Außer dem Scaramuz gab er verschiedene Lieder zum Besten und beschloss den Abend mit einer kleinen Pantomime aus dem Stegreife, in der sowohl er als auch sein Sohn als Clowns auftraten.

Abends soupierte er mit dem Direktor, der ihm beim Nachtische, mit der Beteuerung, dass er noch immer Grimaldi gegenüber erheblich im Vorteile bleibe, eine Fünfzig-Pfundnote überreichte. Grimaldi bekam hierdurch von Crisp eine sehr günstige Meinung und versicherte ihm, dass er sich seiner immer gern erinnern und auch jederzeit bereit sein werde, sich Zu einem neuen Engagement ihm gegenüber zu verpflichten.

Am folgenden Tage kehrte er nach London heim, wo er zu seiner Freude hörte, dass man seiner Dienste in Covent-Garden nicht bedurft hätte, und abermals Briefe von Theaterdirektoren vorfand, die sich um sein Engagement bemühten; er war jedoch außerstande, auf die ihm gemachten Vorschläge einzugehen.

Am 23. Juni trat John Kemble zum letzten Male im »Koriolan« und in »Cervantes' Bilde« auf, gab seine Rolle mit gewohnter Genialität und verabschiedete sich am Schlusse der Vorstellung durch eine kurze Anrede vom Publikum, dem er so manchen genussreichen Abend verschafft hätte. Aus den Logen wurde eine weißseidene Schärpe mit einem Kranze geworfen, fiel jedoch in das Orchester. Dort saß der französische Tragöde Talma, ein vertrauter Freund Kembles, der sich augenblicklich von seinem Sitze erhob, die Schärpe mit dem Kranze aufhob und unter mächtigem Applaus auf die Bühne hinauf reichte. Talma war, nebenbei gesagt, express von Paris herübergekommen, um dieser letzten Vorstellung Kembles beizuwohnen. Im Clarendon-Hotel, in der Bond-Street, fand ein solennes Diner statt. Am Tage darauf reiste Kemble nach einem Landsitze bei Toulouse ab und ist dort, wie die Rede ging, an den Folgen eines untätigen Wandels verstorben.

Grimaldi trat bis zum Schlusse der Covent-Gardener Saison nur noch einige Male auf und fuhr am 3. Juli nach Schottland. In Edinburg angekommen, vernahm er zu seiner nicht geringen Verwunderung von Murray, dass er, da Emery für Glasgow gewonnen wäre, dort nur an drei Abenden auftreten könnte. Es ließ sich nichts dawider tun, er musste gute Miene zum bösen Spiele machen und reiste sogleich wieder nach Glasgow, wo er am folgenden Abend eine Rolle zu übernehmen hatte.

Da es Sonntag war, an welchem Tage in Schottland keine Postkutsche fährt, musste er Extrapost nehmen und traf erst nach 11 ½ stündiger Fahrt in Glasgow ein. In halb soviel Zeit hätte er die Strecke zu Fuß zurücklegen können.

»Whittington«, »Don Juan«, »Valentine und Orson« und »Die Nebenbuhler« waren die Stücke, die in Glasgow zur Aufführung gebracht wurden. In den drei ersten spielte neben ihm auch sein Sohn; im letzten gab er Acres, und zwar mit außerordentlichem Erfolge.

Er gab diese Rolle überall auf seinen Provinztouren und immer zur Belustigung und vollkommenen Befriedigung seines Auditoriums. Es ist irrig, wenn gesagt worden ist, er hätte in der Provinz Richard den Dritten gespielt. Von Rollen, die nicht ins pantomimische oder melodramatische Fach fielen, hat er nur den Acres, Moll Flaggon und vielleicht noch eine dritte gespielt, die aber nicht Richard der Dritte war.

Von Glasgow begab er sich wieder nach Edinburg, wo er zweimal als Acres auftrat. Ebenso ergötzte er die braven Leute von Old-Reekey – Alt-Qualmnest – außerordentlich mit dem damals volkstümlichen Liede »Tippitywitchie«, und er wie sein Sohn erhielten alle nur erdenklichen Gunstbeweise.

An seinem letzten Spielabend kam Mr. Murray zu ihm und überreichte ihm einen Check mit der Aufforderung, im nächsten Sommer sein Gastspiel zu wiederholen. –

Am 22. reiste Grimaldi nach Berwick, wo er sich für zwei Abende verpflichtet hatte. Über das dortige Stadttheater war er im ersten Augenblicke geradezu verblüfft. So etwas hatte er sein Lebtag noch nicht gesehen. Es befand sich auf einem Dachboden, und der Weg zu dem Gebäude führte über einen Viehhof. Zwei Treppen musste man hinaufsteigen. Der Eingang war kläglich, unsauber und vor allem für Damen höchst unappetitlich. Das Innere des Theaters war dagegen so nett und vornehm, wie man es nur denken konnte.

Auch konnte Grimaldi sich nicht besinnen, je vor einem eleganteren und glanzvolleren Logenpublikum aufgetreten zu sein als hier in Berwick.

Die beiden Abende brachten ihm 92 Pfund ein. Am zweiten soupierte er mit dem Direktor, und während er mit ihm bei Tische saß, wurde ihm ein Schreiben überreicht, das von einem galonierten Diener abgegeben worden war, der sich aber sogleich wieder entfernt hatte. Es lautete wie folgt:

»Sir, – nehmen Sie Inliegendes als Anerkennung Ihres Genies und als Dank für das herrliche Vergnügen entgegen, das Sie mir heute Abend bereitet haben.

Ein Freund und Verehrer.«

Was drinnen lag, war – eine Fünfzig-Pfund-Note. –

Am folgenden Tage reiste Grimaldi nach Liverpool ab, wo er am 30. zum ersten Male auftrat. Er verweilte drei Wochen dort. Als Gage waren ihm 12 Pfund wöchentlich ausgesetzt worden, dazu ein halbes Benefiz oder eine Entschädigung von 40 Pfund für den Abend extra. Auch hier wählte er wieder das letztere.

Als der zu seinem Benefize angesetzte Abend – der letzte seines Engagements – herankam, begann er sorglich zu überlegen, ob er »auf das ganze Abenderträgnis« spekulieren wolle oder nicht. Er hatte in Liverpool keine Bekannte oder gar Freunde, die er hätte um Rat angehen können, war aber anderseits mit schier maßlosem Beifall aufgenommen worden. Da er mit sich nicht ins Reine kommen konnte, bat er seine zufällig anwesenden Kollegen Emery, Blanchard und Jack Johnstone um ihre Ansicht. Sie rieten ihm dazu, das Abenderträgnis zu nehmen, und er bezahlte, obwohl er noch immer nicht recht auf den Erfolg rechnete, die 40 Pfund an die Kasse als seinen Anteil an den Unkosten des Abends.

Das Stück, das zur Aufführung kam, war »Die Nebenbuhler«. Er spielte wieder den Acres darin, und als Nachspiel kam die Pantomime »Harlekins Olio«, worin sein Sohn als Flipflap, eine Art Lakai des Harlekins, und er selbst als Clown auftrat.

Nach dem Zetteldruck verstrichen mehrere Tage, ohne dass die geringsten Anzeichen für ein günstiges Benefiz zu verspüren waren. Noch am Morgen des Aufführungstages hatte er erst vierzehn Eintrittskarten verkauft und begab sich höchst niedergeschlagen nach dem Schauspielhause. An der Logentür traf er Mr. Banks, einen der Direktoren, der ihn mit den Worten anredete:

»Na, Joe, heute gibt's aber mal ein wirkliches Benefiz'.«

»Hm, kann sein, kann sein,« versetzte er seufzend.

»Haben Sie das Logenbuch gesehen«, fuhr der Direktor mit etwas verwunderter Miene fort.

»Nein. Ich fürchte mich eigentlich davor«, antwortete Grimaldi.

»Fürchten, Joe? Aber, Grimaldi, wovor denn? Man weiß ja nicht, wie es Ihnen recht ist? Es sind sämtliche Logenplätze verkauft, und wenn noch mehr da wären, wären auch mehr noch verkauft.« So verhielt es sich auch. Die Einnahme dieses Abends belief sich auf 328 Pfund, überstieg also alle früheren, sogar diejenige des für den Liebling der Stadt, Miss O'Neil, angesetzten Benefiz-Abends, wie auch alle Einnahmen, die John Emery, Grimaldis Konkurrent, zu verzeichnen hatte.

Dadurch, dass Grimaldi sich nach dem Rate seiner Kollegen gerichtet hatte, erwuchs ihm ein Gewinn von mehr denn 280 Pfund. Er zeigte sich insofern dafür erkenntlich, als er ihnen ein solennes Diner zum Besten gab. –

Es kamen Aufforderungen zu Gastspielen fast alle Tage, von fast sämtlichen Provinzbühnen. Er ging aber nur noch auf zwei davon ein: auf die von Preston für einen Abend, und auf eine von Mr. Crisp, dessen vornehmes

Verhalten in Worcester er noch immer in bester Erinnerung hatte, nach Hereford auf vier Abende.

Zwei Tage nach seinem großen Benefiz begab er sich nach Preston, um seinem mit dem dortigen Direktor, Mr. Howard, abgeschlossenen Vertrage gerecht zu werden. Als er eine so große Menge von Quäkern in den Straßen der Stadt herumlaufen sah, sank ihm freilich der Mut. Howard tröstete ihn jedoch und machte ihm die besten Hoffnungen, und der Erfolg gab ihm auch recht. Grimaldi trat als Scaramuz auf, und mit soviel Beifall, dass er noch einen zweiten Abend zugeben musste, an welchem er als Acres auftrat. Beide Abende war das Haus so gut wie ausverkauft, und von den Einnahmen beider Abende kamen auf seinen Teil 86 Pfund: ein Ergebnis, mit dem er umso zufriedener war, als er doch so gut wie nichts erwartet hatte.

Am zweiten Tage nach seiner Ankunft in Preston ereignete sich ein kleiner Vorfall, der ihn so sehr amüsierte, dass er ihn in einer Pantomimen-Szene zu benutzen gedachte. Als er bei einem Barbier eintrat, um sich den Bart abnehmen zu lassen, sah er ein allerliebstes junges Mädchen im Laden sitzen, mit einer Näharbeit beschäftigt, das sich von seinem Stuhle erhob, ihn zu begrüßen.

Grimaldi fragte nach dem Herrn Barbier.

»Er ist nur einen Augenblick hinausgegangen«, versetzte das Mädchen, »und muss gleich wieder da sein.«

Grimaldi antwortete, er wolle wiederkommen, machte einen Gang durch die benachbarten Straßen, traf zufällig Mr. Howard und ging mit ihm nach der Barbierstube zurück. Er fand denselben noch immer nicht anwesend, machte seinem Verdrusse, zum zweiten Male umsonst gekommen zu sein, durch ein paar grillige Worte Luft und wollte zum andern Male gehen. Da fragte ihn Howard, ob er mit dem Barbier etwas Wichtiges zu sprechen hätte.

»Durchaus nicht«, antwortete Grimaldi, »bloß barbiert möchte ich sein.«

»O, wenn Sie mir das vorhin gesagt hätten«, sagte das Mädchen darauf, »so konnten Sie Ihren Bart schon längst los sein. Ich bediene ja die meisten Kunden vom Vater, ob er zu Hause ist oder nicht.«

Howard erklärte, dass ihn das Mädchen wohl schon an fünfzig Male rasiert habe. Grimaldi setzte sich nun und ließ sich einseifen, konnte aber seiner Lachlust nicht Herr werden, als ihm das Mädchen unter das Kinn griff, und wollte, als es ihm gar mit einem Stückchen Löschpapier an die Nasenspitze fasste, schier bersten vor Lachen. Das Mädchen musste auch lachen, Mr. Howard auch, und Grimaldi schnitt die possierlichsten Gesichter. Da trat der Barbier in seine Stube, und ihm kam die Szene, deren unvermuteter Zeuge er wurde, auch so drollig vor, dass er in ein schallendes Gelächter ausbrach, auf einen Stuhl sank, sich vor Lachen den Bauch halten musste und in abgerissenen Worten rief:

»Nein, solch einen schnurrigen Kauz, wie den Herrn, den mein Mädchen unterm Messer hat, habe ich, weiß Gott! Mein Lebtag noch nicht bei mir gesehen!« Und dann rief er wieder: »Wissen Sie, lieber Mann, schneiden Sie bloß nicht mehr Gesichter, sonst muss man ja noch ersticken!«

Als sich zuletzt alle vier ausgelacht hatten, vollendete der Barbier das von seiner Tochter begonnene Werk. Grimaldi gab dem Mädchen einen Schilling als Donceur und verabschiedete sich, nachdem sich auch Mr. Howard hatte rasieren lassen.

Am 24. fuhr er nach Liverpool, nachdem er seine Gelder kassiert und allerhand Einkäufe bewirkt hatte; denn es war Brauch und Sitte bei ihm, einen Teil der Einnahmen bei den Geschäftsleuten der betreffenden Stadt zu lassen.

Zwanzigstes Kapitel.

Neue Triumphe in der Provinz. – Bologna, und seine Knickrigkeit. – Sonderbare Manieren, Geld zu sparen.

Da Grimaldi in Liverpool kein Engagement und auch keine Zeit hatte, eins anzunehmen, hielt er sich nur zwei Tage dort auf und begab sich nach Hereford. Sein erster Gang war zu Mr. Crisp, der ihn gleich ins Theater mitnahm.

Grimaldi war außer sich, als er sah, dass dieses nur aus einer gewöhnlichen viereckigen Stube bestand, worin die kaum vier Ellen breite und hohe Bühne aufgeschlagen war. Der Kopf des Steinernen Gastes im Don Juan wurde durch die herunterhängenden Kulissen verdeckt, also für die Zuschauer vollständig unsichtbar, was umso verdrießlicher war, als von ihrem Nicken die Wirkung einer der besten Szenen beim Scaramuz abhing.

Grimaldi machte aus seinem Verdrusse kein Hehl und erklärte ohne Weiteres, auf solcher Bühne unmöglich vier Abende spielen zu können, auch wenn man ihn dazu verpflichtet hätte. Mr. Crisp einigte sich nun so mit ihm, dass er zweimal nur in Hereford, die andern beiden Male aber in Worcester spielen solle, wo ja, wie ihm bekannt war, ein besser beschaffenes Theater sich befand.

Er machte in den beiden Städten wieder eine sehr beträchtliche Einnahme.

Da ihn nun in der Provinz nichts mehr fesselte, begab er sich, um seine Ruhe zu genießen, nach Cheltenham. Dort verlebte er die Zeit bis zur zweiten Septemberwoche und kam auch wieder einmal mit seinem alten Freunde, dem Seiltänzer Richer, zusammen, der sein Metier an den Nagel gehängt und die Witwe eines vermögenden Geistlichen geheiratet hatte, mit ihr auf sehr vornehmem Fuße und allem Anscheine auch sehr glücklich lebte.

Aus seinen Gastspielen in der Provinz hatte er alles in allem bare 1425 Pfund gelöst: weit mehr, als er damit zu erzielen gehofft hatte.

Als er wieder nach London zurückkehrte, war das erste, was ihm zu Ohren kam, die Kunde von der ganz miserablen Saison, die soeben das Sadlers-Wells-Theater beendigt hatte. So etwas war wirklich seit seinem Bestehen noch nicht erlebt worden. Da Grimaldi im Covent-Garden-Theater nichts mehr zu verrichten hatte, machte er Gebrauch von einer Aufforderung des Birminghamer Direktors Elliston, vier Abende bei ihm zu gastieren. Zusammen mit Mr. Brunton, Ellistons Regisseur, trat er zweimal hintereinander auf und gewann dabei 70 Pfund.

Dann spielte er zweimal hintereinander in Leicester, dann eine ganze Woche hindurch in Chester.

Als er dort im Weißen Löwen vorfuhr, traf er Bologna, der kurz vorher aus der Londoner Diligence gestiegen und express von London herübergeholt worden war, um zusammen mit Grimaldi in der »Mutter Gans« aufzutreten. Über dieses völlig unvermutete Wiedersehen waren beide höchlich erfreut, ließen sich ein besonderes Zimmer anweisen und bestellten ein gemeinschaftliches Diner. Grimaldi merkte sehr bald, dass Bolognas Manier, an allen Ecken und Enden zu knickern, eher zu-, statt abgenommen hätte, denn sobald die Frau Wirtin mit dem ersten leckeren Gericht erschien, verzog sich sein Gesicht zu einer wahren Leichenbittermiene, und als die Wirtin nun gar sagte, sie wisse recht gut, was für wohlrenommierte Herren sie heute beehrt hätten, und werde es an nichts fehlen lassen, was die Bequemlichkeit und Stimmung der Herren irgend erhöhen könne, da wurde es Bologna so unheimlich zumute, dass er dem Freunde leise sagte, ihm scheine es besser, sich anderswo einzuquartieren, denn hier hätten sie doch mit Bestimmtheit darauf zu rechnen, dass sie gehörig geschnitten werden würden.

»Aber glauben Sie doch das nicht!«, erwiderte Grimaldi.

»Sehen Sie bloß diesen Luxus mit der Tischwäsche und dem Service! Und die gesamte Zimmereinrichtung! Ich sage Ihnen, dafür werden wir böse berappen müssen! Nein, nein, Joe! Ich mache, dass ich weiter komme!«

»Sie können natürlich machen, was Ihnen beliebt, Bologna«, erwiderte Grimaldi, »wenn Sie aber meinen Rat hören wollen, dann bleiben wir, wo wir sind, denn ich weiß aus Erfahrung, dass man in den besten Gasthäusern immer am billigsten wohnt. In den gewöhnlichen Gasthäusern bekommt man alles bloß schlecht und hat schließlich genau dieselben Kosten.«

Bologna ließ sich zum Bleiben bestimmen, nahm sich aber vor, sich nur auf die allernotwendigsten Ausgaben zu beschränken, und betätigte diesen Entschluss, sobald der Kellner eintrat und Nachfrage hielt, ob die beiden Herren ein Nachtmahl wünschten.

»Nachtmahl!«, rief Bologna; »na, weiter fehlte nichts. Ich speise nie zur Nacht, weil dies das Ungesündeste ist, was der Mensch tun kann.«

»Für mich«, befahl Grimaldi dem Kellner, »wollen Sie ein Nachtmahl herrichten lassen.«

»Und was wünschen der Herr?«, fragte der Kellner.

»Sagen Sie der Wirtin, dass ich ihr anheimstelle, was sie mir herrichten will, sie soll nur etwas recht gutes heraussuchen.«

»Na, Sie werden einen feinen Groschen Geld bezahlen können«, meinte Bologna, als der Kellner die Tür hinter sich geschlossen hatte.

Hierauf gingen sie aus, um in der elften Stunde ins Gasthaus zurückzukommen. Bald standen ein paar feiste Rebhühner vor Grimaldi. Bologna schielte mit hungrigem Magen, wie Grimaldi es sich schmecken ließ, fand aber seinen Trost in dem Bewusstsein, sein schönes Geld behalten zu können. Während Grimaldi es sich gut schmecken ließ, ging er in der Stube auf und ab, trat endlich an den Tisch und fragte, ob die Rebhühner auch gut seien. Grimaldi antwortete, er besinne sich kaum, welche von solchem Wohlgeschmack je vorher gegessen zu haben.

Bologna schritt von Neuem auf und ab und riss endlich an der Klingel.

Als der Kellner kam, verlangte er eine Portion gerösteten Käse. Als er sie bekommen hatte, fragte er Grimaldi, ob er hier jeden Abend so fein zu speisen vorhabe?«

»Warum denn nicht?« versetzte Grimaldi.

»Nun, Kellner, dann bringen Sie mir alle Abend meinen gerösteten Käse, bloß weil es so dumm aussieht, nichts zu bestellen, wenn ein anderer Gast so tüchtig auffahren lässt.«

Als sie wieder allein waren, stimmte Grimaldi ein fröhliches Gelächter an; Bologna wurde ärgerlich und sprach von sinnloser Verschwendung, dass man sich das Geld doch zu schwer verdiene, um es für solche Leckereien auszugeben, und dass man sich auch mit einfacheren Gerichten sättigen könne usw., Grimaldi dagegen sprach von schlecht angebrachter Knickerei, dass jeder Mensch das Recht habe, sich damit satt zu essen, was ihm schmecke und worauf er Appetit habe, sobald er nur das Geld habe, alles bezahlen zu können, was er auffahren lasse usw. Es wollte keiner von beiden sich in den andern schicken, und so blieb alles, wie es gewesen war: Grimaldi aß einen Abend um den andern vom besten, was es im Wirtshause gab, und Bologna verzehrte einen wie alle Abend seinen gerösteten Käse.

Neun Tage hielten sie sich in Chester auf, und als sie die Rechnung bekamen, stellte sich heraus, dass sie, wie Grimaldi prophezeit hatte, recht billig wegkamen.

»Nun, was sagen Sie nun?«, fragte Grimaldi mit selbstbewusstem Lächeln.

»Ich muss zugeben«, antwortete Bologna, »dass es sich hier nicht so teuer lebt, wie ich dachte. Auf meiner Rechnung findet sich aber ein sehr unangenehmer Irrtum. Sehen Sie doch! Mir sind meine Käse genau so angerechnet, wie Ihnen Ihre Rebhühner und was Sie sonst feines gegessen haben.«

»So lassen Sie doch den Kellner heraufkommen«, meinte Grimaldi.

»Kellner«, fuhr Bologna den Ganymed an, als er auf sein Klingeln in der Stube erschien, »wie verhält sich das? Mir rechnen Sie für gerösteten Käse ebenso viel an wie meinem Kameraden für Rebhühner usw. Sagen Sie doch der Wirtin, dass ich um Berichtigung dieses Irrtums bitten lasse.«

»Bitte um Verzeihung, Sire, die Rechnung ist in Ordnung«, antwortete der Kellner.

»Wie soll ich das verstehen?«

»Es ist bei uns, wie in allen übrigen Gasthäusern auf der Straße nach London, für Nachtmahl ein Pauschalpreis angesetzt. Ob die Gäste warm oder kalt speisen, steht im Belieben. Das Nachtmahl kostet durch die Bank eine halbe Krone. Es hätte Ihnen die Wahl zwischen allem, was es bei uns gibt, freigestanden – Sie wünschten jedoch ausdrücklich für jeden Abend Röstkäse, Sire!«

Der knickerige Bologna biss sich auf die Lippen und bezahlte mit ingrimmigem Geknurr seine neun halben Kronen für neunmal Käse, während Grimaldi mit verschmitztem Lächeln auch nicht mehr für allerhand feine Delikatessen zu zahlen hatte.

Am andern Morgen reisten sie zusammen nach London, und auf dieser Tour gab Bologna abermals einen Beweis von übertriebener Sparsamkeit. Als nämlich die Postkutsche vorfuhr, flüsterte er Grimaldi zu, sie möchten doch lieber einen Außenplatz nehmen, da sie dann doch ein reichliches Pfund sparen könnten.

»Freilich«, erwiderte Grimaldi, »damit wir dann zwanzig Pfund zum Doktor schleppen müssen? Oder vielleicht gar ein böses Leiden uns für den Lebensrest holen. Nein, dafür danke ich.«

»Ich sehe nicht ein, wie man sich dazu verstehen kann, das Gewisse für etwas Ungewisses zu opfern. Jedenfalls sehe ich zu, auf billigem Wege zu einem Platz im Wagen drin zu kommen. Die Kutsche gehört unserer Wirtin. Ein Platz drin im Wagen ist noch frei. Wenn man soviel Geld in einem Wirtshause lässt, wie wir beide, kann man fordern, dass einem Platz im Wagen für die Hälfte gelassen wird.«

Grimaldi machte ihm Vorstellungen aller möglichen Art, aber umsonst. Bologna stellte der Wirtin das Ansinnen, ihm einen Platz im Wagen für den Preis eines Platzes oben auf dem Verdeck zu überlassen, und die gutmütige Frau ging darauf ein, doch mit dem Vorbehalte, dass Bologna den Platz zu räumen verpflichtet sei, sobald sich unterwegs ein Fahrgast für den Innenplatz fände.

Die Fahrt ging los, bis um vier Uhr früh konnte sich Bologna des Vorrechts, für das halbe Geld mitzufahren, erfreuen; als aber zu dieser Stunde frische Pferde genommen wurden, meldete sich ein Passagier für den Platz drinnen im Wagen.

Der Postillon riss den Schlag auf und mahnte Bologna höflich, an die von ihm eingegangene Verpflichtung; Bologna aber brummte, es solle ihm gerade einfallen, auszusteigen, und nachzuzahlen noch weniger.

Der Postillon wusste im ersten Augenblick nicht, was er sagen sollte, und unterhielt sich mit den umstehenden Knechten und Schaffnern über den Fall. Es wurde laut geschrien, gezischt und geflucht, aber Bologna hüllte sich in eisiges Schweigen und rührte kein Glied. Schließlich wurde ihm gedroht, Gewalt anzuwenden. Grimaldi war außer sich vor Entrüstung über solches Betragen seines Reisegefährten, der tatsächlich erst der rohen Gewalt wich, und erst sich dazu bequemte, auf das Verdeck in die kalte Morgenluft hinauszuklettern, als zwei stämmige Postknechte ihn an den Beinen aus dem Wagen zu zerren anfingen.

In Islington stieg Grimaldi aus, gab aber dem Schaffner und dem Postillon das doppelte Trinkgeld, weil er sich nicht mit dem knickerigen Bologna über einen Kamm scheren lassen mochte.

Nach einigen Tagen traf er sich wieder mit Bologna, und als er sich erkundigte, wie es ihm am Kassenschalter der letzten Station ergangen sei, bekam er die Antwort:

»O, ganz gut! Gebrummt und gewettert haben sie ja; aber das geht bei mir zum einen Ohre hinein und zum andern hinaus.«

»Das merkt man«, sagte Grimaldi.

»Aber ich bitte Sie! So behält man doch sein Geld in der Tasche! Wären die Leutchen höflich und manierlich gewesen, so hätte ich doch ein Trinkgeld geben müssen. Solch unmanierlichem Gesindel gibt man doch aber keinen Heller. Ich bin dabei ganz gut gefahren.«

Bologna hatte manche recht löbliche Eigenschaft, und Grimaldi ist ihm immer ein guter Freund geblieben; aber auf eine gemeinschaftliche Reise mit ihm hat er sich nicht wieder eingelassen.

Einundzwanzigstes Kapitel.

»Baron Münchhausen«. – Wie Ellar, der Harlekin, durch den Mond sprang und dabei sich die Hand verstauchte. – Grimaldi wird Miteigentümer von Sadlers-Wells. – Anekdoten vom Herzog von York, von Sir Godfrey Webster, einer goldenen Tabaksdose, Ihrer hochseligen Majestät, von Newcastle-Lachs und einem Kohlenbergwerk.

Grimaldi hätte nicht so eilig wieder nach London zurückzukehren brauchen, denn in Covent-Garden hatte er erst im November wieder aufzutreten, und auch da nur ein paar Abende in La Perouse. Da es aber leicht möglich war, dass er in ein paar Tagen spielen musste, trug er Bedenken, sich auf länger als acht Tage zu einem Gastspiele in der Provinz zu verpflichten.

Das Theater in Sadlers-Wells wurde geschlossen, gerade als er in London eintraf. Die letzte Saison war so kläglich gewesen, dass verschiedene Besitzanteile von der Direktion veräußert wurden. Grimaldi hatte dadurch, dass man sein Engagement nicht erneuerte, keinen Schaden gehabt in finanzieller Hinsicht, und dabei bei Weitem nicht soviel Mühe und Anstrengung aufwenden müssen, als wenn er dort weitergespielt hätte. Zu seiner im vorigen Kapitel genannten Gastspiel-Einnahme kamen noch die Beträge von 150, 70 und 100 Pfund, die er in Birmingham, Leicester und Chester löste, sodass er im ganzen für 56 Spielabende nahezu 1750 Pfund bekommen hat. In Sadlers-Wells hätte er es aber, einschließlich der Benefiz-Abende, nur auf 660 Pfund in 186 Vorstellungen gebracht, sodass er also 130 Abende weniger hätte zu spielen brauchen und doch um 1075 Pfund annähernd besser wegkam.

Die Weihnachtspantomime in Covent-Garden hieß »Baron Münchhausen« und wurde mit ebenso großem Beifall aufgenommen wie seit einigen Jahren alle vorhergehenden Stücke. Während ihrer Aufführung trug sich ein Vorfall zu, der als ein Beispiel menschlicher Brutalität erwähnt zu werden verdient.

In Sadlers-Wells war ein Tagarbeiter beschäftigt, der unter anderm auch mit verwandt wurde, einen Teppich zu halten, in welchem die Spieler bei den Sprüngen, die sie auszuführen hatten, aufgefangen wurden. Dieser Mensch trat eines Tags zu dem Harlekin Ellar, hielt den Teppich hoch und sagte, ein so knochentrockener Lappen wie das Ding da, sei ihm noch nicht vorgekommen. Diese Redensart des Tagarbeiters bedeutete nichts weiter, als dass ihm ein Trinkgeld gegeben werden möchte. Ob nun Harlekin Ellar gerade mit wichtigeren Dingen beschäftigt war, oder andere Gründe hatte, sich, still zu verhalten, kurz, er ließ den Tagarbeiter stehen und ging seiner Wege, der andere knurrte ihm ein paar grillige Worte hintendrein, und verschiedene, die sie mit angehört hatten, sagten Ellar am andern Morgen, dass er sich vor dem Menschen vorsehen möchte, denn er habe gedroht, an ihm Rache nehmen zu wollen.

Ellar lachte über die Drohung. Bis zum dritten Abend ging alles ganz gut; in der Szene aber, in der Ellar durch den Mond springen muss, kamen ihm am vierten Abend Bedenken, sodass er mit dem Weiterspiele zögerte und Grimaldi zuflüsterte, »ich fürchte, die Kerle werden mich nicht auffangen; dreimal habe ich schon geklopft und gefragt, ob sie fertig seien, aber es hat keiner auch nur mit einem Worte Bescheid getan.«

»Das ist doch ganz ausgeschlossen«, versetzte Grimaldi; »wer wird denn an so etwas denken? Springen Sie dreist, Freund! Vorwärts! Vorwärts! Es passiert Ihnen sicher nichts.«

Aber Ellar zauderte noch immer, bis Grimaldi ihn aufmerksam machte, dass das Publikum unruhig zu werden anfinge.

»Nun gut!«, flüsterte Ellar, »ich will den Sprung schon riskieren; aber der Himmel weiß, wie das Ding enden wird!«

Seine Furcht war nicht grundlos gewesen, denn die Arbeiter, die den Sprungteppich zu halten hatten, hielten ihn so, dass er ihn unmöglich erreichen konnte, sondern stürzen musste. Dass es so kommen werde, hatte er vorausgesehen und wollte lieber eine Hand, als den Hals brechen, richtete es also ein, dass er auf die Hände fiel, nahm aber dabei keinerlei Schaden, sondern konnte, freilich mit sehr großen Schmerzen, seine Rolle weiter spielen.

Natürlich wurde der Vorfall sogleich auf der Direktion gemeldet. Alle Arbeiter wurden im Hofe versammelt und ihnen mit sofortiger Entlassung gedroht, falls nicht sofort festgestellt würde, dass bei dem Vorfalle keinerlei schlimme Absicht vorgelegen habe. Der Obmann erklärte, sich für seine Leute verbürgen zu können, und appellierte an Mr. Ellar, ob er selbst glaube, dass jemand aus der Arbeiterschaft sich derart habe an ihm versündigen wollen; Mr. Ellar antwortete hierauf, er habe im ersten Augenblick wohl dergleichen Gedanken gehabt, sei aber davon abgekommen, und glaube weit eher an einen schlimmen Zufall. Grimaldi aber sagte er beim Nachhausegehen, er habe im letzten Augenblicke noch Mitleid gehabt mit der Familie des Unglücklichen, der – wie ihm zu Ohren gekommen sei – eine Frau mit sechs Kindern zu ernähren habe.

Ellars Verhalten war umso edler, als er nicht den leisesten Zweifel darein setzte, dass jener Mensch, dem er das Trinkgeld verweigert, mit Absicht so gehandelt hatte, und dass er elend ums Leben dabei gekommen wäre, wenn er es nicht so einzurichten gewusst hätte, dass er, statt auf den Kopf, auf die Hände fiel. –

Wenn man bedenkt, welch großen und schweren Gefahren Pantomimiker ausgesetzt sind, so muss man sich wundern, dass Grimaldi in seiner doch ziemlich langen Künstlerlaufbahn so wenig Unglück ausgesetzt gewesen ist. Freilich hat er dem Clown einen neuen, ruhigen Charakter geliehen und sich eigentlich nie auf Gliederverrenkungen gestützt, sondern seine Erfolge nur durch das Mienenspiel erreicht: er brachte sein Publikum zum Lachen dadurch, dass er mit dem Kopfe wohl agierte, aber nicht auf dem Kopfe stand. Grimaldi war eben in seinem Felde ein ausgemachtes Genie und darf als der Schöpfer eines neuen Clown-Genres bezeichnet werden.

Im Februar 1818 wurde ihm wiederholt bedeutet, dass er, falls er sich direkt an die Eigentümer von Sadlers-Wells wenden wollte, sichere Aussicht hätte, auf Bedingungen hin, wie er sie stellen könne, wieder in den Bühnenverband aufgenommen zu werden; aber er hatte keine Lust, darauf einzugehen, zum Teil, weil er noch immer Verdruss empfand über die Behandlung, die ihm zuteilgeworden war, zum Teil aber auch, weil ihm durch seine Gastspiele in der Provinz weit bessere Einnahmen zugefallen waren, als während der ganzen Jahre, die er in London gespielt hatte.

Als jedoch Mrs. Hughes, die Witwe seines langjährigen, immer getreuen Freundes, selbst an ihn herantrat mit der Bitte, der Direktion entgegenzukommen, da wurde er in seinem Entschlusse schwankend und erklärte endlich, dass er sein Verhältnis zum Sadlers-Wells-Theater wohl zu erneuern bereit sei, doch nur unter der Bedingung, dass man ihn als Miteigentümer ausnehme. Er rechnete, auf diese Weise jeder etwaigen Wiederholung des Versuches, ihn an die Wand zu drücken, und auch durch den Gewinnanteil allen Alterssorgen überhoben zu werden.

Er sollte sich aber in diesen Erwartungen, wie in mancher anderen, bitter täuschen. Sein Antrag wurde nach mancherlei Beratungen zwischen den Mitgliedern der Direktion, allerdings angenommen; er kaufte eine Anzahl von Aktien von Mrs. Hughes selbst und verpflichtete sich zum Wiedereintritt in den Verband der Bühne, doch mit dem Vorbehalt, dass er in der letzten Julihälfte alljährlich auf sechs Wochen zu Gastspielreisen in der Provinz beurlaubt würde.

In der ersten Saison nach seinem Wiedereintritt war das Ergebnis keineswegs rosig, In den ersten Monaten ging wohl alles gut, sobald er aber in die Provinz gereist war, blieb das Haus leer, und als er im September zurückkehrte, erwartete ihn die Nachricht, dass statt mit Gewinn, mit Verlust gearbeitet worden sei. Er war darüber nicht wenig überrascht, aber auch sehr ärgerlich, denn das Sadlers-Wells-Theater hatte immer in dem Rufe einer sichern Rente gestanden, und er hatte bestimmt darauf gerechnet, durch diesen Schritt eine erkleckliche Höhe seines Einkommens zu erreichen.

Ein paar Tage nach dem Schlusse der Saison fand die erste Versammlung der Geschäftsteilhaber statt; die Rechnungen wurden geprüft, und es stellte sich heraus, dass der Verlust noch bei Weitem höher war als zuerst angenommen wurde. Für jeden Aktionär bezifferte er sich auf 330 Pfund.

Grimaldi bezahlte, meinte nun aber gewiss sein zu dürfen, dass er von dem Gewinn aus seinen Gastspielreisen nicht mehr viel übrig behalten werde, und bereute es bitter, sich zu solchem Schritte entschlossen zu haben.

Als er eines Abends in Covent-Garden im »Baron Münchhausen« spielte, sah er den Herzog von York in einer Loge, zusammen mit Sir Godfrey Webster und einem dritten Herrn. Die hohen Herren lachten herzlich über die Komödie, und nach einer Szene mitten im Stücke, winkte Sir Webster Grimaldi zu sich.

»Recht saure Arbeit heute, Grimaldi?«, sagte er, »nicht wahr?«

»Nicht bloß sauer, Sir Godfrey, sondern auch heiß!«

»So nehmen Sie eine Prise Zur Erfrischung, Joe«, erwiderte Sir Godfrey kordial und bot ihm die größte Tabaksdose, die Grimaldi je gesehen hatte. Grimaldi betrachtete sie verwundert, Sir Godfrey aber sagte, auf den Pantalon zeigend, der auf der Bühne stand:

»Präsentieren Sie sie dem Herren und sehen Sie einmal zu, ob er Lust zu einem Prischen hat.«

Grimaldi musste gleich darauf wieder in einer sehr drolligen Szene auftreten, und stolzierte mit seiner Riesendose umher, die ganz wie eine absichtlich geschmiedete Karikatur aussah. Pantalon sah ihn aber misstrauisch an und fragte:

»Woher haben Sie denn dieses Exemplar von Dose? Doch nicht etwa gemaust?«

Grimaldi beteuerte unter allerhand Grimassen, dass sie, ein Geschenk von hohem Herrn sei. Pantalon fragte, wer der Geber sei, und Grimaldi wies auf die Loge des Herzogs, in die eben Sir Godfrey wieder eingetreten war.

Es wurde wiederum, und noch mehr als vordem, gelacht. Der Herzog musste sich tatsächlich den Bauch, halten, denn Grimaldi führte seine Rolle mit beispielloser Verve durch.

Im Fortgehen fragte Pantalon:

»Wo wollen Sie denn mit der Dose hin?«

»Dorthin, wo sie schon oft gewesen ist«, antwortete Grimaldi, gen oben zeigend, »zum Onkel Pumpmeyer!«

Unter stürmischem Applaus trat er ab, und nach einigen wenigen Augenblicken war Sir Godfrey wieder bei ihm, mochte er nun seine Dose tatsächlich in Gefahr wähnen, oder nicht.

»Grimaldi, das haben Sie großartig gemacht!«, rief er ihm schon von Weitem zu. »Sie haben mir eine Wette gewonnen, und sollen nun Ihre Hälfte abhaben.«

Er drückte ihm bei diesen Worten fünf Guineen in die Hand; der Herzog war unbemerkt eingetreten und sagte:

»Ah, teilen sich also die Herren in mein Geld! Aber lassen Sie sich sagen, Sir Godfrey, Mr. Grimaldi ist freilich kein Lastträger, allein ich zweifle nicht im geringsten, dass er Ihnen Ihre Dose unter solchen Bedingungen jeden Abend tragen würde.«

Der Herzog kehrte hierauf in seine Loge zurück, und da er sich nicht oft hinter den Kulissen blicken ließ, sah ihn Grimaldi außer diesem nur noch ein einziges Mal, nämlich im Jahre 1824, wo Seine Königliche Hoheit beim

Theater-Hilfsfonds-Diner präsidierte und sich bei einem Tischnachbarn nach Grimaldis Befinden erkundigte, auch den Wunsch aussprach, ihm vorgestellt zu werden.

Grimaldi kam dem Wunsche zuvor, indem er sich in seinem Kostüm, dem eines Steward, sogleich zeigte.

Der Herzog war überaus huldreich gegen ihn, gab seinem Bedauern, dass Grimaldi seiner Körperschwäche wegen sein Fach hätte aufgeben müssen, wie auch der Hoffnung Ausdruck, dass er doch wieder in die Lage gesetzt werden würde, in seinem Fache zu wirken, da »sein Verlust ja ein Nationalunglück wäre«, und setzte hinzu, als Grimaldi sich hierfür bedankt hatte, »dass er sich seines Vaters sehr wohl erinnere, dass derselbe ein sehr drolliger Herr gewesen sei und ihm und einer Schwester von ihm Tanzunterricht gegeben habe.« – Er setzte hinzu, »dass sich Grimaldi, sofern er ihm je einmal gefällig sein könne, sich ohne allen Rückhalt an ihn wenden möge.«

In früheren Jahren hatte Grimaldi häufig Georg den Vierten, und zwar noch, als Prinz von Wales, in Drury Lane gesehen, und König Wilhelm besuchte als Herzog von Clarence ebenso oft Covent-Garden, wo sein schlichtes, anspruchsloses Wesen im Gegensatz zu dem abgeschmackten Geckentum der anderen jungen Herren vom Hochadel allgemein vorteilhaft auffiel, und zu mancherlei Bemerkungen Veranlassung wurde, die für die letzteren nichts weniger als schmeichelhaft ausfielen.

Grimaldi trat einmal hastig in das Garderobenzimmer und war nicht wenig erstaunt, den Herzog von Clarence zu erblicken, im Gespräch mit einigen seiner Knaben, die er oft einmal ins Theater mitnahm.

Grimaldi verbeugte sich nicht ohne Verlegenheit und wollte sich wieder entfernen, der Herzog forderte ihn jedoch auf, zu bleiben.

»Ich bitte Ihre Königliche Hoheit um Vergebung«, sagte er; »denn ich muss fürchten zu stören.«

»Stören?« wiederholte er lächelnd; »nicht doch! Ich bin der einzige, der hier stört.«

Bei diesen Worten stand er auf und wollte nicht eher wieder Platz nehmen, als bis sich Grimaldi in seiner Nähe gesetzt hatte.

Die Saison in Covent-Garden schloss am 17. Juli. Zwei Tage später hatte er sein Benefiz in Sadlers-Wells, das ihm beinahe 250 Pfund einbrachte, und am folgenden Morgen reiste er ab, um seine Gastspielreise in die Provinz anzutreten. Zunächst ging es nach Liverpool, wo er vom 27. Juli bis zum 19. August spielte. Seine Einnahme betrug hier 327 Pfund, also mehr, als er im Jahre vorher hier gelöst hatte.

Von Liverpool begab er sich nach Lancaster, dessen Theater ein Gegenstück zu dem in Berwick war. Hier trat er an zwei Abenden auf und machte eine Einnahme von 112 Pfund.

Von Lancaster reiste er nach Newcastle, wo er fünfmal auftrat und als seinen Gewinnanteil 244 Pfund einstrich. Hier bekam er ein Schreiben von Harris, worin ihm angezeigt wurde, dass er am 7. September in Covent-Garden sein müsste, da dort die Saison eröffnet würde. Das zwang ihn, sein Engagement in Edinburg aufzugeben, was ihm höchst verdrießlich war, da er bloß eine Tagereise von Edinburg entfernt war und dort auf eine Einnahme von mindestens 500 Pfund hätte rechnen dürfen. Er kehrte nach London zurück und hatte nach ein paar Tagen eine sehr unangenehme Auseinandersetzung mit Harris.

»Ei, Joe!«, rief ihm dieser, sichtlich verwundert, entgegen; »ich habe auf ein Wiedersehen mit Ihnen erst in etwa drei Wochen gerechnet!«

Seinerseits nicht weniger verwundert, rief Grimaldi:

»Was? Erst in drei Wochen?«

»Freilich, ich habe gemeint, Sie wollten in Schottland spielen!«

»Freilich war das meine Absicht, Sie schrieben mir aber doch, dass ich in diesen drei Tagen wieder hier sein müsste, und ich habe meine Edinburger Reise und bare fünfhundert Pfund schießen lassen, um Ihrer Aufforderung auf der Stelle nachzukommen.«

»Ah, jetzt sehe ich, wie die Sache steht ... Sie sind gleich an dem Tage von Newcastle abgereist, an welchem Ihnen mein Schreiben zukam?«

Grimaldi bejahte.

»Schade! Ich habe mich gleich darauf anders besonnen und Ihnen auch wieder geschrieben, dass Sie bis zur ersten Oktoberwoche bleiben könnten. Da Sie nun aber hier sind, wollen wir schon Arbeit für Sie finden. In der anderen Woche werden wir es ein paar Abende mit »Mutter Gans« versuchen.«

Grimaldi sagte nichts darauf, Harris bemerkte seine trostlose Miene und setzte hinzu:

»Lassen Sie es nur gut sein! Denn was Ihr Edinburger Engagement angeht, so will ich Sie seinerzeit schon auf diese oder jene Weise zu entschädigen suchen.«

Grimaldi bedankte sich bei ihm, und Mr. Harris vergaß auch nicht, was er versprochen hatte.

Während seines Aufenthaltes in Newcastle fiel ihm ein, dass dorther der beste Lachs käme, den man in London kannte, und dass er auch seinen Namen nach der Stadt führte. Darum dachte er, sich ihn wohl schmecken zu lassen an der Stätte, wo er doch sicher am besten sein müsste, und bestellte sich ein Gericht davon zum Abendbrote.

Der Kellner antwortete: »Sehr wohl, Sir!«, aber in einem Tone, wie wenn er den Auftrag nicht recht verstanden hätte.

Grimaldi fragte ihn deshalb noch einmal, ob er gehört habe, was er wünsche.

»Allerdings, Sir«, antwortete der Kellner, »Sie sollen auch bekommen, was Sie bestellt haben.«

Grimaldi kam nun am Abend in den Gasthof zurück. Der Appetit auf Lachs hatte ihm schon unterwegs den Mund wässerig gemacht. Er fand den Tisch bereits gedeckt. Der Kellner trug eine verdeckte Schüssel auf, hob die Glocke auf und Grimaldi erblickte – nicht Lachs, sondern Hammelkoteletten.

»Ich habe ja eingemachten Lachs bestellt«, sagte er.

»Ach, ich bitte um Verzeihung, Sir«, sagte der Kellner, nicht ohne Verlegenheit.

»Sie haben es wohl vergessen, Kellner?«, fragte Grimaldi.

»Hm, ja – es kann sein – ich muss es wirklich vergessen haben.«

»Na, ich kann ja auch Koteletten essen; aber vergessen Sie es, bitte, nicht wieder, dass ich morgen Abend Lachs haben will.«

»Gewiss nicht, Sir«, antwortete der Kellner, und damit hatte die Sache für diesen Abend ihr Ende.

Am nächsten Abend lud Grimaldi den Direktor ein, mit ihm zu speisen. Der Tisch war gedeckt, sie setzten sich, die Glocke wurde abgehoben, und sie sahen – ein Beefsteak.

»Was ist denn das?«, fragte Grimaldi den Kellner; »haben Sie den Lachs wieder vergessen?«

»Ich – ich – glaube wirklich, Sie hätten Beefsteak befohlen, Sir. Ich werde Sorge tragen, dass Sie morgen Abend Lachs bekommen.«

»Vergessen Sie es aber ja nicht zum dritten Male! Ich reise übermorgen ab, und es ist mir daran sehr viel gelegen!«

»Verlassen Sie sich darauf, Sir!«

Am folgenden Abende fand Grimaldis Benefiz statt. Das Haus war wieder so gut wie ausverkauft, Grimaldi trat als Acres und als Clown auf, nahm sein Geld in Empfang, sagte dem Direktor Lebewohl und eilte ermüdet, sich noch immer auf den Lachs freuend, nach seinem Gasthofe zurück.

»Nicht vergessen, Kellner?«

»Nein, Sir.«

»Schön! Bringen Sie mir noch die Rechnung, denn ich reise morgen in aller Frühe ab.«

Der Kellner entfernte die Glocke. Diesmal hatte man Kalbskoteletten darunter verborgen. Grimaldi wurde unwillig und befahl dem Kellner, den Wirt heraufzurufen, der gleich darauf erschien.

Grimaldi trug ihm seine Beschwerde vor, die der Wirt durchaus nicht verstand, bis es endlich nach vielem Hin- und Herreden zur Sprache kam, dass gepökelter Lachs keinem Menschen in Newcastle bekannt war und nur nach London verschickt werde. Der einfältige Kellner hatte keine Ahnung davon gehabt, was Grimaldi eigentlich hatte haben wollen. Es war ihm aber zuwider gewesen, sich als unwissend zu bekennen, und er hatte es daher für das Beste gehalten, die am meisten begehrten Gerichte der Reihe nach zubereiten zu lassen in der Hoffnung, endlich doch das richtige zu finden.

Grimaldi besichtigte auf dieser Reise, jedoch nur sehr oberflächlich, ein Kohlenbergwerk. Durch eine interessante Schilderung, die ihm der Theaterdirektor davon gegeben, war seine Neugier geweckt worden. Er wurde in einem Korbe 2 – 300 Fuß hinuntergelassen, und kaum hatte der Führer, der ihn unten im Stollen in Empfang genommen, ein paar Schritte weiter geführt, als ein Kohlenklumpen von drei Tonnen Gewicht dicht hinter ihm herunterstürzte.

»Jesus! Was ist denn das?« rief Grimaldi in großer Bestürzung.

»Was denn weiter?«, wurde ihm geantwortet, »es ist bloß ein bisschen, Kohle heruntergerutscht ... das passiert immer ein paar Mal tagsüber.«

»So? Na, ich – danke!« rief Grimaldi und lief eilends wieder zum Förderkorbe; »fahren Sie mich lieber gleich wieder hinauf!«

Der Korb kam wieder herunter, und Grimaldi konnte es kaum erwarten, bis er wieder oben war. Er verspürte nicht im Geringsten Neigung, sich den Kopf von »einem bisschen« Kohle einschlagen zu lassen.

Zweiundzwanzigstes Kapitel.

Gewinn und Verlust. – Grimaldis Sohn auf dem Covent-Garden-Theater. – Sein letztes Engagement in Sadlers-Wells. – Die Riesen im Dubliner Pavillon. – Beunruhigender Gesundheitszustand. – Sein Engagement beim Koburg-Cheater. – Mr. Harris Liberalität. – Grimaldis letztes Auftreten in Covent-Garden. – Besuch in Cheltenham und Birmingham. – Oberst Berkeley, Mr. Charles Kemble und Mr. Bunn.

Durch seine sechswöchentliche Gastspielreise im Jahre 1818 gewann Grimaldi 680 Pfund, aber die schlechte Saison in Sadlers-Wells verschlang die ganze Summe wieder, und er besaß abermals weiter nichts als sein Salär; indessen hoffte er auf Ersatz in der nächstfolgenden Saison.

Die Weihnachtspantomime in Covent-Garden war »Harlekin Donquichotte«. Sie fand nicht den Beifall, den die früheren Pantomimen auf dieser Bühne gefunden hatten, obwohl Grimaldi darin zuerst als Sancho Pansa und dann als Clown auftrat. Man ließ daher im April eine andere folgen: »Harlekin und Aschenbrödel,« die aber auch keine bessere Aufnahme fand und nicht lange gegeben wurde. Im März war er einige Abende unbeschäftigt und nahm deshalb eine Einladung nach Lynn in Norfolk an, wo er viermal auftrat und eine Einnahme von 160 Pfund machte.

In Sadlers-Wells war die diesjährige Eröffnung von vielen Schwierigkeiten und Verlegenheiten begleitet. Zehn Tage vor dem Beginn der Saison legte Dibdin ganz unerwartet seinen Direktorposten nieder und ließ sich kaum bestimmen, die notwendigen Anordnungen auch nur für die erste Woche zu treffen. Es war niemand ausfindig zu machen, der für ihn hätte eintreten mögen, und so musste sich Grimaldi dazu bequemen und deshalb seine diesmalige Gastspieltour mit all ihren Vorteilen aufgeben. Er brachte eine neue Pantomime eigener Erfindung »Die Schicksalsgöttinnen« zur Aufführung, die sich während der ganzen Saison hielt und auch immer gutbesetzte Häuser erzielte. Hierdurch besserten sich die finanziellen Verhältnisse für die Eigentümer einigermaßen.

Grimaldi merkte zu seiner nicht geringen Besorgnis in diesem Jahre zum ersten Male, dass seine Kräfte langsam abzunehmen anfingen. Zu spät sah er ein, dass ihn eine rechtzeitige Ruhe von längerer Zeit wahrscheinlich in den Stand gesetzt hätte, in seinem Berufe über die Mitte der vierziger Jahre hinaus zu wirken.

Vom September des Jahres 1819, wo Covent-Garden wieder eröffnet wurde, bis Weihnachten, wo die neue Pantomime »Harlekin und der Mönch« in Szene ging, gab er häufig den Kasrak im »Aladdin.«

In dieser Saison wurde sein Sohn auch ständig im Covent-Garden-Theater beschäftigt. Zuerst trat er als Fribble auf, dann in der Rolle des Liebhabers, die einen der lustigsten Pantomimen-Charaktere bildete. Man sah ihn in der Regel als Gigerl kostümiert; in der Handlung begünstigte ihn der Vater der Kolombine, während Kolombine selbst nichts von ihm wissen mochte. Dagegen nahm er regen Teil an der Jagd nach dem Helden und der Heldin der Pantomime, und Sache des Clowns war es, ihn in eine recht lächerliche Situation zu bringen.

Am 23. April übernahm Mr. Howard Payne das Theater auf eine Saison. Da sich kein anderer Direktor hatte finden wollen, war es ihm gelassen worden. Aber auch er büßte einen sehr bedeutenden Betrag ein, und Grimaldi fing der Spekulation langsam müde zu werden an. Da er jedoch allen Grund hatte, mit dem Ertrage seiner beiden Benefize zufrieden zu sein, reiste er im September in bester Stimmung und ohne jede Ahnung, dass er nur noch einmal, nämlich an seinem Abschiedsabend, in Sadlers-Wells auftreten sollte, nach Dublin ab.

Seine Reisegefährten waren Ellar und sein Sohn. Sie hatten zusammen Urlaub bekommen und waren zusammen von Harris, dem Direktor des Dubliner »Pavillon«-Theaters, engagiert worden. Ehedem Verhandlungssaal gewesen, war es vollkommen rund und für Theateraufführungen höchst ungeeignet, die Bühne selbst so eng, dass man, als die Vorbereitungen zum

»Harlekin Gulliver« getroffen wurden, beim besten Willen nicht wusste, wohin die Leute aus Brobdignac gebracht werden sollten, denn sie nahmen soviel Raum ein, dass man sie, ehe der Vorhang aufgezogen wurde, im vollen Kostüm in einen dunklen Winkel postieren musste, aus dem sie, sobald sie auf der Bühne zu erscheinen hatten, hervorgeholt und, wenn sie abtreten mussten, wieder zurückwandern mussten, um dann bis zum Schlusse der Pantomime dort ruhig auszuhalten.

Es blieb den unglücklichen Riesen weiter nichts übrig als sich in ihr etwas prekäres Schicksal zu schicken. Sie erregten Grimaldis Mitleid in hohem Maße, und nachdem die ersten Vorstellungen vorüber waren, fragte er sie, ob sie sich entschließen könnten, auch für die Folge das gleiche Maß von Hitze und Anstrengung zu ertragen.

»Wir haben uns die Geschichte überlegt«, antwortete der Wortführer von ihnen, »und sind für jeden Abend bereit, sofern uns Euer Gnaden einen Whisky nach Schluss der Vorstellung versprechen.«

Das geschah natürlich, und die Riesen betrugen sich fürderhin sehr artig und nett und betranken sich nicht ein einziges Mal.

Sieben Wochen verweilte die Gesellschaft in Dublin. Für Grimaldi war das Gastspiel sehr einträglich, brachte ihm doch sein Benefiz allein 200 Pfund.

Die Pantomime, die in Covent-Garden gespielt wurde, hieß: »Harlekin und Mutter Bunch« – unter welch letzterer Figur eine in Kindermärchen häufig vorkommende

Hexe zu verstehen ist – und beide Grimaldis hatten darin Rollen.

Ostern wurde Sadlers-Wells auf drei Saisons an den mit Grimaldi befreundeten Mr. Egerton, einen Schauspieler vom Covent-Garden-Theater, verpachtet; Grimaldi konnte sich aber mit einigen Paragrafen des Vertrags nicht zufrieden geben, sodass er es vorzog, seine Unterschrift zu verweigern. Dadurch kam es zu einem gespannten Verhältnis zwischen ihm und Egerton. Obgleich dasselbe anhielt, bewahrte Grimaldi dem einstigen Freunde doch immer eine hohe Achtung, die er gewiss auch verdiente.

Im Herbste begaben sich Ellar und Grimaldi Vater und Sohn wieder nach Dublin, verweilten vorher aber noch fünf Wochen in Birmingham, dessen Theater damals in dem Besitze eines Mr. Bunn war. Beide traten hier in der Pantomime »Mönch Baco« auf, die wohl über fünfzigmal gegeben wurde. Mr. Bunn war, wie von ihm bekannt war, höchst liberal und zahlte Grimaldi wöchentlich 20, seinem Sohne 9 Pfund, wozu noch für jeden ein Benefiz aus halben Gewinn an der Einnahme hinzukam.

Grimaldi wurde damals zu seinem unsäglichen Schmerz gewahr, dass es mit seiner Gesundheit immer schlechter wurde, und dass ihm ein frühes und gebrechliches Alter winkte. Am achtzehnten Spielabend wurde ihm im Theater so übel, dass er sich krankmelden und einen Arzt zurate ziehen musste. Nach acht Tagen war er wohl wieder so weit, dass er spielen konnte, – er fühlte aber, dass er nicht mehr der alte war, dass seine Kräfte vielmehr zusehends schwächer wurden. Die bösen Ahnungen, die ihn beschlichen, sollten sich auch bald erfüllen, und zwar so plötzlich, dass er selbst, aller früheren Anzeichen ungeachtet, davon überrascht wurde.

Am 6. Dezember reisten sie von Dublin ab nach London zurück, und schon am Tage nach ihrer Rückkehr begannen die Weihnachtsproben in Covent-Garden. Grimaldi hatte die Reise sehr angegriffen; er fühlte sich schwächer denn je vorher.

Die Pantomime, in der er wieder mit seinem Sohne zusammen auftrat, war: »Der gelbe Zwerg«. Sie wurde 44 Mal gegeben, Grimaldi wollte aber trotzdem nicht daran glauben, dass sie beim Publikum in sonderlich großer Gunst stände. Er spielte die Titelrolle, während sein Sohn als Midshipman auftrat.

Sein Gesundheitszustand wurde im Verlauf des Sommers zusehends schlechter. Auf ein paar Tage wurde es wohl dann und wann besser; vielleicht hätte er sich auch jetzt noch, da er in Sadlers-Wells nicht mehr aufzutreten brauchte, den Rest seiner Kräfte erhalten können, wenn er sich hätte entschließen können, während seiner Ferien sich völliger Ruhe hinzugeben. Aber der Pächter des damaligen Koburg- und heutigen Viktoria-Theaters, Mr. Glossop, machte ihm ein so vorteilhaftes Angebot, dass er nicht widerstehen konnte. Er verpflichtete sich zu einem sechswöchentlichen Gastspiele, das ihm eine so bedeutende Summe brachte, dass er es sicher verlängert hätte, wäre ihm nicht so unwohl geworden, dass er der Bühne gänzlich Valet sagen musste.

Man riet ihm zu einer Brunnenkur in Cheltenham. Im August reiste er dorthin ab, ließ sich aber, als er sich halbwegs besser fühlte, von seinem alten Kollegen

Farley, der das dortige Theater gepachtet hatte, zu einem zwölfmaligen Gastspiele bewegen. Er machte eine Einnahme von 150 Pfund und kehrte merkwürdigerweise gesunder und heiterer nach London zurück, als er gerechnet hatte, sodass er bei Eröffnung der Saison im Covent-Garden-Theater mitwirken konnte.

»Harlekin und Werwolf« mit dem Untertitel »Die schlummernde Schönheit« hieß die Pantomime dieser Saison. Sie fand wiederum die beifälligste Aufnahme. Freilich hatte Mr. Harris es an Fleiß und Kosten nicht fehlen lassen und verstand es auch, seinen Eifer auf die Mitglieder seiner Truppe zu übertragen, für deren Winke und Ratschläge er immer ein williges Ohr hatte. Sämtliche Kostüme wurden auf Direktionskosten angeschafft. Von den Darstellern erhielt jeder ein Maß Wein so oft die Pantomime gegeben wurde, am Tage der ersten Aufführung sogar eine Einladung zu einem splendiden Diner im Piazza-Kaffeehause, wohin sie sich nach beendigter Probe begaben. Farley führte hierbei den Vorsitz, während Brandon sein Stellvertreter war. In dem Stücke wirkte sowohl Grimaldi als sein Sohn. Es hielt sich bis Ostern 1823. Dann wurde das von Farley verfasste Melodrama »Das Sonnen-Gesicht oder die Peruanische Waise« gegeben. Grimaldi hatte darin eine Hauptrolle, die er aber schon an den ersten Abenden nur mit äußerster Anstrengung durchzuführen vermochte. Es fing ihm an Kraft zu fehlen an; seine Gelenke waren steif, seine Muskeln erschlafften, und heftige Krämpfe waren die stetige Folge der Anstrengungen, die er sich auferlegte. Wenn er von der Bühne abtrat, musste er von Männern aufgefangen, mussten ihm die Glieder gerieben werden, und zwar solange, bis sein Stichwort fiel.

Die Zuschauer, die sich vor Lachen ausschütten wollten, solange er spielte, hatten keine Ahnung von den grässlichen Schmerzen, die er zu leiden hatte, während ihm von allen Seiten Beifall geklatscht wurde.

So ging es bis zum vierundzwanzigsten Abend. Da war er nicht mehr imstande, seine Rolle zu Ende zu spielen, und auf den Tod erschöpft, außerstande, ein Glied zu rühren, wurde er in die Garderobe getragen.

Jetzt erinnerte er sich der Entstehung und allmählichen Entwickelung seines Leidens; jetzt fiel ihm wieder ein, dass sich alle Doktoren, die er im Verlaufe der Jahre deshalb konsultiert hatte, vergeblich bemüht hatten, ihm Heilung zu bringen, und die schreckliche Gewissheit, dass er sein Spiel werde einstellen müssen, drängte sich ihm auf. Er schlug die Hände vor das Gesicht und weinte wie ein Kind. Am andern Morgen zeigte er der Direktion an, dass er, schwerer Erkrankung zufolge, seine Rolle aufgeben müsse.

Sein Sohn übernahm die Rolle auf der Stelle und war schon am ersten Abend imstande; sie mit Erfolg zu spielen. Das Stück erlebte 45 Aufführungen; wohl fing Grimaldis Zustand sich in der zweiten Woche zu bessern an, zu nochmaligem Auftreten in diesem Stücke ließ er sich aber nicht bestimmen. Die schlimmsten Ahnungen erfüllten ihn; es vergingen aber noch immer ein paar Jahre, ehe er die Hoffnung, sich auf dem Theater noch einmal zu betätigen, gänzlich aufgab.

Im August begab er sich zum zweiten Male nach Cheltenham und erholte sich soweit, dass er wieder ein paar Mal auftreten konnte. Das Theater stand auch hier unter Farleys Leitung. Am ersten Abend kam Bunn und erzählte ihm, dass Kemble in Birmingham gastiere und Oberst Berkeley ihm versprochen habe, zu seinem Benefiz aufzutreten – was er öfter einmal tat, schon darum in der Regel mit großem Applaus, weil er ein bildhübscher Mann war und infolgedessen um »Verhältnisse« nicht eben verlegen war – Bunn sagte Grimaldi, in welcher Rolle er zu spielen gedenke. Dann setzte er aber hinzu, dass ihn auch die Absicht hergeführt habe, mit Grimaldi zu sprechen, ob nicht auch er sich bereit finden lassen wolle, ein paar Mal in Birmingham mitzuwirken.

Zuerst mochte Grimaldi nichts davon hören; schließlich willigte er aber auf die Bedingungen hin ein, dass er nur zweimal zu spielen gehalten sei und dass ihm die Hälfte der beidesmaligen Einnahme zustehe.

An dem für Kemble festgesetzten Benefiz-Abende traf er mit seinem Sohne in Birmingham ein, hatte aber, da Kemble hier wie überall als bedeutender Künstler Englands außerordentlich beliebt war, nicht unbegründete Besorgnis, dass dieser Umstand ihm selbst von großem Nachteil sein würde, und äußerte noch am selben Abend Kemble gegenüber, in Drury Lane seien seinem Sohne acht Pfund geboten worden; würden ihm die Besitzer von Covent-Garden aber auch nur sechs Pfund bewilligt haben, so hätte er sich darein gefunden, auch unter solcher Bedingung zu spielen, um nicht eine Bühne zu verlassen, wo seinem Vater während so langer Jahre so unsäglich viel Wohltaten zugeflossen seien.

Kemble erwiderte darauf: »Mein lieber Joe, Ihr Anerbieten ist so außerordentlich freundlich, dass ich mich auf der Stelle damit einverstanden erkläre. Ihrem Sohne werden die gleichen Bedingungen bei uns zugestanden, wie sie ihm das Covent-Garden-Theater gewährt hat.«

Grimaldi begab sich in die Garderobe und traf dort den Oberst Berkeley, der ihm sagte, er hätte gar zu gern einmal den Valentin gespielt mit Grimaldi zusammen als Orson. Grimaldi antwortete darauf, dass er es sich selbst zur hohen Ehre anrechne, einmal mit Oberst Berkeley zusammen zu spielen.

»Schön«, sagte der Oberst darauf, »wir wollen die Sache als abgemacht ansehen; sobald Sie hier fertig sind, erwarte ich Sie für einen Abend in Cheltenham. Mit Farley werde ich dann alles Notwendige verabreden. Ihr Sohn mag den Grünen Ritter spielen. Ich gebe Ihnen hundert Pfund Renumeration. Wollen mal zusehen, Joe, was wir beide zusammen zur Unterhaltung des Publikums ausrichten können.«

Aber aus diesem Plane sollte nichts werden. Grimaldi gab an Kembles Benefiz-Abend noch eine kleine, von ihm selbst verfasste Pantomime zum Besten: »Puck und die Puddinge,« mit der er einen so stürmischen Applaus erntete, dass er sich um vieles wohler fühlte, als seit langer Zeit, und sich auch bestimmen ließ, noch ein weiteres Mal aufzutreten. Er erntete fast noch mehr Applaus, als an den beiden vorhergegangenen Abenden, und hatte eine Einnahme von 186 Pfund. Bunn gab, als er sie ihm überreichte, der Hoffnung Ausdruck, ihn recht bald, zur Freude ganz Englands, wiederhergestellt und in alter Frische wiederzusehen.

Dreiundzwanzigstes Kapitel.

Neuer Schmerz infolge des schlimmen Lebenswandels seines Sohnes. – Der Lohn wird von der Liste des Covent-Garden-Theaters gestrichen. – Neue Spekulation in Sadlers-Wells. – Ein anderes Direktionssystem und dessen Erfolg. – Sir James Scarlett und ein Zeuge, dem die Schamröte auf die Wangen tritt.

Von dieser Zeit ab bis zu seinem Lebensende hatte Grimaldi Leiden und Widerwärtigkeiten in ununterbrochener Folge zu ertragen, die ihn tiefer und tiefer beugten. Gleich nach seiner Rückkehr nach Cheltenham verfiel er in eine schwere Nervenkrankheit, die ihn vier Wochen ans Bett fesselte, und als er endlich wieder aufstehen konnte, war er ein Krüppel und sollte ein Krüppel bleiben bis an sein Lebensende.

Er liebte seinen Sohn, sein einziges Kind, auf das Zärtlichste, hatte ihm die beste Erziehung zuteilwerden lassen und einen großen Teil seines oft sehr sauren Verdienstes auf ihn verwandt. Bis zu dieser Zeit hatte sich der Sohn der Liebe seiner Eltern in jeder Hinsicht würdig gezeigt und war beim Publikum allmählich in immer höhere Gunst getreten. Mit einem Male – gleichsam über Nacht – ergab er sich einem so zügellosen Lebenswandel, dass die Direktion des Covent-Garden-Theaters sich gezwungen sah, ihn aus der Mitgliederliste zu streichen.

Schon in Cheltenham erhielt Grimaldi die erste Nachricht von der mit seinem Sohne vorgegangenen Wandlung. Erst ein paar Tage hatte er sein Krankenlager verlassen, als ein Mitglied der Stadtbehörde sich bei ihm melden ließ und ihm eröffnete, dass sein Sohn wegen verschiedener toller Streiche, die er in der Trunkenheit begangen, in Arrest abgeführt worden sei.

Grimaldi bezahlte ohne Weiteres, was als Bürgschaft gefordert wurde, um seinem Sohne die Untersuchungshaft zu ersparen. Im Kampfe mit den Polizisten hatte derselbe aber einen Schlag über den Kopf bekommen und eine schwere Verletzung davongetragen. Es wurde allgemein geglaubt, sein Verstand habe dadurch gelitten, weil er von Stund an ein völlig anderer Mensch wurde, unter epileptischen Anfällen litt und allerhand Tollheiten ausführte, die nur Folge eines zerrütteten Gehirns sein konnten. Zuletzt stellte sich totaler Wahnsinn bei ihm ein, sodass er in die Zwangsjacke gesteckt werden musste.

Grimaldi nahm ihn mit sich nach London zurück, wo er wegen seines eigenen Zustandes die berühmtesten Ärzte konsultierte. Aber alle Bemühungen derselben erwiesen sich als vergeblich; eine Weile lang trug er sich noch mit der Hoffnung auf Besserung, musste sie aber im Oktober völlig aufgeben.

Schier wäre er fast verzweifelt, als ihm die schreckliche Offenbarung wurde, dass er auf Lebenszeit gelähmt bleiben und das Krankenbett wohl nie wieder verlassen würde, dass er nicht mehr daran denken dürfe, je wieder die Bühne zu betreten, auf der er sozusagen von der Wiege an zu Hause gewesen, und die ihm ein jährliches Einkommen von 1500 Pfund verschafft hatte. Und umso schrecklicher war diese Offenbarung, als er kein anderes Einkommen mehr hatte, als seinen Gewinnanteil am Sa-

dlers-Wells-Theater, der ihm bisher keinen Heller einge-
tragen, wohl aber Verlust über Verlust gebracht hatte!

Von diesem schweren Schlage, der ihn völlig betäubt
hatte, erholte er sich erst nach langer Zeit wieder einigermaßen.

Sobald er seine Besinnung wiedergewonnen hatte, ließ
es ihm keine Ruhe, bis er der Direktion des Covent-
Garden-Theaters Mitteilung über seinen Gesundheitszustand gemacht hatte, zumal es hoch an der Zeit war, die
Vorbereitungen zu der Weihnachtspantomime zu treffen.

Diese Nachricht wurde mit dem lebhaftesten Bedauern
aufgenommen; die Direktion gab der Hoffnung Ausdruck, dass er doch bald wieder genesen werde, und
nach längerem Bedenken fasste sie den Entschluss, die
erste Clownrolle in der Pantomime Grimaldis Sohne zu
übertragen, der sich seit einiger Zeit einer bessern Aufführung befleißigt hatte.

Es wurde ihm eine Gage von acht Pfund wöchentlich
bewilligt; auch gegen Grimaldi selbst zeigte man sich
sehr nobel, indem man ihm, wenn auch nicht die volle
Gage, so doch eine Pension von fünf Pfund wöchentlich
für die Dauer der Saison aussetzte. Das war weit mehr,
als er erwartet hatte.

Nach Ablauf der drei Jahre, die Egertons Pachtkontrakt
dauerte, wurde zwischen den Eigentümern des Theaters
darüber verhandelt, ob man es behalten oder weiterzu-
verkaufen suchen solle. Es wollte sich kein Käufer dafür
finden zu den Bedingungen, an denen man festhalten zu

müssen meinte, und so einigte man sich dahin, es an Mr. Williams vom Surrey-Theater weiter zu verpachten.

Kurz darauf besuchte Williams Grimaldi, um sich mit ihm über einige Dinge zu besprechen, unter anderm darüber, was er zu einem Versuche, beide Theater durch einunddasselbe Personal zu bedienen, meine, so zwar, dass die eine Hälfte zuerst in Sadlers Wells, dann im Surrey-Theater, die andere umgekehrt zuerst im Surrey-, dann im Sadlers-Wells-Theater spiele.

Grimaldi wusste nicht recht, was er dazu sagen sollte, aber Williams erklärte, er sei der Ausführung des Planes schon nähergetreten, indem er Wagen für die Beförderung des Personals vom einen zum andern Theater bauen lasse.

Am Ostermontage 1824 wurden die Theater in Sadlers-Wells und in Surrey eröffnet, das Experiment, mit nur einem Personal auszukommen, wurde gemacht, aber – wie Grimaldi bei sich gedacht hatte – mit vollständigem Misserfolge. Williams als Pächter erlitt einen beträchtlichen Verlust, konnte seinen Pachtschilling nicht bezahlen, sodass die Besitzer das Theater noch vor Ablauf der Saison wieder selbst in Betrieb nehmen mussten, dabei aber wiederum beträchtliche Verluste erlitten, weil sie den Fall in keiner Weise vorausgesehen und gar keine Vorbereitungen für eine Aufführung getroffen hatten.

In diesem Jahre kam Grimaldi aus den Sorgen gar nicht heraus: Die Geldverlegenheiten häuften sich, und sein Sohn gab ihm neuerdings wieder Ursache zu dem empfindlichsten Verdrusse.

Grimaldi musste, um die Mittel zum Lebensunterhalte zu schaffen, ein Wertpapier nach dem andern verkaufen, sodass er von Monat zu Monat ärmer wurde. Sein Sohn, der jetzt eine gute Gage bekam und auch eines guten Renommees als Pantomimiker zu genießen anfing, entwich plötzlich aus dem elterlichen Hause, um sich wieder in die tollsten Extravaganzen zu stürzen.

Grimaldi schrieb ihm, bat ihn, wieder zu ihm zurückzukehren, und erbot sich zu allem, was irgend möglich war, ihm das Leben angenehm zu machen; aber der Sohn hielt es nicht der Mühe für wert, dem Vater auch nur zu antworten, sondern fügte seinen Tollheiten und Schlechtigkeiten immer neue hinzu, sodass Grimaldi sich so schwer betroffen fühlte, dass er sich täglich den Tod wünschte.

Vier Jahre lang sah er den Sohn nur von Zeit zu Zeit, einmal in Sadlers-Wells-Theater, wo er mit einer Gage von fünf Pfund wöchentlich engagiert war, ein anderes Mal auf der Straße, wo er ihm aber jedes Mal auswich. Auch erhielt er in dieser ganzen Zeit nur ein einziges Mal ein paar Zeilen von ihm. Er hatte ihm nämlich mitgeteilt, dass er sich in einer ziemlich schlimmen, fast hilflosen Lage befände, und ihn um Unterstützung gebeten, die er ihm, dem alten Vater, doch recht gut leisten könne, da er doch von beiden Theatern zusammen eine Gage von dreizehn Pfund wöchentlich bezöge. Der Sohn ließ den Vater lange auf Antwort warten, und schrieb erst, als ihm auch andere Leute hart zugesetzt hatten:

»Lieber Vater! Momentan bin ich selbst in Verlegenheit; aber solange ich noch einen Schilling besitze, sollen Sie unbedingt die Hälfte haben.«

Er schickte aber seinem Vater keinen einzigen Heller und besuchte ihn auch erst nach etwa drei Jahren und in einem Zustande, dass sich Grimaldi förmlich entsetzte, völlig abgerissen, um Obdach und Speise bettelnd.

Inzwischen hatten die Besitzer des Theaters sich dahin geeinigt, das Theater auf gemeinschaftliche Rechnung zu eröffnen, und Mr. Dibdin als Direktor zu engagieren. Ein Direktionsmitglied sollte im Theater selbst seine Wohnung nehmen, zur Unterstützung Dibdins und um die Ausgaben zu vereinfachen.

Da Grimaldi beschäftigungslos war, wurde ihm der Vorschlag gemacht, sich für eine Entschädigung von vier Pfund wöchentlich hierzu zu verstehen. Dass Grimaldi mit Freuden hierauf einging, braucht nicht erst gesagt zu werden.

Die Saison wurde mit großem Eifer begonnen, es wurde weder Geld gespart, noch Mühe und Anstrengung geschont, auch wurde mit neuen Eintrittspreisen, auf die Hälfte reduziert, ein Versuch gemacht, mehr Publikum anzulocken, statt wie sonst nur ein halbes, wurde das ganze Jahr hindurch gespielt, und zwar mit Rücksicht darauf, dass der Stadtteil, wo in Grimaldis Glanzzeit nur einzelne Häuser oder wenigstens keine geschlossenen Straßen existiert hatten, jetzt ein dichtbevölkerter Stadtteil entstanden war – und doch schloss das erste Spieljahr trotz all dieser Einrichtungen mit einem Fehlbetrage von 1400 Pfund.

Im nächsten Jahre wurde ein umgekehrter Plan verfolgt, indem die Ausgaben in allen Hinsichten eingeschränkt wurden. Grimaldi wurde die gesamte Leitung übertragen. Er begann die Reduktion der Ausgaben mit seiner eigenen Gage, die er von jetzt ab auf die Hälfte festsetzte. Dann versuchte er es mit der Einrichtung von Wettrennen, und zwar zunächst mit Ponys, und machte allein zwischen Ostern und dem sogenannten »weißen Sonntage« den ganzen Fehlbetrag des verflossenen Spieljahres gut. Auch die zweite Saison lieferte ein ziemlich günstiges Ergebnis, sodass Grimaldi auf eine Besserung seiner Einnahmen aus dem Geschäftsanteil an dem Theater wieder zu hoffen anfing. In diese Zeit fiel eine Zeugenvernehmung in einem Prozesse zwischen zwei Parteien, die ein ungeheueres Gelächter im Gerichtssaale hervorrief. Der Anwalt, der ihn hatte vorladen lassen, führte den englischen Namen Scarlet, was soviel wie Scharlach im Deutschen bedeutet.

Natürlich machte Grimaldis Eintritt in den Gerichtssaal eine gewisse Sensation. Sein Name war in aller Munde, trotzdem er schon lange nicht mehr aufgetreten war, und man war umsomehr gespannt darauf, wie er seine Aussage abgeben würde. Der Anwalt betrachtete ihn mit großem Interesse, mochte dasselbe nun tatsächlich vorhanden oder nur künstlich gemacht sein, und fragte ihn, ob er tatsächlich der berühmte Grimaldi vom Covent-Garden-Theater sei.

Grimaldi wurde verlegen, da sich aller Blicke in verstärktem Maße auf ihn zu richten anfingen, und versetzte, errötend bis zu den Haarwurzeln:

»Ich habe als Pantomimiker im Covent-Garden-Theater gewirkt, Sir.«

»O, ich besinne mich recht wohl, Sie zuweilen gesehen zu haben«, antwortete der Anwalt des Namens Scharlach; »Sie gebieten über ein sehr hübsches Talent, Sir! Aber – Sie sind doch auch wirklich Grimaldi?«

Grimaldis Verlegenheit wuchs. Unruhig wendete er sich von der einen auf die andere Seite und wurde schließlich puterrot.

»Aber, lieber Mr. Grimaldi, Sie brauchen doch wahrlich nicht rot zu werden!«, sagte der Anwalt, »dazu haben Sie doch gar keine Ursache.«

»Ich erröte auch gar nicht, Sir,« versetzte Grimaldi.

»Wenigstens brauchen Sie es ganz gewiss nicht, lieber Grimaldi.«

»Ich bin doch gar nicht rot, Sir«, sagte Grimaldi, unwillig werdend, mit einem so puterroten Gesicht, dass alle Leute im Saale zu kichern anfingen. »Aber, lieber Mr. Grimaldi, Sie glühen ja wie eine Pumpelrose«, meinte der Anwalt wieder.

»Sie müssen sich irren«, antwortete Grimaldi ärgerlich, »wirklich, Sir! Es müsste denn gerade sein, dass ich von Ihnen angesteckt wäre; mein Arzt hat aber kein Wort davon gesagt, dass ich am Scharlach erkrankt wäre, so krank ich auch sonst sein mag.«

Der Saal hallte von Gelächter wieder. Auch der Anwalt lachte herzlich und begann gleich darauf mit dem Zeugenverhör.

Vierundzwanzigstes Kapitel.

Miss Kelly und ihre Liebenswürdigkeit gegen Grimaldi. – Grimaldis Abschieds-Benefiz und Anrede in

**Sadlers-Wells. – Vorbereitungen zu einem letzten Auf-
treten in Covent-Garden. – Der Plan wird vereitelt. –
Lord Seegrave vermittelt ein Benefiz im Drury-Lane-
Theater für Grimaldi. – Seine letzte Zusammenkunft
mit Kemble und dessen Familie.**

Im Februar 1828 fand sich eine sehr angesehene Dame,
Miss Kelly, eine ebenso liebenswürdige, als geniale
Schauspielerin, bei Grimaldi ein, um sich nach seinem
Befinden zu erkundigen und ob sich annehmen lasse,
dass er noch einmal werde auftreten können. Tief ergriffen erwiderte er, dass er sich mit einer derartigen Hoffnung wohl nicht mehr tragen könne.

»Warum geben Sie dann aber kein Abschieds-
Benefiz?«, fragte Miss Kelly, oder sind Sie so reich, um
auf den Gewinn, der Ihnen daraus winkt, verzichten zu
können?«

Grimaldi antwortete kopfschüttelnd, dass er schlechter
dastünde, als sich jemand denken könne, und machte sie
mit seiner ganzen Situation bekannt, vergaß auch nicht
zu bemerken, dass er um seine letzten Mittel kommen
müsse, sobald sich die Eigentümer entschließen sollten,
Sadlers-Wells-Theater abermals zu verpachten. Betreffs
eines Benefizes aber fühle er sich einesteils körperlich zu
schwach, andernteils besäße er zu wenig Geld, um sich
der Gefahr eines Verlustes auszusetzen.

»Überlassen Sie das nur mir«, erwiderte Miss Kelly,
»ich werde alles versuchen, in Ihrem Interesse, was
möglich ist, und wir wollen keinen Augenblick säumen.
Sie müssen unbedingt ein Benefiz bekommen, sowohl
im Sadlers-Wells-, als im Covent-Garden-Theater. Neh-

men Sie also recht bald Rücksprache mit Ihren Miteigentümern. Für das Covent-Carden-Theater sorge ich.«

Die Energie der Dame wirkte belebend auf ihn. Trotzdem er schwer an Krämpfen litt, die ihn fast des Gebrauchs der Zunge beraubten, begab er sich doch gleich nach Sadlers-Wells. Die Direktion ging bereitwillig auf seinen Antrag ein und erklärte ohne Weiteres, dafür einzutreten, dass ihm das Theater völlig unentgeltlich zur Verfügung stehen solle. Der 17. März wurde für das Benefiz festgesetzt. Dibdin trug den Mitgliedern des Theaters wie auch des Orchesters den Fall vor und einstimmig wurde erklärt, sich »dem alten lieben Joe« mit vollen Kräften zur Verfügung zu halten.

Die Vorstellung wurde angekündigt, in dem ersten Stück, einer Zauberposse: »Wirren, oder der böse Geist« spielte Grimaldi die ziemlich unbedeutende Rolle eines betrunkenen Gefangenen, aber mit unermesslichem Beifall; dann führte er zusammen mit Mr. Ellar seinen berühmten Clowntanz zum letzten Male aus. Dann hielt er dem Publikum die folgende Ansprache:

»Meine Damen und Herren! Sie sehen mich heute zum letzten Male auf diesen Brettern. Ohne Zweifel sind viele unter Ihnen, die mich für einen sehr bejahrten Mann halten. Ich erkläre indessen an dieser Stelle, dass dem nicht so ist. Ich habe das Licht der Welt am 18. Dezember 1779 erblickt, mithin am letzten 18. Dezember erst das achtundvierzigste Jahr vollendet. Schon in meinem vierten Lebensjahre brachte mich mein Vater auf diesem Theater ein. Seitdem bin ich ununterbrochen hier engagiert gewesen. Ja, meine Damen und Herren, ich spiele auf diesem Theater nunmehr dreiundvierzig Jahre.

Was ich in meinem Fache gewesen, verdanke ich meinem Fleiße, meiner Beharrlichkeit, aber auch Ihrem Wohlwollen, Ihrem Beifall und Ihrer Unterstützung. Seit drei Jahren bin ich von schwerer Krankheit geplagt. Noch immer habe ich die Hoffnung gehegt, wieder zu gesunden und wieder auftreten zu können, wieder mit meinen Kollegen und Kolleginnen um Ihre Gunst buhlen zu können; aber ich muss mir zu meinem Schmerze gestehen, dass an eine Besserung meines Zustandes nicht mehr zu denken ist, und dass es Torheit sein würde, wenn ich mich an den Gedanken klammern wollte, meine Laufbahn von Neuem zu betreten.

Ich fühlte mich aber außerstande, meine Beziehungen zu diesem Theater anders zu lösen, als dass ich meinen Freunden und Gönnern, wie dem gesamten Publikum von dieser Stelle aus noch einmal meinen innigsten Dank für alles mir bewiesene Wohlwollen ausspreche, nicht minder aber auch den Eigentümern und Mitgliedern dieses Theaters für die mir heute wie immer sonst erwiesene Hilfe und Unterstützung.

Und nun, meine Damen und Herren, bleibt mir nur noch übrig, das letzte, für mich so schreckliche Wort auszusprechen: Adieu! Adieu für immer! Möge Gott Ihnen Glück und Gesundheit spenden! Adieu, adieu!« Rauschender Beifall wurde ihm noch einmal zuteil, und er fühlte sich von diesen Vorgängen so angegriffen, dass er sich nach vielen Tagen erst wieder vollständig erholte. Hätte ihm nicht Miss Kelly so wacker beigestanden und immer und immer wieder zugesprochen, so hätte er die zweite Feuerprobe im Covent-Garden-Theater ganz sicher nicht bestanden, es wahrscheinlich überhaupt nicht zu einer solchen kommen lassen.

Seine Einnahme aus diesem Benefiz-Abende belief sich auf 250 Pfund; außerdem gingen ihm in anonymen Sendungen noch annähernd 100 Pfund zu, sodass er alle Ursache hatte, mit dem Erträgnisse zufrieden zu sein.

Am 25. März begab er sich nach Covent-Garden, wo ihn die Kollegenschaft auf das Wärmste willkommen hieß, Kemble nicht ausgeschlossen.

»Mein lieber Joe,« redete dieser ihn an, »Sie kommen hoffentlich, um uns anzuzeigen, dass Sie sich nun wieder kräftig genug fühlen, um sich in unserm Bühnenverbande wirksam zu betätigen.«

»Ich muss leider das Gegenteil erklären«, antwortete Grimaldi, »denn ich werde nie wieder imstande sein, einen Engagementsvertrag einzugehen.«

»Das schmerzt mich, Joe. Ich hatte bessere Hoffnung.«

»Nun, Sir«, sagte Grimaldi, »gekannt haben wir uns ja eine stattliche Reihe von Jahren.«

»Allerdings, allerdings.« »Und ich glaube bestimmt, dass Sie mich Ihrer Unterstützung gern teilhaftig machen werden, soweit es in Ihrer Macht liegt.«

»Geben Sie mir Ihre Wünsche bekannt!«, antwortete Kemble.

Grimaldi sagte ihm, dass es sein Wunsch sei, ein Abschieds-Benefiz im Covent-Garden-Theater zu veranstalten, und bat Kemble um Fürsprache, dass er das Haus zu einem geringeren Preise zur Verfügung gestellt erhalte.

Kemble antwortete ihm, nachdem er ihn freundlich angehört:

»Mein lieber Joe, ich verstehe vollkommen und würde, wäre das Theater mein alleiniges Eigentum, ohne Weiteres sagen: Nehmen Sie es, verfügen Sie darüber, Sie sollen uns nicht einen Heller Entschädigung zu zahlen haben – leider schwebt aber ein Prozess über unsere Eigentumsverhältnisse beim Kanzleigerichtshofe; es kann also keiner der Eigentümer ohne Zustimmung der andern irgendwelche Entscheidung finanzieller Art treffen. Wir kommen aber an jedem Dienstage zusammen. Ich werde Ihre Angelegenheit zum Vortrage bringen, und Sie sollen recht bald Näheres von mir hören.«

Grimaldi ging, nachdem er sich bedankt hatte. Bis zum 13. April ließ Kemble nichts von sich hören. Grimaldi erfuhr aus den Zeitungen, dass Kemble nach Edinburg reisen wolle. Er schrieb ihm deshalb und bekam nun den Bescheid, dass die Direktion des Covent-Garden-Theaters nicht in der Lage sei, auf seinen Wunsch einzugehen, da die Eigentümer zufolge der verwickelten Lage, in der sich das Theater zurzeit befände, zu einer Einigung über sein Anliegen nicht hätten gelangen können.

Grimaldi beklagte dies Schreiben lebhaft. Nachdem er soviel Jahre in dem Theater mitgewirkt und soviel gewinnreiche Abende hatte schaffen helfen, erschien ihm das Verhalten der Direktion im höchsten Maße unkulant und rücksichtslos. Ein paar Mal dachte er daran, sich an Mr. Price, den damaligen Pächter des Drury-Lane-Theaters, zu wenden, meinte aber, es möchte doch vergeblich sein, und ließ den Gedanken immer wieder fallen. In diesem Zustande der Ungewissheit waren ein paar Wochen vergangen. Da bekam er eines Tages eine Mitteilung von dem Kassierer dieses Theaters, Mr. Dunn, worin er aufgefordert wurde, sich am nächsten Tage Punkt 12 Uhr bei Mr. Price im Drury-Lane-Theater einzufinden.

Er traf aber Mr. Price nicht an, als er am folgenden Tage sich dorthin begab, aber Mr. Dunn sagte ihm an seiner statt, es sei verlautet, dass er ein Benefiz zu erhalten wünsche, und da ihm das Covent-Garden-Theater den Wunsch nicht erfüllt habe, halte sich das Drury-Lane-Theater verpflichtet, solch altem Bühnenveteran das Theater auf einen Abend zur freien Verfügung zu stellen; leider sei kein anderer als der vorletzte Abend der Saison hierfür noch frei; wäre es der Direktion früher zu Ohren gekommen, was Mr. Grimaldi bedrücke, so hätte es sich einrichten lassen, dass ihm die Wahl gelassen worden wäre. Zum allgemeinen Bedauern sei dies nun aber ausgeschlossen.

Grimaldi ging mit Freuden auf das Anerbieten ein, er sann hin und her, wem er dieses Entgegenkommen des Drury-Lane-Theaters zu verdanken habe, bis er endlich durch seine Gönnerin, Miss Kelly, erfuhr, dass sich Lord Seegrave – der schon wiederholt erwähnte Oberst Berkeley – für ihn verwandt und seiner Entrüstung über das Verhalten des Covent-Garden-Theaters lauten Ausdruck gegeben habe.

Auch dieses Benefiz übertraf seine kühnsten Erwartungen. Er verabschiedete sich beim Publikum dieses hervorragendsten Theaters von ganz England, auf dem er ebenfalls viele Jahre hindurch mitgewirkt, in der Titelrolle des »Harlekin als Possenspieler«. Das Haus war überfüllt. Er musste aber, da ihn infolge der Aufregung eine sehr große Schwäche befiel, die letzten Szenen sitzend spielen. Demungeachtet besaß er noch immer soviel urwüchsigen Humor, dass er wiederholte Ausbrüche der unbändigsten Heiterkeit verursachte. Am Schlusse der Pantomime erschien er in gewöhnlicher bürgerlicher Kleidung und unter donnerndem Beifallrufen. Sobald er sich Gehör verschaffen konnte, trat er vor die Rampe und sprach mit einer vor Rührung fast erstickten Stimme:

»Meine Damen und Herren! Ich habe das Clownskostüm abgelegt, erlauben Sie mir auch die Schweigsamkeit des Clowns abzulegen und ein paar Abschiedsworte zu sprechen. Ich begann meine Theaterlaufbahn und entsage ihr vor der Zeit. Ich habe nur achtundvierzig Sommer erlebt, und schon geht es schneller mit mir bergunter, als mit meinem Namensvetter im Burnsschen Liede, dem älteren Joe Anderson.

Wie es dem allzu leidenschaftlichen Ehrgeize gern zu ergehen pflegt, habe ich mein eignes Ziel übersprungen und zahle die Strafe durch ein vorzeitiges Alter. Wenn ich noch Anlage besitze, einen Purzelbaum zu schießen, so beruht sie doch nur auf meiner Körperschwäche, denn ich stehe zurzeit schlechter auf den Füßen, als ehedem auf dem Kopfe.

Es sind vier Jahre verstrichen, seit ich meinen letzten Sprung getan, meine letzte Auster stibitzt, mein letztes Würstchen gebraten habe und vom Schauplatze abtreten musste. Ich muss nun bekennen, dass ich in meiner Zurückgezogenheit weit minder gut versorgt bin, als in meinen Clownstagen, da ich, wie sich noch manche von Ihnen erinnern werden, in der einen Tasche ein gebratenes Huhn und in der andern die Sauce dazu trug.

Ich habe heut Abend noch einmal das buntscheckige Gewand angelegt. Es hing sich fest an meinen Leib, als ich es wieder ablegen wollte, und die alten Schellen meiner Kappe erklangen gar traurig, als ich sie für immer von mir warf.

Ich stehe hier vor Ihnen mit denselben Gefühlen der Hochachtung wie immer – vor Ihnen als meinem letzten Auditorium, das das Sprichwort, nach welchem Günstlinge keine Freunde haben, so augenfällig Lügen straft. Nehmen Sie für die Gesinnungen, die Sie hierherführten, meinen wärmsten und innigsten Dank, und glauben Sie Joseph Grimaldi, dass er auf doppelte Weise von Ihnen Abschied nimmt, mit einem Lebewohl auf den Lippen und einer Träne in den Augen.

Leben Sie wohl! Das ist der aufrichtigste Wunsch Ihres getreuen und ergebenen Dieners ... Möge Ihnen das höchste irdische Gut – die Gesundheit – immer erhalten bleiben!«

Grimaldi konnte nur mit der größten Anstrengung bis zum letzten Worte gelangen, und eine ganze Weile, nachdem er es gesprochen, stand er regungslos da. Er war so erschüttert, dass ihn der letzte Rest seiner Kräfte verließ. Er musste von der Bühne geführt werden. Durch ein paar Gläser Madeira gestärkt, gelangte er bis auf die Straße, die dicht voll Menschen stand, die ihn noch einmal sehen wollten. Unter lauten Hurras stieg er in den Wagen, der seiner wartete. Hunderte von Menschen folgten ihm bis zu seiner Wohnung und entfernten sich erst, als er vor die Haustür getreten und seine letzte Abschiedsverbeugung gemacht hatte.

Das Benefiz hatte ihm nach Abzug aller Unkosten 280 Pfund gebracht. Größer aber war noch die Summe, die ihm in anonymen Briefen zugestellt wurde und sich auf 360 Pfund belief. Der höchste Gewinn aber bestand in der Begeisterung, die ihm an beiden Benefiz-Abenden vonseiten seines dankbaren Vaterlandes entgegengebracht worden war.

Grimaldi konnte sich aber nicht verhehlen, dass er, falls das wöchentliche Einkommen, das ihm nebst einer Wohnung von den Eigentümern des Sadlers-Wells-Theaters zugebilligt worden war, wegfiele, mit schweren Sorgen zu kämpfen haben würde, und so wandte er sich an die Versorgungskasse, die für hilfsbedürftige Künstler vom Covent-Garden-Theater unterhalten wurde. Er hatte dreißig Jahre in diese Kasse gesteuert, auch sonst sich vielfach in ihrem Nutzen verwandt. Er erhielt ohne Weiteres eine jährliche Pension von einhundert Pfund von ihr zugebilligt.

Die größten Sorgen bereitete ihm noch immer sein Sohn, der von Stufe zu Stufe gesunken war, bis er zuletzt in richtigen Wahnsinn stürzte. Wegen Liederlichkeit und Trunkenheit war er zuerst vom Sadlers-Wells, dann auch vom Drury-Lane-Theater schimpflich entlassen worden.

Zuletzt kam er in gänzlich verwahrlostem Zustande wieder zu den Eltern. Dann lief er wieder weg, und der alte Vater musste ihn aus dem Schuldgefängnis erlösen.

Dabei benahm er sich roh und abscheulich gegen die Eltern. Die Mutter wollte ihm das Haus verbieten, der Vater aber nahm sich seiner immer und immer wieder an.

Als im Jahre 1832 das Sadlers-Wells-Theater wiederum verpachtet wurde, und Grimaldi dadurch um seine Zubuße von fünf Pfund wöchentlich kam, zog er nach Woolwich in eine bescheidene kleine Wohnung. Seine Frau kränkelte schon eine Weile, und von der Luftveränderung hoffte Grimaldi für sie und sich Besserung. Aber die Frau ging ihm im Tode voraus, und kurz darauf bekam er auch die Nachricht von dem Hinscheiden seines einzigen Sohnes, das unter besonders traurigen, um nicht zu sagen grässlichen Umständen erfolgt war. Nun stand er ganz allein da in der Welt. Immer gewohnt, sein Glück in seiner Häuslichkeit zu finden, fiel es ihm recht, recht schwer, so mutterseelenallein dazustehen. Sein körperliches Leiden erheischte fürsorgliche Pflege und sein seelischer Zustand aufheiternde Gesellschaft. Deshalb hielt er es für das Beste, zu einem Freunde, dessen Frau eine weitläufige Verwandte von ihm war, nach Pentonville zu ziehen, wo er in früheren Jahren lange gewohnt und manch frohen Tag verlebt hatte. Dort besuchten ihn manche von den alten Freunden, in der Nachbarschaft fand er die aufmerksamste Pflege, und Mr. Richard Hughes hielt bis zu Joes letzten Augenblicken das Gelübde getreulich, das er einst seiner Schwester, Joes erster Frau, in ihrer letzten Stunde gegeben hatte.

Am 31. Mai 1837 starb er. Noch am Abend vorher hatte er sich in das nur wenige Schritte von seiner Wohnung befindliche Gasthaus tragen lassen, um einer von ein paar guten Freunden veranstalteten kleinen Unterhaltung beizuwohnen. In der besten Stimmung hatte er sich, kurz nach elf Uhr, verabschiedet und wieder nach Hause tragen lassen. Am Tage darauf war er eine Leiche. Am 6. Juni wurde er in Pentonville auf dem Friedhofe der St. James-Kapelle beerdigt. Auf dem Denksteine, der ihm dort gesetzt wurde, steht ein Vierzeiler, der von ihm selbst herrührt:

Das Leben ist ein Spiel, dem einen recht, dem andern   schlecht   –
Dem Klugen ist's Genuss, dem Toren Überdruss –
Dem einen bringt's Verlust, dem anderen Gewinn –
So liegt's nun mal im Spiele drin.

Ende.

www.ingramcontent.com/pod-product-compliance
Lightning Source LLC
Chambersburg PA
CBHW021810110726

47902CB00006B/1724